2023
中国年选系列

中国作协创研部　选编

2023年中国
报告文学
精　选

长江出版传媒　长江文艺出版社

图书在版编目（CIP）数据

2023 年中国报告文学精选 / 中国作协创研部选编
. -- 武汉 ：长江文艺出版社，2024.1
　（2023 中国年选系列）
ISBN 978-7-5702-3381-6

Ⅰ. ①2… Ⅱ. ①中… Ⅲ. ①报告文学－作品集－中
国－当代 Ⅳ. ①I25

中国国家版本馆 CIP 数据核字(2023)第 218597 号

2023 年中国报告文学精选
2023 NIAN ZHONGGUO BAOGAOWENXUE JINGXUAN

责任编辑：任诗盈　　　　　　　　责任校对：毛季慧
封面设计：胡冰倩　　　　　　　　责任印制：邱　莉　　胡丽平

出版：长江出版传媒 ┃ 长江文艺出版社
地址：武汉市雄楚大街 268 号　　　　邮编：430070
发行：长江文艺出版社
http://www.cjlap.com
印刷：武汉市首壹印务有限公司

开本：680 毫米×980 毫米　　　1/16　　　印张：19.625
版次：2024 年 1 月第 1 版　　　　2024 年 1 月第 1 次印刷
字数：313 千字

定价：42.00 元

编选说明

每个年度，文坛上都有数以千万计的各类体裁的新作涌现，云蒸霞蔚，气象万千。它们之中不乏熠熠生辉的精品，然而，时间的波涛不息，倘若不能及时筛选，并通过书籍的形式将其固定下来，这些作品是很容易被新的创作所覆盖和湮没的。观诸现今的出版界，除了长篇小说热之外，专题性的、流派性的选本倒也不少，但这种年度性的关于某一文体的庄重的选本，则甚为罕见。也许这与它的市场效益不太丰厚有关。长江文艺出版社出于繁荣和发展文学事业的目的，不计经济上一时之得失，与我部合作，由我部负责编选，由他们负责出版，向社会、向广大读者隆重推出这一套选本，此举实属难能可贵。

这套丛书的选本包括：中篇小说选、短篇小说选、报告文学选、散文选、诗歌选和随笔选六种。每年一套，准备长期坚持下去。

我们的编辑方针是，力求选出该年度最有代表性的作品，力求选出精品和力作，力求能够反映该年度某个文体领域最主要的创作流派、题材热点、艺术形式上的微妙变化。同时，我们坚持风格、手法、形式、语言的充分多样化，注重作品的创新价值，注重满足广大读者的阅读期待，多选雅俗共赏的佳作。

我们认为，优良的文学选本对创作的示范、引导、推动作用是非常重要的，对读者的潜移默化作用也是十分突出的。除了示范、引导价值，它还具有文学史价值、资料文献价值、培育新人的价值，等等。我们不会忘记许多著名选本对文学发展所起到的巨大作用，我们也希望这套选本能够发挥它应有的作用。

这套书由中国作家协会创作研究部编选，具体的分工是：

中篇小说卷由何向阳、聂梦同志负责；

短篇小说卷由贺嘉钰、贾寒冰同志负责；

报告文学卷由李朝全同志负责；

散文卷由王清辉同志负责；

诗歌卷由李壮同志负责；

随笔卷由纳杨、刘诗宇同志负责。

中国作协创研部

新时代主题创作、历史使命和社会担当

——2023 年中国报告文学创作综述

李朝全

当今世界正处在一个变动不居的时代。战争、灾难困扰着人类，全世界生态与共，安全与共，网络与共，文明与共，命运与共。尽管部分国家在硬推逆全球化、去全球化的举措，但是，历史大势浩浩荡荡谁也无法扭转。地球上的人类是一个生命与命运共同体，彼此之间的关系只会日趋密切而不可能相互脱钩、各自孤立发展。在过去的三年里，新冠病毒疫情肆虐全球，人类在感受到极大危机和威胁的同时，也更加感受到彼此的相互依存。世纪疫情留给人类的遗产还远远没有得到很好的梳理与总结。报告文学充当着记录历史先行者的角色，理应对世界变局和时代巨变及时做出回应，秉笔直书，记录鲜活的历史进程，反思前行过程中的种种问题、困惑、经验及教训，提出有针对性的对策建议，自觉承担社会责任，践行历史使命。这样的书写、记录与思考必定会超越时间，不断被人们所接受、领会并吸纳。

回望即将逝去的 2023，每个人心里必定都有一番别样的滋味。在去年年底至今年年初，大多数的人都感染了新冠病毒，而且在随后的时间里可能经历了"二阳"乃至"三阳"。新冠病毒不再被作为国家严密防控的严重传染病。人们恢复了自由行动，一度阻滞了三年的生活得以重启。经济社会，衣食住行，一切似乎都恢复了正常。只是，三年疫情的后遗症实在过于沉重，不论是国家还是个人几乎可能都无法回到疫情之前的过去。似乎一切都须重新开始，一切都在"恢复重建"，包括人们的身体健康、心理和精神状态。

世界并不太平，俄乌军事冲突继续，以色列和巴勒斯坦哈马斯之间的战争前景未明，日本不顾各国强烈反对，强行将核污水排海……中国则坚持做好自己的事情，致力于国家建设，推动高质量发展，经济保持稳中求进主基调，成都大运会、杭州亚运会成功举办，"一带一路"倡议十年成就非凡……而在文学领域，第十一届茅盾文学奖评选结果揭晓，中国文学年度盛典在茅盾故里乌镇隆重举行；世界科幻大会在成都成功举办，海漄获得雨果奖最佳短中篇小说奖；新时代文学攀登计划和新山乡巨变创作计划稳步推进，两度亮相平遥国际电影节的"迁徙计划"和登临法兰克福国际书展、上海书展的文学对外译介"扬帆计划"等开始取得初步成效；中国作协"作家回家"文学周活动连续举办了四次，一批新鲜的面孔加入作协大家庭；新南方写作和新东北文学成为文学界热议话题；劳动者写作现象备受关注，原先的打工者文学演变成了劳动者文学，其中推出的非虚构纪实、诗作等引起较大反响。

主题创作引领主流

主题创作是当下报告文学创作中不可回避的重要话题。报告文学是具有中国特色的时代文体，注重对时代进行及时地反映、报告和表现。传递时代强音，表现时代主旋律，彰显向上向善的力量，这当然是报告文学创作的题中应有之义。加上各级宣传部门对于主题创作的倡导引领，特别是通过评选"五个一工程"奖、中宣部重点主题出版物、国家出版基金资助项目、国家十四五出版规划、作协重点作品扶持、定点深入生活项目、新时代文学攀登计划、新山乡巨变创作计划等一系列重大举措，主题创作在当下已然蔚为大观，形成主潮。当然，对于主题创作决不能做狭隘的片面的理解，凡是聚焦新时代社会生活，讲述中国故事，塑造精彩中国人，传递和表达社会主义核心价值观，表现和讴歌真善美主题，能够引起读者共情共鸣、具有感染力影响力的作品，都可以归入主题创作。

主题创作包括新时代叙事、新红色叙事，特别是对新时代历史性成就、重要人物、重大事件做出反映与表现的作品；也包括革命历史题材创作、红色叙事，聚焦百年复兴伟业历程中艰苦卓绝的抗争、奋斗、进取与成就，塑造代表性人物，描写历史性事件，表达中国精神，弘扬爱国报国、改革创新精神的作品。

何建明在主题创作和国家叙事方面成果最突出。本年度他推出的《复兴宣言》描绘新时代上海的发展历程，《大飞机从上海起飞》讲述中国制造自己的大飞机的故事。《石榴花开》以新疆为样本，反映多民族像石榴籽一样紧紧抱在一起，聚焦新疆多民族团结协作，携手发展。《我心飞扬》关注中国芯片研制前沿，张扬华虹520精神。《茅台》讲述国酒茅台传奇，凸显劳动创造之美。这些作品无疑都是新时代叙事，撷取的都是各个地域各个领域有代表性、典型性的人物和事例。

无独有偶，多位作家将创作的目光投向了西部。徐剑的《西藏妈妈》和周桐淦的《和你在一起》分别聚焦西藏多民族大家庭对于孤儿的救助事业和江苏南通对口支援新疆伊宁的故事。《西藏妈妈》注重刻画一群富于大爱情怀的孤儿的"代理妈妈"，表现人间深情和国家温度，体现的实际上是中国社会制度的优越性。作家们纷纷将视线转向边疆和多民族共同体，反映民族团结融合、文化交流交往交融，旨在铸牢中华民族共同体意识。这，可能是当下及今后报告文学创作的一个值得关注的新动向。

对新时代新成就新征程新气象的描写，无疑受到了创作组织者和报告文学作家特别的重视。叶梅、赵晏彪、贺颖的《雄安记》瞄准已经创立5年的国家千年大计河北雄安新区的建设发展历程，展现雄安的创新与突破。徐刚的《守望山川》用散文化的笔触，讲述福建建设绿水青山生态文明的故事。李青松的《大金山之本》和郭保林的《大江本纪》一短一长，分别聚焦北京的山和长江之水，具有诗意之美。鲁顺民的《将军和他的树》、王剑冰的《中国绿》描写的都是植树造林绿化祖国，分别讲述了时代楷模退役将军张连印和塞罕坝机械林场的故事，情感饱满。钟兆云创作的《奔跑的中国草》，反映中国菌草技术对外输出推广，特别是走进非洲等造福当地百姓，这实际上讲述的是关于一带一路建设的生动故事。纪红建的《大国制造》，选取长沙株洲湘潭等地几个制造业的典型企业，将企业家个人成长与企业发展历程勾连起来进行描述，表现中国制造创造的"世界工厂"传奇以及中国制造向中国智造迈进的艰辛历程。尹红芳的《杜鹃红》则讲述江西瑞金革命老区100名红军后代脱贫致富走向乡村振兴的故事。李朝全的《天平如磐》及时反映社会主义法治先行示范区深圳前海在法治建设方面的变革与创新。无论是经济社会发展还是生态文明、法治中国建设的进展，都是新时代的显著成就与发展标志，作家在这些方面捕捉题材、发掘主题，回应时代召唤，应合时代脉搏，这是报告文学理所应当承担的历史使命。

科技强国是一个常说常新的话题，科技是报告文学创作的重要题材。科技自信自立自强是国家持续发展的重要保证。报告文学作家一如既往地将笔触聚焦科技发展前沿成就，塑造科学家形象，弘扬科学精神，助推科技强国。杨黎光的《一生只做一件事》以"两弹一星"元勋朱光亚作为主角，展现其非凡一生。黄传会《仰望星空》和《中国北斗传》，以孙家栋作为主角，兼及诸多航天科技专家的故事，表现中国航天事业不无悲壮的发展历程。唐明华的《情到深处》倾情讲述郭永怀以身报国的动人一生。高鸿《大地英雄》和钟法权的《三测珠峰未了情》聚焦国测一大队，反映地理测绘事业的艰辛与成就。许晨的《生命至上》关注肿瘤治疗，刻画治癌专家、中国工程院院士于金明的生动形象。作家笔下的这些人物基本上都是时代楷模、功勋人物、英雄模范，都写出了弘扬奋斗、敬业、牺牲精神的有感染力的作品。

值得注意的是，近期一批劳动者的自叙创作产生了很大反响。从早年育儿嫂范雨素的《我是范雨素》到本年度推出的快递员胡安焉的《我在北京送快递》等纪实作品，这些作品书写个人的劳动、奋斗和追逐梦想，都自带光芒。这种光芒是普通劳动者的坚韧执着、拼搏进取、自强不屈，正是其引起读者强烈共情的地方。

对革命者、红色历史、战争往事的描写也是主题创作的一个重要内容。今年是抗美援朝战争胜利70周年，出现了一些描写和反映抗美援朝英雄人物的报告文学，这无疑是令人欣慰的。譬如，李舫的《回家》讲述志愿军烈士魂兮归来、遗骸还乡的故事，颇具价值。丁晓平的《胜战》深挖史料塑造五任志愿军司令员的形象。今年是毛泽东同志诞辰130周年，丁晓平还出版了《世界是这样知道毛泽东的》，追溯《毛泽东自传》出版传播经过。何建明再版他的《红墙卫士》，从卫士长的视角讲述历史往事，还原一代伟人的形象，对于人们了解完整真实的毛泽东很有帮助。李朝全的《踏荆前行》描写了中国共产党早期领导人陈延年、陈乔年短暂而伟大的一生。王龙的《军人的荣耀》反映军队的仪仗文化，表现荣誉表彰对于军人的激励作用。这些作品都可归入红色题材，旨在传承弘扬中国共产党的精神谱系，向社会传达正能量。

社会问题报告引人关注

现实生活中的一些热点事件、重大课题特别引人关注。三年疫情令人印象深刻，给人们留下了永久的创伤记忆。就像 2003 年的非典，让国人重新审视了健康问题和国民的卫生素养；而新冠疫情，则让人更加深刻地认识到，每个人都是自己健康的第一责任人，没有健康中国就没有中国梦，公共卫生事件事关每一个人，事关全人类。李朝全的《2020 武汉保卫战》，用详尽的资料和数字记录了三年前那场艰苦卓绝的阻击新冠的人民战争，同纪红建的《大战"疫"》、刘诗伟和蔡家园的《生命之证》、李春雷的《武汉纪事》、普玄的《生命卡点》、曾散的《青春逆行者》等作品，一道为那段难忘的历史留下了文字的记录。

由此延伸开去，同样令人关注的是国人的精神卫生健康，包括抑郁症等心理问题频发，都是全社会和人们必须正面的课题。李燕燕的《疾病之耻》聚焦令人讳莫如深的疾病以及疾病对于人精神和心理的矮化耻化，她的《穿越焦虑》关注的则是精神病患社会问题。

李燕燕的《"赢了官司"以后》描写欠债不还的"老赖们"的生存处境，揭示法治中国建设任重而道远。她和张洪波合著的《创作之伞》反映著作权保护、知识产权保护问题，都是具有普遍性社会意义的法治课题。还有一些作品聚焦医疗保险、社会就业、教育、环保生态等问题，这些作品也都各具价值。比如陈启文的《谁在月夜哭泣》讲述长江中华白鳍豚灭绝悲剧，带给人以深刻警示。马克燕的《向阳而居》反映高房价之下在大城市如何安居的课题。张仲全的《现金哪儿去了?》回望人民币支付往事，关注金融领域出现的新问题。厉彦林的《"淄博烧烤"传奇》聚焦本年度的一大热门话题——淄博烧烤热及其兴衰历程，进行深入的剖析，给人以启示。

社会问题与人人相关，关于社会问题的反映表现特别是深刻的揭示与反思，必定是能够引起广大公众共鸣的，因此，报告文学作家理应在现实焦点热点问题方面多下功夫、深入开掘，写出真正能够反映人民心声的佳作。

传记创作生机勃发

创作作品的出版数量历来相当可观。传记创作包括人物传记和城市地域、山川湖海等方面的传记。人物传记中有不少是描写英雄楷模先进榜样的。既有历史人物，如杨义堂的《河道总督》讲述明朝治河功臣潘季驯充满曲折的人生传奇；也有现实人物，包括以英雄为主角的，如钟法权的《硝烟中的号角——百战英雄王占山》、张雅文的《无悔的冰雪人生——走进中国冬奥冠军的世界》，和以普通人为主角的，譬如聂雄前的《鹅公坪》是关于家乡亲友老师等一众人物的素描和速写，特别是关于其大哥聂建前的故事尤为感人。

城市传记，特别是关于"一带一路"沿线城市的传记业已形成一个创作和出版的热点。由新星出版社和一些地方出版社策划组织推出了一批城市传记，包括《北京传》《南京传》《广州传》《深圳传》《成都传》等，都产生了较广泛的影响。其中，有的城市传记还出现了多个版本，如《杭州传》，今年就既有王旭烽所作的，也有张国云写的，可见作家们对这一题材的热衷。城市传记如何写出历史文化的厚重感，博物志般的知识性、趣味性，具有很高审美价值的艺术性，是作家们还需深入思考并切实加以解决的问题。

梅洁的《大房山：千古一地》在这方面进行了一次成功的探索。她用深情叙述和生动故事描述房山的千年历史，从周口店北京猿人到西周琉璃河遗址，直至隋唐开凿石经山佛经洞窟等。房山的悠久历史映射出了首都北京深厚的文化内涵和人文底蕴。

山川湖海等的传记一直是传记创作的一个主要增长点。赵德发的《黄海传》从历史到现实，反映黄海与中国社会历史发展的紧密关系。郭保林的《大江本纪》可谓是一部长江新传，以夹叙夹议富于抒情韵味的文字，围绕长江流域的经济社会、生态地理、文化历史等方面展开，具有百科书、博物志的价值。青海人民出版社正在计划组织阿来、徐剑、赵瑜、徐则臣等一批名家创作系列山川江河传——"新山海经丛书"，无疑值得期待。

纵观2023年报告文学创作，主题创作一支独大，传记创作兴盛依旧，而社会报告和个人选择性创作较为薄弱。与此同时，借助文字+音视频等方式制作的非虚构短片、纪录片等备受社会关注。报告文学如何从多媒体融合及互联网+、移动+的浪潮中寻求合作、实现双赢，是广大报告文学作家和报告文学界应当认真思考并拿出切实举措的方向。如何有效提升报告文学的社会影响力、真正推动报告文学高质量发展，是摆在文学界每位有识之士面前的迫切课题。

2023 年 11 月于北京

目 录

热点全聚焦

风流人物志

新时代光芒

雄安记

叶梅、赵晏彪、贺颖

科技雄安，未来之城

面向全球招标

2017 年 4 月，一则消息不胫而走：河北雄安新区举行自设立以来的首场新闻发布会。发言人表示，雄安新区计划将 30 平方公里启动区的控制性详规和城市设计，面向全球招标，开展设计竞赛和方案征集。

一时间，全球的目光都聚集到了雄安。

紧接着，"雄安新区启动区城市设计国际咨询建议书征询公告"正式发布，咨询任务为"雄安新区起步区概念性总体城市设计（咨询范围约 198 平方公里），启动区城市设计"。

这个消息顿时像巨大的磁铁一般，吸引了无数国际顶级设计机构。短短一个星期，相关组织部门就收到近 280 家国内外设计机构的报名。

2018 年年初，在时任英国首相特蕾莎·梅访华时签订的中英合作订单中，有一项十分引人注目：英国金丝雀码头集团将为雄安新区提供设计、规划、建设、运营建议，共同建设"雄安新区金融科技城"。

这是富有经验的国际团队瞄准中国"千年大计"、搭乘发展快车、开展互利合作的开始。未满周岁的雄安新区，已经站在了国际舞台上。

2018 年 5 月，在外交部南楼蓝厅，也就是新闻发布厅，举行的雄安新区全球推介活动上，外交部部长王毅兴致勃勃地表示，雄安新区计划向全球公开招标，汇聚国际一流团队的智慧。雄安一定是面向全球的，新区下一步的建设将吸引更多国际人才、技术、资金和项目。

这是外交部第一次对雄安新区进行全球推介。

2018年9月，雄安新区启动区城市设计方案征集委员会经过层层遴选，根据世界眼光、国际标准、中国特色、高点定位的要求，综合考虑各设计团队的业界声誉、专业水平、案例经验、人员构成和专业适配性，按照公平、公正的原则确定应征入选单位，从96个有效应征单位中最终评选出12个，其中包括5个联合体和7个独立应征单位，所属国家包括中国、英国、法国、德国、西班牙、意大利、美国、澳大利亚、日本等。

据新区工作人员介绍，本次入选单位都是具备良好国际声誉的一流设计团队，拥有国内外重要城市的设计经验和成功案例，入选单位领衔的首席建筑师、首席规划师、首席景观师均为国内外知名专家，较好地契合了雄安新区高起点规划、高标准建设的要求。

仅仅一年时间，中国政府在雄安新区规划上致力于创新的决心以及为此付出的努力，就得到了世界的充分关注。

据人民网舆情数据中心发布的相关报告，美国《福布斯》杂志网站曾刊文表示，由于雄安新区规划中对创新的重视，一些分析人士甚至将雄安新区称为新的"硅谷"，认为雄安新区将在中国向高科技制造业结构转型的过程中发挥重要作用，该地区的发展可为中国其他地区的发展提供范例。法国《解放报》援引分析人士的评论指出，未来雄安新区作为绿色城市、创新中心，将专注于发展高科技产业，而不是发展位于生产链底端的小规模制造业，并有潜力成为中国北方经济增长的引擎。

如今，经过各方努力奋斗，雄安新区已展现出让人惊叹的新颜。

各类科技创新要素、各种科技创新主体纷纷在这里聚集。如果说雄安新区因疏解北京非首都功能而生，那么通过热烈拥抱新一轮科技革命和产业变革，它必将逐全球创新浪潮而兴起，乘世界智能化东风而腾飞。

中国高铁的新名片

雄安站拔地而起，成为雄安新区开工建设的第一个国家级重大工程，总建筑面积47.52万平方米，是目前亚洲最大的火车站之一。

雄安站，位于中国河北省保定市雄县境内，为中国铁路北京局集团有限公司北京车务段管辖的铁路客运站，是京雄城际铁路、京港高速铁路、津雄城际铁路、雄石城际铁路、雄忻高速铁路的交会车站，因其重要的地理位置和巨大的承载能力而具有重大意义。

新区这幅壮美的画卷，不是徐徐铺展的，而是在热火朝天的建设中大笔书写的。2018年12月1日，雄安站在一片鞭炮声中隆重开建，其总建筑面积47.52万平方米，线路站场总规模为13台23线，其中铁路站场规模为11台19线。

中铁十二局集团的建设者们，自从进入京雄城际铁路雄安站的建设工地，每一天都在苦干实干，以争取早日通车。

记得2019年元旦，守在京雄城际铁路雄安站的建设工地上的技术人员、建设工人们，正以热火朝天的劳动热情迎接新年。他们骄傲地说："我们苦干实干、无怨无悔，希望今年年底前，可以告诉全国人民，雄安站建成了！"

2020年4月30日，雄安站主体结构封顶；同年12月27日，雄安站投入使用。

外形漂亮的雄安站，拥有70余项前沿科技成果，被中外媒体誉为"智能高铁新标杆"。

作为新区第一个开工建设的大型基础设施工程，雄安站在建设过程中融入了创新、智能、人文、绿色等诸多元素。

2020年12月27日10时18分，"复兴号"动车组C2702次列车从新投用的雄安站发车，驶向北京西站。高铁，在中国早已不是陌生事物，然而这列智能高铁却牵动了许多人的心。

京雄城际铁路固安特大桥，是一座长988米的高铁桥梁。建设者在建造这座大桥时完全颠覆了传统的建桥方式，首创装配式建桥方式。

装配式建筑方式是指把传统建造方式中的大量现场作业任务转移到工厂进行，在工厂加工制作好建筑用的构件和配件，再运输到施工现场，通过可靠的连接方式在现场安装完成的建筑方式。

中国铁路设计集团有限公司（以下简称"中国铁设"）京雄城际铁路桥梁专业主管总工程师认为，装配式建筑方式既避免了传统建设中的扬尘现象，将环境污染降至最低，又节能环保，符合绿色建筑要求。此前装配式建筑方式多应用于房屋建筑领域，而在轨道交通等领域尚无应用。

"后方'造积木'，前方'搭积木'。提前对高铁桥梁工程的管桩、墩身、墩帽等'零件'进行标准化设计，分段由工厂进行标准化制造，在施工现场进行组装。

　　"这项技术完全颠覆了传统的建桥方式，技术优势十分明显。"

　　2019年7月8日，随着指挥长一声令下，重达900吨的箱梁缓缓落位，中国高铁首段装配式一体化桥梁主体工程在京雄城际铁路完工。从墩帽起吊到拼装完成，整个建设过程仅用了十几分钟。这是一项具有里程碑意义的技术革新，在中国铁路建设史上写下了崭新的一页。

　　"我们有两个创新点值得一说，一个是采用墩顶不平衡转体，再一个就是滑道拖拉系统。"项目总经理不无自豪地笑着说，"这两个创新点，目前在国内常规施工当中没有先例。在国内的一些常规转体中，转动球铰全是埋在平台的底部，在转动的时候连平台中心梁体一起转。而这次为了节约工期、降低成本，把转动球铰埋在桥墩的顶部，转动的时候只转动梁部，这大概可以缩短两个月的工期。"

　　京雄城际铁路固安特大桥的建造，是首次将装配式一体化技术应用到铁路工程上，并且运用了安全高效的连接方式，实现了中国高铁建设桥梁装配式一体化技术从"0"到"1"的突破。

　　经过近三年建设，全长91公里、最高设计时速350公里的京雄城际铁路全线开通运营。北京西站至雄安新区的最快通行时间缩短至50分钟，大兴机场至雄安新区最快19分钟可达，"轨道上的京津冀"就在眼前！

　　注重智能和技术创新的京雄城际铁路，在设计上以及投运后科技亮点纷呈，创造了中国铁路史上的多个"首次"，包括首创智能运维系统、首创首推"隔音隧道"和地下牵引变电所等。京雄城际铁路实现智能设计和智能运维，打造出一张中国高铁的新名片。

　　自此，首都北京与河北雄安这座"未来之城"紧紧联系在一起，在列车的来往反复间，传递着一个个令人振奋的好消息。雄安站是以雄安的水文化为基础设计的，一走近就让人觉得亲近。从空中俯瞰，整个雄安站的站顶犹如莲叶上的露珠，温润圆满、晶莹剔透又大气非凡。车站站顶在中部向上昂起，边缘向内层层收进，如同微风荡漾时湖泊中泛起的涟漪。雄安站的建筑面积，相当于66个标准足球场、6个北京站大小。

2021 年末，我们走进雄安站一层候车大厅时，眼前一亮，只见大厅两侧 192 根 14 米高的清水混凝土廊柱，分外夺目。

"这叫清水混凝柱，边角顺直、弧度顺滑、挺拔俊美。这样的艺术效果得来不易，需要对石子、沙子和水泥进行严格的配比，一次性浇筑成形。我们做了上百次试验，才有了现在的效果。"一位项目工程师介绍说，"根据设计和施工要求，这里用的螺纹钢直径为 40 毫米，强度更大。在高颜值背后，是每道工序的上百次试验和 10 多项国家专利的取得。"

一根根廊柱曲线优美，横竖都是弧度，观感自然清新，颇似"开花柱"，展现出绿色、温馨、艺术的完美效果，令人由衷地发出赞叹。

陪同的建设者边看边为我们介绍：

"雄安站清水混凝土廊柱的浇铸含有高科技。比如说，过去用多少钢筋、多大尺寸的模板，一般要到施工现场才能定，容易出现精度不够、原材料浪费、工期延误等问题。这次雄安站工程利用的是建筑信息模型（BIM）技术，即先在三维空间虚拟建造，然后打造自动化数控钢筋生产线，工作效率提高 25%。不仅如此，每一段钢筋都有二维码，什么时候施工、由谁施工等信息可以随时追溯，为质量安全铸起了一道钢铁防线。"

"第一标"——超低能耗绿色建筑

为了能让候车乘客感受到自然光线，雄安站设计了一条宽 15 米的"光谷"，并在下方通道内布置了大量绿植，不仅自然地将车站分区，还有效地改善了候车厅的采光和通风条件，为旅客营造了宜人的绿色空间。

巨大的椭圆形屋顶则是一座光伏电站，4.2 万平方米的多晶硅光伏组件一块块覆盖在屋顶上，宛如粼粼波光。年均发电量可达 580 万千瓦时，可为雄安高铁站的公共设施提供清洁电力，每年能减少 4500 吨二氧化碳的排放，相当于植树 12 万公顷。

这些都是高科技。

雄安站的一层和三层为候车大厅，二层是高铁线。若没有好的科技因素把控，对旅客造成干扰在所难免，但目前的噪声却很小，因为雄安站在国内首次采用了装配式站台吸音墙板。这种墙板采用声学设计，布满 55 毫米的孔眼，夹层的材质为玻璃丝绵，极大降低了列车通行时产生的噪声。人们在候车时听到列车经过的响声，大概只相当于一辆汽车驶过公路时的声音。京雄城际铁路固安特大桥上加装了一段长约 847 米的全封闭声屏障。这是世界首个时速 350 公里高速铁路桥梁全封闭声屏障设施，能将环境噪声降到 20 分贝以下。

京雄城际铁路自北京西站引出，途经人口密集的北落店村附近。这段 800 多米的隔音隧道，极大降低了高铁列车的噪声。

全国第一个智能化全地下牵引变电所，位于雄安站的南侧，占地 7700 余平方米，采用了全地下下沉广场式布局，总深度达 11 米，不仅合理利用地下空间，上方雨棚屋顶也与城市景观融为一体，时尚美观。

这个变电所无人值守，其设备上安装了感应器材，可以根据自身运行状况主动报警。

"雄安站是一座大型钢结构建筑，用钢量约 27 万吨，钢结构焊缝约 32 万条，消耗的焊丝达 7700 吨。"中国中铁建工集团雄安站项目负责人介绍说。

一位建筑工程师这样形容他们的杰作："'绿色大地上的露珠'的设计理念、'青莲滴露'的建筑形象，清晰地展示了雄安站作为绿色生态车站的特质和生态创新的绿色理念，形成了极具生态示范意义的'现代与绿色'典范，承载着雄安大地的'农耕与水乡'记忆。雄安站将成为我国新一代高铁枢纽——'站城融合'建设的新起点。"

> 燕赵大地白洋淀边，
> 一张蓝图描绘新篇，
> 我们齐心协力拓展幸福空间，让那淀泊风光绽放新的容颜。啊，
> 千年雄安，
> 啊，美丽的家园……

《千年雄安》是雄安建设者们最心爱的歌曲。

2017 年的春天，中国建筑第八工程局有限公司（以下简称"中建八局"）在第一时间听到了"设立河北雄安新区"的消息。这支铁军随即踏上征程，开赴雄安。

中建八局有 70 多年的辉煌发展，在国内国际两个市场的开拓拼搏中，锤炼成了一支骁勇善战的队伍。这是一支具有人民军队基因的英雄队伍，

他们薪火相传，继往开来，吹响的永远是冲锋号："前进！前进！前进！进！"

这是一家怎样的企业？曾荣获全国用户满意企业、全国五一劳动奖章等近 100 项荣誉，累计荣获鲁班奖、国家优质工程奖等奖项 80 余项，是行业同级别单位中获国家级质量奖最多的建筑企业。

2021 年 7 月 5 日至 10 日，中央广播电视总台财经节目中心与中建集团联合制作的六集大型纪录片《大国建造》第一季，在央视财经频道震撼播出。全片以"探寻建筑工程的奇迹"为主线，探秘新地标背后"中国制造、中国建造和中国创造"的奇迹。中建八局承建、参建的 8 个超级工程隆重出镜，其中就有雄安新区项目。

雄安站一经亮相，就赢得了诸多的赞美：全亚洲最大的高铁站，京雄、津雄、石雄三大主动脉会聚地，中国庞大高铁交通网络中"八纵八横"的中心枢纽……

2019 年 3 月，中建八局成功中标雄安站枢纽片区市政道路、综合管廊排水管网系统（一期）工程。该项目紧邻雄安站站房，是雄安新区在建的最大规模地下综合管廊，也是国内首个"物流仓+地下管廊"一体化项目。中建八局轨道公司承建其中的 3 个工区，施工范围包含两条地面道路共1100 米、环隧（E4 段）共 234 米、A 出入口 640 米、两条综合管廊共1100 米。如此大的工程体量，按照正常施工速度工期为 15 个月，而中建八局铁军只有 8 个月的时间。

怎么办？

20 天完成项目部组建，人员到位，围护结构首根围护桩开始施工；

3 天集结 500 名管理人员及劳务工人、50 余台机器设备，所有人昼夜奋战；

日出土 1.5 万立方米、7 天基坑见底、55 天完成 107 块顶板浇筑……雄安站，是目前雄安新区最大规模的地下综合管廊，是国内首个采用"预留通道+地下管廊"的项目，设计方案繁杂，没有先例。由于工期紧、任务重，设计人员苦思冥想，把一套套方案推翻重来。他们不是废寝忘食，而是着急上火，根本吃不下、睡不着。

一体化项目为雄安站运营提供专项配套服务，设计使用年限为 100 年。

为了这 100 年的目标和使用寿命，设计人员和施工人员费尽心血。他们要为雄安这座"未来之城"提供源源不断的地下动力，为其预留未来宝贵的地下空间，加快雄安智能交通网络体系的建设。

地下开挖最大宽度 27.4 米，相当于双向六车道公路；开挖深度 22.5 米，相当于 7 层住宅楼的高度。超高标准的设计理念，体现出前所未有的气魄。这个被誉为国内最先进的地下综合管廊，全长 8.6 千米，采用三层四舱结构。负一层为预留通道，可容纳 6 台大货车并排行驶；中间层为疏散、通风设备夹层；最下层为四个不同功能的管线舱，满足未来能源、通信和供水需求。

简直就是极限挑战。

中建八局这支铁军承担的项目点多、面广、战线长，包括 6.95 千米市政道路、8.56 千米综合管廊、8 座桥梁和通道及 30.37 千米排水管网，工期仅为 262 天。

起步就是冲刺，开局就是决战。面对这场"硬仗中的硬仗"，中建八局以完美履约为核心目标，集中优势资源开展"大会战"。据统计，在建设高峰期，每公里的战线上都有近 1000 名建设者协作奋战，50 台汽车吊、挖掘机同时作业，近 200 辆混凝土泵车依次排开。如此震撼的场景出现在雄安，其气势之大，犹如排山倒海。

七八月份，北方进入雨季，给施工进度造成了较大影响。

建军节那天，大雨到夜里仍然没有停止。项目副经理穆庆刚担心路面积水倒灌进基坑，影响工程质量，便和同事到现场查看。一小时后，他被同事搀扶着回到项目部。同事说："雨太大了，水没到了大腿，穆副经理非要走到前面开路。全都是水，哪还能看清路，这不，摔了一跤。"

"大老爷们摔个跤有啥好说的。"

过了半个月，又是大雨。再次从现场检查完工作回来的穆庆刚脱下灌满水的胶鞋，发现左侧小腿结痂处已经和胶鞋内壁粘在了一起，流着脓水。他被同事们拉着去医院检查。医生掀开伤疤，责怪道："伤口里面的肉已经坏死了，而且形成了一个小洞，需要手术。怎么不早来？"

是啊，磕破的地方一直泡在雨鞋里，在他忙碌工作的时候，开始感染流脓。医生替他处理完伤口，叮嘱他回去一定要好好休息。但穆庆刚走出医院，便又回到了热火朝天的工地。

"三万步，十斤汗，背着水壶满场转。深一脚，浅一脚，穿着雨鞋现场挪。"这个顺口溜是施工人员随口念出来的，这也是他们日常工作的写照。

2020年12月7日起，中建八局组织"保通段"水稳沥青的施工作业，确定了"以严格控制原材料进场为第一、以确保水稳混合料各工序环节的合理衔接为第一"的两个生产核心理念。4天完成两层约2.8万吨水稳施工，3天完成1.38万吨沥青面层施工。

"晴天加班干，雨天巧着干，晚上挑灯干"是工人们在雨季施工期间喊出的口号。

施工团队做好排水、挡水、防水工作的同时，还要提前获取天气信息，科学安排施工计划。天气好的时候，全体管理人员驻扎现场，确保现场有足够的人员和设备投入施工；若室外下起小雨，则采用机械分级倒土方式进行土方开挖，及时为主体施工提供工作面。

开挖范围内设置集水坑，及时抽排基坑积水，确保土方及时外运；若室外下起大雨，则暂停施工，并组织全员不间断巡查、抽排、维保，确保基坑内人、机、物安全，以便雨一停能立马恢复施工。

中建八局仅用262天，圆满完成了雄安站枢纽片区市政道路、综合管廊排水管网系统（一期）工程一标段"保开通段"任务，顺利打通了城市的"生命线"。

白天塔吊林立，夜晚灯火通明，这样的场面让身在其中的人无不为之震撼！

中建八局二公司的许前江就是其中的建设者之一。

2020年5月，许前江接到一项光荣的任务——担任雄安新区容东片区C组团安置房项目指挥长。

初到雄安时的状态是：断水、断电、断路、断网。彼时雄安新区的建设刚刚大规模展开，两个月内就有十几万建设大军奔赴而来。许前江在开工之初的短短20天里，调集了1.3万人参与建设。新区建设刚刚起步，配套设施还不完善，早晚交通拥堵、时常停水停电、没有材料堆场等问题，都带来了不小的压力。在这种情况下，要在一年左右的时间完成161万平方米的建设任务，压力大得简直让人喘不过气来。

许前江暗自掂量，30年的工作经历恐怕也抵不上这次雄安的建设经历。新区设立的重大意义世人皆知，必须保质保量完成建设任务，没有丝毫商量余地。同时，安置房属于民生工程、民心工程，回迁户较多，需要更加严格地把控质量。面对这些困难，许前江压力重重、殚精竭虑，然而当他出现在人头攒动、红旗招展的队伍面前时，却是斗志昂扬、信心满满。工人们都夸赞他既能保证劳动力的充足、保障物资的及时供应，又能有条不紊地组织施工，好像雨季、疫情等困难在他眼里都不值一提。

好几个春节，在万家团圆的时候，许前江都遥望着家乡的方向，让家人们通过手机看看雄安工地上的灯火辉煌——在这团圆的日子里，这里仍旧是奋战不息。他想通过这样的方式告诉家人，不光是他不能回家，还有无数人也奋战在此。早一天建好安置房，这里的老百姓就能早一天住进新居。

五年前，雄安还没有5G技术。现在，这里的5G信号塔已经建了500多个。

本着同步规划、同步设计、同步施工、同步开通的原则，中国铁塔雄安分公司（以下简称"雄安铁塔公司"）2018年10月就已开展前期规划对接工作。由于项目重大，技术含量高，需要不断创新。起初，他们找对接人谈项目合作时四处碰壁。他们发现，仅凭一己之力很难在短时间内完成任务。怎么办？公司领导一锤定音：现在是合伙人时代，找大企业、找研究院所。

雄安铁塔公司多次前往北京铁路总公司、铁三院（天津）工程有限公司拜访，最终与铁路方建立联系，迈出万里长征第一步。

由于前期阶段对雄安站公网覆盖的资源预留是一片空白，要最终实现公网覆盖，项目部需要承担机房、传输、电源、桥架、无源室分、有源室分和微站共7个专业规划的预留工作。时不我待，项目部快速整合资源、精密部署，奋战三天三夜，最终拿出了初步方案。

"咱们铁塔承建的工程主要以共享为主，可有源室分存在不能共享的弊端，运营商要求自建，怎么办？"

"离雄安站重点区域开通5G信号还有20天，运营商答应在这段时间内完成。"

两天后，运营商找到铁塔："我们能力不足，真的完成不了。还是请你们帮助完成吧。"这个意外一时间让铁塔雄安站项目组人员措手不及！

由于工程要求 20 天内开通 5G 信号，留给设计工作的时间最多只有 5 天。

关键时刻决不能掉链子。项目工程师快速梳理思路，仔细勘察站房的实际情况，充分了解站房建设进度，合理布局通信设施，保证无线信号覆盖的广度和深度。并组织设计人员耗时四天三夜，重新将三家运营商的有源室分方案进行整合，做出一版能够预先指导施工的方案。方案制订后，设计人员直奔雄安站站房指挥部进行沟通对接。站房指挥部又提出更高的要求，需将每一根天线的点位精准地布放到精装修图纸上。由于有三家总包单位负责雄安站的精装修设计工作，因此一张精装修图纸有半条走廊或者几个房间那么长，图纸零碎，点位布放难度倍增。

在新区，没有一件事是曾经遇到过的，没有一件事不是新的挑战。

怎么办？分组分队，跟时间赛跑！

三组设计人员从早上 8 点出发，深入走访三家精装修总包单位，在现场办公，一边沟通一边布放点位，终于不辱使命，按时完成了图纸方案。

实施阶段的第一道难关解决了，又迎来了第二道难关——多工种交叉施工、工期紧、难于协调等。项目主管合理安排施工进度，白天进行问题确认、与站房建设方沟通解决方式；晚上召开调度会议，协同监理单位和施工单位总结日进度、梳理问题以及安排下一日进度，经常工作至深夜。

京雄高铁 5G 网络基础设施，由中国铁塔牵头组织三家运营商，在铁路总公司的支持下，与京雄高铁主体工程"同步规划、同步设计、同步施工、同步开通"，创造了历史。

雄安站，是新区道路交通网的心脏，如何实现 5G 全覆盖和信号畅通？

"共建共享，摊薄成本。"这里设备密集，共享率高。在雄安站建设中，运营商通信共建共享率达到 80%，在线路、设备各个细节做到了大共享、互利共赢。中国铁塔共享高铁管槽道、共享电力资源，建成 5G 基站 38 座，以及包括雄安站在内的 3 个站房的室内网络分布式覆盖系统。不仅如此，在低成本、高效率、高质量有效保障的 5G 信号基础上，雄安站通信覆盖工程还呈现出美观的视觉效果。

为此，大家没少下功夫：站台层 5G 信号要全覆盖，站台层平常都是明装？不行！在侧面铝板上安装需要破拆？不行！安装在扶梯内侧对信号覆盖有遮挡？不行！

负责人连续三个"不行"，让设计人员顿时紧张起来。几秒的沉默后，大家默默地围拢在一起，重新分析研究，说想法、出思路。"要像人穿衣一样，外观美丽，又不过分暴露。"思路有了，大家一鼓作气，埋头工作，竟然忘记了吃午饭。下午3点，设计人员最终根据"网络覆盖于无形间"的理念，瞄准了高架层上的整面玻璃墙，准备将设备装在这里，使之符合"美观大方、信号好、不暴露"的要求。仗，越打越精。他们还充分利用风柱、房中房以及建设通信基础设施，化有形于无形。

所有末端设备均与站房装饰融为一体，遵循"数字雄安"发展理念。设计人员在设计初期建立了BIM模型，辅助优化各区域的走廊及检修通道的尺寸，同时利用BIM放线机器人做施工现场管线安装定位，对管线预留、预埋安装精准定位，实现了零偏差、零失误，节约了施工成本，提高了施工效率。一体化BIM制作实现了对雄安站的数字化管控。

雄安站一楼候车大厅内，可以看到多个"庞然大物"。那是岛式空调机组，包括5G信号放大器、消防报警器、空气净化器等多种智能装置。

几年来，雄安铁塔公司新建、改造塔类项目4500余个，室内分布系统面积2600余万平方米，覆盖高铁总里程70千米、高速总里程110千米。运营商共享率由80%提升至98%以上，新建项目100%实现共享，减少铁塔重复建设1300个，节约行业投资2亿多元，节约土地140多亩。雄安铁塔公司协同电信运营企业全力推进5G新基建，率先在新区开展了5G商用网试验，为全国5G商用提供宝贵经验。

截至目前，雄安铁塔公司共完成5G宏基站建设项目1700余个，做到100%共建共享，实现了县城主要区域、雄安市民服务中心、安新容城连接线、安新白洋淀景区、京雄高铁沿线、雄安站、容东片区等重点区域5G全覆盖，有效推动5G与行业融合发展，助力5G网络和行业应用全国双领先。

在雄安新区第一个新建城区——容东片区，雄安铁塔公司将基础设施尽可能融入周边环境。在室内网络覆盖上，采用5G无源共享室分方案，对于大型公共建筑、商超区域采用分布式多进多出（MIMO）无源室分创新方案，提高了区域内容量，在业界树立了移动宽带网络综合覆盖的标杆。

凡到过雄安新区的人，可能都会注意到手机始终有满格信号，却很难找到高高耸立的通信塔。这便是雄安铁塔公司提出的天线仓、融合塔等

"塔城融合"的创新方案，使通信基站与城市环境完美融合，做到眼中不见"塔"、但"塔"就在身边，最大化减少通信建设对城市风貌的影响。

科学技术无处不在，它"智"造出了"雄安第一标"！

2019年12月10日，建筑业科技创新暨2018—2019年度中国建设工程鲁班奖（国家优质工程）表彰大会在北京举行，雄安市民服务中心等241个项目工程荣获此奖。

这则消息让雄安的建设者们欢呼雀跃。一年多的殚精竭虑——值得，几百个日日夜夜的苦思冥想——认了，多少个节假日的废寝忘食——无怨！

"雄安第一标"参照北京故宫中轴线的布局思路，为"三纵三横"格局，由公共服务区、行政服务区、生活服务区、入驻企业办公区四大建筑群组成。

让我们感到意外的是，这里没有围墙，所有道路四通八达。道路的两侧除了鲜花盆景就是树木绿地，真正实现了蓝绿交织、天地合一。正所谓楼在林中，路在绿中，人在景中，心在画中。如果不告诉你这是河北雄安，你一定会以为是哪个发达国家的美丽城市。

2022年正月，我们又一次来到雄安新区，走在容城县奥威东路上，只见道路旁一栋栋立方体形的单体建筑异常显眼，这便是有"雄安第一标"之称的雄安市民服务中心，可满足3000人常驻办公和500人住宿的需求。2018年4月29日正式开放以来，前来参观的游人络绎不绝。

市民服务中心位于容城县小白塔村东，南侧与荣乌高速相邻，项目总投资额8亿元，总建筑面积约10万平方米，占地面积24.24万平方米。

这是新区面向全国乃至世界的窗口，承担着雄安新区政务服务、规划展示、会议举办、企业办公等多项功能，是雄安新区定位与发展理念的率先呈现。市民服务中心相当于一个小型城市的缩影，由此可以看见雄安新区的未来。

作为雄安建设的开端，市民服务中心工期短、合作方式独特，在特定的条件要求下，形成了雄安管理设计的新模式。

雄安市民服务中心建设引入了"海绵城市"理念，在绿地、人行道设置透水砖，在车行道设置透水沥青，在停车位设置植草砖，使雨水在流动过程中经浅草沟的渗透，过滤后再进入雨水收集系统。同时增设 8000 立方米的雨水滞蓄容积，基本实现雨污零排放。

超低能耗的建筑设计方案，通过降低建筑体形系数，控制建筑窗墙比例，完善建筑构造细节，设置高隔热隔音、密封性强的建筑外墙，充分利用可再生能源，使雄安市民服务中心成为具有示范性的"被动式建筑"。

坚持扣好雄安发展的"第一粒扣子"，是雄安市民服务中心项目建设者们的决心。建设者们综合运用 BIM 等 30 多项新技术，构建了国内建筑的创新"试验田"和未来城市的"样板示范区"，打造出一个真正意义上的智慧园区、绿色园区。

什么是"被动式建筑"？

工作人员解释说，被动式建筑由德语 Passivhaus 直译而来，全称为"被动式超低能耗建筑"，集建筑和节能技术于一体，能够极大地提高建筑保温隔热性能和气密性，大幅减少建筑主动向外的能源需求。

漫步于园区，我们感受到了科技的魅力。

看不见司空见惯的高楼林立和拥挤车流，这里的建筑掩映于园林之中。办公区域真正实现了"共享"，不同企业之间可以畅快交流。进入无人超市购物，挑选完商品，"刷脸"即可完成支付。

回顾市民服务中心项目建设的奋战史：

施工队 8 小时完成第一次基坑验槽、第一方混凝土浇筑；

4 天完成 3100 吨基础钢筋绑扎；

5 天完成施工现场临建布置；

7 天完成 12 万立方米土方开挖；

10 天完成 3.55 万立方米基础混凝土浇筑；

12 天完成 2.1 万平方米生活区建设；

40 天完成园区 7 万平方米建筑全面封顶；

78 天完成首幢单体建筑外装工程；

……

112 天蓝图变为现实。这背后，是雄安建设者们的极速挑战，是充满激情的"雄安速度"。

纵观市民服务中心项目，8 栋单体建筑全部采用装配式建造方式，其中 1 栋是模块化集成房屋装配式，另外 7 栋是钢结构装配式，就连园区内的马路都是装配式的。

简单地说，就是在工厂把房子盖好，大到内部装饰，小到里面一根电线，全部预先做好，然后再整体运到现场接装，就像搭积木一样，最快4天就可以拼装好一栋楼。这样既能保证速度和质量，也能减少对环境的影响。

更为关键的是，每个装配式构件都装上了芯片或贴上了二维码，里面含有生产时间、生产地点、检测人员、物流人员、安装工人、安装位置等各类信息。扫一扫二维码，就能了解构件的"前世今生"，实现了全工序、全过程的大数据管理。

由于雄安新区地热资源丰富，建设者设计出冷暖一体化供应系统，巧妙利用资源地源热泵原理，把水管引入地下，利用地热"烧水"，然后将水送到地面，每天最多可提供100吨生活热水。经过冷热转换处理，该系统能为园区冬季供暖、夏季制冷等提供能源。冷热暖一体化供应系统，相比传统供能更加清洁、高效。据初步测算，园区每年可节约标准煤约600吨，减少二氧化碳排放约1000吨。

雄安新区作为科技之城、智慧之城，代表着中国城市建设的发展方向。市民服务中心作为先行项目，融合了多项先进的城市规划理念和智慧科技手段，打造出一个"未来城市"的雏形。海绵城市、智慧交通、地下综合管廊、孪生城市等理念和技术的运用，为后续其他项目甚至新区市政整体规划提供了实质性蓝本。

（节选自《雄安记》，浙江教育出版社2023年6月出版。）

一飞，再飞

黄传会

长征五号研制成功，标志着中国运载火箭实现升级换代，是由航天大国迈向航天强国的关键一步，使中国运载火箭低轨和高轨的运载能力均跃升至世界第二。

——题记

灰色的云

海南七月的黎明，多姿多彩，生机勃勃。

此时，东边的天际霞光万丈，万里波涛翻卷着、跳动着，金光闪烁，激情澎湃。一群群海鸥在海面上时而嬉闹、滑翔，时而呼扇着金色的双翼直插云天。

文昌航天发射中心，位于海南省文昌市龙楼镇，是我国首个开放性滨海航天发射中心，也是世界上为数不多的低纬度发射场之一。主要承担地球同步轨道卫星、大质量极轨卫星、大吨位空间站和深空探测卫星等航天器的发射任务。

每遇发射日，长征五号火箭（以下简称"长五火箭"）总设计师李东总是醒得很早。当他拉开窗帘时，朝阳刚刚从海面上喷薄而出。

李东一眼望见西南方向三公里外那座巍巍耸立着的发射塔。此时，长征五号遥二火箭（以下简称"长五遥二"）像一位身披铁甲、手执金戈的武士，即将出征。

他禁不住心头一热，两眼发潮。

二〇一七年七月二日，一个让李东一辈子都刻骨铭心的日子。

像是约定好了，李东和长五火箭总指挥王珏，前后脚来到指挥控制大厅。或许是为了表达一种仪式感，他俩还夸张地握了一下手。

王珏问："昨晚应该休息好了吧？"

"还行。"

"这回没吃安眠药？"

李东笑了："哪能老吃安眠药。"

"看来你是信心满满！"

"你不也是一样吗？"

预定点火发射时间是晚上七点二十三分。一大早，参与任务的人员已经迫不及待地提前上岗了。

指挥控制大厅内座无虚席，每个岗位前都有一台联网电脑。大厅正前方是一块硕大的电子屏幕，上面闪动着红色、黄色和绿色的各种参数。

王珏和李东率领试验队，已经在发射场工作了两个月，各项工作进展顺利。加上有长征五号遥一火箭（以下简称"长五遥一"）首飞成功托底，李东对于今天的发射信心满满。

李东环顾一下指控大厅，这里的一切他都感到十分熟悉、亲切。他的目光落在大屏幕闪动的电子钟上，忽然，一种潜伏着的磁力，将他的记忆拉回到二〇一六年十一月三日——后来，有人将这一天称为中国航天"最折磨人的一天"。

已经是初冬时节，海南却没有一丝寒意，满眼青绿，郁郁葱葱。李东特别喜欢海南的椰子树，它那傲然挺拔的身姿，给人一种积极向上的力量。

那是长五火箭的第一次亮相！

预定的发射时间是晚上六时至八时四十分。

王珏和李东吃了早餐便往指挥控制大厅走。

"昨晚休息好了吗，李总？"王珏问。

"还可以吧。"

"看来是没休息好？"

"不瞒你说，翻来覆去睡不着，起来吃了颗艾司唑仑。这是我在发射前第一次吃安眠药。"

"吃安眠药，有这么严重？"

李东淡然一笑。

所有的工作都在按部就班地往前推进着。

主控台前的01指挥员胡旭东下达口令："开始加注液氧！"

火箭发射是一个庞大的系统工程。01指挥员是火箭发射的第一岗位，他需要同时统筹多个系统、一百多个岗位、一千多名操作手，实时掌握火箭发射的整个过程，还要及时处置各种故障问题，不允许任何一个环节出现失误。

长五遥一火箭第一次采用液氢液氧燃料。将总计超过五百吨、零下一百八十摄氏度的液氧注入处于常温状态的火箭贮箱，有人形容，这是一场冰与火的激战。

伴随着第一道液氧注入贮箱，火箭四周开始出现因为极度低温产生的雾气，像轻纱般飘浮着。

大屏幕上端的电子钟显示11：00时，火箭助推器1的氧箱前底舱段的缝隙内，喷射出一道白色的雾线。

正在箭体四周的操作人员一时神色紧张，不知道发生了什么情况。

指控大厅内的助推动力指挥张青松，通过视频看到了这一切。他的两道剑眉紧缩在一起，快速判断：是因为舱段温控系统能力不够，导致舱段温度过低引起的，还是出现了低温氧气泄漏？

指令下达到箭体前端操作人员。一位试验队员使用测试仪很快测定氧浓度超标，不排除舱内氧气泄漏。

发射是否继续？

瞬间，传来01指挥员口令："各号保持状态，暂不进入-7h程序！"

指挥部决定打开密封舱段，派遣人员进舱观察，再作定夺。

李东对坐在一旁的长五副总师杨虎军说："虎军，你去塔架上看看情况。"

一辆指挥车拉着杨虎军，朝塔架呼啸而去。

八院一位高级技师正在待命。

杨虎军叮嘱道："师傅，小心谨慎。"

高级技师戴着氧气面罩，用专用工具打开舱门，猫腰钻进舱内。舱内寒气逼人，俨然成了一只大冰箱。高级技师身着薄薄工装，瞬间被冻得浑身哆嗦。但他咬紧牙关,仔细地观察着……

一分钟!

两分钟!

三分钟!

站在箭体外的杨虎军万分焦急,不知道箭体内部究竟发生了什么情况。

舱门重新被打开了,高级技师像一支利箭似的从箭体内穿出。杨虎军迎上前去,想问个究竟。

高级技师快速进入固定塔上的工作间。他被冻得身子发抖,脸上肌肉发僵,一时竟说不出话来。杨虎军连忙递给他一杯热水,他喝了几口后,说:"舱内温度很低,没有出现滴漏。"

"那氧气是从哪儿来的?"杨虎军有些迫不及待。

"低温氧气是从氧箱排气阀后与外界连通的排气管处泄漏的,量很少。"

助推动力指挥张青松分析,氧气泄漏量很少,但它距离舱口很近,所以才出现氧浓度仪报警的情况。只要在火箭起飞前关闭排气阀,就不会再有氧气漏出,更不会对飞行产生影响,无须做进一步处置,发射组织进程可以继续进行。

发射窗口是否还能保持?

指挥部决定按原程序继续。

01 指挥员下达口令:"重置点火时间为 19:01:00!"

紧接着,零下二百五十三摄氏度的液氢开始加注。

阳光照射下,长五火箭整流罩上那面鲜艳的五星红旗和箭身上的"中国航天"四个蓝色大字格外醒目。

十四时,液氢加注完毕。

指控大厅的气氛不经意间变得轻松起来。

半个小时后,贮箱内液氢状态趋于平稳,具备进行调试条件。

氢氧模块动力系统指挥员于子文下达了"启动循环泵"口令。

大家目不转睛地盯着屏幕上的曲线——那道表示系统是否正常工作的曲线。

循环泵的工作转速从八千转每分钟,调到一万转每分钟,一万两千转每分钟。

然而,期待中的那条曲线没有出现,它一直在一个严重偏离的状态下来回挣扎着。

此刻，大屏幕上显示的温度是238k，远高于110k的起飞标准。火箭"发烧了"。距离预定发射时间只剩下两个半小时。

似乎有一片灰色的云在指控大厅里飘浮着，笼罩在大家的脸上。

十五时三十六分，传来01指挥员口令："110暂停液氧排放，暂停煤油充填。各系统保持状态，暂不进入−1h程序。"

这意味着正式宣布此轮循环冷调试失败。

李东摇了摇头，站起来朝大厅外走去。杨虎军和一院总体部主任王亚军、总体室主任黄兵紧随其后，来到大厅旁的小会议室。

黄兵是长五火箭总体动力系统负责人，他马上在一块小白板上画出了长五动力系统的原理图。

经过紧急分析、判断，大家认为这种状态应该是由于发动机的一路D7吹除系统流量发生变化引发液氢循环流路受阻所致，唯一的解决办法是调低发动机D7吹除流量。

李东意识到如果不是这个原因，情况就更加复杂，将可能终止发射。他更知道终止发射意味着什么。

难的是，此时，液氢已经加注完毕，发射塔架上的人员已经撤离完毕。要调低发动机D7吹除流量，必须组织人员重新上架。而调低D7吹除压力，必然会有少量液氢溢出到箭体周围，这将给操作人员和火箭本身带来极大危险。

时间在一分一秒地消失。

十九时零二分，指挥部决定组织人员上塔架调低发动机D7吹除流量，如果到了十九时三十分，一级发动机预冷仍然无法恢复正常，将启动推进剂泄回程序。而这种结果，对于每一位参与长五的研制者来说，都是无法接受的。

01指挥员下达口令："02，组织一级氢配气台操作手返回操作岗位。"

地面发射支持系统的谢建明高工，像是听到战斗命令，没有丝毫胆怯和犹豫，带领两位技术员一起登上工具车，逆行驶往发射塔。

快点儿！再快点儿！

谢建明不停地在心里喊着。这段只有二点八公里的专用路，此时，变得如此之长。

还没等车停稳，谢建明三人带着工具，跳下车，直奔发射塔；登上发射台，按操作程序将 D7 吹除压力逐渐调低。

指控大厅内，安静得似乎连每个人心跳的声音都听得到。

所有人都屏住呼吸，瞪大双眼，盯着大屏幕、小屏幕上那道"生死线"！

人们期待的奇迹发生了，火箭成功"退烧"。系统工作稳定，状态恢复正常，满足发射条件。

大厅里爆发出雷鸣般的掌声。

01 指挥员下达口令："设定点火时间为 20：40：56。"

煤油充填；液氢补加；过冷液氧补加……

时间推进至发射前最后三分钟。

"连接器脱落"的回令，却迟迟没有传来。

"出了什么情况？"连接器负责人张振华倒抽了一口气，心跳急速加快。

01 指挥员第三次发出口令："暂缓进入−2min 准备程序。设定点火时间为 20：41：56。"

按预案处置连续三次发出脱落指令，如果失败，将暂停发射，考虑新的处置方案。

第一次指令发出后，连接器没有脱落；再发指令，连接器依然不动。

只有最后一次机会了，此时距离发射仅剩下两分钟。

十秒、二十秒……终于传来连接器指挥员的口令："一级氧加连接器脱落！"

指控大厅里再次响起掌声。

谁也没有想到，是一块低温凝结而成的冰球冻住了连接器。最后关头它被击碎了。

最后九十秒。

01 指挥员口令："转电。"

就在这时，控制系统 120 指挥员韦康突然接到了姿控和制导专业报告未收到相关数据，紧急报告："01，中止发射！"（后来，网友们评议："这是中国航天史上最牛的一道口令。"）

胡旭东猛地一震，脱口而出："怎么回事？"

有人站了起来，伸长脖子望着主控台，不知发生了什么情况。

三秒钟后，120报告："数据收到！01，可以了。"

指挥员开始"点火"倒计时报数："十、九、八……"

制导专业报告："还没有数。"

姿控专业报告："状态角偏差还没有。"

120再次报告："01，稍等。"

此时，01指挥员倒计时已经数到六。

几乎是在同一瞬间，120报告："01，好了。"

来不及任何犹豫，也没有任何时间商量，01指挥员即刻下达："……五、四、三……发射时间重置为20：43：04。"

指挥控制大厅的气氛像是凝固了似的……

20：43：13：998。

终于传来01指挥员口令："点火！"

橘黄色的烈焰从发射塔底部翻滚而出。长五遥一火箭升腾而起，如同一条巨龙，拖着银灰色的尾焰，直奔苍穹。

一千八百二十一点零一零秒，星箭分离，发射、飞行成功！

长征五号首发火箭发射，一波三折，险象环生，惊心动魄！

那天晚上，早就得知长五发射消息的"箭迷"们，站在龙楼镇海边沙滩上翘首以盼，一等再等，终于等来了长五首秀的佳音。他们不知道长五发生了什么，兴奋之余，第二天，一个个只感到脖子酸疼。

长征五号首发告捷，中国航天火箭终于拥有了"大型运载火箭"。

"火箭运力有多大，航天舞台就有多大。"这是航天界公认的铁律。

迈向更高更深的太空，离不开火箭运载能力的提升，发展新一代运载火箭成为中国航天的必然选择。

当时，我国航天火箭的低轨运载能力是九吨，长征五号的低轨运载能力达到二十五吨，大幅提升。高轨运载能力五点五吨，使我国运载火箭的规模实现从中型到大型的跨越，达到或超过国外主流大型火箭的运载能力。

这一年的中国航天，因为有了"长五首飞成功"，获得了更高的社会热度。

长五"跌跌撞撞"的成功，或许更像是一次侥幸的胜利。王珏、李东和长征五号团队没有想到，一场暴风骤雨、一场更残酷的打击在等待着他们……

李东刚刚收回思绪，01 指挥员胡旭东忽然朝他投来粲然的目光，目光中带着一种自信，比海南夏日的阳光还明亮。一进入这个大厅，人们之间的交流更多是用目光，而不是语言。

有了长五遥一的胜利，大家对于长五遥二的发射，充满憧憬和自信。

十九时二十三分，01 指挥员下达口令："点火！"

长五遥二火箭底部翻滚起一团熊熊火焰，意味着发动机顺利"点着火了"。

李东和王珏会意地点了点头。

大家的目光交会在一起，许多人脸上带着笑容。

一百七十秒后，四只装有液氧煤油发动机的助推器完成使命，成功分离。

大屏幕上显示出的火箭飞行轨迹，正向着"完美的结局"奔去。

三百四十六秒！

大屏幕上绿色的参数突然出现跳变，原定的火箭飞行线路和火箭实际飞行线路从重叠到慢慢分离，而且越分越远。

李东忽地站了起来，快速擦了擦镜片，不相信地盯着那组参数。

王珏像是被什么东西猛击了一下，瞬间愣住了。

杨虎军嘴角动了一下，想说什么，但没说出口。

中国工程院院士龙乐豪当时也在指挥控制大厅，轻轻说了声"坏了"，下意识地拍了下大腿。"突然间，遥二飞行曲线不是按照预定的方向往上跑，而是在往下'掉'。这意味着火箭在渐渐失去推力，推力不够，就没有加速度，就不能克服重力场的作用……"

十年前，龙乐豪是长征三号运载火箭总设计师，长三乙当时是我国运载能力最大、技术最先进、构成最复杂的一型火箭。火箭升空二十二秒后，在空中爆炸。然而，龙乐豪这一代航天人没有被艰难压倒，没有在失败面前屈服。他们擦干眼泪，忍辱负重，用了一年多时间，凤凰涅槃，使长征三号一飞冲天。

指挥控制大厅里座位少，发射时，长五火箭质量主管杨慧找了张小板凳，坐在李东身后。

刚参加工作没几年的杨慧哪见过这种场景，两眼瞪得大大的，一时不知所措。

李东侧身对杨慧说："组织大家开会。"

杨慧这才回过神来，站起来，大声喊道："测控、总体、控制、动力……开会！"

杨慧在当天的日记里写道：

> 宣布飞行任务失利后，回协作楼，路过餐厅，里面灯都亮着，空无一人。发射队为大家准备了加班餐，却没有一个人去吃。提前准备好的鞭炮礼花，也被凌乱地堆在餐厅门口。刚刚在电梯里碰到兄弟院的同事，安慰我说："这一次只是运气差，才没能获得成功。"我不想逃避问题，回答说："并不是我们运气差，而是火箭一定在某个环节还存在问题。"

> 虽然这次失利是我经历的第一次失利，但我们从来没有畏惧过。勇于正视问题，才是解决问题的第一步。

事故分析会整整开了两天。长五火箭出现故障偏离轨道后，已经坠入太平洋。看不到火箭的残骸，一时无法准确判断故障原因。

第三天清晨，试验队回北京。

天空灰蒙蒙的，没有云朵。

大巴车出了场区大门，经过发射塔旁。空空如也的发射塔，悲壮中带着几分凄凉。

杨慧看了一眼，赶紧扭过头，不敢再看。她怕控制不住自己，会号啕大哭。

上了飞机，杨慧发了条朋友圈："失败是成功之母，而失败的痛，只有亲历者才懂；迈向成功的艰辛，也只有亲历者才明白。但我坚信人生没有白走的路，每一步都算数，'胖五'的未来我们一起走！"

当夜，新华社发布快讯：

2017 年 7 月 2 日 19 时 23 分，我国在文昌发射中心组织实施长征五号遥二火箭发射任务，火箭飞行出现异常，发射任务失利。后续将组织专家对故障原因进行调查研究。

长五遥二失利，不仅仅是一枚火箭的失利，也不仅仅是一个型号的失利。它关乎我国载人航天工程和深空探测工程的成败，特别是对嫦娥工程、首次火星探测任务将产生直接的影响。

第九百零八天：浴火重生

归零！

归零是航天系统一种故障分析模式。指系统内某一环节出现了问题，需从第一步到最后一步逐一溯源，抛弃主观臆断，重新一一验证，直至问题完全解决。具体归纳为：

定位准确：分析数据，制作"故障树"，准确找到问题的原因。

机理清楚：对问题的内在物理规律进行探究，将问题分析透彻。

问题复现、措施有效：用计算机进行仿真，故障再次发生，随后再验证后续采取的措施是否有效。

举一反三：最后对问题进行归纳总结，解决类似的其他问题。

长征五号——这枚中国最大火箭的归零，整整用了九百零八天！

这九百零八天，对于长五总指挥王珏来说，称得上是惊涛骇浪、惊心动魄……

王珏一九六一年出生于上海，成长于西安。一九七八年考入西安交通大学动力机械系，毕业被分配到北京航天动力研究所。先干了几年的型号设计员，一九八六年师从我国著名火箭发动机专家朱森元读研究生。

朱森元是我国液氢液氧火箭发动机的主要开拓者之一，曾先后参加液体火箭发动机的多项研究，完成的超临界传热计算方法和管内流动沸腾换热的临界热量计算方法，为液体火箭发动机的传热计算和冷却方案设计提供了计算方法和设计原则。他一九九五年当选为中国科学院院士。

朱森元说自己一生就遵循一句话："祖国哪里需要，我就去哪里！"

王珏还记得研究生的第一堂课是导师带着自己去所陈列室参观。

北京航天动力研究所始建于一九五八年，是我国液体火箭动力事业的发源地，承担着我国航天运载器的"心脏"——液体火箭发动机的研究设计工作。

陈列室里摆放着各种发动机样机，朱森元为王珏一一介绍在研制过程中所经历的种种艰辛。

在一台长征三号火箭发动机样机前，朱森元停下了步子……

一九七〇年东方红一号卫星上天后，国家将研制通信卫星及运载火箭的任务提上议程。运载火箭被命名为长征三号，由一院负责研制抓总。长三是一枚三级液体运载火箭，一、二级使用常规发动机，第三级使用低温高能液氢液氧发动机。

以液氢液氧为推进剂的发动机被称为氢氧发动机，它的研究当时属于世界级的课题。时任一院院长张镰斧，果断地将被发配到北大荒军垦农场的朱森元调回北京，委以氢氧火箭发动机研究室副主任设计师的重任，由他牵头攻关。朱森元和同事王之任、刘传儒集中众多科技人员和工人师傅的智慧才干，先后攻克了涡轮泵轴承强度、液氢泄漏起火、次同步共振、缩火等数十个技术难关。

朱森元告诉王珏，液氢在常温下会迅速挥发成气态氢，气态氢在空气中达到一定比例就会引起爆炸。明知现场有加注液氢的危险，已经是第七机械工业部副部长的张镰斧，却搬张小板凳，在操作现场一坐就是三个小时。他是用自己的行动在为操作人员壮胆：如果真出问题，我张镰斧首当其冲。

一九八四年一月二十九日，长三火箭首次发射，由于三子级发动机高空二次启动出了问题，卫星没能进入预定轨道。找到排除故障的对策后，全院上下二十四小时连轴运转，先后进行了五次发动机试车、十次点火。三月二十六日，改装好的发动机件完工，被空运至西昌。四月八日，长三火箭托举着试验通信卫星，准确进入地球静止轨道。这标志着我国运载火箭技术和卫星通信技术跨入世界先进行列。

朱森元说："一型火箭发动机的研制，不能以三年、五年作为计算单位，而是要以十年、二十年来计算。"片刻，他又感慨道，"有人甚至为之付出半生、一生的心血！"

王珏真正理解这句话的含义，是在二三十年后。

在北京航天动力研究所，王珏从普通设计员干起，一九九二年任发动机室主任，一九九五年任副所长，二〇〇三年出任所长。

发动机被称为火箭的"心脏"。长五火箭的飞行靠十二台发动机提供推力，点火时，八台液氧煤油发动机为四个助推提供动力，两台 YF-77 发动机为芯一级提供动力，十台发动机同步点火。火箭飞行一百七十秒后，四个助推分离，由两台 YF-77 发动机继续工作，为火箭提供动力。

火箭发动机成功与否，动力系统至关重要。长五火箭二〇〇六年立项，而 YF-77 发动机比它早四年，在二〇〇一年已经立项了。

研发航天发动机，其难度犹如攀登珠穆朗玛峰。国外有专家甚至放言："中国人即便设计出来了，也不可能将它制造出来。"

YF-77 发动机采用液氢、液氧作为推进剂，燃烧产物为洁净度达百分之九十九点九九的纯净水，具有绿色、环保、零碳排放等优点，是世界上排放种类最少、最绿色环保的发动机，是当今世界航天发射的主流技术。氢氧动力，通常被称为冰火两重天，发动机工作之前，需利用液氢和液氧将发动机各类部件的温度预冷，保证推进剂在发动机内部的稳定输送。发动机点火后，转速从静止状态瞬间变为几万转，从低温立即转为高温，最高温度达到三千度。在这样的高温高压富氧环境里，普通材料瞬间就会被烧成一堆废渣。所以它用了许多新材料，燃烧部分用的是高温合金。

二〇〇六年底，YF-77 发动机已成功地进行十九次试车。但在进行第三台发动机 YF-7705 试车时却遭遇了滑铁卢。试车预计进行五百二十秒，在进行到四百七十秒，由额定混合比向低混合比转变时，却发生了推力室面板故障。采取相应措施后，二〇〇七年十一月进行了 YF-7707 试车，关机时又发生了面板故障。这种国内外罕见的故障现象和久攻不下的技术难题，引起了各级领导的高度重视和关注。经研制队伍技术攻关，再次采取措施后，二〇〇八年五月进行了 YF-7709 试车，关机时面板依然发生故障。危如累卵，险似倾厦，研制队伍破釜沉舟、背水一战，终于在二〇〇八年十一月进行 YF-7710 试车中，打赢了推力室面板保卫战。

作为这支队伍领头羊的王珏，深有感触："面板问题的攻关过程是痛苦的，代价是巨大的。但它锤炼了我们的研制队伍，提升了团队的能力。"

在推力室面板保卫战中立下功劳的 YF-7710 发动机，一路披荆斩棘、奋勇直前，先后试车十五次，累计超过十个工作任务循环，达五千三百四十六秒，在氢氧发动机研制史上树立了新的丰碑。

长五遥二的失利，给了王珏当头一棒，作为航天发动机领域里一名资深专家，长五总指挥王珏深知归零意味着什么。身体壮硕的王珏虽然没有"一夜白发"，却像生了一场重病，一下子憔悴了好几岁。

长五遥二的失利，把拥有"金牌动力"的液体动力推向了风口浪尖，芯一级大推力氢氧火箭发动机出现的故障，让发动机研制队伍承受了巨大的压力。

长五负责发动机的副总师王维彬，是北京航天动力研究所的发动机专家，分管 YF-77 发动机的研制工作。王维彬大学毕业后入职北京航天动力研究所，与发动机产品日夜相伴，从一九九五年应用于大型运载火箭的液氧发动机和液氢液氧发动机正式进入工程预研阶段，到二〇一六年长征五号首飞，从青春年少熬成了白发丛生。他与王珏这对几十年的老搭档，风雨同舟，心心相印。

王维彬说："百思不得其解，简直是不可思议……经过了地面大大小小几十次试车考核，没有出现过类似的问题啊。"

王珏说："'彩排'从未出过差错，恰恰在正式'演出'时掉链子了?"

"我从大学毕业一进所，就被发动机折磨着，干到快退休了，还在受折磨?"

"或许这就是我们这一代航天人的命运。我们不断在攀登高峰，想实现中国航天一次大的跨越。然而，幸运之神，却迟迟不愿光临……"

王珏和王维彬心里都清楚，幸运之神不知何时翩然而至，但命运绳索永远掌握在自己手里。

归零非常不顺，王维彬的身体状况也频频报警：血压升高，痛风发作，失去了活力的双腿，一度只能一瘸一拐地挪向会议室。永远处于出差状态，有时候是早上搭乘六七点的航班离开北京，当天半夜又搭乘红眼航班回来；吃两颗安眠药，睡几个小时，第二天又出现在发动机试验现场。

他的妻子吴平也在所里工作，有一天半夜，王维彬拖着疲惫的身子回家。

吴平终于忍不住了："我不会拖你后腿，但干什么事都应该有个度。你真不要命啦，遥二出事，你的血压早晚也要崩溃!"

吴平既焦虑又着急。平日里好脾气的王维彬也变得急躁了："你不知道有多少事等着我去处理！你不知道我心里有多烦！你就不能耐心点儿吗？"

话刚说出口，他忽然间意识到，像他现在这种状态，整天黑着脸，进家门说不上几句话，一门心思想的是归零、归零，即便是神仙也失去了耐心。

他抱歉地对妻子说："哎呀，我现在的状态是有些问题……"

二〇一七年十月二日，YF-77发动机故障定位工作完成。经过半年的改进，二〇一八年四月，长五火箭完成归零评审。其间，YF-77发动机连续经历了十三次试车考核，均获得成功。

二〇一八年初秋，长征五号遥三火箭（以下简称"长五遥三"）总装工作进入尾声，火箭即将出厂。

二〇一八年十一月三十日，位于北京云冈的试车台忽然传来令人震惊的消息：YF-77一台发动机在进行第十四次试车时再次出现故障，故障的参数与长五遥二非常相似。

盯着参数，王珏的双眉即刻蹙紧了。他知道这台故障发动机同批次的产品已经有两台安装在即将出厂的长五遥三火箭上，而这枚火箭是要托举嫦娥五号上天的。

王维彬看着参数没说话，直觉告诉他，过去为长五遥二开的药方没有开准；或者说，病因没有找到。

"长五这个复杂的巨大工程，还有隐藏着的问题，我们没有发现、没有找准。"

绝不能带着隐患上天！王珏和李东立即将情况上报集团公司，建议暂停发射计划，火箭重新归零。

此时，火箭装配工作已经完成了百分之八十，位于火箭尾段的发动机又被重新卸了下来。

距离二〇一九年年中的发射窗口只剩下半年时间了。

所有的工作又回到了原点。

YF-77发动机主任设计师何昆，一九九九年从北航宇航学院发动机专业毕业后，进入北京航天动力研究所。YF-77发动机立项，他从设计员做起，一直做到主任设计师。

何昆说："遇到这种情况没有什么捷径可走，只有老老实实从头开始。于是，又开展了一系列繁琐的理论计算，对发动机的结构进行强化，确保发动机在火箭高温、强震动的恶劣飞行工况时，能够保持状态。"

随后，发动机又经历了两次试车考核，参数全部正常。大家长长舒了口气，似乎已经站在高山之巅，准备迎接东方那轮即将冉冉升起的红日。

二〇一九年四月四日，试验合格的发动机将全部安装上箭。

此时，北京航天动力研究所设计了一款专门针对长五发动机的分辨率更高的分析软件。

晚上十点钟，王维彬接到一个电话，一位年轻设计师通过分析软件捕捉到涡轮泵一个"异常"现象。这好比换了一个更高倍数的放大镜，让原来看不到的隐患显现了。

正在外地出差的王珏匆忙赶回北京，他有些不敢相信："难道是我们的设计方案先天不足？"

连续失败，让大家开始反思，何为最优？力学和热学环境的制约、生产工艺的变化等等，这些都一直在变，当时认为最好的方案，现在是不是出现了一些新的问题？

涡轮泵设计部主任金志磊也开始对最初的设计方案，一个他曾引以为傲的方案生疑："也许我们并没有考虑周全。"

通常情况下，火箭发动机需要一个硕大的涡轮泵来向燃烧室内压入燃料，重量通常要占到火箭发动机的一半以上。在满足火箭总体方案的条件下，设计师对涡轮泵进行了最优设计——尽量把涡轮泵设计得又轻又小。

"为了追求性能，设计得太优，可靠性反而降低了。"问题恰恰出在这里，金志磊恍然大悟。

同样的 YF-77 发动机，同样的涡轮泵，为什么长五火箭首飞前，发动机试车时长累计三万秒，却没出现问题？黄可松等设计师说："这是一个很小概率的事件，但偏偏在遥二身上暴露。"在失利后的前两次归零中，设计师延长了试车时间，加严了环境工况，问题再次暴露。

绝不带疑点和隐患上天，是中国航天的一条铁律。

长五火箭副总指挥曲以广对王珏说："看似偶然，偶然之中定有必然。"

王珏说："我们的敌人非常狡猾，它藏在暗处，虎视眈眈，不知道什么时候就咬我们一口。"

王维彬带领技术人员，对所有批次的发动机采用新手段一一进行检测，结果发现在同一个位置，多台发动机都有微小裂纹。

越细越深入，越逼近真相。王维彬说："这等于我们之前吃的所有药都是治标不治本，没有祛除病根。"

王珏、李东着急上火，他们陷入两难境地：一方面是亟待破解的"发动机之困"，一方面又是无法更改的发射窗口。

有一次，开完分析会，夜已过半，一轮弯月朦朦胧胧。大家深一脚浅一脚地往小区走。

杨慧忽然问身旁的王珏："王总，咱们所研发氢氧发动机的团队是不是国内最强的？"

"当然是的。"

"还有比我们更强的团队吗？"

王珏反问道："你是什么意思？"

"我是说如果有更强的，为什么不让他们来帮帮咱们？"

由于YF-77发动机一再受挫，身材瘦小的杨慧差不多快要崩溃了。

王珏坚定地说："这件事如果干不成，全世界都会质疑，中国有没有能力干大型低温运载火箭？所以，我们必须干成。我们不能止步于此，必须靠自己的智慧和力量，将长五托举升空！"

十年饮冰，不凉热血！

此时，着急上火的还有一院党委书记李明华。

一院是长五火箭研制的责任单位，长五遥三火箭迟迟不能交付，上上下下都将目光投向一院，各种压力如暴风骤雨，李明华能不心急如焚？

六月二十四日，临危受命，李明华被任命为长五遥三火箭的第一总指挥。

李明华是位身经百战的老航天人，曾担任三种型号火箭的总指挥，二〇一八年出任航天一院党委书记兼副院长。在他的记忆中，这是中国航天第二次启动"第一总指挥"模式。历史似有巧合之处，两次"第一总指挥"都是他来担任。

李明华把自己的工作总结为"把方向、出方法、调资源"。而当务之急，是带领团队找到解决问题的方法。他说："如同打仗一样，现在部队陷入敌阵，必须奋起拼搏，突出重围。"

换了一种又一种思路，想了一个又一个办法，最后比较一致的意见是"改"。发射窗口无法变动，"大改"已经来不及，只能"小改"：通过结构设计优化来提高发动机的可靠性，并将发动机的性能再上升一个数量级。

紧接着，又召开了一次新的出征动员会。几百人的会议，人人神色严峻，气氛肃然。

李明华慷慨激昂，发出了壮士断腕、破釜沉舟般的号令："大家知道什么是背水一战吗？现在我们面临的就是背水一战！只有前进，没有后退；前进者生，后退者死！

"我们离成功只有一步之遥，然而这'一步'，如同登天，需要我们竭尽全力！

"这个决定是我做的，出了问题我负责；谁不按照这个决定去做，谁负责！"

一位年轻的博士设计师告诉我："那天的动员会用'热血沸腾、激情澎湃、人人眼里都放着光'来形容，一点儿也不为过。航天有时候很像军队，这就是战前动员令，你必须为之冲锋陷阵，哪怕前面是刀山火海！"

此刻，掰着手指头算，距离发射窗口，时间不足五个月。

还有 N 道工序需要完成：尽快通过发动机结构设计优化，将发动机运至天津上箭装配、检测，将火箭"打包"运输……

原先负责长五质量工作的杨慧，此时转为负责长五的计划调度。一想到工程进度，杨慧便感到后背一阵阵发凉。她告诉我："那些日子，没日没夜，脑子里每时每刻想的就是进度、进度！"为了确保长五遥三的时间进度，团队的管理精确到小时，把每一道工作的责任都落实到每一个人。

杨慧说："人的潜力是无穷尽的，平时或许都潜伏着，到了关键时刻，一旦被激活了，便会产生几倍或几十倍的能量。比如发动机上的一种螺栓，按照平常的加工进度，需要三个月。但在那个非常时期，三天拿货，没有商量余地。设计师拿着图纸交给工厂，就在外面等着，工人师傅二十四小时连轴转。产品刚下线，设计师取过还带着热度的产品，迅速送到总装厂房。'大国工匠'高凤林师傅接过产品，立即焊接，天衣无缝……"

这同时又是一场联合大攻关，全国大协作。中科院、国防科技大学、清华大学、北京大学等高等院校，航天科技集团、航天科工集团、航天工业集团的各研究院、所，二十多个单位的数百名专家学者参与，共同开展归零分析，联合进行课题研究。先后组织了百余次故障分析会及专题会，最多的一次，二十五位院士和五位大学教授作为特邀专家来到现场，听取发动机研制工作情况，提出意见建议；系统内的六十位领导专家也参与到交流讨论中。

在长五火箭的研制过程中，航天科技集团五个研究院、四十三个部所厂、一万六千多人承担了相关工作；全国冶金、化工、电子、交通运输等行业九百余家单位参与了相关配套研制工作；在文昌、天津、上海、西安，在全国各地，我国航天制造都因新一代运载火箭的研制发生了转变。长五火箭的研制，充分体现出我国各行业大力协同、密切配合、攻坚克难的精神。

杨慧非常感慨："看着那些白发苍苍的院士走进会议室，聚精会神，建言献策，心里真是热乎乎的。这就是举国之力的体现啊！"

我问："您的能量是不是也被激活了？"

杨慧嫣然一笑："那是必须的，与长五一起成长嘛。"片刻，她又说，"那些日子，我常常是一两个月都见不到孩子一面；也不想，不，应该是没时间想……"

蓦地，我发现这位年轻的母亲，眼眶湿润了……

二〇一九年七月，研制团队完成了对 YF-77 发动机的结构改进，并进行了十几次大型地面试验。

七月三十一日，改进后的 YF-77 发动机再次被送上了试车台。

"开始！"随着指挥员口令，一阵轰鸣，一股淡蓝色的烈焰喷涌而出，大地为之震撼。

成功了！这是一次几多悲壮、几多灿烂的浴火重生！

九百零八天归零！

九百零八天卧薪尝胆！

九百零八天浴火重生！

九百零八天！龙乐豪说，在长征火箭的历史上，没有这么长时间的归零。长五遥二火箭的失利，是在极其复杂的热环境相互作用下，发动机某一部件组件出现失效——这个问题隐蔽得非常深，大多数情况下不会出现；然而一旦出现，就是"灾难性的结果"。这次归零，终于将这个"魔鬼"逮住，尽管耗时长，历尽折磨，但科研意义重大。

九月二十六日，第一台YF-77发动机如期上箭装配。

十月六日，第二台YF-77发动机上箭装配。

十月十六日，芯一级箭体恢复至运输状态。

十月二十二日，装有长五的两艘远望号从天津港出发。

海南文昌万里椰林，迎接长五的到来；南中国海强劲的海风，为长五助威鼓劲。

二○一九年十二月二十七日，在历经九百零八天炼狱般的磨砺后，长征五号遥三火箭一飞，再飞，王者归来，气壮山河！

"五星红旗迎风飘扬，胜利歌声多么响亮……"从全国各地赶来观看"胖五"发射盛况的上万名观众，举着国旗，笑着、跳着，人潮与海潮相连，歌声与掌声交织。

那一刻，承受了难以想象的压力、付出了难以想象的艰辛的长五人、航天人，流下了激动的泪水，如南海的波涛在翻滚。

李东豪情满怀，词以寄心：

青玉案·再出发

怎堪回首说断箭，泪满面，肝肠断。

风雨寒暑十三年，一夕霜过，江东父老，愧疚无颜见。

枕戈饮胆九百天，万般磨砺难尽言。

今夜可敢片刻闲？硝烟才散，举眸广寒，何日月又圆？

（原载于《人民文学》2023年第7期，有删节。）

华龙：闪亮世界的中国名片

王敬东

南国春早，大海扬波。

历史将永远铭记，2021 年 1 月 30 日，"华龙一号"全球首堆中核集团福建福清核电 5 号机组正式投入商运。这标志着我国已成为继美国、法国、俄罗斯等国之后真正掌握自主三代核电技术的国家。

间隔不到两月的 3 月 18 日，中国援建的海外首堆巴基斯坦卡拉奇"华龙一号" K2 机组成功并网发电。笔者出国采访时，骋目远眺，"圆胖墩"机组似巍峨的丰碑，耸立在蔚蓝的阿拉伯海岸。这一高扬"一带一路"旗帜"走出去"的核能杰作，无不彰显着中国力量和中国气派！

中国核电，频传捷报。2022 年 3 月，海内外卡拉奇核电工程 K3 机组和福清核电 6 号机组先后并网成功。至此，"华龙一号"示范工程全面建成投运，是全球唯一按计划建成投产的三代核电首堆工程，标志着我国核电技术水平已经跻身世界前列。

这也是继中国高铁之后，华夏"大国重器"中又一张熠熠生辉的国家名片！

从"国之光荣"的秦山核电站到国家名片"华龙一号"，中国核电经历了怎样的艰难与辉煌？"华龙一号"攻关团队又演绎了怎样的科技传奇？

追根溯源，中国核电发端于 20 世纪中叶。

今天浙江海盐的秦山核电科技馆内，一个定格的石英钟，令我久久难忘。

石英钟外表四方，边长两尺，棕色木框，透着一股 20 世纪浓浓的时光气息。其指针定格在 0 时 15 分，已不再转动。

它有何稀奇之处，值得中国人、秦山人留存至今？

原来，它记录了秦山核电并网发电的高光时刻！

提起中国核工业，我们必然会想到核电；提起核电，就不得不说秦山；欲知国家名片"华龙一号"的源头，就必然要了解秦山核电站。

中国核工业从诞生之日起，就以维护和平为目的，铸剑为犁。

20世纪70年代，从"以军为主"转向"军民结合"，中国核工业便顺应历史潮流，重点为国民经济建设服务。核能和平利用成为新主题。

杭州湾，潮涨潮落。面朝大湾的一座山冈，因秦始皇东巡途中驻留于此，得名"秦山"。

中国核电梦，从这里开始。

自1974年起，核工业专家团队11年开展了380个科研试验项目，为首座核电站奠定了安全、科学的基础。

1985年3月20日，移山填海的机器轰鸣声响彻杭州湾海滨，秦山核电站终于从蓝图走向现实。

1991年12月15日0时15分，我国自行设计建造的秦山30万千瓦核电站并网成功。

秦山核电实现了中国大陆核电"零"的突破，被国家领导人誉为"国之光荣"！

秦山核电站的建成，结束了中国大陆无核电的历史。这是我国核工业发展的又一重大胜利，标志着我国核电技术进入成熟阶段。

斩关夺隘，一路向前，秦山二期、秦山三期、方家山核电站……陆续面世。

"从30万千瓦到60万千瓦，再到百万千瓦，中国核电自主建设能力实现'三级跳'。"中国工程院院士叶奇蓁总结道。

奔腾不息的海浪咏叹：第二代核工业人留给世人最深的启示——自主创新。

几乎与此同时，广东大亚湾核电站开建。这是一条有别于前者的"引进、消化、吸收、再度创新"之路。南海浩瀚好扬帆……1994年2月，在经历了7年多的建设后，大亚湾核电站正式并网发电。

在业界，大亚湾、秦山核电站有着"中国核电双雄"的美誉。

而"核电双雄"，正是"华龙一号"及其总设计师——邢继成长的肥沃土壤。

"核摇篮"孕育华龙

说起国之重器"华龙一号",还得从位于成都的中国核动力设计研究院(以下简称"核动力院")说起。

"中国核动力工程的摇篮!"

这是1997年,时任国务院副总理的吴邦国给核动力院的题词。

这是国家领导人对核动力院的高度赞誉。作为摇篮,"华龙一号"必有她的神秘和高贵之处。采访"华龙一号"期间,无数人提到她,提到她对中国核工业的巨大贡献,我无不充满好奇。

"晓看红湿处,花重锦官城。"2019年5月初,我来到天府之国绵绵春雨的成都。此行的目的地核动力院总部坐落于成都南部,这是个特别神秘的地方,大门口什么牌子都没挂,进入园区才发现这里绿树成荫、鸟语花香,还有几处小桥流水,像一个大公园。

隶属于中核集团的核动力院,是我国集核反应堆工程研究、设计、试验、运行和小批量生产为一体的大型综合性科研基地。自1965年建院以来,科研人员发扬自主创新、勇攀高峰的精神,先后自行设计、建造了我国第一代核潜艇陆上模式堆、第一座高通量工程试验堆、第一座脉冲反应堆以及岷江堆和两座零功率装置等6座核设施,被誉为中国的"堆谷"。

在50多年的建设过程中,他们已经形成包括核动力工程设计、核蒸汽供应系统设备集成供应、反应堆运行和应用研究、反应堆工程实验研究、核燃料和材料研究、同位素生产和核技术应用研究等完整的科研生产体系,成为国家战略高技术研究设计院。

1967年至1969年,已划归二机部(核工业部)的七院(核动力院前身)逐步从北京搬迁到四川。核电站核岛的设计,一直是核动力院的强项。

业内人士知道,核电站新堆型区别于老堆型的核心,即堆芯设计。

此前,国内在役和在建核电厂的堆芯燃料,由121或157个燃料组件构成。其不足之处在于:由于没能较快实现电站长周期换料的目标,电厂运行的可利用率没有很好地提高,经济性还有进一步优化的空间。

长年在核电领域摸爬滚打,让中年专家张森如养成了深思熟虑的习惯。如何破解这些难题呢？又怎样突破西方堆型的限制呢？他冥思苦想，愁过了春，虑过了秋，焦虑煎熬几乎白了头。

时间来到1997年，已升为核动力院副院长的张森如大胆提出增加堆芯的数量，意在提高堆芯额定功率的同时，降低平均线功率，既增加核电厂发电能力，又提高核电运行的安全裕量。

但增加多少呢？这个度如何把握，也难坏了他和他的团队。

张森如先生业已退休，他当时的助手，现已是中核集团"华龙一号"项目副总师、核动力院"华龙一号"项目总师的刘昌文，接受了采访。

刘总师说："1997年，秦山二期设计已经进入尾声，设计人员思考下一步就该研发中国自主的百万、千万核电技术了，于是张森如副院长就提出CNP1000的初步构想。这个时期，中国大陆普遍采用的法国M310堆型是157堆芯，现在要搞百万千瓦级的反应堆，功率扩大，堆芯要长高（加长燃料组件）还是长胖（增多燃料组件）？设计团队就提出了若干个方案，包括177堆芯、193堆芯、205堆芯，以及加长燃料组件方案，并逐一进行论证……"

张森如老院长事后揭秘："从1997年开始，核动力院就自主创新，提出使用177堆芯新概念。十几年来，我们从来没有放弃过对自主知识产权的177堆芯的研究。"

正是凭着这份坚持，张森如和他的团队完成了一系列关键基础技术攻关。并与国外核电巨头技术交流，取之所长，综合经济性与安全性考虑，最后敲定了177堆芯方案。申请专利时，专家评审组认为"做得很好"。

沉稳内敛的刘总师，充满感情地回忆了"华龙一号"前身20多年走过的艰辛历程。

他还记得，当时核动力院还没有搬到成都，在那栋位于山沟里的老基地办公楼，张森如老院长带着他们一起讨论177堆芯方案的情景。张老是从技术岗提拔为行政领导的，因此他对技术钻研得很深；但这一点也不影响他的思想开放，既不官僚，也不唯技术、唯经验。刘总师说，这一点对他影响很大。

比如核动力院最初搞第四代堆型的时候，选中了超临界水冷堆技术，但是在敲定技术方案时有争论，是用压力管式，还是压力壳式？最初，包括张老在内的大多数专家都支持压力壳式，因为这是传统技术，成熟、可靠。对核电来说，成熟技术非常重要，意味着可以避免很多风险，少走很多弯路。

双方争执不下！

后来，张老带着问题去调研，查阅了许多资料，发现压力管式确实具有诸多优点，既然是作为第四代技术的研发储备，可以大胆探索，采用更好的技术。于是他带领着一帮年轻的技术人员，开始了压力管式超临界水冷堆技术的研发。

跟着这样的领导干事，年轻的刘昌文自然觉得心里很踏实。他们的CNP1000方案提出后，经过两年的各专业论证，得出了一个初步设计方案，1999年上报中核集团，获得普遍好评。

在他们的方案里，不仅有177堆芯，还有非能动技术，这是核动力院早在20世纪80年代末就提出的核安全技术。当时美国的西屋公司正在搞百万千瓦核电技术研发，还万里迢迢跑到核动力院学习交流这一技术。

术有专攻，业有传承。"华龙一号"前身的后续研发，设计副总师刘昌文同样功不可没。

随着中国经济的高速发展，沿海用电量骤增，核电迎来发展的春天。2006年开始，我国陆续引进外国技术，包括美国的AP1000技术、法国的EPR技术、俄罗斯的VVER1000技术、加拿大的CANDU堆等，全球核电巨头都纷纷在中国核电市场分得一杯羹，占领了当时绝大部分拟建的核电厂址，甚至有些技术在他们自己的国家都没有建起首座示范堆，就跑来中国的土地上开建。可中国自主的百万千瓦核电技术却四处碰壁，无人问津，一个核电厂址也落实不了。刘总师他们很着急，却一点办法也没有。

2008年，中核集团果断出手，部署再做一个百万千瓦核电技术，仍由核动力院牵头设计。毕竟距离177堆芯提出已经有十多年的时间了，全球核电技术有了许多进展，应该及时学习吸收这些新技术。当时中核集团是现任董事长余剑锋主抓这个项目，他任命核电工程公司的邢继为集团项目总师，在北京遥控指挥，并将型号名称由CNP1000变更为CP1000。刘昌文则是核动力院"华龙一号"项目总师，具体组织攻关。

刘总师带领设计团队再次振奋精神，瞄准2011年开工建设核电厂的目标，进行方案设计优化，并组织了国内大大小小各种专家审查会。核动力院还提交了完整的安全分析报告给核安全局审查，获得高度评价。

2011年2月28日至3月1日，刘总师至今清晰地记得这个日子，这应该是核电项目落地前的最后一次例行审查会。会上，CP1000再次获得专家们充分肯定，终于可以开工建设了，目标就是位于福建省的福清5号机组。

"三八"妇女节，刘昌文还去了项目现场，眼看着十多台推土机已经抵达现场，轰隆隆地开始挖土了。他非常激动——中国自主的百万千瓦核电技术就要在这里变为现实，技术人员十多年的成果终于要从蓝图变为现实了！

谁都没有想到，3月11日，日本福岛发生的核事故将他们的梦想击得粉碎！

刘总师回忆起这件事时，眼睛湿润了。他说，当时身边很多技术人员都很失落，也很彷徨，CP1000就像自己的孩子，怀胎十月，眼看就要降生了，却最终夭折。在一次内部讨论会上，技术人员谈到激动处，许多人都流下了眼泪——搞中国自主的核电技术为何就这么难！

情绪宣泄过后，工作还得继续。设计人员擦干泪水，开始着手下一步工作。做什么呢？首先就是对标——对标美国、对标法国、对标俄罗斯等等，总之，对标国际最先进的三代核电技术。刘总师明白："国家既然说了要采用全球最先进的核电技术，那我们就必须达到全球最先进，不可能因为我们是中国自主的技术而给自己开绿灯。"

他带领设计团队找到国外三代先进核电技术的各种标准，列出了长长的一串技术对标改进清单。他们的目标就是"拿出可以跟全球任何先进核电技术PK的中国自主三代核电技术方案"。中核集团也非常支持，2012年初拿出一大笔经费资助"ACP1000三代核电技术研发"，共54个专项研究课题，其中核动力院占了其中最核心的18项，都是核岛部分的关键技术。后来，核动力院又自筹经费增加了两项特殊的课题，总共20项课题。全院上下齐心，朝着自主三代核电技术全力冲刺！

……

主力团队核动力院经过3年的艰苦攻关，完成了全部研发课题！

回顾"华龙一号"前身走过的坎坎坷坷，精明干练的刘总师微笑道："研发过程确实困难重重。我对设计团队的要求是，你们只管大胆地往前闯，有什么难题尽管找我，我来想方设法解决。说实话，整个研发过程感觉就像爬山，从山下往上爬的时候不觉得很辛苦，等爬到山顶了，回首来时路，才发现自己经历了那么多艰难险阻！"

化"危"为"机"

犹如晴天霹雳、山崩地裂！日本福岛核事故震惊的不只是刘昌文总师和核动力院，还有中国乃至全球核电行业，以及"谈核色变"的整个人类！

一时间，世界各国风声鹤唳，核电领域草木皆兵！只因事关人类的安危和生存，仿佛上天一声令下，全球核电建设统统停摆，或停建或缓建或下马……

核事故是灾难有危险，但也面临巨大的挑战与机遇。对中国核电来说，"危"与"机"结伴而至。

也是 2011 年 3 月 11 日，已筹备多时的中核集团与美国西屋公司的技术转让协议会开启。会上，双方代表签下了具有历史意义的协议。而笔落纸笺的那一刻，在遥远的日本，正惊涛拍岸，福岛核事故突如其来。邢继总师说："这说明福岛出事故前，我们已经在布局三代技术了。"

这或许就是"危""机"的玄妙之处。

但不得不说，福岛事故的发生一度阻断了邢总师和全体中国核电人的追梦之旅。"所有的困难都解决了，CP1000 马上就要开工了，而福岛事故却给工程按下了暂停键。"他无奈道。

南非前总统曼德拉曾经说过："生命最大的荣耀不是从来没有失败，而是每次失败后的不断奋起。"何况这只是华龙研发前行路上的"红灯"。

一边是核动力院刘昌文们继续攻关，一边是邢继们谋划对策。那时邢继既紧张又繁忙，他们成立了专门小组，每天跟踪福岛情况，跟法方交流；还派工程师前往日本实地了解，并与之分析事故原因，商讨防御措施……

而转危为机的局面很快打开：中核集团将 ACP1000 作为后续项目目标，进一步加大了研发力度，并在几年内完成了所有的方案论证与实验验证，以及总体设计、初步设计工作，直至"华龙一号"融合方案出炉，首堆工程落地生根。

在邢总师看来，"安全地发出便宜的电"，才是核电站本质意义。

他告诉我，ACP1000 设有 3 道安全屏障和 5 层纵深防御体系。3 道安全屏障是：核燃料包壳、一回路压力边界和安全壳；5 层纵深防御体系为：内层安全裕量、发现问题纠偏、发生故障而保证无虞、发生事故有办法应对、发生核泄漏可应急处理。

为了保证其安全性，我们为"华龙一号"配备了世界上最坚固的盾牌，能够有效防止核泄漏事故发生。"华龙一号"设计了双层安全壳，而安全壳的用料和结构都是现有核电技术中最高级别的，能够抵御大型飞机的撞击，提升其抗震标准，即使发生 17 级台风、9 级地震都不会产生安全问题。

为了实现这个终极目标，邢总师和他的团队成员不仅大胆采用张森如的 177 燃料组件，还为运行后的反应堆增加了安全保障，真正做到防患于未然。

另外，首次将确定论、概率论以及合理的工程判断相结合的方法，在"华龙一号"的设计中得到充分应用，使得"华龙一号"以更高的安全性和目前国际最低造价而"身价倍增"。

倘若"华龙一号"海外布局，则需未雨绸缪，办理"出国签证"。

维也纳时间 2014 年 5 月 28 日，飞机缓缓地降落在维也纳施韦夏特机场。随着机舱门被打开，人群涌出，糟糕的是，邢总师却突然关节剧痛，站不起来了。

"这是咋回事？"他自己也闹不明白。

"还不是你劳累过度所致。"同事分析缘由。

此时，已无力自主的邢总师，只得扶着两位同事的肩膀，慢慢地从机舱中挪了出来。

整个会议期间，腿疾让他无法行走。宴请外方专家的一次饭局，他也顾不了自己长期保持的优雅风度，在同事的搀扶下勉强出席。

他的这份坚持、这份韧性，源于国际原子能机构即将召开的针对"华龙一号"前身——ACP1000 的通用反应堆安全审查专家技术澄清会。而该澄清会的独特性在于，被审方只有一次与专家面对面介绍的机会，审查过程中不接受补充提交资料和技术澄清。权威性不言而喻。审查结果显然对于"华龙一号"角逐国际舞台具有重要意义。

同年 12 月，审查结论出炉。专家认为："ACP1000 在设计安全方面是成熟可靠的，满足 IAEA 关于先进核电技术最新设计安全要求；其在成熟技术和详细的试验验证基础上进行的创新设计是成熟可靠的。"

核电专家宋代勇感概道："得到这个评定结果非常不容易，因为 12 位权威专家都来自核电发达国家。"大多数成员国都以国际原子能机构发布的安全要求，作为本国核安全法规导则的基础，"华龙一号"经过国际核安全体系的审查和对标，有利于自身设计的完善和优化，对提高中国自主核电品牌的国际竞争力，以及国际化水平将产生积极影响。

事实上，早在 2007 年，邢总师就开始积极推动我国自主核电走出去，多次前往国外洽谈项目，为"华龙一号"的落地，包括国内、国外的核电"走出去"做出了很大贡献。

就像出国需要签证一样，"华龙一号"的"走出去"，也需要目标国的知识产权申请。2011 年，在设计到一定程度时，邢总师给团队布置了新的挑战性任务，就是进行国内外的知识产权布局。经过连续两三年的时间，"华龙一号"申请专利 400 多项，已在海外市场开发的目标国进行专利布局。这也为"华龙一号""走出去"提供了知识产权的保障。

可以说，"华龙一号"的降生，每一步都需要创新，每一处都需要突破，而这些进取之力的背后，是邢总师和团队人员十几年孜孜以求的逐梦；而进取之力的前方，则是他心中驻扎的"核电梦"——建成我国自主知识产权的三代核电站！

邢总师娓娓道来，我如学生听老师讲课一样虔诚、认真。

采访中，通过邢总师的专业讲解，我清楚知道了"华龙一号"的先进性和安全性：这是一种建立在防范多种风险，尤其是极端情况——洪水、飓风、地震、海啸、大型恐怖袭击等基础上的先进核电技术。

他这样举例说道："核电建设，最重要的就是安全！每个环节，每个细节，都要做无数的假设、推演。比如，设备密集处一个管道破裂了，由于水的压力大，它会猛然甩开，砸到其他管道。这样不可预知的细节，你得充分预测，并做好防范措施——最好用一种钢箍，把它牢牢地固定起来，即使它自己破损或失效，也不会导致其他部位发生连带性破坏。"

看来，核电安全，在他心中分量最重最重！

与媒体和镁光灯下的赞扬形成对比的，是邢总师朴素而平淡的工作生活。他戴一副眼镜，沉静斯文，轻声慢语。从北京五环的家到三环的公司，路上经常堵车，因此他每天很早出门，通常到办公室离正常上班时间还有一个半小时。这段时间，他会处理处理案头文件的审批，或者和同样早到的同事聊聊，碰撞智慧火花。

十分注重核电安全的邢总师，工作中自然是游刃有余。但这位设计大师，有时在遭遇周围人的质疑时却"哭笑不得"。

"'你从事核工业相关工作，身上也会有辐射吧？'他们会这样问我。"邢总师说道。

"这时候如果我说'没有'，这说不通；但回答'有'，又得花很长时间解释为什么不会危害健康。大多数时候，即便公众听懂了也可能会说'无论建核电站能给我们带来多大好处，只要别在我家后院'。"

福岛核事故发生后，一位网络大咖采访他如何保证核电安全，他说："绝对的安全谁都很难说，安全应该被理解为一种可接受的风险，比如交通。"可对方却说："尽管交通也有危险，可相对来说，交通安全，核电站不安全。"

面对公众的质疑，邢总师有时会沉默良久，他多少有些"不甘心"，"我们通过自身努力实实在在取得了核安全技术上的成功"，他渴望公众的认可。

时任中核集团党组成员、副总经理俞培根，在后来的新闻发布会上，证实了邢总师的判断，十分肯定地说："'华龙一号'追求的是最高安全标准。"

邢总师也十分认同俞副总的话，"当下，'华龙一号'具有人类对核电最高级别的安全保护"，但他同时认为，"环境风险始终是存在的"。

邢总师比喻道："就好比我们每天出门，也是有风险的。中国每年不都有10万人死于这样那样的车祸么！所谓的安全，也是相对的，可理解为'可以接受的风险'。只不过是风险的大和小，能不能被接受的问题。"

"我还是那句话，如果有更好的、风险更低的能源可取代核电，那是再好不过的事情了。"他又进一步说道，"同时，核电的安全水平也在不断提高。在人类科技文明发展历程中，每一步都是冒着风险的，我们科技工作者的责任，就是要努力把风险降到最低限度。"

人活在这个世界上，安全的威胁很多时候不是来自外部，而是来自我们人类内部、人的内心恐惧。邢总师深入浅出的一席话，如醍醐灌顶，使我豁然开朗，长期以来心里的那些担忧、疑虑等都烟消云散。

无疑，核电作为一种商业的、能促进社会进步发展的，乃至对国防建设具有根本性影响的科技之一，它所承载的也是人类福祉的一部分。我十分赞赏邢总师的那句预言——"将来肯定会有比核电更安全的科技产生，替代核的巨大效能，继续为人类发光发热。"

"闪展腾挪"邢总师

作为中核集团"华龙一号"总设计师，邢继主持完成了一系列设计研发工作，为"华龙一号"技术的成功落地，为我国核电事业的发展及国家"核电走出去"战略的实施，做出了重要贡献。

2005年，邢继首次担任核电工程总设计师，这一年，他41岁。10年后，他率队走到研发"华龙一号"的台前。

"核电站的设计建造是个极其复杂的超大工程，而'华龙一号'是具有世界先进水平的完全具有中国自主知识产权的三代核电站，建造起来更是难上加难。"邢总师说，这个庞大工程有数百个系统，仅设计图纸就超过10万张，每更改一个数据，都意味着需要重新进行一轮分析计算。但为了中国几代核电人的梦想，他带领团队，毅然决然迎接挑战。

10多年前的情景历历在目。

邢总师1998年加盟华龙前身的研发团队，3个单位交叉，自主研发百万千瓦级核电站的总体方案，反应堆如何设计，当时有不同的考虑。

核动力院和上海核工程研究院共同研发CNP1000。核动力院张森如等人提出177燃料组件新概念，只是做了初步设计工作。

邢总师所在的核二院研发CNP1400，后因其技术太超前，研究难度太大而中止。CNP1000研发的步伐也随之放缓。

随后，CNP1000更名为CP1000。此时，国际上出现三代核电概念，技术上要做调整。三代技术安全上要求更高，我们吸收国际先进设计理念，重新定位自主百万千瓦级，形成具有三代技术特征的CP1000方案。上海核工程研究院退出后，核二院与核动力院共同研发，由邢继担当大任，总领设计。

细嗅蔷薇，实则心有猛虎，外表温文的邢继是一个相信激情的人。"坚守需要激情，有了激情才可以在最困难的关口，有挑战自我、持续向前的动力。"

其实 2009 年之前，在形成 CP1000 时，就提出了能动非能动理念，考虑的仅仅是一个层面，但已确定把双堆布置改为单堆布置。

当时，理想的计划是 2011 年开工，本就研发周期短，要解决的问题很多，又提出搞双层安全壳，为工程设计带来巨大的挑战。不少专家认为时间上来不及，一时难以定夺。

自我加压，向国际最先进的指标看齐，是邢总师的初始追求。

"大工至善"是哈尔滨工程大学的校训。"搞工程的人不是要做好，而是要尽可能地好"的追求至美的理念，融入了邢总师的血液，也将他推到了 2009 年 1 月 17 日中核集团关于 CP1000 技术方案专家讨论会的会议桌前。

工程是采用单层安全壳还是双层安全壳？会上专家仍然争执不下。会议室内瞬间静默，僵持着，不知该"何去何从"。

邢总师轻轻打开笔记本，有些激动地说道："昨晚我把一些想法写在了纸上，现在把这段话念给大家听。'我们能够深刻地理解到这件事情对我们的影响有多大，也非常珍惜有这样的机会去创造一个属于自己的核电站，同时更知道它的重要性……我们要坚持采用双层安全壳这样一个方案，我认为这个方案能够点燃设计人员的创新热情和激情。'"

"就这么定了！"主持会议的时任中核集团副总经理、主管 CP1000 研发的余剑锋当场拍板。

一两秒的停顿后，会议室里响起了热烈掌声。所有的人，都被邢总师的执着和激情所征服、所点燃。然而，谁又能体会，在这场决定"华龙一号"前途命运的会议前一晚，邢总师是如何彷徨与焦虑，如何夜不能寐、食不甘味。

双层安全壳，核电站安全系统第三道屏障，相当于给核电站装上了"金钟罩铁布衫"，也可以称"双层铠甲"。设计上，它被赋予了很多安全功能：对内，一旦核电站发生泄漏，可以把放射性物质包容在安全壳里面，确保环境不受到污染，周边人员安全；对外，可经受住大飞机撞击、龙卷风狂袭。

邢总师认为，作为中国自主的核电站，应该有一些有代表、有亮点的地方，双层安全壳对于核电站的安全有很大好处。研究设计虽然有难度，却是一个挑战，一个更高的目标。

"事实上，对于设计而言，很多技术指标可高可低、可难可易，但他要求我们要向国际最先进的指标看齐。这是他一直的坚持。"设计院副院长荆春宁说。"如果做单壳的话，是很简单的一件事情。而采用双壳实际上压力最大的就是邢总师本人。"设计院总体所副所长宋代勇补充道。

邢总师曾说："一座核电站的落地需要 100 个条件，技术研发只是其中一条，还有 99 个不是我们能够决定的。"但就是那一条，"应该也有一些有亮点的地方"。

会后，面露喜色的邢总师准备离开。"邢总，请到我办公室来一下。"原来是余剑锋在叫他。

余剑锋说："邢继呀，作为 CP1000 的总设计师，我知道你的压力很大。但 CP1000 将来可能是我们的'国宝'，你一定要对标国际前沿技术，谨慎求证、大胆突破，形成我们独有的品牌。有什么困难尽管说，我做你的后盾！"

"谢谢余总！"两双大手紧握，一股热力涌遍他的全身。

邢总师的这份"坚持"，为后来的"华龙一号"具有国际先进的三代核电站指标奠定了坚实的基础。

双层安全壳设定后，邢继又智慧闪现，在核动力院首倡的基础上，逐步完善了"能动+非能动"的安全理念。

"核电安全，是一切核电工程最核心的问题。"邢总师说道，"目前国际上新一代压水堆的安全设计理念，主要有以美国 AP1000 为代表的非能动安全设计和法国 EPR 为代表的能动安全设计。"

所谓能动安全，是在假定事故发生时，主要通过安全系统的水泵供水冷却反应堆，这些系统需要多套冗余设置，以提高安全功能的可靠性。

而所谓非能动安全，主要是考虑电厂丧失全部（包括应急）电源的极端情况，依靠电力驱动的水泵无法投入运行时，执行安全功能。而非能动安全系统可不依赖外部电源，仅靠重力、温差等提供动力即可维持系统运行，带走反应堆事故后产生的热量，更好地保证安全。

邢总师举例阐释："这就像我们日常生活当中的经验，比如桑拿浴室里的热空气总是向上走，山上的水总在往低处流，等等。美国采用的非能动安全装置，就是这样的原理。即在反应堆上方，安装一个巨大的冷却水箱。一旦发生事故，即使电厂全部停电，亦可利用重力使冷却水向下流动，逼走热量，进而达到淹没并冷却反应堆的作用。"

时光定格在 2010 年。CP1000 的设计方案正在紧锣密鼓地推进。很长一段时间，邢总师的办公桌上，摊放着各种图纸，各种数据标记其间，他和工作人员围绕着布局图，边写画，边讨论着。如何制定一个能够充分利用已有技术基础，又满足最新安全要求，同时在国际上达到领先技术水平的方案，成为大家伙思考的问题。

夜幕降临，没人发觉。讨论，凝思，计算涂画，交替循环。而这样的画面在这一年持续上演。

在不断优化与加固已有安全设计的基础上，全力以赴的邢总师团队提出了革命性的创新思路：既非法国的能动，亦非美国的非能动，而是能动和非能动相结合。而这一构想，恰恰满足了一年后福岛核事故发生时，国际上对核电站更高安全的需求。

未雨绸缪，这就是先见之明！

但在当时，对于邢总师而言，革新概念提出的喜悦，很快被随之而来的难题的苦闷所替代。

非能动系统需要在反应堆厂房里布置将近 3000 立方米的水，如何布置进去，成为问题的关键。而事实上，核电厂房里的每个部件都经过了严密的计算，要想把超大体积的水放进去，几乎成了不可能实现的难题。

为了尽快找出解决方案，很长一段时间里，邢总师几乎"连轴转"了。计算、推演，布局图一次次改动，方案一遍遍调整，在经历了无数次的推算试验后，2010 年 10 月中旬，终于确定了非能动系统在安全壳内部的布置方案。而这一先进的核电站安全理念的成功应用，为中国自主三代核电走向国际市场，增添了不可替代的砝码。

"'华龙一号'的研发是 30 年核电发展的积累。在这样一个积累上，我们还要使劲地往上跳一下，最后才能够到这个目标。"邢总师说。

而这一次的"跳跃"，在他心中，使梦想又前进了一步。

千呼万唤始出来

"华龙一号""落地"，殊为不易！

业界皆知，中国核电技术究竟怎么发展，业内是有分歧的。大的技术路线分三步走——热中子堆、快中子堆、聚变堆，这没有分歧。在热中子堆第一阶段，虽有不同的技术路线，但紧跟国际发展主流，以发展压水堆为主，这也没有问题。我国在核电发展初期，就统一了以热中子堆—压水堆为主的技术路线，坚持两条腿走路的方针，都瞄压水堆技术，才奠定了今天自主研发的基础，从而进入核电国际第一阵营，这是高瞻远瞩了不起的贡献。

但问题在于，在压水堆的技术路线下，国内有几家研发集团，在市场经济竞争的条件下，催生了各自的堆型——

由国核技和中电投整合的国电投，是吸引消化美国西屋的AP1000，以实现自主化的CAP1000，进而研发CAP1400，机型方案明确。但最终因太超前而暂且搁置。

中广核自2005年以来，同样在法国引进的百万千瓦级堆型M310型的基础上，也开展了自主研发的历程。通过多项技术改进，从CPR1000发展到CPR1000+技术，再到最终的ACPR1000+技术。其希望能够在广西防城港核电站二期3号、4号机组上完成首堆示范。

中核集团是在博采众长之后，自主研发的ACP1000。从时间轴来说，速度是最快的。

这各自为政、各吹各号的局面，引起业内专家的担忧：中国的核电市场就这么大，研发这么多型号，势必对整个核电发展造成负面影响，进而形成我国核电装备制造业五花八门的局面。业界早就呼吁要统一技术路线。

从20世纪90年代开始，业界知情者曾多次陪同核电主管部门的高层到全国各个核电基地去考察，每一次考察归来的结果是：不知道究竟哪一种核电技术是最好的。"每到一个核电基地，他们都说自己的技术是最好的。"他说，"等到我们回到北京之后，已经全都没了主意。"

无论如何，这都是中国核电技术常年竞争的一个必然结果。"这还是体制的问题。"国家核安全局一位领导说，"核电企业之争仅是其中一个因素。"

应该说，国家引进美国的AP1000本身没错。但理想很丰满，现实却骨感：我们花高昂代价买来的AP1000，建设并不顺利！

体现在：工程严重拖期！

一个不可撼动的事实是，核电走出去必须要有自主知识产权，国家统一路线引进的AP1000，无论怎么完美，也不具备出口资格。那么，就必然催生自己的拳头产品。而中核、中广核两家自主研发的"华龙一号"，都想推向国际市场。

长期以来，中国核电技术路线的不统一，早已被广为诟病。

2013年3月18日，吴新雄出任国家能源局局长。上任的一个月后，他就提出了将中核ACP1000和中广核ACPR1000+技术进行融合的设想；并于2013年4月25日，由国家能源局牵头，召集双方领导专门召开协调会，商议将两家技术进行合并。

这好比两人打架，攥紧五指形成拳头，比伸掌出击力量要大得多。

对于"华龙一号"的技术融合，国家能源局希望可以促进我国三代自主核电技术的标准化生产。

核电"走出去"的前提是，企业本身必须拥有完全属于自己的技术知识产权。与此同时，这种技术要想更顺利地出口，就必须经过实践的验证——建设和运行，以验证其安全性是否达标。但这两家核电企业都缺少这种前提，尽管中核集团已经成功向巴基斯坦出口了ACP1000反应堆，但相较而言，中广核目前还没有成功出口任何一个核电反应堆。

国家能源局希望"华龙一号"的步伐走得更快一些。在2014年全国能源工作会上，吴新雄强调，要"加快核电领域融合技术的论证"。而所谓的"融合技术"，指的便是"华龙一号"。

实际上，对于双方合作的推进，中核集团一直处于"着急"的态势，其非常希望能够尽快合作成功，实现我国自主三代核电路线的落地。

原因在于，中核集团之前与巴基斯坦签署ACP1000的出口协议时表示，国内的ACP1000将会与巴方项目一同动工。"如果国内都不建，凭什么要求人家信任你？"中国核能行业协会副理事长赵成昆说，"这是中核集团当时对巴方的承诺。"

据了解，中广核对于"华龙一号"的前期合作探讨，则表现得更为"不慌不忙"。先前，中核集团提出过多项合作方案，其都给予了否定。"这是因为中广核 ACPR1000+ 技术的研发进程落后于中核集团，在那时还没有完成。一直拖到最后完成了自己技术的设计，才开始正式考虑合作事宜。"张禄庆解释道。

时任国务院总理李克强出访法国时，百思不得其解的法国领导人，将中国两大核电集团的角力直接告诉了李克强。惊闻此事，李克强回国后立即要求国务院督办。

事实是，双方的研发时间不同步，方案的成熟性也有差异。所以，整合的节奏不合拍，速度十分缓慢。

经过长时间的酝酿磨合，"华龙一号"终于初露面容，进入公众视野。2014 年全国"两会"期间，11 名全国政协委员联名提案：《加快推动"华龙一号"走出去，早日实现核电"强国梦"》。

此时，我国核电市场的利好消息开始不断传出。1 月底，国家能源局发布《2014 年能源工作指导意见》提出，今年核电新增装机量将达 864 万千瓦，相当于 2013 年实际新增装机容量的 4 倍。

李克强在政府工作报告中，更是提出要在 2014 年"开工一批水电、核电项目"。这被外界解读为"2014 年将成为核电大发展的一年"。

2014 年 6 月 13 日，国家主席习近平主持召开了第六次中央财经领导小组会议，专题研究中国能源安全战略；国务院总理李克强 4 月 18 日主持召开新一届国家能源委员会首次会议，通过了《中国能源 2014—2020 发展战略行动计划》。能源革命成为当前中国经济社会的关键词，中国核电发展进入了关键时期。

最高层的决策，无疑助推了两大核巨头核心技术的加快融合。

2015 年初，李克强视察中核工程公司时，邢总师汇报华龙的研发情况后，陪同考察的时任国务院副总理马凯对总理说："目前，'华龙一号'的融合很重要！"

李克强关切地问道："融合的进度如何？"

邢继坦承："已经 5 年了，进展慢得很啊！"

李克强又问："有什么困难没有？"

邢继如实回答："困难非常大……"

李克强语气坚定地叮嘱："再难也要融合，要克服一切困难！"

总理的态度给了邢总师和两大集团的领导以极大的鼓舞和信心。

于是，融合的步伐快了起来……

国家的整体利益高于一切。高层的重视，各方的合力推动，双方的妥协让步，让事情很快有了结果。

中国核电史会永远记住，2014年7月21日，国家能源局召开专家会议，反复权衡之后，决定采用中核集团的方案进行"华龙一号"的融合，建议尽快开工建设。

"华龙一号"核电技术，可被定义为中核集团ACP1000和中广核ACPR1000+两种技术的融合，被称为"我国自主研发的三代核电技术路线"。

2015年12月30日，在国家发改委的见证下，中核集团董事长孙勤和中广核集团董事长贺禹在北京签订协议，双方各出资50%，共同投资设立华龙国际核电技术有限公司。华龙国际核电技术有限公司，是继2014年8月22日签署"华龙一号"技术融合协议之后，中核集团和中广核集团推动"华龙一号"进一步协同创新而共同努力的成果，将为"华龙一号"融合发展及市场开拓注入更强大的动力，助推"华龙一号"在更多国家和地区落地。

根据协议，华龙国际核电技术有限公司将积极实施国家核电发展战略，致力于持续融合与发展"华龙一号"自主三代核电技术，统一管理并实施华龙技术、品牌、知识产权等相关资产在国内外的经营，推动"华龙一号"成为中国核电"走出去"的主力品牌。

船大顶风浪，巨舰好远航。这对参与国际竞争的中国企业来说，无疑是最大的福音！

就在协议签订当年的5月7日，"华龙一号"全球首堆工程5号机组正式落地福建福清，使我国成为继美国、法国、俄罗斯之后又一个具有独立自主的三代核电技术的国家。

消解"锁喉"难题

中国的科技发展，一直磕磕绊绊艰难前行。

20 世纪 90 年代开始，西方国家针对中国搞了一个"瓦森那协议"，主要就是联合对华技术封锁。"瓦森那协议"清单中林林总总列了好几百款，包括精密仪器、精密机床、关键设备等都禁止对中国出口。这方面美国做得最狠最彻底，十几年来，美国否决了无数次对华精密仪器、设备的出口，强行叫停了无数次中国对美国高科技产业的收购。美国美其名曰的知识产权保护，就是明里暗里阻止中国的科技进步和设备的自主研制。特别是近年来对中国华为等高科技企业的打压更是疯狂到了极点。

也许有人会问："在全球化和国际分工的大背景下，我国核电为何还要打破美国的封锁，一味追求所谓自产自用的'国产化率'"？

这是因为，关键技术、核心部件的国产化，一定程度上影响着国家安全，至少是经济安全。这就好比两个敌手，一个赤手空拳，一个手握刀枪，一旦开战，很显然是有武器者胜率更大、更安全。

这是包括中核人在内的所有中国科学家和工程师，从千百次对外交往的不堪教训中，得到的深刻启迪，并由此确立的坚定信念。

中国人特别是中国科学家和工程师明白，没有自主产业，你就是外资案板上的肉。中国的关税壁垒根本上就是为中国的自主产业提供保护，保护你的饭碗不会因外资的冲击而丢掉。

结论不难得出：我们对于关键技术和核心部件，一定要"会"！

大家知道，持续至今的中美贸易战，美方与中方的分歧表面上是贸易问题、经济问题，但本质上重大分歧还是中国的核心战略安全问题，这些核心利益问题，我们根本无法让步！

核工业是高科技战略产业，是国家安全重要基石。我国已建立起包括铀矿地质勘探、铀矿采冶、铀纯化、铀浓缩、元件制造、核电、乏燃料后处理、放射性废物处理处置等环节的完整核工业体系。作为我国拥有完整自主知识产权的三代核电技术"华龙一号"，已成为中国在"一带一路"建设中核电"走出去"的一张亮丽的国家名片。

技术创新是核工业的核心竞争力。中国核工业人坚守国产化路线，力求核电技术能够真正独立自主、不受国外制约。核电设备的制造能力是国内制造业水平的试金石，中核集团全力推进核电设备国产化。

其中，所有设备国产化进程中，最艰难的就是"华龙一号"主泵国产化！

主泵是核电站一回路反应堆冷却剂系统中唯一高速旋转的核一级设备，作为反应堆中循环系统的动力源，被业界比喻为核电站的"心脏"，结构精密、系统复杂、制造难度极大。

心脏对人体来说至关重要，一个人要是心脏出了大问题，就一定危及生命了。主泵对于核电站来说也是如此。

2008年之前，国内已建成核电站的主泵均是从国外进口。像这种关键设备不掌握在自己手里，对电站的建设就可能造成制约性的影响。

主泵的国产化，是个漫长且艰辛的过程。2007年，中核集团中核工程公司开始承担核电厂总承包工作。当时国内接触过主泵的人就非常少，真正了解主泵的人更是凤毛麟角，国内没有一家单位能够独立设计、制造主泵，更不用说百万千瓦级主泵。

2008年，公司依托福清、方家山项目启动主泵国产化，以治愈前期电站进口主泵的"依赖症"。中核工程公司建立从基层项目管理人员到公司领导甚至中核集团领导的协调机制，成立了主泵国产化的专项组，积极协调国外厂家与国内主泵合作方开展技术转让交流，安排项目人员驻厂推动主泵国产化进展，帮助厂家建立了一整套主泵项目管理、质保体系，并在资金上全力支持主泵国产化。

全流量试验是验证主泵性能的关键，包含15大项30余小项性能考核试验，涉及常规运行以及断水、断电等破坏性工况试验。主泵制造厂家哈电动装公司投资2亿人民币启动国内首个全流量试验台建设，中核工程公司全程派驻主泵专家参与协助，试验台架于2012年建成并投入使用。哈电动装成为国内首个具备开展主泵全流量试验能力的厂家，为后续项目主泵全面国产化扫清了障碍。

"华龙一号"主泵高10米，重130吨，可在5分钟内灌满一个奥运会标准泳池，单台主泵6000多个部件，制造周期4年，技术与质量文件1000余份。在三代核电"华龙一号"技术要求大幅提升的情况下，中核工程公司作为"华龙一号"研发设计及工程总承包单位，将主泵项目继续作为国产化的"试金石"，与主泵设备制造商哈电动装协同合作，将主泵寿命提升至60年，自主完成全流量试验台设计改造工程，以加快主泵全面国产化进程。

10年间，主泵的国产化一步一个脚印，实现了"从无到有"的跨越。

从福清1号、2号搭建国内首个主泵全流量试验台架、实现泵壳和电机的设计制造、主泵泵体少量部件的国产化，到福清3号、4号泵体国产化范围进一步扩大，并包含部分关键部件，逐步提升了主泵国内制造能力。

在中核工程公司的推动下，哈电动装公司获得国家核安全局颁发的主泵制造许可证、设计许可证。中核工程公司与哈电动装公司共同努力，在国内首个主泵全流量试验台上自主完成了"华龙一号"首台主泵组装与全流量试验，最终使我国具备了主泵自主制造、总体设计能力，基本实现了主泵的国产化。

"华龙一号"首台主泵已于2018年底引入核岛。主泵的国产化使主泵不再受制于人，解决了自主核电出口的"锁喉之痛"。

一色的清丽面庞，一样的青春年华，集体接受采访的是中核工程公司核安全结构技术研究中心平均年龄三十出头的一群科技精英。我真不敢相信这群"娃娃军"竟是"华龙一号"科技攻关的先锋！

他们的头儿——同样年轻的蒋迪博士，向我介绍起研发背景：美国9·11恐怖袭击事件后，业界都在沉痛反思，美国人首先考虑如何防大飞机撞击；接着是中国2008年暴雪对电力的破坏，引发人们对极端天气的恐惧；福岛核事故后，我国对核安全标准提得很高，中核集团要求在安全高效的基础上发展核电，如此一来，"抗大飞机撞击"就成了"华龙一号"的首选科目。

大家一定看过炫酷的科幻片，也可能看过"9·11事件"的纪录片，那种世界末日般的恐怖，那种粉身碎骨的战栗，一定让你刻骨铭心、终生难忘！你们想想，如果真有敌方的大飞机撞上了我国的核电站，那还得了？

"尽管我认为这样的核事故是小概率事件，可一旦发生，影响太大了。我们'抗大飞机撞击研究'，更多的是加强对公众的宣传，引起大家对核电科普知识的兴趣和核电安全的高度关注。"蒋迪强调。

几天后，与邢总师聊到同一话题，他说："起初我们'抗大飞机撞击研究'，可以说是碰了一鼻子灰！"探问究竟，他如实道来——

"这项研究，是和中国长期合作的欧洲一核电巨头率先开始合作的，积累了不少经验。我们虽然定了这个项目，但可以说对此不太清楚，要完成设计十分困难。当我们满怀希望找到这家公司，要求帮忙解决面临的困难时，对方却说帮忙没问题，但必须和我们共同研发 ACP1000。"

我一听突然觉得脑袋一炸：这岂不是"狮子大开口"，要夺走我们的自主知识产权吗?! 我们辛辛苦苦搞了十多年，已近成功，合作不就等于拱手相送吗?!

面对这严苛的条件，外柔内刚的邢总师断然拒绝了对方蛮横的要求。

后来，我们又通过其他渠道，大致弄清了这个项目的来龙去脉，为我们的研究摸清了方向和路径。

邢总师的讲述暂且打住，话题回到他的爱将蒋迪身上。

蒋迪粗线条地说起了研究历程："第一阶段，从 2010 年开始"抗大飞机撞击"的计算分析工作。起初我们一无所知，什么飞机撞击？速度是多少？没有任何资料可以参考。美国最早开始研究，但那是人家的商业秘密，不会告诉你。邢总师斩钉截铁地说'我们一切从零开始'！"

于是，就跑到民航部门调研，了解飞机的型号、性能、速度等等。经过分析计算，获取了"华龙一号"的大飞机撞击 RIERA 曲线，初步建立了大飞机的三维有限元模型。

为获取经验，2013 年，蒋迪和蔡利建又赴法与 TEF 公司进行交流和培训。随后全面开展"抗大飞机撞击"的计算分析工作，共出了 10 本计算报告。2015 年 7 月，"核岛厂房抗大飞机撞击设计技术研究"通过验收。

第二阶段——"抗大飞机撞击"的优化设计工作。2016 年 10 月，开始启动大飞机撞击作用下核岛厂房振动分析的研究，尔后赴美与 SI 公司进行交流培训。2018 年 1 月，完成"华龙一号""抗大飞机撞击"的优化设计……

蒋迪说得特简单，好像小孩放风筝一样，放完就没事了。但其中的甘苦，只有自知。邢总师对他们的贡献十分肯定和推崇，首先把他们作为采访对象推荐给我。

这群年轻人或许是第一次接触作家，第一次接受采访，显得怯生生的。话匣子打开了，他们才稍微活跃起来。这个团队有董尘、刘景琛、宋孟燕、史晨程、蒋迪，他们在各自的研究领域工作成就非常突出。

这时，意欲摘取果实的也来了。邢总师告知："两年后，当我们完成了这个希望渺茫的课题时，那家当初袖手旁观的核电巨头找上门来，要求开展合作。但他们碍于面子，说得并不直接。说我们以前合作得很好，又说近来他们国家政策有了调整，可以扩大对外交流，绕了很大的弯子。我当然心知肚明，就婉言谢绝了访者的'好意'。"

"对方什么反应？"我刨根问底。"他双手一摊，耸耸肩，皱皱眉，感到非常失落。"邢总师笑言，跟影视剧中西方人无奈时的表情一样。

福清"华龙一号"自然是按"抗大飞机撞击"而建造的。正在进行时，类似的严峻考验来了。根据中国地震台网测定，2019年4月18日13时01分，台湾省花莲县海域发生6.7级地震。地震的冲击虽然没有大飞机撞击那样直接，但破坏力同样不可小觑。

一个清楚的事实是，近在咫尺的兴化湾畔福清核电依然风平浪静！

现场的中核人表示"什么感觉都没有"。他们说，请全国人民放心，地震对他们没有影响。目前，福清核电1号至4号机组依旧稳定如常，"华龙一号"5号、6号机组经受住了严峻考验。

中核人突破西方"卡脖子"自主研发的核心技术还有很多很多，比如反应堆压力容器、装卸料机、核燃料元件……

"正是通过几代核工业人和科学家们的不懈努力，我国核电国产化率才达全世界最高。如今，'华龙一号'首堆实现国产化率90%以上。"邢继如是说。

无疑，"华龙一号"是自主创新、攻坚克难的重大科技成果。"强核报国、创新奉献"的新时代核工业精神，在中核华龙人身上体现得尤为鲜明！

华龙福清首秀

面朝东海，春暖花开。

让我们走进中核工程总承包的福清核电现场，去触摸"华龙一号"跳动的"脉搏"。

这是中核人记忆犹新的日子。2015年5月9日，在华龙土建大团队57个小时连续奋战下，我国自主三代核电"华龙一号"首台示范工程——福清核电5号机组FCD（第一罐混凝土浇灌日）任务圆满完成。

此次FCD三天三夜浇筑混凝土近万立方米。面对超大体积浇筑、连续作战时间长、混凝土难以养护等挑战，中国核工业二四建设有限公司700余名员工分成"黑白"两班协同作业，依据施工方案有条不紊推进。面对5月9日不期而至的雨水天气，项目部及时启动应急预案，在两分钟内将雨衣送入现场，并有序组织了排除积水、覆盖薄膜、搭设保温棚等雨中作业。

中国核电人说："华龙首堆，就像是自己的孩子！"5号机组第一罐混凝土浇筑的5月6日晚上，很多人都回福清市区了，中核工程福清项目部副总经理赵宝贵带领20多个兄弟待在工地，守护着初生婴儿的诞生。赵副总说："我们有些不放心，一一检查用电线路、备用柴油发电机等准备情况是否完好；我们又在灯火通明的现场转了一圈，心情犹如海风吹得绑在钢筋上的塑料纸哗哗作响一样，激情飞扬！

"7日凌晨，我们三四点起床准备，6点抓紧干活。华龙机组的模块是M310的1.7倍。5号、6号机组吊装了6次，每次两小时，好不容易见缝插针才把活儿干完，你说累不累人?!"

位于海滨的福清市，风速6级以上的天数，超过全年的三分之一。土建时模块化吊装，风大了可不行。通过观察，中核工程公司技术人员发现了福清海风的活动规律：早上5至7点风小，其他时间风大。七八十吨的物件，属于大件吊装，只能在早间悄然进行……

这是一支能打硬仗、敢担责、肯吃苦的光荣团队！"与他们一起共事，我感到踏实，既自豪又感激。"说到手下的一帮兄弟，赵宝贵一脸幸福。

土建告罄后的穹顶吊装，被业界誉为核电站建造过程中的"成人礼"。

2017年5月25日下午，华龙首堆示范工程顺利完成穹顶吊装，这意味着即将完成土建，进而转向全面安装阶段。

数以千万计的核电设备，被陆续安装进核岛、常规岛等处，被核电建设者恰切地称为"核电厂的'全副武装'"。

核岛、常规岛的设备"武装"，乃重中之重。

"华龙一号"机组常规岛汽轮机，主要由一个高中压缸和两个低压缸（LP1/LP2）组成，每个低压缸内有一个低压缸转子，LP2缸位于9.25米汽机运转层6—7轴之间，轴梁上分别就位低低轴承箱、低电轴承箱。二者及附件总重281吨，合在一起简直就是个庞然大物。

本次LP2转子运抵常规岛后先就位于9.25米层的滚轮托架上，之后试就位在低电、低低轴承箱上。LP2 转子是汽轮机精密的构件之一，重量大，在运输、开盖及吊装过程中绝不允许有丝毫的刮擦，在防尘及物项保护方面更是要求甚高。

从轴承箱垫铁研磨、灌浆、垫板加工到支持轴承安装轴承箱就位，直至滚轮托架布置、转子试就位，每步工序安全保质、精益求精，每个细节无不体现出汽轮机突击队众志成城的破冰前行。

调试，是核电厂投入运行前的最后一道关口，重要节点有冷试和热试。用员工形象的说法，调试就是为即将建成的核电厂"全面体检"。

如果把"华龙一号"比作一个求证大道上的修行者，那么调试工艺队的各个系统小组，就相当于助力"华龙一号"打通"奇经八脉"——MCC、MES、RSI、CSP、CIS 等各类系统的奇人异手。只有打通了这些，"华龙一号"才能真正地踏上求证大道的坦途。

而"华龙一号"全球首堆核回路冲洗，就是要对这"奇经八脉"进行洗经伐髓，好将来让"华龙一号"这位求证大道上的修行者，完美地炼成"中国核电梦"这颗分量十足的金丹。

回想之前的调试工作，3 号机冷态功能试验期间，4 天 3 夜没出主控室，重要厂用水 25 米的泵坑 10 分钟上下 3 次；热态功能试验期间，在160℃的环境中穿着防烫服维修仪表……调试工作不就是这样干过来的吗？

一步一个脚印，不畏艰难困苦，认真把工作做到最好，这就是调试人。

土建，安装，调试，一项一项完美收官；核岛，常规岛，附属厂房，一幢一幢拔地而起，无一不与目标同向，让华龙巨舰驶向胜利彼岸……

"长风破浪会有时，直挂云帆济沧海！"

令世人惊叹的是，近年来，党和国家最高领导人高度关注"华龙一号"，频频向海外力推中国核电。

伴随建设中国式现代化的铿锵步履，乘着"一带一路"的强劲东风，"华龙一号"示范工程竣工前后，中国核电又传喜讯：

"华龙一号"广西防城港 3 号、4 号机组，福建漳州 1 号、2 号机组，广东陆丰 5 号、6 号机组，广东太平岭 1 号机组，海南昌江 3 号机组……相继开建。国际合作再展新枝。2022 年 2 月，阿根廷核电公司与中核集团以及中国中原、中国中原阿根廷分公司正式签署阿根廷阿图查三号核电站项目设计采购和施工合同。根据总承包合同约定，中核集团将通过工程总承包方式，以"交钥匙"模式，为阿根廷建设一座"华龙一号"压水堆核电站。

中核集团还透露：近年来，中核集团市场开发范围扩至 60 个国家，正与全球近 20 个国家商谈核电及核工业全产业链合作……

"窥一斑而知全豹。"在这个大国重器频出的"硬核时代"，"华龙一号"的成长，见证了中国改革开放的光辉历程；"华龙一号"的壮大，是新时代中国快速崛起的缩影。

啊，华龙，华龙！中华复兴，巨龙腾飞！

（原载于《鄂尔多斯》2023 年第 3 期，有删节。）

中国绿
——塞罕坝造林记

王剑冰

第一章 塞罕坝之梦

1

这是山的森林，是森林的山。成排，成峰。成排则如长城，巍然森严；成峰则像险崖，陡直而高耸。绿色从无边无际到无际无边，一群鸟飞过，也要考虑一下耐力。种子在这里显得富有，很难再找到一块可供施展的空地。龙卷风到不了这里，龙卷风会被这丛林围剿而窒息。

青翠、玄黄、鲜红、绛紫，所有的色彩洒落在这里，铺展在这里，将塞罕坝晕染成一幅巨大无比的画卷。

云朵变换着姿势，擦蓝天空。密集的鸟鸣，风一般在林子里绕来绕去，每一声都那样脆亮，带着水滴。

这，就是塞罕坝的丛林给你的直接冲击感。你备足所有的想象，也不会想到塞罕坝竟是这样一种景象。无可争辩的事实，是半个多世纪以来，几代塞罕坝人迎苦受寒，挥汗洒血，克服常人难以想象的困难，一次次栽种，一次次失败，一次次坚持，硬是在高原荒漠上营造出世界上面积最大的人工林海。那是一片山原莽莽的葱绿，一片大海滔滔的碧绿，一片闪现着东方特征、东方个性的"中国绿"！

2

是的，你没有忘记，塞罕坝就是蒙汉混合语——"美丽的高岭"。清代皇帝曾设立"木兰围场"，一百四十年间，康熙、乾隆、嘉庆在围场"肄武、绥藩、狩猎"超过百次。那个时候，这里几乎每年都响起豪勇的欢叫和激昂的嘶鸣。

从衰微的同治时代开始，木兰围场遭到了大肆砍伐。加上日寇的疯狂掠夺，历史的车轮进入一九四九年时，塞罕坝已经成了草木凋敝的茫茫荒原。

西伯利亚的寒风毫无阻拦地肆虐着，毛乌素、科尔沁、浑善达克沙地滚滚南侵，浑善达克沙地与北京的直线距离，只剩下一百八十公里。不可想象，海拔一千多米的塞罕坝，相对于海拔四十多米的北京是怎样的一种威势。就像人们形容的那样，是"站在屋顶上向场院里扬沙子"。

二十世纪六十年代初，国家已经认识到这个极其严峻的问题，下决心要在塞罕坝建一座大型机械国有林场，恢复植被，阻断沙源，形成一座厚实的绿色之墙。

然而，也有森林培育专家感叹：塞罕坝处于森林、草原和沙漠的过渡地带，三种生态景观历史上互有进退，是全国造林条件最艰苦的地区之一。

一九六二年，农林专业的一百二十七名大中专毕业生，奔赴塞罕坝。一时间，锣鼓声声，车马萧萧，塞罕坝拉开了植树造林的大幕。

王尚海，是这大幕的开启者。他曾经担任围场县委书记、承德专署农业局局长。塞罕坝林场组建，一纸调令，四十岁的王尚海成了林场第一任党委书记。这个在抗战时期当过游击队队长的老战士二话没说，带着简单的行李就奔赴了新战场。

场长叫刘文仕，岁数不大，资格却老，三十出头就当上了承德专署林业局局长。上级也许正是考虑到他年富力强，而且熟悉林业。

海拔千米的高原，条件无法想象地艰苦。塞罕坝气象记录表明：这里年均积雪期有七个月，零下二十摄氏度以下天气达一百二十天，最低气温可到零下四十三点三摄氏度。谁到这里都能听到那句谚语："一年一场风，年始到年终。"

有名无实的林场，没有什么房子，没有多少粮食，更别说菜品。建场初期，也是国家最困难的时期。王尚海大手一挥："先治坡，后置窝！"书记、场长带头，没有屋子就住马架子、睡地窖子；没有食堂，就在院里支个棚子；没有水井，就挑泉水、化雪水。

林场老职工卢承亮说："冬季是最难熬的，路都被大雪覆盖，低矮的茅棚挂着冰溜子。窝棚里寒风穿梭，窝棚外饿狼嗥叫。"

另一位老职工曾学奇说："实话跟你说，早晨醒来，大伙儿的被子上落一层霜，头发、眉毛都白了，鞋冻在地上，脸盆里的水冻成了冰。"

第二章　乐在其中

1

造林时节，是一场全面的大会战，所有作业区域都在远离驻地的山原，为不影响工效，领导和职工就吃住在山上。

山上挖了许多地窖子。一个大通铺，挤着差不多二十人。嗷嗷叫的白毛风从头顶掠过，潮湿的地气混杂着各种味道。但是干了一天，一个个的，呼噜很快响起来。

那个时候没什么想的，只是栽苗植树。你看，他们还在地窖子门口贴上这样的对联：上联"一日三餐有味无味无所谓"，下联"爬冰卧雪冷乎冻乎不在乎"，横批"乐在其中"。

有人还编了打油诗：

渴饮沟河水，
饥食黑莜面。
白天忙作业，
夜宿草窝间。
雨雪来查铺，
鸟兽绕我眠。
劲风扬飞沙，
严霜镶被边。

老天虽无情，
也怕铁打汉。
满地栽上树，
看你变不变！

野外作业，空地上架几口大锅，勉强把饭烧熟。开饭的时候，大碗盛了就地一蹲。一个个碗里，都是黑莜面加野菜。哪天有窝窝头、土豆和黑面馒头，或有一点盐水泡黄豆，就算是改善伙食了。

有人边吃边逗乐子，说什么时候能吃一碗白荞拨御面就好了。有人就说，这小子，还想做一回皇上啊！大家就笑。边吃边吸溜鼻子的小黄就问副场长张启恩："张场长，什么是大老刘说的'拨御面'啊？"

张启恩是北京大学林学系的高才生，来场前任国家林业局造林司的工程师。他的妻子张国秀是中国林科院的助理研究员。三个孩子，在北京上小学和幼儿园。塞罕坝建场，他听从组织安排，带着全家离京上坝，担任林场的技术副场长。这里的条件跟北京没法比，一家人挤在一间窄小的房子里，为找地方放书，就在墙根埋几根木棍，钉几块木板。

张启恩一直和职工们吃住在一起，丝毫没有大知识分子和领导的架子。听小黄问，就讲了起来。

乾隆皇帝到塞罕坝一带狩猎，途经"一百家子"，住进龙潭山下的行宫。一百家子就是今天的张三营。当天下午，行宫主事特命当地拨面师制作了荞麦拨面。那荞麦拨面，是上好的龙泉水和面，根根细如银丝，再以老鸡汤、细肉丝、榛蘑丁和纯木耳做卤。乾隆皇帝顿感清香扑鼻，连吃了两碗。从此，荞麦拨面就被叫作"拨御面"。

众人听了，眼前都出现了鸡汤肉丝做卤的荞麦拨面。小黄说，下回还让场长讲。大伙就笑，说小黄的黑莜面是就着场长的话下肚了。

2

在这样的条件下，塞罕坝人当年就栽下了近千亩树苗。大家慢慢直起腰来，想象着往后的景象，禁不住笑了。可是到了秋天，职工们发现，这些树苗的成活率还不足百分之五。一九六三年春天，林场再次造林一千二百亩，成活率仍不足百分之八。

有人产生了怀疑，这样的地方，怕是不适合植树造林吧？甚至有了各种传言，说塞罕坝林场可能面临"下马"的窘境。

王尚海坐着卡车回承德了。当前的关键是士气，要提振士气，只有破釜沉舟，他要把家从承德搬到林场来。妻子了解丈夫，可就是委屈了孩子们。王尚海说，人家都说这林场早晚要下马，说我王尚海还要回到承德来。我就不服这个劲，这辈子，我就把根扎在塞罕坝上了！

一家人离开了承德市区舒适的小楼，在坝上的一间职工宿舍安了家。

那些天，人们总是看到穿着老羊皮袄的王尚海骑着枣红马，一大早就带人跑向林场的山山岭岭。他不停地下马，蹲在那里察看枯死的小苗和残存的落叶松。天黑了，就随便钻进哪个窝棚。躺在硬硬的草垫子上，王尚海半宿半宿地瞪着眼睛。早上有人醒来，听到他在梦里叽里咕噜，牙齿咬得咯咯响。

田间地头、窝棚、地窖子都做了临时会场，大伙对树苗成活率不高的问题进行分析。技术副场长张启恩提出，坝上的恶劣环境也可能使东北苗水土不服，是不是考虑自己育苗。

王尚海和刘文仕都觉得可以试试，当即决定抽调技术骨干，由张启恩、李兴源带头，争取把自己的种苗培育出来。

接受了任务，张启恩心情激动，晚上等孩子和爱人睡下，就开始思考育苗的具体方案。昏黄的煤油灯下，他写下一页又一页笔记。那些笔记，后来成了塞罕坝的宝贵财富。

东北林学院毕业的李兴源，从塞罕坝大唤起分场进入了育苗技术组。善于钻研的他，那些天一直思考着一个问题，遮阴育苗是传统的老方法，但费时费工，成活率不高。能不能将"遮阴"改成"全光"呢？张启恩听了也来了兴致，两人马上将这一想法付诸实践。最终的结果是乐观的，育苗成活率大大提高。

育苗的技术骨干中，还有一位吉林人叫刘明睿，也是毕业于东北林学院，被分配到海拔一千八百多米的北曼甸分场。曾经的学霸善于发明创造，他的小发明都可以打上塞罕坝的标签。譬如他熟悉氮肥的属性，育苗时便在根部稍加一点氮肥，结果证明不仅苗生长快，而且壮实。还譬如他发现植树的"克罗索夫锹"不大顺手，他就按中国人的劳作习惯重新设计，最终打造出"刘明睿式"灵巧轻便的植苗锹。

一九六七年春天，张启恩在三道河口林场参加春季造林，他从拖拉机上抱起最后一捆树苗准备放下去。司机以为已经卸完，开动了车子。张启恩随着惯性摔下来，右腿粉碎性骨折。林场医疗条件有限，张启恩后来只能与拐杖和轮椅为伴。

张启恩临终之前，最愧对的是三个孩子，他们本来是在北京明亮的课堂上，却跟着他来到坝上，失去了良好的教育条件。

在张启恩的主持下，塞罕坝创造了适合高寒地区的"全光育苗技术"，培育出了"大胡子""矮胖子"等优质壮苗，解决了大规模造林苗木供应问题，改进了苏联制造机械，创新了"三锹半植苗法"，提高了造林质量与速度。

3

还要提到一个功臣任仲元，他原来是承德地区技工学校的老师。塞罕坝太缺少机械专业人才，有关部门就选中了他。那一年是一九六三年。

接到通知的时候，书呆子样的任仲元还不知道塞罕坝在什么地方，也不知道一个搞机械的，怎么跟林业扯上了关系。

任仲元坐上一辆老爷车，在艰难的路上晃荡了大半天才到坝上。正赶上吃饭，有人带着他，说，吃了饭再说住宿的事。

食堂这天吃莜面，任仲元饿坏了，师傅给盛了一大碗。他端起来就吃，没想到有点难咽。正噎着时，生产队的马队长冲进了棚子，张口就嚷："任老师？哪位是任老师？"

任仲元应了一声，还没明白怎么回事，就被马队长拉住了。马队长说："正好你来了，这'老铁'可有人治了。"原来播种时，播种机的车轴坏了，瘫在了泥地里。他听说来了一位懂机械的任老师，就找来了。任仲元也是，一听号响就冲锋，莜面还在嘴里嚼着，就跟马队长走了。

场里管后勤的忙了半天，才想起没给新来的任仲元安排住宿。四下里寻找，听说被拉着去了一线工地，便笑了。

建场初期，国家给林场调拨了不少林业机械，除了国产的，好多都是进口的洋玩意，有匈牙利的413拖拉机、波兰的乌尔苏斯轮式拖拉机、中耕除草机，以及苏联的植树机、装载机和联合收割机。林场人爱称呼这些机械设备为"老铁"，都是很快学会了开，却没有几个能看懂那些洋文说明书。

林场还没有为机械手们安排办公室，这些说明书和其他资料，也就被随意地塞在各式工具箱里。等到了任仲元手里，有些资料已经残缺不全。任仲元有些气恼，说这些都是机械师的命，没有了说明书，一旦机械出了故障，不定要走多少弯路。

机械手们面有愧色，说任老师说得对，可谁能看懂这些东西呢。机械手们发现这位任老师年龄不大，学问却不小，他竟然能看懂那些"黑蚂蚁"，于是就不断地找他问这问那。而任仲元只有一张嘴，没有别的办法，只有下功夫把这些资料尽快翻译出来。

那个时候，很难找到机械方面的专业外文工具书，任仲元所依赖的，只有一本《俄华辞典》和俄文版的机床图集。没有办法就去看实物，有时任仲元发现，实物与说明书有出入，难道这些外国人也会搞错？经过反复对照，发现自己还真是对的，于是他根据自己的认识译成汉语，并把这些地方加上标注。

半年之后，这个书呆子，竟然翻译出五六本俄文资料。这些资料成了塞罕坝的宝贝。

书记和场长主抓、技术副场长张启恩负责的科研小组，一方面是育苗，另一方面是植苗。任仲元也进了科研小组，当然他负责的是机械植苗。前两次也是用植苗机进行投苗造林，林苗的成活率却不高。光是树苗的问题吗？

任仲元跟着植苗机，左看看右看看，最后趴伏在地上，冒着机械扬起的烟尘观察着。而后就听到了他的叫喊："停，停，快停下！"

大家围拢过来，任老师可是大伙信任的人，他金口一开，准又摸到了"老铁"的七寸。任老师说话了，他说这"老铁"太机械，不会用脑子，在平坦的地方一个样，遇到上坡下坡转弯的时候也是一根筋。这样一来，植下的树苗便有的深有的浅。

任仲元提出的问题很快传到了书记那里。王尚海听了，一拍大腿笑了，说："是呀，我这些天到处察看，也是发现成活的苗子根扎得很硬实，死掉的苗子根下都有些松软，没想到枯苗率问题跟这'老铁'也有关系。好你个小任，有你的！"

大家也都跟着书记笑了。王尚海接着拍了拍任仲元的肩膀，说："小任呀，既然找到了根源，你这'铁医生'有什么办法让它长长心眼？"

任仲元搓着手，有些不好意思，说："我可以试试。"王尚海听了，大手一挥，说："好，那就拜托你了，有什么困难和要求只管说，咱们一起想办法解决。但有一点，可是只准成功，不准失败哦！"说完又是一声爽朗的笑。

任仲元那些天可是没吃好没睡好，他的心思都用在"老铁"身上。一次次试验，一次次改进，最终将牵引点、投苗点和深压轮三个机器附件改成了铰链式。这样随着地势的变化，植苗机也会不断地调整自己，就像安上了一个灵活的大脑，指挥着投苗附件变换力度与深度。

改造后的植苗机在随后的机械造林中发挥了威力，大大提高了植树成活率。王尚海简直乐坏了，他狠劲地拍了任仲元一把，说："小任啊，咱林场打翻身仗，要算你个头功！"王尚海又加上一句："不过，这段时间还得辛苦你，抓紧把咱总场所有的植苗机都给改装好，只等苗圃那里育苗成功，咱们就大干一场！"

第三章　造林会战

1

这是一个值得纪念的日子。一九六四年四月二十日，塞罕坝机械林场再次吹响春季造林的号角。

王尚海要在马蹄坑来一个大会战。这位抗战时的游击队队长，就像当年带人打仗冲锋一样，从各个工区挑选出两百多名精兵强将，调集最精良的装备，冒着料峭的春寒，顶着肆虐的狂风，浩浩荡荡从场部出发，向着千亩大荒原开进。

马蹄坑会战现场，已经有人先行忙起来。他们在沟边支帐篷、搭窝棚、架马架子、安锅灶……

一声令下，拖拉机、植苗机同时启动。旌旗猎猎，哨声阵阵，隆隆的响声惊醒了沉睡的荒野。

上至书记、场长，下到普通工人，全都在一起干。领导每人带一个机组，一台拖拉机挂三台植苗机，每台植苗机上有两名投苗员。机械不停地开动着，投苗员两手不停地取苗、放苗，植苗机准确地将一棵棵树苗植入大地。

那是一场至今都令人激动不已的造林会战。虽然已是四月，塞罕坝还是一片冰雪，凛冽的寒风刀子般扫过，王尚海带领的兵马却干得热火朝天。拖拉机的马达不时发出暴怒的轰鸣，植苗机在高低不平的山地上不屈地颠簸。一排排人头攒动着，一棵棵小苗成排地展现出来。

风雪弥漫，热浪翻卷，每个人都手脚并用，跟着机械快速推进。干到热火处，有人把外套脱下，扔在一边。

这是决定林场命运的大会战啊。王尚海亲自带着一个机组在前面冲锋陷阵。植苗机在山地上隆隆开过，卷起的沙尘如同战场的硝烟，挟裹着风雪打在王尚海的脸上、身上，喘气都有些困难。王尚海顾不得这些，跟在植苗机后面，一棵棵地察看栽下的树苗。其他几位场领导和技术人员也在测量栽植的深度，观察植苗机的镇压强度。

大伙都知道，王尚海憋足了劲，一定要把树种活，把林场办下去！王尚海在会战动员时说，同志们，咱没有退路，只有往前，再往前！他把翻毛羊皮大衣往身后抖了抖，挥着手喊道："怎么着咱也得拼一拼闯一闯。不拼不闯，永远都不会有希望！"

2

历经三十多个昼夜的奋战，千亩荒原全部栽上了落叶松。人们怀着期待，不断到这里来察看、管护。他们中有书记、场长，有技术人员和普通职工。马蹄坑，该是怎样一匹神奇的骏马，将一只巨大的蹄印踏在了这里。它是要给人们什么预示吗？

真的没有想到，大家种下的落叶松，一棵棵成活了，成活率竟然达到了百分之九十以上。这可是一片风沙起伏的荒原啊！远远望去，一片稚嫩的绿色覆盖了一切，就像枯黄寡瘦的躯体恢复了元气，变得春气勃发、生机盎然。

马蹄坑大会战取得了全面胜利，开创了中国高寒地区机械栽植落叶松的先河。一根根松柏的银针，缝合了曾经的创伤。

每个人都看到了远景和希望。是的，一定是的，用不了几年，这里将是百万大军般的绿阵。

王尚海站在这里半天了，他站着、看着，一动不动。猛然，这个铁打的汉子一下子跪了下去。他跪在山坡上，跪在塞罕坝的土地上，手抠着黄土号啕大哭。

在人们的回忆中，老书记只掉过两回泪，一次是这次马蹄坑大会战的胜利，一次是他的小儿子发高烧。那次大雪封山，又缺医少药，当得知孩子将落下终身残疾，他紧紧地抱着儿子，禁不住失声痛哭。

3

马蹄坑大会战的胜利使塞罕坝林场的"下马风"销声匿迹。也就是从那时开始，塞罕坝开启了大面积造林的时代，造林季节也由每年的春季发展到春秋两季。那时王尚海正值壮年，有一股子敢想敢干的牛脾气。在他的带领下，塞罕坝人用了十三年时间，连续植树五十四万亩。到一九七六年，全场职工已经累计造林近七十万亩。

一九八九年十二月二十四日，六十八岁的王尚海走到了生命尽头。他那乐观向上的精神、艰苦朴素的作风、坦荡无私的情操，赢得了全场职工和家属的信任与拥戴。

人们不会忘记，在决定林场命运的关键时刻，他带头把家从承德市区迁来，先把自己的退路堵死，把享受与安逸抛在一边。他说："我生是塞罕坝人，死是塞罕坝魂。"

人们不会忘记，一九六三年的春节，塞罕坝下了一米多厚的大雪，没有家或回不了家的年轻人，只能留在坝上。这些城里来的大学生没有想到，书记王尚海会来看他们，让他们到自己家里去过年。王尚海乐呵呵地说："年轻人啊，别见外，就把这里当成自己的家吧！"

无家可归的年轻人，端起热腾腾的饺子，眼里噙满了泪水。

人们随着王尚海的家人，把老书记的骨灰撒在他曾经奋战过的马蹄坑林区。大家知道，那是老书记的遗愿。这千亩林区，已经成为一片茂密的森林，每一棵树都挺直向上，吸收着温煦的阳光。大家怀念老书记，他们自发而亲切地将这片森林，称作"尚海林"。

（原载于《人民文学》2023年第9期，有删节。）

大飞机从上海起飞

何建明

中国人的"飞天梦",至少已经做了几个世纪。如果从"嫦娥奔月"的传说算起,则时间更长,也更浪漫了!

2022年9月29日这一天,注定要成为中国"飞天梦"的一个重要的圆梦日——这一天,两架C919大型客机,从研发制造地上海首次飞达首都北京。同一天,这个被中国人称为"大飞机"的民用机型正式获得中国民航局颁发的型号合格证。它意味着经过15年艰苦努力,这架大飞机严格按照国际通行适航标准走完了一款大型喷气式客机设计、制造、试验、试飞及适航取证的全过程,并正式可以投入客户使用。上面这句话很"专业",如果用通俗一点的话便可以这样说:我们中国人终于有了自己的达到国际水平的大飞机了!

我们的大飞机可以同世界其他发达国家的大飞机一样飞翔在蓝天白云之间……

呵,这个梦想太令人激动了!

因为这个梦想让中国人想得太苦、太久,而且受尽屈辱与煎熬——

早知道你只是飞鸟

……

心一跳　爱就开始煎熬

每一分　每一秒

火在烧　烧成灰有多好

……

我相信我已经快要

是真的我快要

快要可以微笑　去面对

下一个　拥抱

　　在 C919 飞往北京之前，我已经两次来过研发与制造它的中国商用飞机有限责任公司（简称"商飞"）位于上海浦东的总部，而且与主持这一大工程的两位前任领导又是相识二十多年的老朋友。

　　"什么时候能够造出我们的大飞机呀？"

　　"熬吧！"这是大飞机项目立项之初"商飞人"给我的回答。

　　"什么时候能够拿到适航证呀？"

　　"熬吧！"这是大飞机第一次飞上天的时候，我问"商飞"的朋友后他的回答。

　　熬吧！再熬……

　　一直在奋斗中煎熬了百年时光的中国"飞天梦"便经历了如此历程。

　　或许许多中国人与我一样，想象不到我们的大飞机竟然是在一个贴着水面的城市里起飞的。这个城市就是上海。

　　1956 年，毛泽东在完成《论十大关系》后到上海视察工作，见到时任上海市委书记兼华东工业工作负责人陈丕显，希望把造飞机的事放在上海，上海条件可能最好。为什么？毛泽东和中央都清楚：航空人才的底子在上海呀！这自然还得从上海那所大名鼎鼎的交通大学（以下简称"交大"）说起。早在旧中国时，交大便有了航空工程系。这在中国共产党接收国民党政府留下的烂摊子时，无疑是难得的一份宝贵财富。而在这份并没有被蒋介石拉到台湾的财富名单中，让人民政府感到特别欣慰的是还有一对号称中国航空"南洋双杰"的大专家、大教育家，他们是江苏无锡人曹鹤荪和浙江义乌人季文美。

　　曹、季二人同年出生，而且他们两人都是王培荪老校长等名师哺育培养出来的上海南洋中学的高才生。上海南洋中学是中国最早的现代教学的中学之一，创建于 1896 年，培养过一批杰出人才，如民国外交家顾维钧、文学泰斗巴金等，至于后来被评上院士的毕业生更是不知凡几。不过南洋中学最厉害的还是它的工科生多。曹、季二人就是这个中学的那些算术特别好的优秀学生代表。南洋中学与交通大学的关系自然不用说，属同宗同祖，所以曹、季二人双双考入交大电机工程系。

交大本没有航空专业。抗战爆发后，交大开始设置航空工程系。这二位当时的热血青年，便改为学航空。然而毕竟中国的航空基础薄弱，航空专业的教育水平更是一般。曹、季这对好友就商量，搭档考上了意大利的都灵大学研究生院，攻读航空工程专业。

有志又有才的这二位中国"学霸"于1936年双双拿到工学博士学位。在国外短暂实习、考察之后，1937年，两人迅速回国投身于国防建设。

曹鹤荪被分配到成都空军航空机械学校任教官。他教的研究班的主要学习的专业是空气动力学。从这个研究班里走出了新中国航空工业和航空科研事业的创建者与领导者之一、航空工业部副部长徐昌裕，"海防导弹之父"梁守槃院士。1940年交大内迁到重庆，此时重庆交大增设航空工程系，曹鹤荪是第一任系主任和教授。此时的他不足30岁，因此也成为交大历史上最年轻的系主任。

季文美回国后被分配到南昌飞机制造厂担任工程师。1942年，在老同学曹鹤荪的鼓动和努力下，季文美回到交大任教授。

曹、季二人从此肩并肩地支撑着交大的航空工程教学大厦。曹鹤荪在1944年赴美国和加拿大考察学习航空建设和教育，次年抗战胜利之后，他带领首批师生从重庆返回上海，并担任交大教务长兼教授会主席。一直在学校支撑着教学工作的季文美则先后出任航空工程系主任和交大的总务长。尽管二人后来出任交大的校职，但作为航空工程系的老主任与开创者，他们从来没有中断过在航空教学讲台上的授课，因而深受一届届学生们的爱戴。

交大航空工程系从成立到1952年，共有9届毕业生，连同之前"航空门"的毕业生共有260多人。这些人在新中国成立时基本都留在大陆，并且成为新中国航空事业的重要骨干与奠基者，比如有"歼-8之父"、飞机空气动力专家顾诵芬院士、航空工程专家屠基达院士等。

陈丕显在1956年听到毛泽东主席提到要在上海"搞飞机"后，对在交大的"老航空人"做了一次调研，十分欣慰地招募到了好几位"老古董"。只可惜，根据新中国的国防战略和当时与苏联的特殊关系，中国重工业和军事工业大多数在东北布局。原蒋介石国民党政府留的几个与航空有关的军事院校与航空飞机制造厂又零乱分散，因此中央专门重新做了调整，结果是交大的航空工程系被划到了在南京新成立的华东航空学院，同时北京也成立了航空学院。中央军委又从国防战略出发，在哈尔滨成立解放军军事工程学院，内设航空航天专业。上海交大大名鼎鼎的曹鹤荪教授被周恩来总理的一纸命令调到哈尔滨任这个军事学院空军工程系教授兼教务长，后任副院长。这所由陈赓将军任校长的军事大学培养出来的航空军事专家，便基本都是曹鹤荪的学生。1970 年，"哈军工"南迁到长沙，后改名为国防科学技术大学。曹鹤荪先生被任命为副校长兼训练部部长。这位中国航空事业的奠基人后来当选国际宇航科学院院士时，说过这样一番话："我一生没有别的追求，只希望在有生之年能看到我在上海、成都、重庆、哈尔滨和长沙等地方的航空事业上播下的种子生根、发芽、开花、结果，青出于蓝胜于蓝。这是我最大的幸福和安慰。"老先生的愿望完全实现。

我们再来说上海"南洋双杰"中的另一位季文美先生。他开始在新成立的华东航空学院任副教务长。1955 年中央再次调整航空教学布局，华东航空学院内迁至西安，更名为西安航空学院，季文美先生出任该院副院长。1957 年该校又与西北工学院合并，成立西北工业大学，季文美任教务长、副校长和校长。而这所被称为"中国航空航天制造摇篮"的西北工业大学，培养的人才可谓数不胜数。有意思的是，后面要讲到的"大飞机"制造第一任、第二任领军人物，都是西北工业大学毕业生。故后来有人说上海有航空航天业时这样说："昔日有'南洋双杰'，今日有'商飞二秀'。"后者指的是"商飞"第一任董事长张庆伟及接任他的金壮龙。

这些都是后话。我们再把镜头拉回到 1970 年盛夏——

刚刚经历北边与苏联发生的"珍宝岛事件"，并已经意识到必须"抓一抓生产"的毛泽东内心充满了加速飞机制造的决心。因此他来到上海，并神情凝重地对上海的干部说："上海工业基础这么好，可以搞飞机嘛！"毛泽东这回特别说明，是搞民用飞机。

"打仗的飞机由西安那边负责，他们的'轰-6'也在搞升级版……"随行的某军委领导补充道。

中华人民共和国成立了 20 年，毛泽东想着的还有人民生活水平的提高，所以从 1956 年《论十大关系》之后，他的心中一直留有中国要自己造民用大飞机的愿望。由此也有了这一年他再次来到上海，又提出让上海造飞机的要求。

这一次领袖对上海的要求，实际上是对中国航空事业的重大布局。

中华人民共和国成立之初，坚信"自力更生、奋发图强"的毛泽东依然坚定他的方针：飞机必须自己造。在"老大哥"苏联撤走专家队伍之后，毛泽东更加清醒地坚定了他的战略：亲自批准在西安、南昌建立飞机制造工厂和组装基地。然而由于 20 世纪 50 年代末至 70 年代初的这 10 多年间，国家战略重点放在"两弹一星"（原子弹、氢弹和人造卫星）上，造飞机的事儿一拖再拖，让老人家黯然与着急。

"马厂长吗，你快过来一趟吧！什么事？肯定不会是小事。你快过来吧，部长这两天专门等着你呢！"这个电话是北京第三机械工业部办公厅负责人给西安飞机制造厂的厂长马凤山打的。

马凤山何许人也？他是当时中国造飞机的国内最重要的一批专家中的骨干，也是上面讲到的中国航空飞机制造奠基人曹鹤荪和季文美的得意门生。

那年奉中央之令，第三机械工业部将马凤山叫到北京"谈话"时，他正是风华正茂之时。

1943 年在读中学的马凤山经历了日本侵略军对我苏常锡（苏州、常熟、无锡）一带大轰炸，目睹了鬼子在飞机上用炸弹轰炸平民百姓的惨烈情景，所以那个时候就有了立志要为祖国造飞机的理想。1949 年高中毕业的他，毅然报考了交大航空工程系。在交大航空工程系上学时，他的两位恩师曹鹤荪和季文美，一位是交大的教务长兼教授会主席，一位是交大总务长。而作为两任交大航空工程系的老主任，他们经常到系里课堂上讲课，所以马凤山便成为这两位航空工程学科大师的学生；并且由于马凤山与曹鹤荪有一层"无锡老乡"关系，所以更自然地成了曹身边的爱徒。

成绩优异的马凤山，在毕业时恰逢中国航空事业重新布局，所以一纸命令就将他从江南分配到了东北的哈尔滨飞机制造厂。作为新中国自己培养起来的第一代飞机制造专业人才，马凤山从业务员、助理工程师、工程师到设计室副主任，一步一个脚印地在专业道路上艰辛行进……

1958 年 7 月初，马凤山被厂长叫到办公室，说："凤山同志，现在组织决定，让你参与我国第一架小型客机的设计工作。这一任务，很艰巨，也很光荣，因为我们要争取在今年国庆让飞机飞起来，要向北京和毛主席献礼。"

"有没有信心？"将军出身的厂长问马凤山。

当时年仅29岁的马凤山学着军人的样子，挺直身板，说："有！"

随即，他投入到代号为"松花江1号"的小型客机设计的战斗中。从设计到制造，不到4个月。作为中国的第一架客机，尽管它当时的设计是仅有五六个座位的小客机，但毕竟也是客机嘛。只有一个办法：照葫芦画瓢。马凤山他们这回照着捷克AE-45型客机样式边设计边制造，而且他们确实成功了：在国庆前两天的9月29日成功地使"松花江1号"飞上了天空……

"哈哈，凤山，你们的飞机怎么像小蜜蜂似的，那么小啊？"在试飞现场，有人看着正在天上摇摇晃晃飞翔的小飞机，风趣地道。

"嗯，真的像小蜜蜂呢！"马凤山看着自己参与设计的飞机，也乐了起来。"松花江1号"在中国飞行史上就有了"小蜜蜂"的诨号。

这只"小蜜蜂"尽管后来没有继续往高和大的方向去飞，但对马凤山和新中国第一代飞机设计者来说，仍是一次具有里程碑意义的设计。因为虽然是照人家的葫芦画的瓢，但毕竟是自己执着笔和纸。

有了一次成功之后的马凤山，似乎真的像一匹奔驰在蓝天与白云间的马儿一样……

他和同事们很快又投入"和平401号"短程喷气客机和"和平402号"涡桨客机的设计中。马凤山在这两个机型中主要负责气动布局、性能计算、操纵稳定性计算等关键性设计。在这个过程中，马凤山的天才能力获得了包括苏联专家在内的同事们的高度评价。1959年5月，尽管中苏两国已经出现裂痕，马凤山仍然被派往苏联飞机制造厂考察飞机静力试验和强度规范等方面的技术。此番考察与学习，让马凤山如虎添翼。回国后，毛泽东主席亲自抓的"两弹一星"正在全面布局和展开之中。西安飞机制造厂（以下简称"西飞"）接受的一项特殊任务，就是制造一款型号为"轰-6"的仿制飞机，负责投放"两弹"。

"带着真家伙往天上飞，还要准确地在指定地点往下投弹，这可不是一般的飞机和飞行任务，必须绝对绝对地万无一失。你们需要什么样的人才帮助设计'轰-6'，赶紧提出名单……"中央给西飞下达绝密指令。

"我们就要马凤山。"西飞回答得非常干脆，没有多余的一个字。

马凤山就这样来到了西飞。

"轰-6"在马凤山和同事们的一起努力下，不仅如期完成，而且出色地完成了"两弹"试验爆炸的投掷任务。

"马凤山行。""马凤山干一架是一架。"……西飞马凤山的名声就这么传了出去。

现在，毛泽东主席来到上海，再次敦促和提及"上海制造飞机"的大事，于是上海市委、市政府立即着手研究成立制造飞机的专业研究所。

毛泽东主席和党中央此次"在上海制造大飞机"的战略，在航空史上被称为中国航空工业的"东进"；而1966年前从上海等地转移到西安的那次大布局，被称为"西迁"。"东进"与"西迁"，其实代表着新中国两个不同的历史转折点：后者是为了更方便地依靠苏联"老大哥"之力来助力我国的航空工业发展，前者则是一次清醒的觉悟——必须走独立自主的道路。其意义非同小可。

1970年8月27日，国家计委和军委国防工业领导小组发出（70）军工字270号文件，向上海正式下达研制"运-10"大型民用客机的任务，任务代号为"708工程"。那个时候，重要工程都是有代号的。就这样，几个月内从全国各地原有的航空研究机构调集了369人，组成了中国民用航空飞机设计的第一支"国家队"，其研究所起名为"708所"。调集如此多的专业技术人员的具体协调者是空军副司令员曹里怀。

马凤山也是其中一员。只是他比这批人早了一个月动身，因为中央将他从西安调到上海，是要他出任"708所"的技术负责人；行政负责人是国家航空第六研究院八所原所长熊焰。事实上马凤山在接到三机部领导让他赴京的命令前，已经先接受了上级指派的关于制造研发喷气客机方案的调研工作。三机部领导听取他的汇报后，感到此事已有些眉目，便开始向中央以及周总理报告，起草成立"708所"等相关操作方案。而在曹里怀副司令调集兵马的那些日子，马凤山就已经着手制订大型客机的研发方案了。那个时候主要瞄准了当时最吃香的"三叉戟"喷气式客机，因此马凤山带着几个助手多次前往广州机场，因为那里有刚引进的"三叉戟"。但飞机技术复杂无比，也不是光看两眼就能学懂的，最好的办法是拆下来细细研究，但这种机会是不可能有的，人家飞机制造厂是绝对禁止的。然而偶发性的观摩机会也是会有的。1971年马凤山他们的研发处于瓶颈时，一架巴基斯坦航空公司的波音707-320C飞机在新疆着陆时失事。马凤山和熊焰都赶到现场，进行实地考察和分析。

然而，中国大飞机的研发与制造总是艰难而曲折的。20世纪70年代的中国是什么模样？除了仿制苏联的"红旗"轿车外，基本上没有像样的自主高级轿车，而轿车与飞机比，就是步枪与导弹之间的差距。经批准采用"轰-6"翼型、机身参考"三叉戟"、尾吊3台发动机的"第一方案"，经过多次研判，最后的结论是不可能达到大型远程客机的航程和航线适应性。而这"第一方案"是我国设计者在完全缺失独立研发经验的情况下，参照苏联飞机制造的"规范"制订出来的。

怎么办？作为总设计师的马凤山必须做出决断，而且中央在等着新的方案问世。

"放弃！必须放弃！"关键时刻，马凤山冒着泰山压顶一样的巨大压力，断然决定放弃苏联制机模式，走波音707同类的后掠机翼下吊挂4台涡扇发动机的总体新布局方案。

"就它了！"上报新方案之前，马凤山数不清有多少日夜没有安稳地睡过一个完整的觉。放弃苏联模式，选择美国模式，牵连和影响的不仅仅是技术方案，还可能会引出其他严重问题。签字那一刻，马凤山只说了一句话："所有责任我一个人来承担。"

新的方案从头做起。

1972年8月，三机部和上海市联合召开"大型客机总体设计方案会审会"。

3年后的1975年6月，"708所"完成全部设计图纸，共达14300标准页。而这14300页的后面，是一项项专题试验和攻关研究。马凤山的团队在前5年所干的事就是为了捧出这样一张设计图纸……

有了图纸，接下来就是制造环节。

于是，上海那些与飞机有关的单位动起来了：负责总装的5703厂不用说，最重要的飞机发动机由上海第一汽车附件厂制造，飞机起落架制造则放在118厂，雷达制造由上海无线电二厂来完成。还有其他的种种零部件，就由相应的单位与工厂来完成。有人告诉我，像波音、空客那样的大型飞机制造，除了总装厂之外，有3000多家配件单位是他们的协助与供应商。

中国是社会主义国家，这种举国之力的制度优势，远远超越美国和欧洲。后来波音747客机的总设计师乔·萨特先生这样评价中国的"运-10"，说"运-10"型飞机是"亚洲版波音707飞机"，但中国只用了不到波音707一半数量的制造供应单位，仅此一点，就足见中国的强大。

事实上，乔·萨特先生并不知道，在中国研制"运-10"的过程中，除了技术方面的贫乏之外，还有一些改革开放之初国内社会因素的影响。

在马凤山的带领下，采用新设计方案之后，制造的步伐迅速加快。1980年9月26日，首架"运-10"在上海试飞成功。

"这是真正属于我们新中国自主研制的飞机啊！我高兴，我要亲自乘着它到全国各地重要城市飞一飞……"当时68岁的季文美，尽管不是总设计师，但一直在协助自己的学生马凤山和他的设计团队。"运-10"首飞之后需要测试性能，进行多地试飞任务，老先生自告奋勇，欣然带队去全国"巡游"。而这一走，就辗转10个城市，甚至7次进藏。

"老校长，您累不累啊？"学生和后辈们如此关切地问。

"不累不累，乘自己国家设计的飞机，就不会有累的感觉。你们是不是也这样呀？"季文美问大家。

"对啊，真的感觉不到累嘛！"大家齐声回应。

"好嘛，继续——飞！"季文美开怀大笑着指挥飞行员。

飞——这是令人心潮澎湃的时刻，仿佛天永远是蓝的，地也一直在闪耀着秋的金色……那种成功的放飞如此酣畅淋漓与浩荡！

"停！"

"停！停——"

正当"运-10"首飞成功，准备正式投放批量生产之际，突然"上飞"（上海研制与生产"运-10"的708所与5703厂等相关航空工业单位）得到指令：该试验机型不再进一步试飞，更不再列入批量生产计划……

"什么意思？不要我们自己研发的飞机了？"

"不研发，不生产，是不是连同我们这些人都没用了？"

"回答呀！到底怎么回事？"

这一段历史，对"上飞人"来说，是极其痛苦的日子。从"运-10"首飞成功，到1985年2月，轰轰烈烈的国家自主研发民用大飞机工作突然被叫停，而且连专项研发经费最后都被停发了！

这是怎么回事？以马凤山、季文美等为首的"上飞人"搞不清，更弄不明白。

"这可不是小事。凤山啊，我看你必须上北京好好问清楚到底怎么回事。"已是古稀之年的季文美督促马凤山，让他专门到北京弄弄清楚。其实不用老师催，马凤山肯定也是要亲自出马的。很快，马凤山从北京回来了，回来后关在办公室两天没出门，而且谁也不见。后来有人说听到他在办公室里哭了好一阵，到底怎么回事，也只有他马凤山自己清楚。

现在我们回头再看这一段中国大飞机制造史，才明白其来龙去脉——

不用说，自己研发"运-10"大型客机的费用自然高昂。别的不说，光是数千上万人的研究与设计队伍和生产制造车间的运行，一年花的钱肯定不是个小数。在20世纪80年代初的上海和中国财政账面上，自然在一些人看来是"吃不消"的开支。这其中，虽说"运-10"属于自主研发的民用客机，但实际上许多材料和配件仍是需要用外汇去国外采购。当时国家的外汇十分有限，各条战线均寻求开放和引进，外汇方面给国家的压力也是巨大的。

"那么自己的民用客机制造就先停一停吧，反正买的比自己造的便宜不少呢！""运-10"项目就是这么被搁置了起来。

"必须按照我们中国自己的发展道路，重新规划我们的大飞机制造业……"

1986年春，在北京、南京、上海的街头，有一位老人顶着凛冽的寒风急促地走着——他就是季文美。老先生在那些日子里，先后登门拜访了北京航空学院名誉院长沈元、南京航空学院原副院长张阿舟和航空工业部原飞机局局长胡溪涛。四位老先生在商讨一件事：请求中央重启我国自行研发与制造大飞机项目，此举关系到国防安全和国家能否真正强大。

"这事啊，我看非得小平同志点头！"

"我同意你的意见，要反映就向邓小平同志反映……"

于是便有了1986年8月6日以季文美为代表的"四君子"上书事件。季文美亲自动手起草的、由以上四人共同签名的《建议立即着手研制150座的干线飞机》信件，被寄到了北京邓小平那里。

邓小平看完"四君子"的上书，立即向党和国家相关主要领导做了指示……

1986年12月4日，这一天北京的天气很冷，但中南海里国务院总理主持的常务会议，气氛格外热烈："干，早动手比晚动手要好！"

"干！不让我们搞洲际航线的大飞机，我们就搞干线飞机。"

而且我们这次选择了合作的方式——你波音什么的不是怕我们单干吗？那我们与你合作总可以了吧！

这一招似乎让对手无话可说，而且中国巨大的航空市场，对非常看重利益的以美国为代表的西方飞机制造商而言，是无法拒绝的诱惑。

那就……合作吧！资本主义国家的企业大亨和资本家是绝对可以影响甚至支配国家掌权者的。

1987年1月，中国航空工业部与中国民航总局联合向波音、麦道等6家国外大飞机制造公司及发动机制造公司发出联合研制干线飞机的邀请。

之后是长达6年之久的拉锯式谈判……这中间有明争暗斗，有公司利益之间的斗争，有国际政治格局中的斗争，更有若明若暗的社会制度与意识形态等方面的斗争烽火。

空客公司回答得很干脆：我们的机型已经具有世界最先进水平，用不着与中国进行合作式的新机型设计。

波音公司老奸巨猾，先拖延谈判时间，最后拖延不下去时又说"无意按照中方干线项目要求对现有737、757进行改型""我们生产的其他大型飞机在中国市场的份额能够达到70%"。意思是说：你们何必再造什么新的飞机，我们波音的飞机可以在你们中国有70%以上的占有率，你们啥都不用忙活了，只要准备钱买我们的波音飞机就行了。——说白了，你别想自作主张、另辟蹊径，走什么自主飞机制造道路，我们会源源不断地满足你们的民用飞机需求的。

在与中国合作制造飞机一事上，波音公司实际上听的是美国政府和总统的话。政府要它怎么办，波音似乎也没有什么反抗的可能。

最后，只有日薄西山的麦道公司勉强同意与中方进行一轮合作，而这样的合作似乎有从中国身上捡一根救命稻草之嫌疑。然而事实也很清楚：这个时候中方只能如此，麦道也只能如此。当年，麦道的飞机行业收益下滑了62%，华尔街已经在齐声唱衰老牌的麦道公司。这是资本主义的一个定律：你好的时候或许都跑来给你献花；你一旦衰败，或许从此没人搭理你，甚至有人跑来跟你说的句句都是刺激你更快灭亡的风凉话。

麦道已经面临这样的境况。而这个时候它与中国合作制造飞机，等于是在西北风里喝冷粥，连暖暖身子的可能都不存在了！

大飞机制造的风暴终于来临：1993年夏天，当中方仍在希望麦道能够起死回生之时，美国国防部副部长威廉·佩里与美国国防产业的12家公司的首席执行官共进晚餐，向他们透露了一个重大战略决策——军工企业将掀起重大合并浪潮……果不其然，这年年底，唯一可能与中国进行合作的麦道公司被波音公司以133亿美元的代价合并。

弱国被欺，这是当今世界的一个不变的定律。不断强大起来的中国，已经越来越清楚地意识到这一点，并力图挣脱美国霸权主义的束缚。

中方迅速改变战略：搞洲际航线飞机不行，我们就搞干线飞机；干线飞机现在又被切断前景，那么我们搞可控的支线飞机！

所谓支线飞机，简单地说就是我们在自己的国家做短途运输的航线飞机，比如从新疆的首府乌鲁木齐飞到新疆其他地方小机场的航线，比如从北京飞济南、从上海飞青岛的短途飞行航线。这样的飞机比较小，也不怎么赚钱。

这样的航线，你美国总该放别人一马了吧！

美国能这样"宽容"吗？

后来的结果是，它同样不放过中国！

虽然中国的飞机制造落后先进国家不少，但支线飞机的性能和用途毕竟要简单得多，技术含量也低许多。于是能够造出原子弹的中国工程师们、科学家们也是憋了一股劲，特别是西安飞机设计研究院，自己研发了支线客机"运-7"。

不到中国境外飞行，就无须美国发放的适航证。所以中国自己研发和制造的包括"运-10"在内的客机定型后，由国家民航局给自己国家制造的支线飞机发了适航证。但后来我们知道，"运-10"不仅仅是叫停不让飞了，甚至连研发和制造都停止了。

没有什么特别的原因，依然是美国的老套做法：人家根本就不想让你中国的飞机制造抬一下头——洲际线不让你干，是怕以后你的轰炸机直飞到他们的本土；干线也不让你干，是怕你抢了他们最赚钱的航线，更怕哪一天你自己制造的轰炸机飞到他们驻扎在全世界的军事基地。那支线不让你干，又为了什么？

为了不让你自己发展航空业，为了不让你的经济发展有独立性，为了不让你在自己的国家自由自在地享受空中飞行——这就是美利坚合众国之流的政客与资本家的心眼。

1997年，中美两国关系似乎还算不错，美国的目标是搞垮苏联，所以对中国来说，是个发展期。既然美国人对中国庞大的消费市场很感兴趣，那么我们顺势而行，想在小范围内争取些合作发展的空间，比如支线航空业。狡猾而又极聪明的老美们立马放出烟幕弹：行呀，支线我们也可以合作！

考虑到多种因素，中国方面同意并提出中美共同设计100座的支线飞机型号，取名为AE-100。此项目准备同波音和空客两家公司合作。

这个时间点是1997年。

100座？中国人肯定有什么阴谋了！空客警惕万分，因为该型号的飞机设计，与空客的A318型十分接近，后者是107座。"他们在合作之中，把技术学过去了，再稍稍将100座位加长一点，不就等于或者超过我们的A318客机了吗？"空客公司包括西方政客大呼，"绝对禁止同中国进行这款支线飞机制造的合作！"

"他们有了，等于我们没了！宁可我们没了，也不能让他们有！"西方人通宵达旦地商量着如何对付中国的飞机研制新方案。

正当中方有关部门的大飞机梦在等候大洋彼岸的友善与好消息时，1998年，如洪水般凶猛的亚洲金融危机席卷而来，神州大地的财政形势一度陷入风雨飘摇之中……

"把他们想得太好"的中国航空人士和相关部门终于彻底看清了美方的心思，并迅速做出完全符合国际形势的决定：AE-100飞机制造项目解散！

上海的"运-10"停产。北京的AE-100才刚刚起步就夭折？

悲痛的中国飞机研制人，就在这个日子里，含泪挥手离别。他们都不愿乘飞机走，都只坐火车走。飞机让他们的心碎了，然而哐当哐当的火车轮也仿佛在碾轧着他们的心……

他们许多人回到原单位之后，很长时间仍然在默默地流泪。

几天之后，他们在电视上看到了更令人悲愤的情景：1999年5月8日，以美国为首的北约部队，用"B-2"隐形轰炸机悍然向我国驻南斯拉夫大使馆发射了5枚导弹，事件震惊世界！

强盗和霸权的嘴脸、敌人和卑鄙者的狼心狗肺，在那一刻被13亿中国人彻底地看清了。而且从那时起，痛定思痛的中国人开始彻悟与清醒：必须通过一切办法实现自己的大飞机制造梦想，否则我们将永无出头之日，中华人民共和国的国旗永远无法在蓝天之上自由舒展地高高飘扬！

正是这一年夏日，北戴河会议上，中国共产党的领导者面对西方霸权主义的穷凶极恶，开始了战略性的强国安排，其中就包括自主制造航母和大飞机。

1999年10月，一份读者并不太多的杂志发表了经济学家高梁的一篇题为《天高云淡，望断南飞雁——从"运-10"的夭折谈起》的文章，第一次向社会揭秘了"运-10"从成功首飞到被迫停止的悲壮过程，呼吁国家决策，用"两弹一星"精神，制造出中国自己的大飞机。文章一出，在各界引起热烈讨论，人们纷纷加入呼吁尽快恢复大飞机研发与制造的行列之中。尤其是科技战线和航空工业部门的老专家、老干部们自动站出来，奔赴各地的民用飞机生产与科研基地调研，自然"上飞所"和其他"上航"单位是必去的地方。最后，这些老专家、老干部的意见形成了《我国大型运输机能力必须保留》的报告，呈送到科技部和中央有关领导手中。

2000年2月15日，朱镕基总理在主持召开的国务院会议上，明确表示支持按市场机制动作模式，发展有自主知识产权、符合国际标准的先进涡扇支线飞机。

"可以干了！"

"这回要真干了！"

国务院会议精神一出，航天工业部门和科技部门的"飞机梦想人"纷纷奔走相告。2000年10月27日，中国航空工业第一集团公司召开新支线飞机项目启动动员会，宣布马上成立"中航商用飞机有限公司"。

"商飞"概念由此而生。

"之后的近两年里，我们一线的专业研究人员就开展了新型涡扇支线飞机的市场调研、技术准备、总体技术方案的论证工作，可以说，我的ARJ21飞机的雏形这个时候就初见端倪……"国家大型飞机重大专项咨询委员会委员、原ARJ21飞机总设计师吴兴世说。

ARJ21出场了！这是吴兴世的"宝贝儿子"，也是中国大飞机的第一

个 "宝贝儿子"，因为这是中国大飞机真正意义上的第一个具有里程碑意义的机型，它是中国大飞机系列中的支线机型，即用于国内省市城际之间的民用客机，是为 70—110 座级，也就是说其客机最多有 110 个座位。

"我们从一开始研发制造这一款商用飞机时就形成了四点理念：市场需求是我们的动力，乘客满意是我们的宗旨，用户盈利是我们的目标，一流服务是我们的承诺。"吴兴世说，ARJ21 诞生于 21 世纪初，距今十五六年，那个时候国家没有现在富强，而作为商用飞机，市场经济和客户要求对他们造飞机的人来说极其重要。

"所以在这四点理念下，我们又在实际研制中率先做到了'一个坚持''两个接轨'和'三足鼎立'。"吴兴世不愧为总设计师，他的逻辑性极其缜密，"一个坚持，就是坚持自主创新，首次实现我国民用飞机产业将知识产权拓展为掌控整个产品和服务价值链的主导权；两个接轨，即是与国际先进实践接轨，实施新型主制造商-供应商商业动作模式，以及航空发动机、机载设备系统和航空材料的专业化、国际化（包括不断扩大本土化）研制、生产和客户服务商业运作模式；三足鼎立，就是要初步建成民用飞机市场研究开发与产品营销体系，改进完善我国民用飞机产业现有产品研制与生产体系，创建与国际先进实践接轨并初具规模的客户服务体系……"

造大飞机的复杂性，其实并不全在技术层面。社会环境和经济形势及国家发展态势，也是影响制造大飞机的重要因素，有时甚至决定其命运。

21 世纪之后的中国大飞机，向着两个方向发展：干线与支线的交替叠加发展；国家不断强盛和国际形势越来越恶劣，加力助推着发展。这两个方向还必须始终保持高度平衡与切合，稍有偏差，就会导致全盘失败。这就是造飞机的复杂性，牵制它的因素比造飞机技术本身还要复杂一百倍。

吴兴世说，他作为中国大飞机设计与制造的参与者，印象最深刻的是方向和合力的平衡。这是个特别重要的问题。具体讲，为了让大飞机项目上升到国家战略和计划，这一过程是一步一步地 "推" 出来的：

2000 年年初，朱镕基在国务院会议上对发展大飞机事业 "发话" 后，当年 6 月份就有一场在亮马河召开的 "航空工业研讨会"，主题就是关于制造大飞机；

7 月 17 日，科技部部长朱丽兰主持召开了 "大型特种飞机发展研讨

会";

9月28日，北京航空航天大学等单位联合召开以"纪念'运-10'飞机首飞20周年"为契机的"大飞机座谈会"；

2001年2月，在著名科学家王大珩院士倡议下，中科院在北京香山召开了以"21世纪中国航空科学技术发展战略"为主题的学术会议；

3月29日，中共中央政策研究室与科技部联合召开"大型特种飞机与国家安全战略研讨会"；

2003年年初，国务院主持制定《国家中长期科学和技术发展规划纲要》。科技部向宋平汇报大飞机的问题时，宋平同志建议，请著名科学家王大珩出面向总理提出具体发展大飞机的建议；

4月13日，王大珩正式上书国务院总理温家宝，建议国家迅速将大飞机项目作为国家战略工程尽早上马。

随即，国务院聘任24名航空航天专家组成"大型飞机重大专项论证专家组"，开始正式启动大飞机项目论证。吴兴世是这个专家组成员之一。他说他们这些专家所做出的大飞机战略安排是，先上支线，再上干线，最终全面实现大飞机的国产化、国际化。

"我们'上飞所'其实在这些年北京方面不断进行论证与助推大飞机项目列入国家层面的重要战略计划之时，就一直在研发支线飞机。因为按照惯例和我们国家的实际情况，要想大飞机梦做得完整、完善和完美，就必须先得一步一步跟上，中间绝对不能少一步基础工作。干线是大目标，小目标和中期目标一个也不能少。所以上海方面制造飞机的工作从21世纪初开始就一直没有停止过。我清楚记得，在国务院将大飞机列入国家发展规划纲要之前，我们上海的708所就已经先后集中了400多名工程技术人员，投入支线ARJ21机型的研制。而且这一次是以联合工作队或承接工作包的形式，完成了该机型预发展阶段从技术经济可行性研究、总体方案论证、构型发展到初步设计，几乎涉及了全部专业领域，为即将成立的'商飞'公司向中国民航局提出并获通过该机型的合格审定提供了强大助力……"

制造民航大飞机与其他产业不太一样的地方是，你可能还没有正式获得政府批准，具体制造方或者叫制造商就已经与市场用户之间有了"预订"的草签协议。这个很重要，对下一步国家和有关机构正式审批实施制造该机型有着直接的影响，也就是说，批准机关会将有没有市场需求当作一项重要指标。

"我们的 ARJ21 支线机，那个时候就有用户预订了 35 架，而且有的已经交了订金……"吴兴世总设计师对此引以为豪。其实这也说明，中国的支线飞机市场巨大，同时人们对中国制造飞机的能力和水平是绝对肯定和放心的。飞机不像其他交通工具，它的安全性是绝对要确保的。"万无一失"对飞机而言，实在是最低要求，它应该是"万万无一失"；而即使是这样，一旦出现"万万分之一"的事故时，对整个人类的心理上的冲击依然不可忽视。这就是造飞机的代价。

"我们的技术要求的天花板是在天上！"这是我从大飞机总设计师嘴里听到的话，似乎普普通通，却又蕴含着无法比喻的"伟与大"。

让我们再回到中国大飞机那个决策与启动程序的时空通道吧——

在王大珩先生上书总理后，国家层面的决策程序，节奏变得快多了。"实在是我们早已等不及了！"总设计师吴兴世说。

2006 年，中共中央、国务院联合发布《关于实施科技规划纲要增强自主创新能力的决定》，提出全面提升国家竞争力，创新体制机制，走中国特色自主创新道路。这意味着，长期以来一直作为发展中国家的中国，正式向世人宣告将开始走一条完全独立自主、创新创造之路。这既是一种伟大的胆识，更是一种国家实力的表现。之前，国务院已发布了《国家中长期科学和技术发展规划纲要（2006—2020 年）》，将大飞机列为 16 个重要科技专项之一。

中国大飞机在国家层面正式作为重大任务被列入规划，意味着必须按规划的时间点完成研发与制造，我们一定要看到自己的大飞机能够飞起来……

至此，国家相关大飞机的各种方案论证与批准程序，快马加鞭。

2007 年 1 月，相关论证工作圆满完成。

2007 年 2 月 26 日，国务院总理温家宝主持国务院常务会议。在听取论证汇报后，会上做出两项重大决定：批准大飞机立项；成立大型客机股份公司，即后来的中国商飞公司。

2007 年 8 月 30 日，中共中央总书记胡锦涛主持中央政治局常委会会议，决定成立大飞机项目筹备组。因为这个大飞机的级别太高，所以按国务院意见成立的"股份公司"虽然是个企业,但实际上按中国的行政习惯而言,它是个"部级"架构。因此它必须由党中央的最高权力机构来决策。有了党中央最高权力机构的决策,国务院随即审议通过了《中国商用飞机有限责任公司组建方案》和《航空工业体制改革方案》。

"我们就开始忙起来了呀!"总设计师说到这儿时,眼睛顿时亮了起来,"因为大飞机公司在我们上海,飞机又在我们上海造,我们所有航天工业系统的单位就要跟着中央的节奏了。所以忙呀,主要是完全按照'商飞'大公司和大项目来配置机构和资源了,比如我所在的'上飞所',即'708 所',那就是由'所'变成了'院'。而且这也不是简单的级别上的改一改,是体制、职能等方面的全方位提升与加强……"

2008 年 5 月 11 日,中国商用飞机有限责任公司在上海正式揭牌成立。中共中央政治局委员、国务院副总理张德江,中共中央政治局委员、上海市委书记俞正声和时任上海市市长韩正等出席。令人瞩目的是,当时年仅46 岁的中国航天工业"少帅"张庆伟出任"商飞"的第一任董事长兼党委书记。之前他是中国航天科技集团公司总经理、国防科工委主任。而当时令我有些欣喜的是,在张庆伟的团队班子里还有两位我熟悉的朋友:薛利和金壮龙,前者是"商飞"的党委副书记,后者是张庆伟的后任。

"我们要造大飞机,而且这是党和国家交给我们这些人的首要任务,必须完成,而且绝对要完成好。可是我们又不是简单地造一架大飞机就完事了!我们要在'政产学研用'五个方面都创造出中国式大型民用飞机的产业技术创新体系。这才是我们的根本任务和目标……""少帅"张庆伟的做事风格与他的人一样帅而爽,于是"商飞"很快确定了"一个总部、六个中心"的布局。

大飞机制造是国家的意志、人民的意志,落脚在国家培养的、人民拥戴的飞机设计师身上。

现在,我们能看到"商飞"成立之后,很快便开始了 ARJ21-700 和C919 这两个型号大飞机的"双飞"行迹——这就是中国大飞机设计师们执行国家意志的具体行动和战略布局。

先是 ARJ21-700 机型,后来是 C919 机型。前者属于支线机型,后者叫干线飞机。国际航空界习惯把 150 至 200 以上座位的叫大型飞机。中国设定的 C919 就是这样的大飞机。后来它腾飞的那一刻,从我们头顶呼啸而过的时候，那种震撼真的让亿万国人齐声高喊："我们的大飞机呵——"

这是后话。

现在我们先来听总设计师吴兴世怎样介绍 ARJ21-700 飞机吧：

"这款支线飞机，除了设计的载人座位是 70—90 位外，它就是瞄准波音的 737 和空客的 A320 国际流行的常用客机标准设计的，主要从国内航线距离及经济与市场效益考虑。

"现在归属于'商飞'的上海飞机设计研究院（简称'上飞院'）还是'上飞所'时，我们这批'运-10'的原班人马和后来者，秉承永不放弃的精神，一直在进行大飞机的相关设计与研发及各种试验。在 2006 年后，我们就开始对比波音 737 和空客 A320，进行更严格的适航审定基础要求，同时通过了 300 项适航符合性地面试验验证，及地面试验项目。这些试验和规模试验，都刷新了中国民用飞机研制的以往纪录。

2008 年 11 月 28 日，ARJ21-700 在上海首飞成功。那一刻对总设计师吴兴世来说是难忘的。"因为它实现了我们中国造飞机人的梦想，它是我们中国人自己造的第一架后来用于民用的客机……到目前为止，也是唯一的一款我们自主创新的客机。"吴兴世冲我频频点头，说，"如果从冯如先生造第一架飞机算起，到 2008 年，正好是整 100 年哩！"

100 年，几代造飞机人的梦想啊！

在完成首飞之后，吴兴世团队为了让自己研发和制造的飞机早日进入民航客机商用服务行列，他们不分日夜、不分春夏秋冬，也不分东南西北，甚至不分中国还是巴基斯坦、韩国、朝鲜，前后进行了 2942 架次、5258 小时的 528 个科目的适航符合性验证试飞行动。国内不用说了，光国外试飞就有 9 个国家，往返飞行 31000 公里，经受过大侧风、暴风雪、寒冷天气、风切变、冰雪跑道、夜航等严酷条件下的考验与试飞。仅在北美，为了进行结冰环境下最严酷条件的试验，就做了共 9 次、总长 27 小时 14 分钟的自然结冰试飞，直到全面符合标准要求后才返航祖国……

中国"商飞"终于迎来真正飞天的曙光——2014 年 4 月 28 日，ARJ21-700 飞机 104 架机稳稳地降落在西安阎良机场，标志着它已经完成了最后一个试飞科目——飞越北美大湖区的万里"追云"之旅，最后一次自然结冰试飞。飞回阎良机场的结果就已经表明它此次的试飞完全合格，并且是优秀的。

2014年12月30日，这一年的倒数第二天，中国民航局局长李家祥乘坐ARJ21-700飞机105架机从上海飞到北京。他激情澎湃地对新闻记者们说："今天我特地乘坐这架飞机，就是要向世界宣告，中国研制的喷气式客机是安全可靠的，是完全可以信任的！"

至此，中国"商飞"的ARJ21-700型号支线飞机正式完成"出嫁"前的所有试验任务。它等待着光荣而激动人心的那一刻——交付使用单位正式飞载商用。

那一刻，总设计师吴兴世才像自己的女儿出嫁一样，喜气洋洋。从1972年进入"上飞所"到那一年，吴兴世整整做了42年的"中国飞机梦"。

"不算长，不算长，我这个造飞机的梦还是在我有生之年实现了。许多人做了一辈子梦，都没有看到自己梦想的中国飞机飞上天呢！我们是踩在先辈的肩膀上，搭上了国家日益强大的好形势的快车才实现了自己的梦想……"吴兴世动情地说道。

我知道，后来中国造的第一架商用大飞机落户成都的双流机场，隶属成都航空公司。

ARJ21-700客机现在已经在国内多条航线上飞行，并且在十几条国际支线上载客飞行，至今性能一直持续稳定、安全可靠和高效运营。"说句实话，我就喜欢自己国家造的飞机，除了安全稳定外，它的机舱要比737客机宽敞，这是我特别喜欢它的原因。"在成都双流机场采访，这样说的乘客绝对不是少数。这让我特别欣慰和高兴。

吴兴世和他的团队设计制造的ARJ21-700客机的成功，为中国大飞机飞得更高、更远，提供了信心和"跑道"。用总设计师吴兴世的话讲，该机型的成功，实现了中国民用飞机制造三大"零"的突破：一是中国自主研制生产喷气运输类民用飞机，走完了与国际先进实践接轨的研制、适航审定、运行符合性审查、批量生产、进入市场交付客户、提供客户服务的全过程，投放定期航班商业运营，融入航空运输体系，化为现实生产力的"零"的突破；二是中国自主研制生产的喷气运输类民用飞机投入国际航线商业运营的"零"的突破；三是中国自主研制生产喷气支线飞机的"零"的突破。我注意到这三个突破的前提都是"中国自主研制"，而且在国内外都具有突破意义。航空技术和航空经济是个庞大而极其严格的体系，没有实践，没有突破，没有自主研制能力，一切皆等于零。而中国造飞机人的梦想，就是要实现这些"零"的突破。

单从经济和商业角度看，如果没有自己的大飞机，国家每年就要花几千亿的钱去买别人的飞机。中国是全球第一大发展中国家，是全球最大的消费市场，没有大飞机，就白白地让别人在中国领空和中国市场上赚足了钱，甚至还要赚了中国人的钱来欺负中国人。

大飞机研制就是为了诸多方面的需要，我们必须突破、必须自主、必须有自己的主动权。

吴兴世告诉我一个数字：现在 ARJ21-700 机型已经获得国内外 24 家用户的近 700 架订单，在飞的航线达 200 多条。也就是说，这个机型的经济效益已经在日益增长，前景更为可喜。

ARJ21-700 之后，就是 C919。这是真正的大飞机，是飞向世界的大飞机，是一个 14 亿人口的大国必须有的大飞机。

没有人跟我解释"C919"到底是什么含义，不过我看网上有人这样解释："C"是中国和"中国商飞"的英文第一个字母，"9"寓意天长地久，"19"代表中国首型大飞机载客量为 190 座。其实，到底有多少载客量，我请教过吴兴世老先生，他虽然不是 C919 的总设计师，但他在专家团队之中。他说现在世界上几个比较老牌的大飞机制造商确实也在研制超大型载客量的客机，250 座以上、500 座级，甚至 800 座级的都有，都在试验。这可能是未来的一种发展趋势。但我们中国是一个飞机制造发展中国家，我们的大飞机并不是为了追求"好看""好听"，我们更多的是追求实用性、经济效益和国情所需，同时也考虑到国际化。最后的论证结果是，C919 大型客机定位在以 150 座级为主的涡扇机型，而非 250—300 座级机型，同时未来发展 150—210 座级机型。

专家告诉我，中国的未来市场和国际最有经济效益的客机其实就在150 个座位左右，因为过小会满足不了需求，而过大事实上也会造成空载的巨大浪费。定位 150 座，目标发展 150—210 座级的国际型大飞机，这正是我国既从自身的社会发展需求出发、又考虑国际航空业的发展态势后认真规划的大飞机发展思路，同时又是最科学合理的为经济效益着想的决策。展望我国未来的发展，国内大型客机的市场需求以 150 座级的中短程单通道客机为主。对此已经有统计专家预测了需求机数——至少 2400 架

150 座级的客机，而非 250—300 座级的超大型飞机。

C919 确定研制生产 150—210 座级的机型，它也是至今唯一以全新设计而非用老机型改造的大飞机，这在世界航空界也属于最前沿的先进设计，是具有极大市场前景的新款型大飞机。事实证明了在上海落地的"商飞"的战略和研制方向的正确，已经获得的 815 架订单足以证明 C919 大型客机的市场前景，而这才是一个开端。未来呢？当蓬勃发展的支线机场落定规模，当 C919 机型通过各种试验并投入正式商用之时，可以保证的一点是，它的订单数绝对不下于两千架。即便是这个数目，也足够让中国大飞机制造在世界飞机制造界扬眉吐气的了！

2017 年 5 月 5 日，上海，浦东机场，一架白、蓝、绿三色涂装的崭新的 C919 大型客机徐徐地进入人们的视线。她像一位初入婚礼现场待嫁的美女一样，一出场就让万众欢呼。当然，这一天的浦东机场也分外吸引全世界的目光。因为这是中国作为第一大发展中国家，终于拥有了完全由自己制造的、具备国际水准的干线大飞机。她就要首飞了，飞向无垠的蓝天，飞向属于地球村每一个国家和民族的蓝天——过去这蓝天似乎总是由那几个霸道的资本主义、帝国主义国家占领着！

现在，属于这个在世界上人口最多、市场最大的发展中大国的美丽的"她"来了……

"来了！"

"来了——"

"她来了！"

这一天是 5 月 5 日。为什么选择这个日子呢？

没有人做解释，但每一个中国人都清楚，其实全世界的人也都清楚：18 年前的 5 月 8 日，以美国为首的北约用飞机轰炸了中国驻南斯拉夫大使馆……18 年过去了，中国人民终于可以看到自己的大飞机起飞！飞进自由与和平的蔚蓝世界！

飞了！飞起来了！飞得太漂亮了！C919 在太阳下轰鸣着呼啸而起，震荡了多少颗中国人的心，也让多少中国飞机制造者热泪盈眶……

这一天，在浦东机场上，我们又看到了一位满头白发、手拄拐杖、身着黑色正装的老人，他和他身边许多满头白发的老"上飞所"人都在仰头关注着 C919。他就是上海飞机设计研究所的老设计师程不时。27 岁时，程不时就参与设计出了中国的"初教-6"飞机。而60年后的今天，87岁的程老终于看到了自己国家的大飞机飞入云霄……他激动得不停地喃喃道："我们有大飞机了！我们也有大飞机了！"

坐在观摩台上的老先生叫程不时，这多么有意思。有人这样问这位老先生："您为何叫这个名字？"老先生笑呵呵地摇摇头，无奈地说："我真的生不逢时，所以叫'不时'。看看你们现在，多好啊！我要是像你们这样生得逢时，那我就会叫'程逢时'！"

"哈哈哈……"那一天的浦东机场上，像这样的欢笑声，一浪盖过一浪。

C919大飞机的首飞，完美而精彩，堪称上海滩有史以来最完美、最优雅的"空中芭蕾"……呵，是的，以往说上海，都说它的江河美，它的滩地秀；而今的上海，它的天空比海与江河更宽广、更美丽……

当天空被中国大飞机如大地一样拓荒与绘制美丽蓝图时，我们的民族将会是怎样的伟大和强盛呢？

在走出"商飞"大厦、告别C919气吞山河的身躯时，我向总设计师吴兴世敬了个礼，同时还记住了另一个人的名字：吴光辉。

吴光辉是C919客机总设计师，这位不仅能设计飞机还会开飞机的新一代中国飞机研制者，正年富力强，而他身后的团队更年轻而有朝气。他们是祖国大飞机的左右翅膀，他们在上海，以最谦逊的姿态，贴着江河与海面，在仰望空旷高远的蓝天，一直在准备着一次又一次新的起飞……

2022年，C919大飞机在国内航线的适航证已拿到，而且全球首架C919于2022年12月9日正式交付中国东方航空公司。到2022年12月26日，这架中国大飞机昂着头、披着光，威风十足地在祖国大地的上空飞了100多个小时，途经北京、成都、西安和海口等地，开始了正式载客前的验飞。

2023年，我们尽可以在自己国家的领空坐上自己的大飞机……

而国际的适航证，美国把着，他们自然不会那么情愿轻易地发给中国C919。但鹰已高飞，鼠目怎可掩住苍天呢？

"商飞人"在我们的大飞机已经飞上蓝天之后，仍然说着"熬吧"，其意就是中国虽然有了制造大飞机的能力，但要获得竞争对手的认可，还有漫漫长路。航空市场一直以来被西方发达国家把控着，他们怎么可能心甘情愿地被中国"分蛋糕"呢？

"熬吧！"面对强权与霸权，中国人选择了"做好自己的事""争取一切可能"。于是我知道，在 C919 首飞成功之后，"商飞人"从来没有停止过任何一项适航标准指数的考核；我也知道，我们的 C919 由自己的驾驶员驾驶，在蓝天下飞向地球任何一个想去的角落，用多条航线测试"中国造"的性能与各种指标。与此同时，我们还在与那个发放适航证的大国进行着一次又一次的谈判、再谈判，直至成功获得适航证……

是啊，人类从仰望天空的第一眼起，就想飞向远方。而飞向远方的路漫长艰难。中国人曾经借助嫦娥与吴刚的神话，表达登上月亮的美妙憧憬，之后我们依靠辛勤积攒的巨大财富换得进口的飞机，来满足人们的需求。而今我们有了真正属于自己的大飞机，加之航天飞船一次次飞向太空，那么我们的"飞天梦"可以说是圆满地实现了！

再无须煎熬。

再无须受辱。

印着五星红旗的 C919 已经正式起飞。

那一天，我特意站在黄浦江边，等待着它从头顶呼啸而过，亲身感受到了大飞机腾起的那一刻。上海滩边的江河与海面，随之浪卷波涌，万千壮美……

（原载于《鄂尔多斯》2023 年第 1 期，有删节。）

往事不能忘

回 家
——在韩中国人民志愿军烈士遗骸归国纪实

李 舫

序

这是一个关于在韩中国人民志愿军烈士"回家"的故事。

197653——

让我们记住这个数字。

73年前，中国人民志愿军"雄赳赳，气昂昂，跨过鸭绿江"，290万将士先后开赴抗美援朝战场。他们辞别亲人："待我回家"，享受和平。然而，历时两年零九个月的战争中，他们中一些人的生命，却永远定格在那一刻。在这场战争中，197653人失去生命。他们叮嘱战友："代我回家"，看看新中国的和平岁月、万里江山。

今天，战场的硝烟已然散去。然而，那些在战火中消失的身影，早已凝结为令人难忘的血色记忆，凝聚成中华民族的不朽传奇。

73年过去了，战友没有忘记他们，人民没有忘记他们，祖国没有忘记他们。9年来，中国共迎回913位在韩中国人民志愿军烈士遗骸和9204件烈士遗物。

从"待我回家"，到"代我回家"，再到"带我回家"，这是一条兑现诺言的崎岖之路，也是一条披荆斩棘的希望之路。

"待我回家"，是他们出征时的殷殷期盼。

"代我回家"，是他们牺牲时的无尽遗憾。

"带我回家"，是祖国和人民的至高承诺。

让生者有那永恒的爱，让逝者有那不朽的名。

魂兮归来，斯惟永恒！

引子

1950 年 6 月 25 日，朝鲜内战爆发。

中共中央政治局在充分讨论、权衡利弊之后，做出抗美援朝的战略决策。1950 年 10 月 8 日，毛泽东以中国人民革命军事委员会主席的名义签署命令，将东北边防军改为中国人民志愿军。

10 月 19 日，彭德怀司令员带领几名中国人民志愿军先行跨过鸭绿江。1950 年 10 月 25 日，中国人民志愿军在朝鲜打响第一枪，由此开启了伟大的抗美援朝战争序幕。

在第一阶段战役中，中国人民志愿军和朝鲜人民军采取以运动战为主，与部分阵地战、游击战相结合的方针，连续进行了 5 次战略性战役。其特点是战役规模的夜间作战和很少有战役间隙的连续作战，攻防转换频繁、战局变化急剧。

在第二阶段战役中，中国人民志愿军和朝鲜人民军执行"持久作战、积极防御"的战略方针，以阵地战为主要作战形式，进行持久的积极防御作战。其特点是军事行动与停战谈判密切配合，边打边谈、以打促谈，斗争尖锐复杂。

从 1950 年 10 月 25 日到 1951 年 6 月 10 日，中国人民志愿军连续发起了 5 次大规模战役，从根本上改变了朝鲜战争的局势，把战线稳定在三八线附近，迫使"联合国军"转入战略防御状态。

从此之后，双方转入战略对峙。

1951 年 7 月 10 日，中国和朝鲜方面与"联合国军"的美国代表开始停战谈判。停战谈判时谈谈打打，断断续续进行了两年之久。

1953 年 7 月 27 日上午 10 时，在朝鲜板门店，朝中代表团首席代表南日与"联合国军"代表团首席代表哈利逊正式签署《关于朝鲜军事停战的协定》及其附件《中立国遣返委员会的职权范围》《关于停战协定的临时补充协议》。下午 1 时，克拉克于汶山分别在停战协定和临时补充协议上正式签字。晚 10 时，金日成于平壤在停战协定和临时补充协议上正式签字。28 日上午 9 时 30 分，彭德怀于开城在停战协定和临时补充协议上正式签字。

7 月 27 日晚 22 时起，朝鲜全线的一切战斗行动完全停止。中朝两国取得了抗美援朝战争的最终胜利。这是中朝两国第一次与以美国为首的国际霸权主义集团进行的军事外交斗争。

7 月 27 日 21 时 45 分，前沿阵地枪炮声不绝于耳，探照灯使黑夜亮如白昼，战争气氛依然浓烈。22 时，枪炮声戛然而止，从这一刻开始停战协定正式生效。

从 1950 年 6 月 25 日到 1953 年 7 月 27 日，一千多个日日夜夜，朝鲜半岛枪炮声喧嚣的战场，一时间变得万籁俱寂。

《关于朝鲜军事停战的协定》共 5 条 63 款：

第一条确定了军事分界线与非军事区，双方各由军事分界线后撤两公里，以便建立非军事区，双方不得在非军事区内进行任何敌对行为。

第二条对停火与停战做了具体安排，包括成立军事停战委员会、中立国监察委员会等。

第三条是关于战俘的安排。

第四条是向双方有关政府提出的建议。

第五条附则，声明本停战协议的一切规定自 1953 年 7 月 27 日 22 时起生效。

在停战协定上签字的有：中、朝一方的朝鲜人民军最高司令官、朝鲜民主主义人民共和国元帅金日成和中国人民志愿军司令员彭德怀，"联合国军"一方的"联合国军"总司令、美国陆军上将马克·克拉克。

其间，陈赓主持过志愿军总部的工作，邓华曾任代司令员兼代政治委员。邓华、杨得志、杨勇先后任司令员，李志民、王平先后任政治委员。

毫无疑问，这场战争的胜利鼓舞了中国人民保卫祖国、抵抗侵略的决心和信心，鼓舞了世界人民为争取本国独立、和平、民主、统一的斗争。这对于维护中国国家利益、保障远东和平稳定，是一个重大的贡献。

《纽约时报》评价这场战争："美国在朝鲜打了两场战争，赢了北朝鲜（今朝鲜），却输给了红色中国。"战争结束 40 余年后，曾在 20 世纪 70 年代担任美国总统国家安全事务助理和国务卿的亨利·基辛格，在其 1994 年出版的《大外交》一书中感慨："毛泽东有理由认为，如果他不在朝鲜阻挡美国，他或许将会在中国领土上和美国交战；最起码，他没有得到理由去做出相反的结论。"

毛泽东高度评价抗美援朝战争："打得一拳开，免得百拳来。"他宣告，抗美援朝战争无可争议地表明，"由外国帝国主义欺负中国人民的时代，已由新中国的成立而永远宣告结束了"。1953年9月12日，毛泽东出席在中南海怀仁堂举行的中央政府委员会第十四次会议，听取彭德怀做《关于中国人民志愿军抗美援朝工作的报告》。谈到抗美援朝的胜利，毛泽东说："主要的是因为我们的战争是人民的战争，全国人民支援，中朝两国人民并肩战斗……我们方面发生的问题，最初是能不能打，后来是能不能守，再后来是能不能保证供给，最后是能不能打破细菌战。这四个问题一个接着一个，都解决了。"

1958年10月25日，志愿军全部撤离朝鲜回国。

中国人民志愿军番号撤销。

待我回家

无名

一

韩国，京畿道。

从首尔向北是京畿道，从首尔一路向北，40公里之外，便是坡州。

坡州市积城面沓谷里有一座"敌军墓地"。

这是全世界唯一的"敌军墓地"。1996年6月，韩国遵循日内瓦协定和人道主义精神，在京畿道坡州市修建了这座墓地，将发掘的360具中国军人和1063具朝鲜军人遗骸埋葬在这里。此后，随着遗骸发掘工作的持续进行，遗骸发掘区域由坡州扩大到京畿道的涟川、加平以及江原道的横城、铁原、洪川等地，埋葬的中国军人和朝鲜军人的数量也在不断增加。

天高云淡，荒草萋萋。阳光清澈温暖，静静播洒在荒芜中，让四野显得越发辽阔。昨夜，这里刚刚下了一场雨，墓碑上还有着未干透的水迹。草叶经雨疯长，叶片上的雨珠随风滚落地面，瞬间便无踪迹。低矮的坟茔，简陋的墓碑，昭示着这里激烈的往昔。然而，现时今，只有一片静谧。

所有的墓碑上都刻着相同的三个字：

무명씨

翻译为中文就是：无名氏。

沿着荒草路径向前，有多处修葺过的墓地，其中一座是合葬墓，墓石上面刻着：

중국군

翻译为中文是：中国军。

这里，沉睡着 25 位中国人民志愿军烈士的英魂。

这些"无名氏"，便是当年在战场上勇敢拼搏的中国人民志愿军将士。因为无法确认身份，他们的墓碑上没有姓名，只有数字编码——这是遗骸被发现时的顺序编号。

举目四望，天地苍茫，一座座黑色的墓石镶嵌在大地之上，仿佛连绵的石头阵。所有的墓石全部坐南朝北，面向中国，那是家乡的方向。

1950 年 10 月 19 日，中国人民志愿军从辽宁安东（今丹东）等地跨过鸭绿江，赴朝鲜作战。两年零九个月的战争期间，我国以轮战方式先后入朝参战的志愿军将士共计 290 余万人。截至签署停战协定，我国共有197653 名志愿军烈士光荣牺牲，其中将近 12.9 万多具志愿军遗体分散在朝鲜半岛上。

据中国人民解放军军事科学院 2020 年统计，在抗美援朝战争第三次、第四次、第五次战役中，牺牲在三八线以北的志愿军将士约 10.5 万人，三八线以南约 2.4 万人。这些烈士的遗骸，其中除了约 3000 具烈士遗体在战争结束后被运回祖国外，其他至今埋葬在朝鲜半岛。其中牺牲在三八线以北的 10.5 万人长眠在中国方面出资在朝鲜修建的 8 处志愿军中心烈士陵园（此外，朝鲜还修建了 62 处志愿军墓地，建有 243 个烈士合葬墓），三八线以南的 2.4 万人则被就地掩埋在作战区附近的韩国境内。

遗留在韩国的中国人民志愿军烈士遗骸，主要集中在靠近三八线的江原道横城、铁原、洪川以及京畿道涟川、加平等地。当年这些地方的战斗最为激烈，牺牲的志愿军烈士最多。

　　这些烈士，在回到中国以前，他们只能被称为：

　　　무명씨（无名氏）

二

　　人在天涯，乡关何处？

　　无名的故事，就从无名氏开始。

家书

一

　　"为了祖国人民，需要站在光荣战斗最前面……"

　　"我们翻身了，有了说话的机会，我们应该放开喉咙，大胆地说……"

　　"我要努力学习积极工作，坚决杀美国鬼子，争取戴上光荣花，使得全家光荣。"

　　"为了让所有的受苦人都能过上好日子，我死又算啥子么……"

　　"你看如何，炮都常在叫啸……"

　　在整理志愿军烈士资料的过程中，最让我感动的是这些永远无法抵达的家书。70多年前，290万中国人民志愿军将士离开祖国，奔赴战场。在遥远的异国他乡，他们思念亲人、怀想故土之时，他们奔赴战场、挥师杀敌之时，他们没有想到未来的某一天他们会沉睡在异国这冰冷的土地上。时空暌隔，他们所思所想都是"待我回家，共享和平"；而今，纸短情长，这些所思所想成为他们的生死誓言与滚烫诀别。

　　然而，他们中的很多人，家书还未寄出，甚至未待写完，已经血染沙场。在这些情思满满、祝福满满的家书中，有他们的思念、他们的热恋、他们的忠诚；在这些家书中，我找到了他们的根脉、他们的故土、他们的家国。

这些家书，被收藏在中国抗美援朝纪念馆、中国人民革命军事博物馆和中国人民大学家书博物馆等不同地方。书信里，字字句句都是他们对家人的无尽思念和对祖国的无限忠诚。

二

重读家书，重温历史，往昔像潮水一样扑面而来。

罗盛教，提起这个名字，很多人都会想起小学语文课本中，那个为救落水朝鲜少年崔莹纵身跃入冰窟而牺牲的年轻战士。

1951 年 4 月，罗盛教随中国人民志愿军第四十七军赴朝参战。在入朝前后，他在部队给父母写过 4 封信。他的第一封信写于 1950 年 5 月 1 日。在信中，他鼓励家人努力生产、解决困难。

父母亲：

我们穷人在国民党反动统治下，是抬不起头来的。今天我们解放了，得到了自由，我们应该爱护我们的祖国，向人民政府购买公债，以期建设我们的新国家。我们翻身了，有了说话的机会，我们应该放开喉咙，大胆地说，说出在国民党反动统治下所受的苦难……这些冤枉事实，应在诉苦会上大胆地说出来，以更深的（地）启发其他的穷人的觉悟，和彻底摧（推）翻他们的封建势力，免得他们再在乡间蔓生。

减租退押运动到底展开了没有？这事是关于我们穷人的，是解决我们的困难的。我们应该团结其他受苦受难的人，向有钱的人做生死的斗争，不退就不行，不要以为他向我们流了泪就宽谅他。这是不对的，因为他们欺压我们穷人，已有几千年了，他们骑在我们头上剥削我们是不留情的，他们不管我们穷人有没有给他的，他一定要，就是逼死人也要。我们过去被人家赶牛、猪，强迫当卖，就是他们对我们的手段。

我们今天翻身了，要他们退我们的钱，还我们的债……

男在这里身体很好，请不要挂念，你老安心生产，多开荒。现在与以前不同了，以前是做出来的有一大半是别人的，现在做多少收多少，绝对没有人敢抢我们的。我们应该响应毛主席的号召，努力生

产，解决困难，建设我们的新国家。余未多写了，专此谨禀并叩
福安！

男盛教雨成禀

　　从踏入朝鲜的土地，到最后英勇牺牲，罗盛教一共给父母写过4封信。这些家书情感真挚、言语炽烈，让我对他有了更多的理解，也对志愿军将士有了更多的理解。罗盛教是一个思想境界和道德情操非常高尚的人，他的英雄壮举不是一时的情感冲动，而是一以贯之的思想所系。

　　在朝鲜作战的日子里，罗盛教目睹过敌机炸死朝鲜妇女和儿童。他在日记中愤怒地写道："当我被侵略者的子弹打中之后，希望你不要在我的尸体面前停留，应该继续勇敢前进，为千万朝鲜人民和牺牲的同志报仇。"战斗之余，罗盛教经常帮助房东大妈担水、劈柴，他和朝鲜老乡们结下了深厚的友谊。

　　牺牲的前一晚，罗盛教给父母写了一封信。这封信并不完整，是他偶发感想，但是从其中的只言片语，我仍然能读懂他的真情与感动："青春是美丽的，但一个人的青春可以平庸无奇，也可以放射出英雄的火光。我必须把我放在炉火里，看看我是不是块钢铁。"

　　1952年1月2日清晨，4名朝鲜少年在平安南道石田里村的河上滑冰，这是战争年代难得的祥和时刻。其中一个叫崔莹的少年，不慎压碎冰块掉入两米多深的冰窟，另外3名少年大声呼救。

　　正在冰河上练习投弹的罗盛教听到呼救声，便向出事地点飞奔。他边跑边脱掉棉衣，冒着零下20摄氏度的严寒，纵身跳入冰窟，潜入水中找寻落水少年。

　　罗盛教两次把崔莹托出水面，都因冰窟周围冰层破裂，崔莹又跌入水中。几经周折，罗盛教冻得全身发紫，浑身打战，难以支撑，但仍以惊人的毅力再次潜入水中，用尽最后的力气，把崔莹顶出水面。这时一名战士赶到，将崔莹抢救上岸。罗盛教却因力气耗尽，无力浮出水面，献出了宝贵的生命。

　　这一年，他只有21岁。

　　朝鲜人民怀着沉痛和崇敬的心情，安葬了罗盛教烈士，并且为他修建了一座纪念碑，上面刻着金日成的题词"罗盛教烈士的国际主义精神与朝

鲜人民永远共存"。朝鲜民主主义人民共和国最高人民会议常任委员会授予他一级国旗勋章、一级战士荣誉勋章。中国人民志愿军领导机关为罗盛教追记特等功,授予他"中国人民志愿军一级模范"称号。

1953年7月28日,《关于朝鲜军事停战的协定》签字后的第二天,罗盛教的父亲罗迭开写下给朝鲜人民军的信:

> 盛教到了朝鲜后,曾几次写信告诉我说:"不赶走美国侵略者,不使朝鲜获得自由和平,誓不回家!"现在《关于朝鲜军事停战协定》已经签字,盛教生前的愿望已经初步达到,这是可以告慰他的。我的儿子盛教牺牲后,朝鲜人民把他当作亲生儿子一样安葬在你们英雄国家的土地里。我深深地感激你们,我和你们血肉相连的友谊是牢不可破的。

从这封情真意切的信中,可以看到英雄父亲的善良、忠义。正是这种善良和忠义,从小培养和造就了罗盛教,使他有了舍生忘死、舍己救人的思想基础。

1953年10月,罗迭开随中国人民第三届赴朝慰问团访问朝鲜,他第一次见到了儿子罗盛教在朝鲜的墓地,见到了少年崔莹。

崔莹飞奔上来,一把抱住罗迭开,亲热地叫他"爸爸"。罗迭开顿时老泪纵横。1954年3月14日,朝鲜第三届访华团抵达北京,崔莹幸运地成为访华团一员。时隔半年之后,崔罗两家人再次见面了。

此后数十年间,崔罗两家一直保持着密切的来往。

罗盛教牺牲了,他的精神永远活着。罗盛教牺牲的朝鲜村子已经改名为罗盛教村,牺牲的那条河已改名为罗盛教河,安葬他的佛体洞山已改名为罗盛教山。罗盛教,他的名字与山河并存。

三

在志愿军烈士家书中,最令我印象深刻的是李征明的6封家书,可谓别具一格。

1950年,李征明应征入伍,1952年赴朝,在志愿军第二十四军七十师二〇一团教导队任文化教员,曾荣立二等功。

李征明有两个比他小十几岁的妹妹——李曼、李晖。他担心年幼的妹妹识字不多，看不懂家书，在给家里的信中用绘画来替代词语。

"可爱的妹妹"几个字是李征明心目中李曼、李晖的形象，她们梳着齐耳的短发，年纪更小的李晖头上还扎着蝴蝶结。作为文化教员，李征明的文字书写得很是漂亮。

他与妹妹们的交流，字里行间充满了生活的情趣。

今天，这些有趣的"表情包"超越了时间的阻隔，让人耳目一新；兄妹之间的熟稔和温暖隔着岁月流淌而来，格外感人。当年年幼的妹妹今天已经是年逾耄耋，她们至今记得，等哥哥来信、给哥哥回信，是她们那时最快乐的时光。

这是李征明给妹妹李晖的信：

亲爱的晖妹：

你怎么不给我来信？我很希望你常常给我写信，报告你的学习情况，让我好高兴。你也可将你最喜欢的事情告诉我，关于家里一切情况也好告诉我。上次我寄30万块钱（旧币）去大哥处要他给你买钢笔和口琴，你高兴吧，还不知道大哥是否能办，直到现在他还未给我来信。还不知收到没有。你也不要掛（挂）心。只要你好好学习，我今后准备送你们去上女子中学。你愿意吧？你要与三姐团结好，不要闹意见，还要帮助其他同学学习并要帮助妈妈做活，不要磨人。在学校里要听老师的话，做一个优秀的少先队员。

我在上甘岭一切都好，不要挂念。我要努力学习积极工作，坚决杀美国鬼子，争取戴上光荣花，使得全家光荣。现在我已经戴上祖国人民赠送的"最可爱的人"勋章了，你看见恐怕也很高兴吧！我还在争取戴上军功章回去见毛主席！你说好吧？再谈。

你的哥哥征明敬礼！

1953 年 3 月 25 日

这是李征明给妹妹李曼的信：

曼妹：

你寄来的信我已收到了，甚慰。知你已经升到三年级为颂！希望你和八姐继续团结下去好好读书。你们来信都说不要口琴，这个问题我已经寄信给大哥了，还要他买《新花木兰》等书给你们读。不要急，买点东西也不要紧，家中生活困难我再想办法来解决，不要愁。只要你们能好好学习，我可以把我的每月津贴都寄回家去。下次再来信可将你们学校情况告诉我（地点、人数、学习情况），并将我写的信是否都能猜到告诉我。

　　此致
敬礼！

你的二哥写的
1953 年 3 月 31 日

　　李征明在家书中发明的"表情包"，可谓丰富多彩，有他自己的头像、两个妹妹的头像，也有日历、上甘岭、课本、信、学校等词语的画像。

　　李征明自幼聪明好学，会画画，会拉胡琴，歌唱得也好。他用家书寄托着对家人的思念，他给家里的信格外别致，与众不同。在写给父母的书信里，全是他温暖的宽慰和坚定的表达。在写给妹妹的信里，他鼓励妹妹们努力学习知识，做优秀的少先队员。他在朝鲜战场一共留下了 6 封家书，字里行间体现了他对祖国的热爱、对家人的眷念。

　　然而，他在所有的信里，没有提一个苦字，他反复强调的只有一句话："我在上甘岭一切都好，不要挂念。"

　　1953 年 6 月 23 日晚，我军对五圣山前沿敌军阵地发起了猛烈反击。这次消灭了敌人 6 个加强连和两个守备连。在战斗中，李征明英勇顽强，他说："今天流血流汗是光荣的，是为了朝鲜人民的独立，为了祖国的安全建设，使人民和我们的家人过上好日子……"在硝烟弥漫、尘土飞扬的枪林弹雨中，他奋勇抢救伤员，把自己的生命置之度外。在这次战斗中，李征明两次负伤，第一次他坚持战斗绝不撤退，第二次终因伤势过重，救治无效，壮烈牺牲。

　　半年后的 1954 年 1 月 23 日，家人收到李征明生前部队战友的来信，才知道他在朝鲜战场上残酷的战斗生活。战友还捎来了李征明牺牲前的最后一句话："同志们！好机会到了，我们来个杀敌比赛，看谁打得猛，杀的鬼子多，在这次战斗中立功当英雄！"

得知李征明牺牲，他的母亲一夜之间白了头发。李曼、李晖记得，母亲每天都拎着一个竹篮子，装着火纸，带着她俩去家附近的一个大路口，朝着她以为的朝鲜方向，给哥哥烧纸。

更让李曼、李晖没想到的是，一个多月后，母亲竟然迈着小脚独自步行几十里路到县城乘车去南京，找到了省里的民政部门。她说她就想要一份儿子牺牲的证明，之后拿着这份证明到朝鲜去寻找儿子的尸骨。

1999年1月，李征明的母亲去世了。临终前，她一再交代兄妹几个，要永远把二哥李征明记在心里，惦记着他，要想办法找到他的遗骸，接他回家。

……

家书的家，是家庭的家，更是国家的家。而今，战火已熄，硝烟远去，怡然享受和平安宁生活的我们，又该如何体味烈士遗留的家书？能否从中得到一些新的感悟？

北望

一

风云终会散去，往事不堪回首。但是，纵是岁月如烟，我们又怎能忘记那些埋葬在异邦的"无名氏"？怎能忘记墓园里那些遥望西北的"中国军人"？

二

埋首故纸堆中，整理战争中牺牲者遗骸的资料，是一件令人非常悲伤甚至非常沮丧的事情。

很多次，我都在想，那些年轻的生命，他们的故事，难道真的就这样终结了？他们年轻的生命，以某一种姿势，在某一个时刻，在他们还没有意识到的时候，竟然就这样结束了？世界该是多么无情，残酷地在他们面前关上了大门，将他们封印在永远的黑暗中。

很多很多次，他们欢笑着，从我面前跑过，就像学生跑过操场，就像职员跑进工位，就像孩童跑向糖果，就像风筝跑过天空。他们的笑声是那么真切，那么清澈，像是一串串风铃，在我耳边摇动。

很多很多次，我都在说服自己，他们真的不在了，他们早已经告别他们熟悉和热爱的这个世界。那么，是不是真的还有那样的一个平行世界，他们或许在比我们更高维度的时空里，注视着四处寻找四处奔波的我，看着我声嘶力竭地为他们的存在做着证明。

而我，却看不见他们，这该是怎样的绝望。

几十年过去了，他们的身影依然那样清晰，他们的人生停留在他们生命中的最后一个场景里、一个动作中。有的人在奔跑，有的人匍匐着。有的人没有了双眼，可他分明在看，而且看得分明；有的人失去了双手，可他还在用没有双手的手臂拼搏；有的人已经不成人形，可是他身体的每个部分都暗示着他还在努力……这是怎样的一群人啊！

春天的稻苗、仲秋的秸秆，埋藏着他们的身体；初夏的荷叶、晚冬的深雪，覆盖着他们的灵魂；冷热分明的四季，浩荡无垠的时间，凭吊着他们的远行。这是怎样的绝响，又是怎样的悲恸。他们在我的世界里沉睡，而我，在他们的日子里寻找。很多很多次，我仿佛就是他们，他们仿佛就是我；我在证明着他们，而他们，用生命保卫的，不正是我今天努力寻找他们的自由？

时间是残酷的，它如刀锋般残忍地削平了一切，让真相透过温暖的血肉裸露出来，露出岁月白花花的牙齿、白花花的骨殖。时间又是多情的，它如晨雾般披挂一切、覆盖一切、拥抱一切、隐藏一切，磨平了往昔的棱角，抹去了历史的寒凉。

其实，每一次寻找之后，我都明白了一个事实，当年的战争场景、战场情况远远比我今天想象的复杂得多。战争中，他们命悬一线，无暇他顾，加之作战地域不断改变，对于伤亡者的处理和安置便极其复杂。纵然签订停战协议，要把烈士遗骸送回国内安葬，也面临着非常大的困难。正是因为这些困难，烈士遗骸只能就地掩埋，安葬在距一线阵地十几二十几公里的地方，且墓地分布极其分散。

当时，为了进一步做好战时烈士工作，中国人民志愿军政治部专门下发文件，明确了回祖国安葬的标准：团以上干部及特等功臣、一级英模，安葬于沈阳烈士陵园；营级干部以及一等功臣、二级英模，安葬于丹东、集安、长甸河口等地。

战争结束后，志愿军烈士遗骸没能回葬国内，首先是因为美国和"联合国军"仍掌握制空权，其次是因为大量烈士遗骸的跨国转移仍存在相当的难度。

为了使分散在朝鲜各地的志愿军烈士得到妥善安葬，从1953年9月开始，志愿军各部队陆续启动牺牲烈士的搬运与烈士陵园修建工作。在查对烈士、制碑、制棺、选址修建和移葬等程序中，遵循"就地选择地址，适当集中修建"的原则，尽量改造原有陵园墓地，少建新陵园。根据志愿军政治部的要求，每一座陵园墓地均建立完整的墓地档案，印制《陵园墓地埋葬情况登记表》，并以师为单位绘制烈士陵园墓地位置分布图，标注墓地位置、编号，以及烈士和无名烈士数量。

1954年5月，志愿军总部专门召开修建烈士陵园工作会议，军师两级普遍成立烈士陵园修建委员会和办公室。中国政府拨出建设专款，并从国内选派优秀的工程技术人员、设计人员和雕塑家到朝鲜直接参加陵园的建设。

经过几年的努力，中国在朝鲜境内修建了8处中心烈士陵园。分别是：中国人民志愿军烈士陵园、云山志愿军烈士陵园、价川志愿军烈士陵园、长津湖烈士陵园、开城志愿军烈士陵园、上甘岭志愿军烈士陵园、金城志愿军烈士陵园、新安洲志愿军烈士陵园。

位于平壤以东平安南道桧仓郡的中国人民志愿军烈士陵园，是朝鲜规模最大、保存最完整的志愿军烈士陵园。陵园始建于1954年，1955年秋初步建成。同年10月，即中国人民志愿军赴朝参战5周年纪念日，举行了陵园落成典礼。此后陵园又进行扩建，包括毛泽东长子毛岸英在内的134名志愿军烈士长眠于此。

但是，由于朝鲜地理条件特殊，志愿军作战地域狭长，最远时曾推进到汉城和三七线上的平泽地区，以上8处烈士陵园不可能将志愿军烈士全部安葬，仍有很多烈士分葬在朝鲜各地。

1958年10月，中国人民志愿军最后一批部队撤离朝鲜。志愿军在板门店的朝鲜军事停战委员会仍有一个代表团，除负责停战协议后的善后事务，还负责协调接收在韩国境内发现、转交的疑似志愿军失踪人员遗骸；同时参与鉴定并把志愿军的纪念章、尸骨、标志牌等遗物移送国内。

1970年，为纪念中国人民志愿军赴朝作战20周年，根据金日成的指示，并征得中国政府同意，朝鲜方面补助专款，在平壤兄弟山为志愿军修建了合葬墓。其后，朝鲜还修建了60多个烈士陵园、200多个志愿军烈士合葬墓，将分散在朝鲜各地的大部分志愿军烈士进行集中安葬。时至今日，仍有新发现的志愿军烈士的遗骨被运往合葬墓。

只是，这些烈士的姓名还无从考证。他们的墓碑上写的是遗骸的编号以及——"无名"。

三

1954 年 9 月，朝鲜战争双方进行了阵亡人员遗体交接。此后近 30 年，因各种原因，此事进入停滞状态。

1981 年，韩国境内首次发现志愿军遗骸。这具烈士的遗骸是美国方面在朝鲜军事分界线南侧的美军营地发现的。在这具遗骸附近，发掘者还发现了"解放华北""解放西北"两枚纪念章、两枚私人印章，印章上分别刻着"南生华"和"羡义"。同年 7 月 25 日，美国方面向中国和朝鲜交还烈士的纪念章和图章，8 月 7 日交还烈士遗骸和其他遗物。当日，朝鲜军事停战委员会朝鲜人民军代表团和开城市行政委员会在开城志愿军烈士陵园举行此次发现烈士的隆重安葬仪式。

1986 年 6 月，驻韩国"联合国军"方面在京畿道杨平郡发现一具志愿军烈士遗骸，同时发现的还有三枚图章。其中两枚骨质，均刻有楷书体"蒋立早"三个字；一枚水晶质，刻有篆书体"孙敬夏"三个字。在遗骸附近还发现两个哨子，一为电木质，标有"上海制造"字样；另一枚为铁质，有"GHYKYAN"字样。一条铁卷尺，有"中商出品"字样。一个药瓶，有"四野卫"字样，并有五星图案。另有武装带、铜纽扣、钥匙环等25 件物品。"联合国军"方面将遗骨和遗物交给当时的中国人民志愿军驻开城联络处。随后，烈士的遗骨被安葬在开城烈士陵园的合葬墓中，遗物则由抗美援朝纪念馆收藏。

此外，在韩国乡间，志愿军遗骸也多有发现。

1989 年 5 月 12 日，新华社播发电讯，在韩国新近发现 19 具中国人民志愿军烈士遗骸。这些遗骸是几位来自美国的历史学家在韩国砥平里乡间发现的，遗骸四周的冻土里还散埋着志愿军烈士用过的子弹、水壶、牙刷、胶鞋等上百件遗物。新华社在当时的电文中写道："这是自朝鲜停战以来，在南朝鲜（即韩国）境内发现志愿军烈士遗骨最多的一次。"此次发现的遗骸安葬在朝鲜开城的志愿军烈士陵园。

20 世纪 90 年代初，国际关系和朝鲜半岛形势发生了一系列变化。1994 年，朝鲜政府召回朝鲜军事停战委员会朝方代表团。同年 9 月 1 日，考虑到军事停战委员会实际上已停止运转的现状，中国政府决定调回军事停战委员会中的中国人民志愿军代表团，寻找、挖掘和掩埋志愿军失踪人员遗骸的工作也随之结束。

2000 年 4 月，韩国国防部开始在朝韩非军事区韩方一侧启动朝鲜战争阵亡韩军及死难者遗骸发掘工作。久而久之，在发掘过程中发现了不少朝鲜人民军和中国人民志愿军等各国军队士兵的遗骸。

据韩国媒体报道，2005 年，在京畿道加平郡北面花岳山一带，共挖掘出朝鲜战争期间遗骸 52 具，其中 22 具属中国人民志愿军。2008 年 3 月至 6 月，在庆尚南道咸安和京畿道加平等 15 个地区挖掘出了 519 具遗骸，其中 69 具属中国人民志愿军。截至 2012 年下半年，韩国共挖掘朝鲜战争战死者遗骸 7009 具，中国人民志愿军烈士遗骸有 385 具。

为了处理挖掘出的"敌军"遗骸，韩国政府根据日内瓦协定，在韩国京畿道坡州市积城面沓谷建成朝鲜中国军人墓地。起初墓地安葬的中朝两国军人的遗骸仅为 100 多具。现在墓地面积已发展到 6000 平方米。墓地分为一墓区和二墓区。第一墓区安葬着朝鲜人民军的遗骸，中国人民志愿军烈士的遗骸安葬在第二墓区，有 360 具。

按照韩国的传统习俗，墓地一般向南安放。而在这里，志愿军烈士的墓地全部朝着西北方向，因为那里是中国的方向，他们可以遥望故乡。

（原载于《中国作家·纪实版》2023 年第 10 期，有删节。）

老兵不死

甫跃辉

最初听到"远征军"这三个字，是什么时候？好像很早了，具体什么时候想不起来了。最早知道家乡跟抗日战争有关，是很小的时候听奶奶说的，但那时并未当回事。后来对这段历史了解得多了，渐渐才意识到，奶奶讲的那些都是真的。奶奶晚年意识凌乱时，仍会时时讲起那些在她十八岁时发生的事。让我印象最深的是两件，一件是讲日军飞机来轰炸时，她和亲人们惊慌失措，躲进麦地，飞机飞得很低，抬头就能看清里面的人，还能看清一颗颗不断落下的炸弹；另一件是讲村里有人去山里砍柴，偶然瞥见山坳里一片白，欣喜若狂，以为是干柴，一路小跑下去看，竟是累累白骨——大概是被日军炸死的逃难的人，或因日军投下的细菌弹感染后死去的人。这些故事，我在追悼奶奶的长篇散文《九十九》里写过，在此再写一遍，就如奶奶晚年重复讲述往事一样。

1942 年 5 月 5 日后，怒江上的惠通桥被炸断了。此后整整两年，保山怒江以东的很多老百姓都在担惊受怕地生活着，年轻的奶奶只是其中几十万分之一。

1942 年初，日军一路往北追击远征军。远征军有的去了印度，有的走散了，最远的甚至进入尼泊尔，还有的撤退回国。

200 师师长戴安澜固守同古时，以牺牲八百人的代价，歼敌四千余。中英盟军在缅甸战场溃败后，戴安澜孤军战斗在敌后，突围中，腹部中枪，几日后牺牲在缅北茅邦村。弥留之际，他看了看地图，面朝北方，那是祖国的方向。戴师长出征前曾对蒋介石说："此次远征，系唐明以来扬威国外之盛举，戴某虽战至一兵一卒，也必定挫敌凶焰……"在给妻子的信里，他说："现孤军奋斗，决心全部牺牲，以报国家养育。为国战死，事极光荣。"他是这么说的，也是这么做的。

更让人唏嘘的，进入野人山想要撤退回国的有三四万人（数字有多种说法）。进山之前，有数百伤兵知道，自己没法在盛夏时节翻越眼前的热带原始森林了。怎么办呢？他们跟远征军第五军军长杜聿明要了一点儿汽油，浇在自己身上，在山脚集体自焚了。所有经过的人，都停下脚步，向他们默默行礼。然而，人们不知道，等待自己的命运，并不比自焚的这些伤兵好多少。进入野人山不久，很多人走散了，断粮了；有人牺牲了，不是倒在敌人的枪炮之下，就是倒毙于原始森林的毒牙。几年后，曾经以翻译身份进入野人山，并成功走出来的青年诗人穆旦，写下著名的诗篇《森林之魅——祭胡康河上的白骨》，以森林和人对话的方式，再现了这一段惨痛的历史，八十年后读来，仍令人内心凄恻：

> 你们死去为了要活的人们的生存，/那白热的纷争还没有停止，/你们却在森林的周期内，不再听闻。/静静的，在那被遗忘的山坡上，/还下着密雨，还吹着细风，/没有人知道历史曾在此走过，/留下了英灵化入树干而滋生。

那些披荆斩棘回到国内的远征军，喘息未定，日军已紧随其后进入国内了。很快，大片国土沦丧敌手。在时任云贵监察使、腾冲人李根源的不断游说下，国民政府高层终于下定决心，要将日军挡在怒江以西。惠通桥算是滇缅公路的咽喉之地，由工兵装上炸药，只待逃难的老百姓进入怒江东岸，即炸断大桥。然而，守桥的官兵不知道，已经有上百号日军化装成中国老百姓的模样，混入逃难的人群中。5月5日上午10点左右，一个商人不服从劝导，被守桥士兵当场枪毙。枪声一响，日军以为行踪暴露，慌忙开枪，守桥部队反应过来，一面回击，一面炸断大桥。有关这段历史，十多年前在杂志社做宗璞先生的长篇小说《西征记》校对时，曾经看到。这小说讲述的故事，如今是几乎忘光了。但有一段我始终记得，重新翻阅，仍然心惊：

> 惠通桥断了，只剩下两条粗大的钢索悬在空中。桥上的日本兵统统掉入江中，桥上的中国军队和老百姓也进了江里。江水愤怒地流

着，打着旋涡，带走了落下来的一切。两岸忽然静了下来，只听见江声浩荡。

突然爆发出哭声、喊声，撼天震地，撕人心肺。这哭喊声很快向空中飘散了，持续的时间不长，人们还要继续战斗……

对这段历史，保山人马力生在日记中有细致的记录：

1942 年 5 月 4 日，日军以迅雷不及掩耳之势，进攻到怒江边上。由于归国华侨的人车拥挤，一时来不及过江桥，而车如潮水一样涌下松山，山势陡峭，壁立千仞，山坡路线曲折，前有大江横隔，后有敌军追来，人车一拥而下，相继冲入江里，难以数计……

第二天，他又在日记里写道：

这天有警报发出，一家老幼即疏散至菜园里。约午时左右，敌机已蹿入上空，往来数周即复至西南投弹，后闻扔于城周，损失较昨微。当时吾仰卧菜园田沟中，在敌机暴行之下，深痛被害之大众，然只能目睹而无解救之力，怅甚……吾详察始知，敌陆军已至惠通桥，虽吾军往抵，而势甚危，遂即备逃难，彻夜未睡。

保山城这天之所以损失较小，是因为飞虎队早有准备，以 P-40 战斗机将从泰国基地飞来的几十架日军飞机击落八架。

惠通桥被炸断后，日军迅速行动，利用木板和油桶做成竹筏，开始强渡怒江。此时，飞虎队虽然飞抵惠通桥上空，因无法将难民和日军区分开，没法投弹支援。还好渡到东岸的日军不多，大山头阵地的 106 团发现后，激战随即展开。这儿，因临江一面是漆黑崖壁，当地人称之为"黑崖坡"，问路的四川兵错听为"孩婆"，这场阻击战遂被称作"孩婆山阻击战"。一天后，日军又有两百多人渡江到东岸，所幸 106 团占据着东岸制高点。6 日下午，第 11 集团军司令宋希濂从昆明赶往保山，36 师其余部队也火速从楚雄附近赶往战场。两日鏖战后，108 团赶到怒江边，预 2 师也已抵近保山，日军开始撤退。

日军就此不再觊觎怒江东岸了吗？并没有。日军始终贼心不死。怒江西岸沦陷区的老百姓在苦熬，怒江东岸的老百姓也一样在苦熬。

这些年，我一直在收集有关这段历史的各种资料，至今已得到近百种，包括前面提到的《马力生日记》，还有多达四十五卷的《滇西抗战原始史料汇编》，等。此外，我还在一次次回家期间，约着熟悉道路的朋友一起去往那些湮没于历史尘烟的地方。这些地方，往往道路崎岖狭窄，到了后往往发现，很多遗迹已朽坏不堪，兴许明天，甚至今天，就会轰然倒下，再寻不见往日点滴。

几年下来，去过的这类地方太多了，先说说那些驻军处吧。

旧时，契丹人随蒙古军队南下，进入施甸后，繁衍生息。至今不少施甸人的血脉里，流动着契丹人的血液。在由旺木瓜榔村，有一座契丹宗祠。大门左侧，石狮子背后的白墙上写着"中国远征军第二军七十六师师部、第八十七师二六四团团部驻军旧址"。院子只两进，不知道这么小的空间，怎么能够容纳那么多人。院内白墙上，还保留着当年的一点儿痕迹，是用墨笔写在墙上的"总理遗训"，一片竖排小字上是孙中山遗像，遗像两边分别写着"革命尚未成功"和"同志仍须努力"，再往上是"天下为公"四个大字。

2020年2月20日，高中同学约我去他家吃饭。我们在他家院子里，就着一张很小的桌子吃火锅。刚喝了两杯酒，同学说他家隔壁的闻家大院是市级重点文保单位，因为曾经驻扎过远征军。我赶忙喊同学起身，到隔壁去看看。院子门口立着一块石碑，写的是"中国远征军第87师师部旧址"。天色昏黄，大院空旷，草木繁盛。原来，另一位高中同学是这院子里的，他在重庆工作多年，偌大的四合院只剩下两位老太太守着了；远征军当年的痕迹，几乎找不到了。巧合的是，就在整整一年前的同一天，我在县城周边一处满是废墟的空地里，见到唯一一座残存的院子——王家大院。那也是保山市重点文物保护单位，门口立着的石碑上写着"中国远征军第87师260团团部旧址"，260团在反攻龙陵前，驻扎在此做战前准备。那院子挺大，由相连的三座庭院组成，房舍俨然，墙皮斑驳，只一位原本就居住在此的老人看守。不知道他是否对当年驻扎在此的远征军有些微记忆？

在进入王家大院这天，我还去了罗家大院。朋友说，这儿要拆了，房

118

子都快垮了，别进去了吧？我仍旧坚持要进去看看。罗家大院门口没立碑石，应该不是任何级别的文保单位。眼前是无数染饭花，风一吹，高低起伏，香气扑鼻，完全不知所谓的院子在哪儿。我们在密林里硬生生开出一条小路来，兜兜转转，走进去后，只见瓦断垣颓，碎砖乱石遍地。一不小心，脚扭了一下，瞬间疼痛钻心，还以为骨折了。蹲下察看，所幸并无大碍。屋子欹斜了，从堂屋边的一道楼梯上去，站在嘎吱嘎吱响的楼板上，猛然发现，落日余晖里，房间隔断上都贴着英文报纸，*TIME* 的报头比比皆是，文字大多看不清了，但人物仍清晰可辨，那些曾出现在历史书上的人物，丘吉尔、罗斯福、斯大林、蒋介石等等，在不同的位置出现。除了报纸，还有不少海报，上面的人物都是打扮香艳的西洋美女。查资料得知，国际医疗队的医生曾驻扎在这儿。

事实上，县里很多我去过的地方，甚至是近在身边的地方，都曾经和那几年的战事有关。譬如我待了三年的施甸一中曾设有后方医院；施甸电影院曾是第 2 野战医院；由旺老街上一处老宅，曾是 71 军高级参谋部驻地；由旺少保寺曾设有第 21 野战医院，这是施甸境内最大的后方野战医院，驻有国际医疗队的医生；仁和镇热水塘杨家，曾是第 9 师师部驻地；保场山脚村赵家，曾是 53 军骑兵连驻地；现在的县委大门口，曾是美国盟军参谋团驻地；我读高中时，从边上来来去去三年的观音寺的白墙上，写着抗战标语——"誓雪国耻，团结御辱"。但以前，我全然不知道这些地方有过的历史。

我还专门去过很多比较远的地方，譬如曾驱车几十公里去往施甸万兴乡牛汪塘。日光正好，院子的寂静明晃晃的。转瞬间，狗吠声猛地传来，是一白一褐两条狗，朝我们挣着，将脖子上的铁链扯得哐啷哐啷响。不知道主人去哪儿了。我们绕过狗的势力范围，从南边仿佛经过焚烧的黑漆漆的楼梯上去。二楼的墙壁也黑漆漆的，但当年的毛笔字迹仍旧能够从灰黑的尘烟里显现出来。还有一处是一张小画，在一片字中，一位头戴军帽、身披蓑衣的战士在敬礼。字写得很潇洒，画则显得格外笨拙，笨拙里又透着一股实诚。看着满墙的字画，不由得揣想，当年在这儿的远征军将士们，度过了怎样的岁月？要知道，这院子可是非同一般的。1944 年 4 月，宋希濂正是在此下达的渡江命令。下楼，从两间瓦屋中间拐出去，一棵大榕树枝繁叶茂，站在树下远眺，远远的山坡底，就是怒江。当渡江命令下达后，当年驻守在此的战士们，也一定会站在同样的位置，远眺怒江吧？

在宋希濂下达渡江命令前，有关渡江反攻的会议，是在现今保山隆阳区的光尊寺文昌宫开的。光尊寺曾作为远征军司令部驻地，远征军司令卫立煌、云贵监察使李根源等多次在此召开会议。后来，为了纪念抗战胜利，卫立煌等人倡议创建远征中学，校名是李根源题写的。我去光尊寺看过，除了几块讲述这段历史的石碑，几乎见不到当年的痕迹了。离光尊寺不远的马王屯，如今有个地方叫作"立煌营"，从这名字即可想见，卫立煌曾在此待过。确实，马王屯曾作为远征军长官司令部近九个月，当年的六十幢营房都不见了，只剩一棵棵高大的柏树、银桦树和满坡乱草。许多松鼠在树枝间奔来跑去。附近有部队在打靶，此时的枪声，和当年的枪声，已隔着近八十年的风雨。

除了这些驻军处，我还去过很多前沿阵地、渡口等。

譬如几乎看不出什么痕迹的大山头炮兵阵地。再譬如太平镇人民政府边上的一处军医室，是一处民房端头的一间，"军医室"三字仍在。还有一处，给我很大震撼，在太平镇戈家山。我们的车从山间土路开进去，看到几只五彩的野鸡在山坡上跑过。下车，穿过松林，来到半山腰，一旧一新两块墓碑映入眼帘。左侧旧碑已经残破，勉强用水泥镶嵌着竖立；右侧新碑是复制旧碑的，正面抬头是"国殇"两个大字，底下竖排写着"陆军第七十一军八十七师二六一团阵亡/病故将士公墓 军/师长钟彬 张绍勋 题 中华民国三十三年六月 日立"。碑的背面，抬头是四个大字"与日永扬"，底下是竖排小字：

自倭寇侵犯腾龙沦陷我同胞遭敌人铁蹄蹂躏如处于水深火热中者非一朝一夕矣我部奉令西上镇守蛮烟瘴雨之乡与敌人隔江对峙转瞬已两载有余在此两载期间我心切救国杀敌之官兵或因驻守阵地瘴疾偶沾或因渡江游击搏战甚烈一时不测竟致殉职而成仁者为数不少因念我最高领袖蒋公曾有训言继续先烈革命毋忘同心死事我江防将士逝者既有救国成仁之光荣生者当为立石勒铭之纪念于是就太平街旁修成公墓合葬我江防殉职者之劲骨用慰我宁为玉碎者之英灵是为序

陆军第七十一军八十七师二六一团团长庾浩如撰

世人皆知腾冲国殇墓园，却没几人知晓怒江东岸的施甸太平也有一处国殇墓园，而且，建成时间比之腾冲国殇墓园要早一年多。墓碑前有几束花，已全然干枯了。墓前更多的，是散落的厚厚的松针，和吹落这些松针的萧萧松风。

　　除了这些，我还看过很多战壕。譬如在"孩婆"山顶一棵很大的清香木附近，就看到很多纵横交错的战壕，只是都坍塌得厉害，快被枯枝败叶湮没了。我还看过很多碉堡。中国军队在怒江东岸修筑的每个碉堡，都能俯瞰怒江南北十来公里。将近八十年过去了，要走到这些碉堡前，仍然不是容易的事，而且碉堡之间都离得很远，开车得跑上一两个小时。我见到的碉堡，大多呈六角形，内部微微凹陷，有多个瞭望口，绝大部分仍然保存完好、坚固如昔。

　　有一处碉堡，当地老百姓称其为"老兵洞"，是个例外。这碉堡在一片零散种着杧果树的坡地间，顶部已缺失，外墙也已朽坏，四围杂草丛生，不仔细看，还以为就是一个大坑。这碉堡，实有着难以忘却的故事。1943 年 11 月，怒江西岸的日军从甘蔗林渡口、打黑渡口偷渡到东岸，杀死这碉堡内防守的远征军战士七八人，割下他们的头颅悬挂树上。第二天，送饭的人来了，看到被杀的士兵，才知道日军偷渡过来了。此时，两三百日军已经一路烧杀抢掠，经过三家村后，到达营盘寨。远征军急忙赶往营盘山阻击，后人称之为营盘山阻击战。

　　去到老兵洞时，碰到一位七十多岁的老人，说父亲跟他讲过，日军打过来时杀了哪家的人、烧了哪家的房，还说现在挖地都不会碰这碉堡，要好好保留着给后人看看。想来这件事发生时，老人还没出生。等他出生，战争的硝烟早已消散；等他长大记事，战争已经成为传说了。但那些经历过战争的人仍在，他们的讲述，是带着血和泪的。和老人告别时，问了一句营盘山在哪儿，老人指向不远处的一脉青山。夕阳西下，霞光满天，山顶的归鸟飞高掠低，谁能想得到，这样安谧祥和的地方，曾发生过一场激战？

　　从书本里了解家国历史，从遗迹里看见民间岁月，但还少点儿什么？对，还少人。我还没见过历经其事的具体的人。奶奶是经历过，但奶奶只是战事之外的普通人。那些处于战争旋涡里的人呢？自然而然就想到远征军老兵们了。

和远征军老兵有关的事，最先想到的是由旺子孙殿。2016 年 9 月，参加县里的原乡行活动，我曾到过这儿。这儿在大反攻前夕，曾是中国远征军第 11 集团军指挥部和 71 军军部驻地。往日痕迹再难寻觅，只在屋内见到一排一排木架子，木架上一个一个小框，都空着。这是做什么的呢？像是书架，却不见一本书。问了才知，县里曾经想跟龙越基金会合作，将牺牲在缅甸的远征军将士的遗骸请回来。因种种原因，这事最终不了了之。

过了三年，2019 年 8 月 19 日，很偶然的，我在上海跟龙越基金会孙春龙兄碰面了。他还带来一位朋友，中国国民党荣誉副主席蒋孝严办公室的詹清池主任。我请他们在上海作协边的四川菜馆吃饭，听他们讲了好几个抗战老兵的故事，每一个故事都是跌宕起伏的人间悲喜剧。我说起子孙殿的事，孙春龙兄颇多感慨，说在缅甸，有的远征军遗骸就埋在猪圈底下，甚至厕所底下。还说日方这些年也不断往缅甸搜寻战死的日军遗骸，若发现遗骸埋在房屋底下，日方就将房屋买下，拆了，再将遗骸挖出带走。那可是侵略者啊！侵略者得到如此待遇，当年抗击侵略者的远征军将士们，很多死后却只能与腥臭污浊为伴。瞬间想起我了解到的那些惊心动魄的故事，曼德勒溃败，仁安羌大捷，同古会战，还有那不得不说的野人山，不由得眼中发酸。还听他们说，台湾抗战老兵尚存一千左右，但正以每年近百分之二十的速度离去。又想起朋友圈看到过的消息，施甸也有不少抗战老兵，截至 2018 年 9 月，只剩十三位了。赶紧问老家的学斌，说是现在只剩十一位了。心想，下次回家，一定得去看看他们。

2019 年 9 月，听学斌说中秋节快到了，要去看望老兵，我立马订了回家的机票。9 月 3 日这天，我跟学斌，还有七子影视的朋友，一起出发了。

学斌他们在七年前组织了一个小团队，每年中秋节前夕去看望县里的远征军老兵们。起初，县里健在的老兵有二十五位。2019 年 9 月，只剩十一位了；经统战部认定了的，已只剩六位。

我们从仁和出发，辗转于村落间，最后到姚关，一共走访了五位。

最先去的是保场武侯村，经过我上初中时必经的一条路，下车后走了一段，来到一处院子。喊了半天，没人应。好久，才听到门边小屋内传出声音，探头往里看去，一股尿味儿扑面而来。靠墙一张小床上，被窝慢慢动着，一位老人从床上颤巍巍起身。头戴灰色鸭舌帽，上身着米色长袖 T 恤，袖子高高卷着，前襟往上捋，在胸口打一个结，下身穿一条藏青色长裤，扣子没扣。陡然发现，老人没穿内裤。有朋友慌忙站到门口，挡住老人的身影，直到老人颤巍巍扣好扣子，拄着一根木杈当拐杖，挪到门口来坐下……离开武侯村，去张家村，汽车在窄路上拐来拐去才到。到了不觉眼前一亮：一圈土基墙中间，一座小小的门楼里是两扇原色木门，一枝枝开得正盛的紫红三角梅从墙内探身出来，将大门顶连同墙头都遮没了。开门的是一对七十来岁的夫妇，笑着将我们迎进院子。院子很大，有大片菜地，还有大片花圃。知道我们的来意，夫妇俩让我们在花圃边的水泥地院子里坐下，这才将老人从屋里扶出来。老人头顶一圈白发，坐在圈椅内，背后是一大蓬百日红。他捧着学斌递上的去年给他拍的照片，笑眯眯地端详着，一口牙齿都还齐整……离开张家村，去复兴村。这村子我小时候经常来的，因老姨太家在这儿，如今她过世多年了，我也很久没到过这儿了，但对这村子仍然很熟悉。我们要去的人家，开着一间小卖部，经营者是一位七十多岁的男人，他让我们从小卖部进到后院。哇，是一座更大的院子，至少得有一亩地吧？我们要拜访的老人就在院子边坐着，边上也很多花。老人瘦削，穿一身洗得发白的中山装，戴一顶鸭舌帽，浑身清爽整洁，说话轻言细语，不断让他儿子拿东西给我们吃……离开复兴村，走不多远，就到热水塘村了，问了几处，才找到要拜访的老人。这家人多，男男女女，说说笑笑，很是热闹。老人需撑着助步器行动，须发皆白，戴一顶咖啡色帽子，藏青外衣敞开着，露出里面大红色的、带盘扣的棉布衣服。老人坐屋角沙发，不怎么言语，仿佛在认真听满院儿女讲他的故事……离开热水塘，要走的路就远了，穿过县城，往南上山，到摆榔大黑石头村。这家的院子没那么大了，但房子很新。老人不在，是出门闲逛去了。至于去了哪儿，不知道，只能等。闲来无事，帮人家给牛喂了很多草，牛快吃撑了，老人才回来。老人戴深咖啡色绒毛帽，穿着带毛领的长衫，神情严峻地指给我们看他手上的枪伤。我们看他的各种奖励证书，算了算，他这辈子在战场上有可能杀了一百多个敌人……从老人的家出来，天色向晚，迎面一座高山，山影沉沉，仿佛无路可走。等我们转出大山，往县城去，天黑下来了，几颗星星浮现天边，远处坝子里的县城明晃晃一片。

这五位老人，都有着独属于自己的名字，依次是：段学成，隶属93军，参加河口战斗、越南受降；王金学，隶属71军87师，参加松山战役；

段绍舜，隶属 60 军 184 师 551 团 2 营，参加收复腾冲之战；赵文富，隶属 91 军高炮团，参加滇西反攻；蒋之清，做过民夫，也入伍参加过远征军，后又成为志愿军。前四位都已 97 周岁，最后一位 90 周岁。

10 月，我去往缅甸曼德勒、眉缪等地。这异国的风景，不再是单纯的风景了。我知道，80 年前，这些地方都和一场又一场惨烈的战事紧密相关，至今还有一些经历其事的老人滞留此地。导游缪缪就说起过一位，说他娶了当地的姑娘，如今已儿孙满堂。时间仓促，我们没来得及去看看他，只能遥祝老人幸福。

2020 年，因为疫情等原因，我没能回老家。这年 8 月 13 日，老兵段绍舜去世了。同年 11 月 12 日，云南最后一位回国抗战的南侨机工罗开瑚去世了。

2021 年，我仍没回老家去看老兵们。

2022 年 9 月，中秋节前夕，我终于再次和学斌他们一起，去看看老兵们。此时，全县只剩四位老兵了。三位 1923 年出生，一位 1927 年出生，都垂垂老矣，几乎没法交流了。段学成老人还活着。想起上次见到他时，他有些昏聩的样子，不禁让人感叹他生命的顽强。王金学老人没法像上次那样到院子里跟我们聊天了，但他艰难地坐在屋门口的椅子上，捧着我们送上的花束，仍然笑得很开心。还有两位老兵是我上次没见过的。一位是深山里灯塔田村的杨永仁，1923 年生，先后隶属 71 军 88 师 262 团和 28 师 82 团，参加过松山战役，他常年卧床，我只能站在门口看他一眼；一位是大竹棚村的段学秀，1927 年生，隶属龙潞游击队后勤部队，我蹲着跟他聊天，手和手握住时，他的手是那般干爽温软。

今年呢？今年 9 月，怕是很难再回去了。即便能回去，又能见到几位老兵？"老兵不死，只是逐渐凋零。"这是麦克阿瑟将军被解职后发表的告别演说里的一句话。麦克阿瑟在说出这句话时，想到的是哪些人的面孔？我看到这句话，心里立马浮现出老家的远征军老兵来了——一天一天，他们确实是在不断凋零，但他们真能"不死"吗？

这段历史越来越遥远了，很多细节越来越模糊了。但我们得明白，历史不是只由课本上的那些大人物构成，更主要是这许多有血有肉的小人物，是他们，构筑起历史进程的坚牢基石。时间在给了他们苍老的面容、在不断抹去他们各个不同的名字的同时，也给了他们一个共同的名字：远征军老兵。这是一种荣光，也是一种遗憾。我想，我们仍应竭力穿透时间的迷雾，去看到一个一个真实的人，去看到具体的牺牲。唯其如此，我们才不会忘记我们的民族遭受过的巨大苦难。

2023 年 6 月 7 日 4:39:51

补记：

写这篇短文期间，我开始骑自行车。过了一个月，从上海骑车出发，历经三千六百公里，过抗战公路二十四道拐等，耗时三十三天，于八月十日抵达施甸。几日后，和学斌联系，想再去看看抗战老兵们。想着，去年还剩四位，今年怎么着也得剩一两位吧？不久学斌的妻子阿娇打来电话，说，核实过了，老兵们都过世了。

学斌自 2012 年开始去看老兵，阿娇自 2015 年去看老兵，我 2019 年开始去看老兵，施甸的老兵们从最初的三十多位（最初有些不敢承认自己是抗战老兵），到我去看时的十三位；到去年，四位；再到现在，都已归去。

2023 年 8 月 15 日，日本宣布投降七十八年了。我和学斌、阿娇，还有他们五岁的儿子大柠檬，去看抗战老兵段学秀的遗孀。这天有朋友从隆阳区过来接我去做个讲座，管不了了，且先去看看老人。天落雨。老人病了，不在家。再往中医院。雨越来越大。病床是空的，老人在楼下吃饭。朋友开车到了医院等着。时间很紧，来不及等老人吃完，穿过落雨的院子，到楼下看老人。老人还能喝鸡汤，吃鸡肉，真好。就这一眼，瞥见那段历史的一个背影。

到隆阳区，几次在讲座上提起抗战。在这片土地上，那些永远年轻的士兵流尽了最后一滴血；那些苍老的灵魂，在熬过无数夜不能寐的日子后，吐尽了生命的最后一口气。青山脉脉，皆可埋骨，枪声隐隐，一个时代已然悄无声息地远去。

写于 2023 年 8 月 15 日 23:19:00

（原载于《文汇报》2023 年 9 月 2 日）

大房山：千古一地

梅　洁

　　应该说，我是个对历史、文化遗址别有敏感的人。我曾写过许多关于历史、文化遗址的文字，可我为什么对近在咫尺的房山的历史文化遗址闻所未闻、一无所知呢？

　　北京房山距我居住的海淀区西南边只有半小时的车程，房山区是与北京东城、西城、海淀、朝阳、大兴、顺义等一样的地市级行政区域。5年前，我的儿子还在房山区投进人生第一桶金，创办了墨伽幼儿园……可是我就是一点儿不知道房山是三千年前西周燕都遗址、是北京文明的发祥地、北京是从三千年前的房山走来的。

　　上小学时我就知道，1929年考古专家在北京周口店发掘出了第一颗50万年前的古人类的头盖骨化石，"周口店"是北京人的发祥地，是世界文化遗产。但我不知道北京周口店就在房山。

　　很久之前我就获得一个隐隐约约的信息，说房山一个山洞里有成千上万块刻在石头上的佛经、有一座千年佛寺，说房山的古代碑塔如林，说房山有18座金代陵墓，比明代十三陵还要壮观、恢宏。我一直在惊骇与疑惑中隐隐约约地想象房山那个神秘的藏经洞，想象那座千年古刹，想象房山遍地的碑塔，想象房山地下的18座皇陵……但我就是没有走进房山！

　　2022年8月，在房山作家陈玉泉和博物馆工作人员叶子陪同下，我终于走进了房山。走进房山，我才知道我有多么抱愧房山！

　　走进房山，我才深深感知，信仰和信仰之上的力量多么令人震撼！

　　走进房山，我才明白，有着三千年文明史的房山，承载的文明多么令我们这个世界惊叹！

1

北京，八月之夏的阳光十分灼人，玉泉陪我来到房山西周遗址博物馆。

1995年在房山琉璃河遗址上建成并对外开放的西周遗址博物馆，两万余平米的仿唐建筑屹立在一片西周城遗址和墓葬群上，馆内的文字、图片、实物，以及大批有"堇"字铭文的青铜器和精美的玉器、瓷器、漆器、石器、玛瑙及陶器，还有在当年考古原址保留下的4座燕国贵族墓葬与车马坑，使偌大的展厅飘荡着一片3000年前古人生存、生活、战斗的悠远气息。

琉璃河燕都遗址规模十分宏大，当年地下发掘出居住区、古城区和墓葬区三个部分。遗址东西长3.5公里，南北宽1.5公里，面积为5.25平方公里，包括今天房山董家林、刘李店、黄土坡、洄城、立教、庄头六个自然村，是迄今西周考古中发现的唯一一处城址区、宫殿区和诸侯墓地同时并存的遗址。

站在墓葬与车马坑前，看到远古人与马与车同葬的遗骨，还有随葬的戈、矛、剑、戟，我仿佛看到三千年前古战场的兵马硝烟、刀箭横飞的场景。资料显示，墓葬坑曾挖掘出几十座车马坑，坑中的车马是随葬品，车和马的数量是按照墓主人的地位和身份而区别，有1车2马、2车4马、2车6马等，规模最大的有12车42马，42匹马被分成4排。这是全国同时期文化遗存最丰富的墓葬遗址。可以看到，古燕国的军队已开始了"胡服骑射，"他们脱下宽袍长袖的衣服，铁甲裹身，马拉战车，骁勇战地。军队没有专职的武官，大小贵族就是军队的统领。这些贵族战时领兵打仗，平时就管理所辖地区的百姓。

展厅里大量带"匽侯"（匽即燕，甲骨文写作匽）铭文的器物，证明了这里是三千多年前燕国的都城所在地。

据专家考证，殷商时所说的燕山，就是今天的大房山。大房山属太行山余脉，为房山平原与山区间第一道屏障。秦代称大防岭，东汉时改称大防山，隋代称防山，五代时复称大防岭，自金代起称大房山。"燕"字，甲骨文、金文写作匽或晏，具有都邑的含义。殷商时期，在古燕山脚下，有一个相当大的部族以"晏（燕）"为图腾，为族徽，为族名，为姓氏，进而使之成为地名、国名。公元前11世纪，周武王兴兵灭商，灭掉了这个北方小国，将其封给战功卓著的周室宗人召公姬奭（shì），司马迁《史记·燕召公世家》有记载："周武王灭纣，封召公北燕。"

召公姬奭因辅佐周武王灭商有功，就在其封地、商晏的旧址上建立了臣属西周的燕国，召公成为北京地区的第一位王侯。

人类的文字史如此波澜壮阔、繁复幽深，而我们看到地下文物的出土，在不断为文字史纠错或勘误、证明或颠覆。

1974年琉璃河遗址出土的北京历史上最大的青铜器堇鼎和矩鬲，刻有43字铭文，记载是"克受封燕侯"。1986年，考古人员在挖掘墓葬时，又出土了两件极为珍贵的青铜器盉（hé）和罍（léi）。两件文物的口沿和盖内均有相同的铭文，专家们解读铭文是"命克侯于燕"。"克"是谁呢？专家们研究辨析，证明"克"是召公姬奭的长子姬克。这两件物品被命名为克盉和克罍。这些埋在地下三千年的青铜器物和器物上的铭文告诉我们，"克侯"为召公长子，当年召公受封后，仍留在镐京（西周都城长安）辅佐朝政，派长子姬克管理燕国。

燕国都城在哪儿呢？

历史上关于燕国都城地址，史书均记载"燕都于蓟"。遗址的发掘已证明燕都不在距房山60里外的蓟城，而是在今北京房山区琉璃河镇。

关于燕、蓟这两个北京地区的古国，史料记载很少。直到1962年，文物工作者在房山地区考察时，在房山刘李店、董家林一带发现大面积的西周文化层。1964年，黄土坡村民在自家院内挖菜窖，居然挖掘出了铜鼎和铜爵各一件。之后，考古工作者对琉璃河地区展开了大面积发掘，西周燕国的都城遗址遂呈现出来。燕都遗址发掘的结果，把北京地区的建城史往前推了3000年，推到商末周初。于是房山琉璃河成为"北京之源"。

多说几句召公。召公是周王朝宗室，姓姬，名奭（shì），是周朝重臣。他辅佐周武王灭商后，受封燕北，建立燕国。但他没来，他派长子姬克行使管理，而他继续在镐京辅佐朝廷。周武王死后，其子周成王继位，姬奭担任太保。姬奭辅政期间，政通人和，贵族和平民都各得其所，因此深受爱戴。他曾在一棵棠梨树下办公，饿了就摘其果实充饥。后人为纪念他，舍不得砍伐此树，《诗经·甘棠》中曾称颂此事。因而他被认为是中国的廉吏始祖，最早最大的清官。周成王死后，姬奭辅佐周康王，开创"四十年刑措不用"的"成康之治"，为周朝打下延续八百多年的坚实基础。

听着叶子的讲解，我听到了房山人对第一个创建燕国的古人的敬意。这敬意可以穿越千年，抵达那个遥远的灵魂。

历史上的周王朝一统天下八百年，是历史上统治时间最长的王朝。但自周平王于公元前 770 年迁都洛邑（今洛阳）后，王室开始衰微。迁都后的东周分为春秋和战国两个阶段。东迁后，东周从"天下共主"沦落为托庇于诸侯大国的附庸；经过长期鲸吞蚕食，春秋时几十个国家被兼并成 7 个大国，历史上称为战国。

春秋战国中期，燕为七雄之一。燕昭王在北易水和中易水之间（今河北易县）建立了一军事重镇，称为"燕下都"，即陪都，以区别于蓟城的"上都"（即今北京广安门一带，此时燕国以蓟为都）。今天，我们许多人都听说过两千多年前燕国那个悲壮的故事《荆轲刺秦王》，这故事就发生在"燕下都"。

公元前 230 年，秦国灭了韩国。两年后，秦国占领了赵国都城邯郸，逼近易水的燕国下都。公元前 227 年，曾在秦国当人质、后逃回燕的太子丹，寻找到一位叫荆轲的刺客，劝说他去刺杀秦王。太子丹送荆轲和他的 13 岁助手秦舞阳到易水之畔。荆轲唱道："风萧萧兮易水寒，壮士一去兮不复还。"后来荆轲刺秦王嬴政未遂，反给秦国一个进攻燕国的借口。公元前 226 年，大将王翦率秦军攻打并占领了燕国大部。燕王退守辽东，杀太子丹以求和。公元前 222 年燕灭于秦。

《荆轲刺秦王》的故事因民族英雄主义情怀，世代流传。这故事我也熟稔于心，但我却不知荆轲的"慷慨悲歌"与北京、"风萧萧"的易水与房山有何干系。

2022 年 8 月之夏，我站在房山古燕都遗址，对壮士荆轲的慷慨侠义倍感壮怀激越，古燕国人义无反顾的勇气、节义和牺牲精神，应是中华民族可以穿越千古产生共鸣的情怀。

走出博物馆，站在古燕国都城遗址上，我让玉泉给我留个影。背景是大气恢宏、沉稳内敛的仿唐建筑博物馆，博物馆高高的外墙壁上，写着一行硕大的汉字：北京城从这里走来。

古燕都之后两千年，北京再次真正成为皇朝都城是从金代开始。金之前的辽代也在北京建过都，但那只是辽王朝的"陪都"，也被称为辽的"南京"。剽悍的草原女真人赶走了同样剽悍的契丹人之后，就在北京建立了自己的政治中心金中都。贞元元年（1153年），金海陵王迁都燕京，营建金中都。自此开始，北京开启了作为国都的历史。人们常说北京有八百多年的建都史，就是从这一年开始算起的。此后的八百年，北京成为金、元、明、清四朝国都，先后有33位皇帝在此登基即位。而布局在京城周边的历代皇朝陵园也规模宏大。位于北京大房山东麓的金陵，是北京地区年代最早、规模最大的帝王陵。

金陵原在黑龙江省哈尔滨阿城区，1153年建都燕京（北京）后，于1155年迁来太祖睿陵和太宗陵，在房山云峰山脚下，修建了北京地区第一个皇家陵园。1156年又迁来始祖等10个帝陵，熙宗、世宗、章宗、睿宗、显宗等陆续葬于此地。陵区内还葬有皇子及重要大臣的"诸王兆域"，宋军忠将岳飞英勇抗击决战的金兀术也葬于此陵地。

金皇陵经过金海陵王（完颜亮）、世宗、章宗、卫绍王、宣宗五世60年的营建，形成面积约60平方公里的大型皇家陵寝。

1985年，北京文物部门开始对金陵遗址进行调查和试发掘，发现石雕、碑记、御路和建筑构件等大量珍贵文物。据考古专家介绍，发现完颜阿骨打的陵墓纯属偶然。当年，专家们在主陵区内发现有一巨型石坑，当地人说是祭祀坑，后来村里搞绿化，将此坑用作蓄水池。2002年春，北京市文物研究所对祭祀坑遗址进行清理发掘，发现这个大石坑非常奇怪，里面堆了200多块大石头，每块都有一吨重，好像是为掩藏什么。考古专家们把这些石头搬开后，果然发现了一处石椁墓。经过一年多发掘，从该墓中出土四具石椁，其中的雕龙纹、凤纹的汉白玉石椁为国内首次发现，专家判断应为皇室专用。由此，埋藏地下800多年的皇朝墓陵被发现了。专家们根据史书及有关文献记载，判定该墓坑为金太祖完颜阿骨打的睿陵。

1153年，金海陵王迁都燕京后，就派人在金中都周边找寻风水宝地以作为皇室陵地，金中都西南40公里左右的大房山被选中，翌年即开始营造，一直到金宣宗完颜珣迁都汴京。北京作为金中都有60余年的时间，金陵营造也几乎贯穿了这段历史，从而形成了以九龙山南为中心的大房山东麓和南侧规模巨大的陵寝区。

明清以后，金陵地面建筑几乎全部被摧毁，墓道和地宫也被掘开，并填充巨石。好在遗址的主体格局还基本完好，中轴线上还保存着部分台阶、封土、陵穴，周边的陵墙、排水沟幸存。北京为保护此遗址正申报在此建造一座"考古遗址公园"，不再进行挖掘。我为这种不断增长的对遗址文化保护的理念、决策而心生感激。曾几何时，我们盲目挖掘让地下文物遭受了巨大损失！

八月，与陈玉泉行走于大房山脚下的土地，总有一种小心翼翼的感觉，生怕一不小心，踩踏、惊扰了什么古老的信息。

房山，这片土地承载着太厚重的中华文明。

2

走进房山，尤其让我惊奋、震撼的是千年古刹云居寺。

房山云居寺，这座蕴藏着古老历史文化和千年刻经传奇的古刹，是人类文明的宝藏。绵延千载的云居寺石刻《大藏经》已经成为人类灿烂稀有的珍宝。

云居寺管理处主任王得军难掩兴奋地告诉我："现在寺内珍藏着隋、唐、辽、金、元、明六个朝代的石刻佛经 1122 部、3572 卷、近 3000 万字，是中华民族乃至全人类文明史上的一大文化奇迹。14278 块石刻经使房山云居寺成为全世界最大、最古老的石刻图书馆。"

又说："云居寺不仅有世界罕见的一万多块石经，还珍藏着与石经并称'三绝'的纸经、木版经。寺内现藏有明代纸经 21200 卷，大多为明代刻印本和手抄本，而其中明代《南藏》《北藏》，属国内罕见；还藏有清雍乾年间的木雕《龙藏》经板 79036 块，重达 400 吨。极为珍贵的是明崇祯十三年（1640 年）妙莲寺比丘祖慧刺舌尖血书写的经书《大方广佛华严经》，共 80 卷，60 万字！云居寺珍藏的石经、纸经、木版经、佛祖舍利、唐辽塔群等 300 多处文物古迹和文化遗存，使房山成为中国乃至世界最具特色的一大历史文化宝库。

"你已走过房山，想必已知道房山有'人之源''城之源'的美誉。房山除拥有世界文化遗产周口店遗址、琉璃河西周燕都遗址外，还有就是你眼前的震惊世间的'石经长城'。你来到房山，就是人生之大幸。当你走过房山，相信你会收获生命之大喜……"

能够觉出王得军作为云居寺文化管理人的骄傲、喜悦与自信。

随云居寺讲解员走过古木掩映的院落、佛殿、经堂、碑塔，拜谒肃穆庄严的诸佛菩萨，心中满满的庄重、敬畏。20 世纪 40 年代被日军炸成一片废墟的云居寺，经过近 40 年的修复、重建（1985 年开始重建），如今已形成五大院落六进殿宇，占地 7 万平方米。云居寺已恢复古时规模，恢宏壮丽，古塔凌云。

午后的阳光照耀着云居寺对面的石经山，我远远眺望山峰上千年静默的藏经洞。只听王得军说："今天有些晚了，下次再来，领你上去看看。山上有九个藏经洞，分上下两排，上排七个，下排两个。九个山洞藏有 4459 块石刻经，寺院内南塔地宫里藏有辽金及之后石刻经 10082 块……"

听着王得军的介绍，回望眼前这位睿智机敏、说着地道北京话的中年男子，我感慨不已，遂对他说："王主任在这里工作，责任重大，担子不轻。这片圣地有佛光千年照耀，有如此博大精深的文化历史，你与此相伴十几年还将继续相伴下去，你是天下幸福之人……"

王得军开心地笑着。

远处，石经山前，有一群鸟正在飞过。

临别，王得军送我三部沉甸甸的大书《云居寺志》《房山碑刻通志》和《房山云居寺游记集》。不想，后来在长达数月的时间里，我竟一头埋进这三部大著走不出来……

3

日复一日地阅读王得军送我的史、志大著，使我看到了一个远古盛大的场景：大房山脚下，千人开山凿石，万人雕刻经文。山野间，洒热血流大汗的人们，不顾四季风雨，不闻朝代更替，任信仰的生命和力量在这里走过千年……

千年的日月轮回，我听到了大房山里传来的千万把斧凿与石头相击的交响与轰鸣；

千年的昼夜星辰，我看到了一个身着长衣、脚穿芒鞋的年轻僧人走在房山云岭……

房山石经刊刻始于隋大业（公元605年）年间。涿州智泉寺高僧静琬与师父南岳慧思法师深忧北魏、北周两次灭佛的灾难，深虑"末法"时期佛教经本被毁的命运。为给未来佛法复兴留下版本，心怀大愿的静琬走进荒僻的大房山，开始了艰难的在石头上刻经的伟业。

佛教自东汉明帝时传入中国，至南北朝时期已极为盛行。而历史上的"三武一宗"灭佛，更是佛教史上著名的大劫难。北魏太武帝灭佛、北周武帝灭佛，300万僧徒被迫全部还俗，佛教遭受重创。唐武宗会昌五年（845年）佛教再次遭受空前劫难，4600所寺院被拆，26万僧尼被迫还俗；以至后来的五代后周世宗灭佛，毁佛寺三万余所，佛经尽焚。

由此，我们可以想象，七世纪初走进大房山的静琬决意在石头上刻下万千经文以备佛经被毁的悲壮之情。"智泉寺僧静琬，见白带山有石室，遂发心，书十二部经，刊石为碑。"这段记载最初见于地理著作《范阳图经》（范阳即指今河北涿州）。汉初房山隶属于古代涿郡，白带山即房山云居山，因山体常年有白云缭绕，故名白带山，也称云居山。静琬来到云居山，见到山中有天然山洞石窟，于是开始镌刻佛经，再将刻有经文的石板一块一块放入藏经洞中。因藏有石经，后人又称云居山为石经山。

唐贞观年间，吏部尚书唐临在《冥报记》中记述了静琬刻经、建寺的传奇事迹。在石经山和云居寺之南、拒马河之北有一石窝村，盛产洁白石料，即汉白玉，为刻经的良材。石窝村名字沿用至今，即今房山大石窝镇。静琬来到这块宝地，开始刻经，其弟子相继五代不绝。

后来，僧人们世代相承，历经千年，创造了人类文明的重大奇迹。

石经山的发展是先刻石经，后建寺院。唐代碑刻记录了一个传说：因为刻经工程，朝圣者络绎不绝，静琬感到需要修建寺院，提供食宿；但木瓦等建筑材料在山中难以置办，而建造寺院会耗费大量刻经的资金。正一筹莫展时，六月，大防山山洪暴发，成千的树木被冲到山下，静琬利用这批木料建造了云居寺。人们说这是佛陀加持。

石经山上的9座藏经洞，自南而北开凿，正中第五洞是静琬最初开凿的藏经洞，名雷音洞，又称石经堂、千佛洞。石经山的经石就采自山下十多公里以外的大石窝镇，然后运到磨碑寺刻字。经石双面镌刻，最长的约2.8米，宽约1米，厚12厘米。刻完经文的石碑会运到石经山下暂存，每年农历四月初八佛诞日，刻经的功德主会启建盛大的法会，布施斋饭，建

"义饭厅"，举行送经入洞的仪式。

唐贞观八年（634年），静琬刻完《华严经》，镶嵌于雷音洞四壁，与《维摩经》《胜鬘经》等经石共146块。贞观十三年（639年），刻完《涅槃经》等19种经文后，静琬圆寂。静琬辞世后，他的后几代弟子玄导、僧仪、惠暹、玄法，相继刻经不断，经板装满了9个藏经洞，内存大小石经碑板共4459块。每装满一洞石经即封闭洞门，洞口以石门固护、铁水灌注。按静琬当时的宏愿，佛经在世间失传时才能打开洞门、流通石板上的经文。除此，不要开启洞门。

静琬发心开创石刻经文以备法灭之愿行感天动地，然而他圆寂时深觉自己34年镌刻仅有12部经、"护法未就"，故未瘗藏灵骨。

一代法师的灵骨静默450多年之后，在辽大安年间出现。有一天在云居寺东峰顶，无缘无故，突然有人大喊："此山有先师舍利，汝尽开焉！"连喊三次。僧众俱惊，遂在大喊之人所指之地进行开掘，竟真现一石窟，内有静琬法师灵枢，以铁钩锁之。僧众皆悲恸饮泪，感念法师功德悠悠却如此严酷于己。为使法师"积善于世，垂誉于千祀"，1093年云居寺住持通理法师为琬公建造二丈浮屠高塔，以示永祭。

日月如梭，时光又穿越883年。1976年，人们从今房山水头村迁移琬公塔至云居寺药师殿时，发现了八百多年前置于石塔内的《琬公大师塔铭》：

> 师之生也，家显国昌。师之动也，为福为祥。与喜与乐，济苦除殃。镌经密锢，备法摧殇。未满其志，俄归逝水。暗暗风烟，萧萧云气。刻贞珉兮记其铭，俾懿德兮光万祀。

铭文为1092年入住云居寺的辽代著名法僧通理撰写。塔铭为大理石，高70厘米，宽40厘米，厚6厘米。至此，一个功业恸世、壮志未酬、视一己如水而逝的寂然生命，被后人千秋祭念。移塔时发现铭文，也为今世人之福祥，更为静琬功德千古之照耀。发现塔铭之前，考古界一直认为琬公塔为唐塔，不知是辽塔。由此发现，也为文物一次纠错。

静琬开创的刻经事业，历经隋、唐、辽、金、元、明、清七个朝代，绵延千载，期间得到了历代帝王的支持，达官显贵、沙门、居士、百姓、市井行会等社会各阶层民众广泛参与。

公元611年，隋炀帝及跟随其巡游涿郡的萧皇后之弟、内史侍郎萧瑀，笃信佛法，遂把静琬刻经一事告知萧后。萧后施绢千匹，萧瑀施绢五百匹。朝野闻之，争共舍施以助静琬刻经，此举推动皇室、达官及民间大兴捐助刻经之事。

唐开元二十八年（740年）王守泰所撰《山顶石浮图后记》记载，开元十八年（730年），唐玄宗第八妹金仙公主奏请唐玄宗赐大唐新译经4000余卷，送往石经山作为刻经底本之用，而且是由当时的佛教版本目录学专家、长安崇福寺沙门智升亲自护送。这一年正是智升撰述开元《大藏经》的目录《开元释教录》完成之年。而这4000余卷用作刻经底本的赐经，就是早已佚失不存的《钦定开元大藏经》，至使房山石经的唐刻部分保留了这部唐代宫廷《大藏经》的原貌，其价值弥足珍贵。

金仙公主不仅奏请皇兄唐玄宗李隆基将大唐新旧译经四千余卷赐予云居寺为刻石底本，又奏将范阳县大片田庄、果园及环山林麓赐予云居寺，以助刻造佛经及日常费用。

金仙公主为唐睿宗李旦第八女，因父被贬、母被武则天秘密处死，自幼心身受到极大伤害。她不愿再耳闻目睹宫廷斗争的血腥，18岁时与胞妹玉真公主一起出家为道。后李旦复位，于景云二年（711年）改封金仙公主，时年23岁。今于房山石经山，还能看到建于开元九年（721年）的"金仙公主塔"，塔身壁上镌刻《唐金仙公主译经施田记》，碑文开头曰："昔金仙在于世人，阐扬大法，诱导群愚，以救拔为怀，以慈悲为念。"金仙公主这一善举，极大丰富了石经山刻经内容，而她为刻经事业做出的重要贡献，对后世也产生了深远影响。

至辽、金两代，云居寺刻经施主涉及今属河北、河南、山西三省15州郡、5府33县。每年四月初八佛诞日，僧众运送石经上山入藏的盛况，我们从唐幽州节度使刘济元和四年（809）《涿鹿山石经堂记》碑文中可见一斑："以今年四月功就，素自率励，与道俗齐会石经峰下……金篆玉版，灿如龙宫。神光赫赫，宇宙金色。于是一口作念，万人齐力。岩壑动，鸾凤翔。或推之，或挽之，或摇之，以跻于上方，缄于石室。"由塔记中看出当年参与者之众，场面之壮阔，令人震撼！

在《大唐云居寺石堂碑》中也记载了早期静琬、玄导时期运藏石经情景："幽涧积阻，悬登穿崇。步咫尺而三休，历嵌空而九折……"

又记惠暹时期运石经情景："燕赵佳人，幽并侠客。不违千里，动盈万计。……乃香盖三匝，珠幡十里。"

从这些碑文记录里，我们看到了千年的刻经事业的浩荡声势，也看到了在没有路、没有现代机械的古代，刻经人的艰辛和壮怀。

在浩瀚的石刻经文中，令我非常惊喜的是：现代人喜爱而熟知的唐代佛教大师玄奘，其一生翻译的75部、1335卷佛经，全部完整地保存在石经山中。

唐贞观五年（631年），静琬在大房山中蒙一身尘灰、披日月星辰、睡石板草丛艰难刻经时，玄奘正走在西行路上。两个圣洁的灵魂凭同一种信念，持同一种坚持，在不同的地方，完成着来到世间的使命。玄奘于贞观二年（628年）从长安出发，经重重困难、九死一生到达天竺习法；至贞观十九年（645年）携657部佛经而归，历时17年。其后，又几十年寂然静心，在长安弘福寺译经1300余卷。

639年静琬辞世时，玄奘还在万里之遥的印度。静琬的刻经事业，经弟子玄导、僧仪传至惠暹、玄法。由于武则天后来对佛教的尊崇，云居寺的刻经事业到达了全盛时期。开元年间，更是得到唐金仙长公主的支持，终于在开元末年玄奘圆寂七十年后，云居寺开始刻造玄奘所译长达600卷的巨部佛经《大般若经》，并于唐天宝十三年（754年）刻至163卷。安史之乱，使房山刻经遭遇磨难，却并未停止。唐贞元五年（789年）至唐元和四年（809年），在幽州节度使刘济的施助下又续刻了《大般若经》300卷前后至412卷的100余卷。唐代终结之时，《大般若经》刻至第520卷左右。其后唐武宗灭佛，云居寺衰败，刻经也因战乱而停止，但云居寺僧众的刻经宏愿依然没有止息。

至辽圣宗太平七年（1027年），涿州刺史韩绍芳游览白带山发现了云居寺刻经一事，乃奏请圣宗皇帝恢复刻经，从此开启了辽代大规模刻经，并于辽重熙十年（1041年）续刻《大般若经》至第600卷，计经碑240块，最终完成了玄奘所译真经的镌刻。《大般若经》的刊刻历经唐至辽代共计300年时间，共刻石1512块，是房山石经中最多的一部。自此，一个圣徒的心血与房山石经同铸，一个伟大的灵魂与房山石经永镌！

云居寺镌刻绵延不断，至辽清宁三年（1057年）云居寺刻完全部

《大宝积经》120卷，计经碑360块。至此，完成了佛教的四大部经典《华严经》《大涅槃经》《大般若经》和《大宝积经》的全部刊刻。

大安九年（1093年），辽著名佛教大师通理"慨石经未圆，有续造之念"，遂以《契丹藏》为底本，续刻石经4080块。通理大师圆寂后，其弟子善锐和善定继续刻经。因石经山九洞已装满石经，天庆七年（1117年），善锐、善定在云居寺西南隅"穿地为穴"，将10082块石经瘗藏于其中。

明天启、崇祯年间，京官居士葛一龙、董其昌等在北京石灯庵续刻《华严经》《法宝坛经》《四十二章经》等10余部，于石经山雷音洞左侧新开一小洞，即第六洞，砌石为墙，将所刻石经藏入其中。著名"华亭画派"书画家董其昌题"宝藏"二字，并勒石镶嵌于此洞门楣之上，云居寺刻经至此结束。

房山石经凝聚了近1100年、40多代人的血汗和智慧，信仰之精神和信仰之上的力量，在千年刻经史中得到了真实的印证。

（原载于《中国作家·纪实版》2023年第9期，有删节。）

热点全聚焦

谁在月夜哭泣

陈启文

一

　　长江从我家乡江南谷花洲一带流过，这一带位于长江和洞庭湖交汇后的中游。长江穿越洞庭，洞庭化入长江，江在湖中，湖在江中，人在江湖。我是从来没有看清过这片水域，天地间一派烟波浩渺，感觉整个世界都在流淌。我童年时，江面还很少有轮船，一叶叶随风漂行的白帆船带着缓慢而悠然的节奏，仿佛把一条长江拉得更长了。那时江水一碧万顷，在波纹清晰的脉络中，我看见了自己像蚂蚁一样黑黢黢的身体、黑黢黢的影子和两个乌黑发亮的眼珠子。

　　江边的孩子从小就练就了一身好水性，也养成了冒险的天性，一看见那白花花的波浪荡漾开去，你就想一头扎下去，那是谁也抵挡不住的诱惑。每年夏天的傍晚，我都会跃入长江畅游一番，江南那漫长而炎热的夏天我都是在长江里游过来的。那还是属于我的赤子岁月。每次下水之前，我都会脱得光溜溜的，在江岸边的水杨树上挂上裤衩，这是我下水的标志。如果我没有回来，那就永远也不会回来了。这没什么，我们从小就把这条小命交给了大江，而这条小裤衩或许就是我留在这世间最后的牵挂，也是家人在这浩渺的大江里寻找我的唯一依据。

　　每当我游得浪花四溅，漫天的霞光纷纷落在波浪上，浪花里时不时有一些活泼的身影涌现，那是江豚。这是和我在同一条大江里追逐嬉戏的玩伴，也是我儿时最鲜活的记忆，我甚至觉得自己就是和江豚一起长大的。我们乡下人，对这种水生动物是分不太清的，只能从最直观的颜色来区

141

分。一种是黑的，老乡们都叫江猪子，看上去，它们还真像一群在长江里游泳的猪。还有一种是白的，老乡们叫江珠儿，一听这名字就挺美的，像女孩儿的名字。很长一段时间，我一直以为黑的白的都是江豚，只是颜色不同而已。后来我才慢慢知道，这是两个不同的物种，黑的才是正儿八经的江豚，白的则是一种比江豚更加古老的水中精灵——白鱀豚。白鱀豚还有几个别的名字，江马、白旗、中华江豚，无论你叫它们什么，这都是长江中最早的原住民之一，比人类不知要早多少。

滚滚长江东逝水，迄今已在地球上流淌一亿四千万年，至少在四千万年前的中新世和上新世，白鱀豚就出现了。据化石考证，在地壳运动形成的海陆变迁中，白鱀豚最早由陆生动物进入海洋，大约在两千五百万年前，它们又从海洋进入长江。这是中国特有的一种小形淡水鲸，因而又被称为中华白鱀豚。尽管经历了漫长的进化，但现代白鱀豚基本上保留了祖先的原始形态。这是典型的活化石。如今在地球上生存了约八百万年的大熊猫被誉为活化石，白鱀豚则堪称活化石中的活化石。若从科学定义看，但凡能够称为活化石的动植物都是孑遗生物，如白鱀豚、江豚、扬子鳄、中华鲟、白鲟等水生孑遗生物，在海陆变迁、沧海桑田的地质大灾变中一直延续下来，既是经历过九死一生的幸存者，也是地球上漫长而又顽强的生命。这多亏了长江的庇护，长江流域以其优越的自然地理环境，为这些世界罕见的孑遗生物提供了长久的避难所。

若同白鱀豚相比，最早的人类大约在距今三四百万年之前才出现，在白鱀豚面前，人类简直还是一个刚刚睁开眼睛的婴儿。而人类对白鱀豚的最早记载，源自两千多年前的辞书之祖《尔雅·释鱼》："鱀，是鱁。"东晋郭璞注释："鱀，大腹，喙小，锐而长，齿罗生，上下相衔，鼻在额上，能作声，少肉多膏，胎生，健啖细鱼，大者长丈余，江中多有之。"这表明从战国、两汉到东晋年间，白鱀豚在长江流域还是一个广泛分布、数量众多的物种。不过，这个"鱀"在古代也可能泛指江豚和白鱀豚，那时候人们对这两个物种的区分还是比较模糊的。到了北宋年间，人们对这两个物种才有了明确的辨别，一位名叫孔武仲的士大夫还写过《江豚诗》："黑者江豚，白者白鱀。状异名殊，同宅大水。"白鱀，就是白鱀豚的另一古名，它与"同宅大水"的江豚确实是"状异名殊"的两种水生动物。而在进入现代后，白鱀豚依然是一个广泛分布却已为数不多的物种。据专家考察，20 世纪 70 年代，长江中白鳖豚大约还有一千多头。哪怕一直维持这个数量，白鳖豚也是中国极为珍稀的野生动物和世界上所有鲸类中数量最为稀少的一种。

同喜欢抛头露面的江豚相比，白鳖豚总是神龙见首不见尾，它们天生就善于隐藏自己。白鳖豚的外表并非纯粹的白色，其背面呈浅青白色，肚皮为洁白色，这样的颜色恰好与长江的环境色相符，甚至能呈现季节的变化。当你从水面向下看时，其背部的青白色和江水混为一体。当你由水底朝上看时，那白色的肚皮和水面反射的光泽也难以分辨。在这种天然的隐蔽下，它们可以隐身隐形；在逃避天敌和接近猎物时，它们也很难被发现踪影。但白鳖豚又难以一直深藏不露，这是一种用肺呼吸的哺乳动物，每隔不久就要浮出水面换气一次。一呼吸，一出声，这神秘的精灵就藏不住了。那时我的眼睛还没有像现在这样高度近视，远远地就能看见。它们呼吸时，先是将头顶和嘴鼻露出水面，那又窄又长的嘴巴像鸭嘴兽般向前伸出，又像鸟喙一样微微向上翘起。最突出的还是那隆起的额头，这家伙的鼻孔竟然长在头顶上。随后，它们又露出了三角形的背鳍，这奇异的背鳍是白鳖豚最典型的特征，鳍肢较宽，末端钝圆。那尾鳍像一弯银辉闪烁的新月。白鳖豚换气的频率很短，我那时的耳朵还很灵敏，远远就能听见它们的呼吸声。"嘘哧，嘘哧"，这是江珠儿的声音，像是女性的喘息。"呼哧，呼哧"，这是江猪子的声音，像一个粗犷的汉子在大口喘气。江珠儿在呼吸时还会喷出一股亮晶晶的水珠子，这飞溅的水珠被朝霞或夕阳照亮，宛若一道斑斓的彩虹。

一条大江里有了这优美而神秘的精灵，愈发显得优美而神秘了。

后来我还慢慢发现，这神秘的精灵也有其自然活动规律，它们最喜欢在早上或傍晚浮出水面。早上，在晨雾刚刚散去的浪头上，你会发现它们对着日出的方向出神地仰望，就像一群受神灵控制的精灵。那仰望的姿态，仿佛一种灵魂深处的渴望。老乡们说那是江珠儿拜日，沉睡的太阳每天都是被它们唤醒的。傍晚，它们又在太阳落水时追逐着漫江霞光，这是长江每天最美的时分，也是我观察白鳖豚的最佳时机。那体形为优美的流线形，胸鳍宛如两只划水的手掌，扁平的尾鳍从中间分叉，像分开的燕羽一样。白鳖豚的皮肤也是我见过的最光滑细腻的皮肤，在阳光的照耀下闪烁着漂亮的光泽，一看就充满了弹性，像是穿着一身天然的游泳衣。漂亮，太漂亮了。这几近完美的体形又岂止是漂亮，这有利于它们在水中遨游时掌控方向和平衡，还可以减少水流的阻力加快速度，白鱀豚时速竟然可达80公里，跟陆地上的短跑健将猎豹有得一比，也堪称水中的短跑健将。但凡有幸亲眼见过白鱀豚的人，无不为它那优美的身姿、漂亮的颜色和飘逸的游姿而深深着迷。这是江中最迷人的生命。

从孩提时代到青少年岁月，我一直在努力接近这白色精灵，我下意识地觉得这就是我在长江里遨游的唯一意义。但这些精灵的胆子比那些女孩子还小，它们是那样敏感和警觉。每次向它们靠近，我都小心翼翼，连大气也不敢喘，生怕一不小心就把它们给吓跑了。这其实是我的错觉。白鱀豚那极小的眼睛和针眼大的耳朵早已高度退化，哪怕你游到它们身边，它们也看不见你，听不见你的声音。但它们的头部有一种天生的超声波功能，能在水中发射和接收声呐信号，将江面上几万米范围内的声响迅速传入脑中，并能依靠回声识别物体。这么说吧，只要你在它们的声呐范围内，它们随时都能感觉你的存在，并对你的意图迅疾做出判断；一旦遇上紧急情况，它们旋即进入深潜状态。小时候，我又哪里懂得什么超声波和声呐系统，总觉得这精灵是在跟我捉迷藏，每当我想要凑近它们时，它们眨眼间就没入水中，很长时间都不再露面，就像从来没有出现过一样。

在那些月光如水的夏夜，这些精灵愈加神秘。这个季节，高涨的江水已淹没了广袤的河床，一直漫涨到了江堤坡上。我们就睡在水边的竹床上，浪花像雨点一样飞溅在我们炽热的身体上，感觉到一阵一阵的清凉。每当夜深人静，我像是醒着，又像是在梦中，感觉有什么东西正在隐约浮现。我朝泛着光影的江面悄悄一望，依稀看见那青白色的幻影，正朝着月亮一仰一仰的，那是江珠儿拜月。那一幕离我们的现实十分遥远，却让我感到一种莫名的神圣和敬畏，仿佛看见了不该看见的东西。当我悄悄收回目光时，忽听哗啦一下，蓦然回首，如惊鸿一瞥，一个优美的身体跃出了水面。那光洁的皮肤上波光闪烁，水灵灵的，简直像女神一样。

二

我和那些水中的精灵在同一条大江里遨游，感觉真像活在童话世界里一般。

在西方的童话里有美人鱼，在中国的民间传说中也有一个美丽而神秘的精灵。

江边的老乡们都虔诚地相信，这大江里是有神的，这个神就是传说中的白鱼精。而白鱀豚则是江神的化身，被誉为长江女神。哪怕在没有月色和星光的夜晚，那些在黑暗中穿行的夜航船也不会掌灯，船工们生怕惊扰了梦中的江神。这样的敬畏其实是必要的，它会让你对这条大江和江中的生灵怀有一种神圣的敬畏。白鱀豚当然不是神，但它们也是一种特别聪明而有灵性的水生动物。据科学研究，白鱀豚是淡水生物中大脑发达、智商最高的动物，其大脑表面积比海豚大，重量已接近大猩猩与黑猩猩。很多专家甚至认为，白鱀豚的智商比长臂猿、黑猩猩和类人猿更高，那就仅次于人类了。更令人吃惊的是，白鱀豚竟然是一种左右脑半球可以交替休息的动物，它们可以在清醒时睡觉，在睡觉时依然保持头脑的清醒。这还真是神了！

我从小就听过许多关于白鱼精的神话或传说。及长，我又在《聊斋志异》中读到了慕生与白秋练的爱情故事。慕生是一位河北商贾之子，从小"聪惠喜读"。但商贾之志在利而不在诗书，父亲担心他这样下去会读成一个书呆子，便命他跟着自己学习经商。慕生十六岁时，随父亲一起来到楚地，也就是长江中游的湖北湖南一带。当商船行至武昌，父亲上岸经营去了，慕生便独自守在停泊在江湾里的船上，迎着月光"执卷哦诗，音节铿锵"。他尤其爱读杜甫的《梦李白》："浮云终日行，游子久不至。三夜频梦君，情亲见君意。"那一种梦寐中的思念，在这远离故乡的月下夜泊中更觉思念情切，心神恍惚。恍惚间，他看见一个身影在窗外徘徊，被月光清晰地映在窗上。慕生兀自一惊，猛地推门一看，却是一个十五六岁的"倾城之姝"。这水灵灵的女子便是白鱼精的化身——白秋练。多美的名字啊。这胆小害羞的女子，"望见生，急避去"。但慕生吟哦的诗句却让她由诗生爱，一往情深，以致相思成疾，"病态含娇，秋波自流"。这两位情趣相投、兴致高雅的少男少女，在白秋练母亲的撮合下，从两情相悦到海誓山盟，最后却由于慕父从中作梗，有情人难成眷属。两人都相继为爱生病，而后又用吟诗治好了他们共同的病。他们还以诗卷来占卜运程，以吟诗之声作为相会之约，在经历了一波三折后，这超越了人间的爱情终于有了一个完美的结局。而白秋练也成了一个美丽而高雅、纯洁而忠贞的象征。

但若把这个故事仅仅当作一个爱情神话，那还只是读出了蒲松龄的一半用意。蒲松龄还描写到这样一个情节：一个渔夫在洞庭南滨钓到了一只白鱀豚，长得像人一样，那是白秋练的母亲。白母住在洞庭湖里，洞庭龙王派她管理水上行旅，从洞庭湖到武昌这一段长江大约就属于她管理的范围，这也正是白鱀豚栖息和往来活动频繁的江段。龙宫选妃时，龙王听说白秋练貌美若仙，就命白母把她找来。白母如实禀告，女儿已经嫁入人间。龙王一怒之下就把白母放逐到生活环境恶劣的洞庭南滨。白母只因饥不择食，才被那个渔夫钓起，又在白秋练和慕生的营救下，才得以被放生。而白秋练生于洞庭，长于洞庭，这湖水就是她的命。当她随慕生回河北老家后，眼看储存的湖水将要用尽，白秋练白天黑夜呼吸急促，喘个不停。她奄奄一息地叮嘱慕生："如果我死了，不要下葬。你要在每天的卯时、午时、酉时给我吟哦《梦李白》，这样我的身体就不会变坏。等到湖水再来时，把我的衣服脱下，抱到盆里浸入湖水中，这样我就能重新活过来。"白秋练死后半个月，公公带着洞庭湖水赶回来了，慕生赶紧按妻子说的那样做了。白秋练在湖水里浸泡了一个多时辰，就渐渐苏醒过来了，这一盆养育她的洞庭湖水又让她获得了重生。自此之后，白秋练日思夜念回归故乡，公公去世后，慕生便依了她的心愿，一家人搬到了洞庭湖畔、长江之滨的楚地生活。——读到这里，我才恍然大悟，这其实是一篇比爱情神话更加意味深长的生态寓言，只有将爱与生态放在一起解读，你才能真正解读出这个神话的全部意义。

　　蒲松龄是济南府淄川人氏，一生只到江南的高邮、扬州一带走过一次。那一带已是长江下游。但看得出，他对白鱀豚的栖息环境和迁徙轨迹分外熟悉。我家乡离洞庭湖和武昌都不远，那些栖息在洞庭湖里的白鱀豚时常顺江而下，从江湖交汇处的三江口一直游到江汉交汇处的武昌一带，甚至更远。它们是这江湖里最活跃的主人，比人类更了解江湖。

　　在我走出故乡之前，我眼中的长江其实就是流经我家乡的这一段。但在那青白色的身影带动之下，我的视线随着这条大江流向了神秘而不可知的远方。历史上，白鱀豚在长江中的分布很广，西起三峡的西陵峡，东至长江入海口。然而，就在我逐渐长大的岁月里，在那遥不可及的长江上游，筑起了一道道拦河大坝，直接阻断了白鱀豚在江湖间来回巡游的自然通道。这自由自在的生命因此被分割在不同的水域，无法进行交配繁衍。

而这些水电大坝为了蓄水发电，又改变了中下游的水文格局，致使白鳖豚赖以生存的水域急剧减少，活动区域大大缩短，江水也越来越浅了。白鳖豚是天生的深水动物，越是在水深流急的地方越是活跃，但我在十六七岁时，竟然看见一头白鳖豚游向了岸边的浅水湾，一跃而起捕食岸边的青蛙和蜻蜓。这让我一下瞪大了眼睛，如果不是饥不择食，这么聪明的动物绝不会如此愚蠢地冒险，因为一不小心就可能在浅水滩上搁浅。

这是我第一次明显感觉白鳖豚的性情变了。而变了的又岂止是白鳖豚，整个江湖都变了。我从小就是喝长江水长大的，那时可以掬水而饮。记不清是从哪一天开始，江水变得浑浊发黑了，还散发出一股刺鼻的柴油味和农药味。又不知是从哪一天开始，这长江两岸建起了一座座化工厂、农药厂，随着工业废水和生活污水直接排入江湖，我再也没有在江水里看清过自己。除了工厂，还有川流不息的船只。长江中下游既是白鳖豚的主要活动区域，也是一条航运发达的黄金水道。我童年时看见的那些白帆船渐渐远去，在它们消失的地方驶来了一艘艘轰轰烈烈的轮船和机动船，走到哪里，哪里的水面上就漂浮着大片大片乌黑的油污。还有更黑的，那些密密麻麻的挖沙船，像蝗虫一样日夜啃噬着河床。从长江上游的乱砍滥伐，到长江中下游的乱挖滥采，一条大江泥沙俱下，污水横流。这让白鳖豚的声呐信号受到严重干扰，一不小心就会撞在船只的螺旋桨上。在一些死亡的白鳖豚身上，那优美的流线形的身体上布满了一道道被螺旋桨划伤的痕迹。我看着那碎裂的伤口，感觉心都碎了。好在，白鳖豚也是长记性的，它们越来越害怕船只，更不会主动靠近。然而即便它们躲得远远的也在劫难逃。长江原本是一条水生资源极其丰富的河流，随着人类的掠夺式捕捞，甚至采取电鱼、炸鱼、毒鱼、迷魂阵等灭绝鱼类的方式捕鱼，白鳖豚时常被渔民误捕误伤致死。据有关部门的不完全统计，从 1973 年到 1985 年间共发现近六十头意外死亡的白鳖豚，其中被捕鱼滚钩和其他渔具伤害致死的差不多占了一半，还有一半或是被江中爆破作业炸死，或是被轮船螺旋桨击毙，还有的是因搁浅或误入水闸而死。至于那些因水质水文环境恶化而生病死亡的，还算是正常死亡。即便侥幸死里逃生，白鳖豚也处于饥不择食的状态，不得不冒险进入浅水滩捕食，那是我眼睁睁看见的一幕。

从长江珍稀水生动物的种群数量看，白鳖豚同它的近亲江豚相比显得更加脆弱，它们的数量原本就比江豚稀少，而生存状况比江豚更危急。到了 1979 年，这一在世界上繁衍生息了四千万年的物种只剩下区区四百头左右。这种经历了九死一生的孑遗生物第一次被中国政府定为"濒危水生动物"，若不赶紧保护，随时都有可能灭绝。真到了灭绝的那一天，你都不知道是哪一天。

<h2 align="center">三</h2>

尽管白鱀豚早在 1979 年就被定为"濒危水生动物"，但那时人们还没有强烈的生态危机意识，更没有将万里长江作为一个完整的生态系统来看，在相当长的一段时间里长江流域的乱砍滥伐、乱挖滥采和乱捕滥捞都没有被严厉禁止。而人们能够近距离接触到的白鱀豚，几乎都是在渔民误捕时找到的。白鱀豚一旦误捕就难逃一死，历年来几乎没有生还的记录。但也有唯一一次例外，1980 年 1 月 11 日，一条被误捕受伤的白鱀豚侥幸逃过一劫，由此开创了一段人类与白鱀豚亲密接触的历史。

那是一个寒冷的冬日，几位渔民在靠近洞庭湖的长江三江口边捕鱼时，发现一头大白鱼在浅水湾里挣扎。一开始他们也没有看清那是什么鱼。他们先用渔船堵住浅水湾的出口，然后用捕鱼铁钩将大白鱼从水中钩起来一看，竟然是一条白鱀豚。幸好，这些渔民还知道白鱀豚是"濒危水生动物"，赶紧送到当地的水产收购站。第二天，这头白鱀豚又被转运到了设在武汉的中国科学院水生生物研究所（以下简称水生所）。经专家诊断，这是一头两岁左右的雄性白鱀豚。那些渔民既是它的救命恩人，但也给它造成了致命的创伤，铁钩子在它的颈背部刺穿了两个直径四厘米、深达八厘米、内部贯通的窟窿。一周后，这条还处于幼年的白鱀豚伤口严重感染，生命垂危。又幸得医疗人员采用中西医结合的抢救治疗，再经过四个多月的精心疗养，这头白鱀豚的伤口才逐渐愈合康复。这是白鱀豚中极为罕见的幸运儿，被专家命名为淇淇。这名字有三个含义：一是"淇"与"奇"谐音，此乃珍奇之物；二是"淇"有三点水，意为水生动物；三是白鱀豚当时还被通称为白鳍豚，"淇"与"鳍"同音。总之，这是第一头被人类正式命名的白鱀豚，也是世界上第一头人工饲养的白鱀豚。

适者生存。按达尔文的观点，只有最能适应环境的个体才能生存。而在人工环境下饲养白鱀豚，无论对于人类，还是白鱀豚，这都是从未有过的第一次尝试。一种充满野性的动物，从野外自然捕食到一日三餐靠人工投喂食物，这是淇淇必须经历的一个逐渐适应的过程，也是一个逐渐被驯化的过程。而在此前，哪怕是水生所的资深专家，也从未近距离接触过这种神秘的水生动物，一切都要从熟悉它的习性开始。别看淇淇长着一张细长如鸟喙的嘴巴，但一张口就能吞下一筷子长的活鱼，每天要吃掉十公斤左右的活鱼。这惊人的食量也足以证明白鱀豚对鱼类的依赖程度，除了淡水鱼，别的食物它一概不吃。可想而知，随着长江鱼类的锐减，白鱀豚即使能适应长江不断恶化的水生态环境，也会因食不果腹而活活饿死。水生所的专家一度担心人工饲养会让淇淇的食物变得单一而导致营养不良，曾试着给它喂水果、蔬菜、猪肉、牛肉和鱼形馒头等多种食品，但淇淇用鼻子嗅嗅就扭转身子游走了。专家只得变着法子，在鱼肚子里放进多种复合维生素、叶酸、施尔康等营养药品，这还真是有效改善了淇淇营养不良的状况，它那一度灰暗的皮肤又渐渐闪烁出野生的健康光泽。

白鱀豚长期生活在江湖中，从流水、活水变为养殖池的一池静水，淇淇一开始很不适应。它每天在水池里左冲右突，仿佛想要找到另一条出路或活路，却是四处碰壁。而当时，水池里还没安装滤水设备，投喂食物和白鱀豚排泄都会污染水体，致使淇淇三天两头生病。这也表明，白鱀豚对水质和水生态环境的要求很高，一旦水生态环境恶化，就会直接威胁到它的生存。为此，饲养人员在当时的条件下，只能采取定期清洗水池和换水的方法来维持水质的相对洁净。后来，水生所又建起了一座专门的白鱀豚馆，从国外引进了先进的循环水处理设备。这水一旦干净了，活泛了，淇淇也变得活泼了，哪怕在一个圆形的水池里游来游去，看上去也有在江湖里游泳的潇洒风姿了。或许它还真把这圆形水池当成了江湖。

就在人类正一点一点地探悉白鱀豚的习性时，那江湖中的白鱀豚数量还在加速下降。到了1986年，长江流域的白鱀豚数量已不足三百头。而长江流域的白鱀豚就是全世界的白鱀豚，没有之二。这一数量让全世界都感觉到一种"濒危水生动物"濒临灭绝的危机。当年，国际自然环保联盟将白鱀豚列为世界十二种最濒危的动物之一。若要缓解某一物种的濒危状态，最有效的方式就是加强对自然生态的保护和修复治理。这是从根本上解决的方式，却也是一种长效机制。自然生态往往毁于一旦，修复则需要漫长的时间。还有一种行之有效的途径，那就是人工繁殖，如大熊猫的人工繁殖，在很大程度上拯救了这一濒危物种。从白鱀豚的种群繁殖看，其自然繁殖率比大熊猫还低，雌性怀孕率仅为百分之三十，一般两年才繁殖一次，孕期为十至十一个月，一胎一仔。偶有两仔，那是极低的、可以忽略不计的概率。小白鱀豚出生后靠母乳喂养，直到五六岁才能成熟。如此之低的自然繁殖率，让人们对白鱀豚的命运产生了深深的危机感，更让水生所的专家急于给淇淇找到一个伴侣。白鱀豚若能像大熊猫一样进行人工繁殖，那将是对这一濒危物种的拯救。此时的淇淇七八岁了，已是一个身体发育成熟的"小伙子"，但野外的白鱀豚如此稀少，又到哪里去给它寻找配偶呢？

事实上，在淇淇成熟之前，水生所的专家就已未雨绸缪了，他们组建了一支由专家进行技术指导、由经验丰富的长江渔民组成的捕捞队，在洞庭湖到武昌一带搜寻白鱀豚。当时水生所还没有搜寻定位的声呐设备，全靠人工和几近原始的方式上下搜寻。那简陋的船只在浑浊的水浪里颠簸起伏，江面上漂浮着油污和各种漂浮物，还有轮船、机动船冒出的滚滚烟雾，从水下到水上都遮蔽着人们的视野。这注定是极其渺茫的搜寻，而搜寻的又是一种极其渺茫的珍稀动物。每一个人都是望眼欲穿。1985 年 10月中旬，水生所还特意请来了德国杜伊斯堡动物学院院长格瓦尔特博士，采用声呐探测设备在洞庭湖附近的长江水域进行了拉网式搜索。这一片水域是历史上白鱀豚频繁出没的地方。但几经搜索却一无所获。这让大家倍感渺茫，格瓦尔特博士更是连连摇头："在没有更先进的设备与技术前，要想在长江活捕白鱀豚是不可能的！"

格瓦尔特博士带着一脸的沮丧走了。捕捞队依然在越来越冷的江湖上搜寻，他们把一线希望寄托在白鱀豚的繁殖期。每年冬末春初，就是白鱀豚繁殖的季节，也是白鱀豚群体活动最频繁的季节。1986 年刚开春，捕捞队根据白鱀豚的这一天性，还真有了惊喜的发现，他们一下子用大网围住了九头白鱀豚。由于在船上使不上劲，为了便于捕捉，他们又拽着大网慢慢从深水区拖向江边的浅滩湾。眼看白鱀豚一个个都露出了水面，大伙儿也一个个咕咚咕咚往水里跳。此时还是数九寒天，渔民们站在齐腰深的江水里，一开始还能感觉到像刀割一般的冷冽，但很快就被冻麻了，一个个木头木脑的，感觉都不是自己了。有个汉子直接冻得昏死过去，一头栽在水里，被人赶紧救了起来。人怕冷，但白鱀豚不怕冷，无论严冬酷暑，它们在水里一直保持 36 摄氏度左右的恒温，而且在水下爆发出来的力量更是大得惊人，四十多条汉子也拽不住一张大网。但哪怕冻僵了，大伙儿也没有一个松手的。可这网围得太大了，加之这浅水湾的沙滩上怎么也打不下锚链，全靠一双双粗糙的大手使劲拉着网绳，那手上皲裂的冻伤都在沥血，一双双瞪大的眼珠子也是血红的。白鱀豚在网里拼命挣扎、撕扯、哀鸣，一个个"嘘哧嘘哧"地喘息。人们在风浪里拼命挣扎、撕扯、嘶吼，一个个"呼哧呼哧"地喘着粗气。这是一场生命的挣扎，如同拔河一般。结果是，四十多条汉子最后都被那九头白鱀豚拽到了更深的水里。当水浪淹没到胸脯，人都一个个漂浮起来，最终每一个人都几乎用尽了一生的力气，却只能眼睁睁地看着那九头活蹦乱跳的白鱀豚在被捕出水面后又逃之夭夭。这些粗犷的渔家汉子，一个个望着长江号啕大哭……

这一次失败的捕捞，却让大伙儿在痛定思痛后又重新燃起了希望。既然一次就能发现九头白鱀豚，那就有可能再一次发现白鱀豚群体。果不其然，这年 3 月底，捕捞队又在湖北荆州观音洲江段发现一群白鱀豚，一共有七头。这次他们吸取了上次的教训，没有采用大网围捕，而是采用定点围网和分开切割的方式，最后围住了其中的三头，两大一小，看上去像是一家三口。这一次围捕是十拿九稳了。但当时捕捞白鱀豚有严格的指标，只能捕两头，最好是捕获两头母的。大伙儿先捕起来一头大的，有人一看说是母的。随后又捕上来一头小的，一看也是母的。还有一头当时就放生了，但这头被放走的白鱀豚却没有死里逃生的惊恐，一直在那片水域里打转，直到第二天还在观音洲江段游来游去，像是在寻找失散的亲人。那孤独无助的哀鸣声从风中传来，像一个女子的哭泣，让人也倍感悲凉和自责。白鱀豚不仅是特别有灵性的动物，还有着非常强的家族观念，往往是一家子或一个家族在一起生活。而人们为了拯救这一种群，却把它们好端端的一个家给活活拆散了，放在人间，这就是生离死别啊。

但无论如何，人们还是倍感兴奋，这是世界上采用人工方式第一次成功捕获野生白鱀豚。那一大一小两头白鱀豚运到水生所养殖池后，大的起名联联，小的起名珍珍，意思是"联合起来保护珍稀动物"。经检测，联联竟然是一只雄性白鱀豚，这是人们犯下的一个错误。珍珍则是一只两岁左右的雌性幼豚。这是一对父女，而那头被放走的白鱀豚则是这家的妻子和母亲。联联从被捕上来后就表现出了刚烈而决绝的性情，一直拒绝进食——这也是白鱀豚唯一能够反抗的方式——但它却一直悉心照顾着自己年幼的女儿。珍珍或许是受了惊吓，又或是因为环境的突然变化，刚捕来时就生病了，那柔弱的身体连浮出水面的力气都没有。联联生怕女儿给活活憋死了，用头把女儿的头托出水面来呼吸。那一种超越了人间的父爱，深深地感动了每一个人。珍珍在父亲的照料下终于活下来了，可它父亲最终却以绝食的方式饿死在人类手里。这又是人类从美好的愿望出发而制造的一出生命悲剧，但愿这"美好的愿望"不是一种自我安慰式的开脱，在大自然面前，我们都是有罪的。

可怜的珍珍，几乎在一天之内家破人亡，先是痛别母亲，继而又痛失父亲，从此只能孤零零地活在人世间。设若它能按照人类的愿望和淇淇一起繁育后代，这一切的痛苦和牺牲也是值得的。而就在这年的上半年，淇淇患上了严重的肝损伤并发高血脂、高血糖等症状，经国内外专家全力救治和近百天的精心护理，淇淇又一次转危为安。直到它身体痊愈后，专家才安排它和珍珍见面。淇淇也许早已忘怀它幼年时自由遨游的江湖，这么多年来它的整个世界就是一个圆形水池，而除了人类，它再也没有见过自己的任何同类。它第一眼看到珍珍时，还不知这是哪里来的一个陌生怪物，一下子给吓坏了。而珍珍天性胆小，一开始也像淇淇一样紧张不安。为了让它们有一个逐渐熟悉的过程，水生所的专家一开始没把它们放在一块儿，而是放在两个相邻的水池里，这中间有一个过道，水是相通的。但最初一段时间，这两只在不同环境下生长的白鱀豚都互相害怕，它们远远待在各自的水池里，惶惶不可终日，紧张得不吃东西。慢慢地，它们才开始往过道边上游，隔着一段距离相互好奇地打量着。随着距离不断拉近，它们几乎是头对着头，你看我我看你，像是隔着一道透明的玻璃在仔细辨认各自的镜像，或许它们也有处于异度时空之感。白鱀豚之间通过声音交流，它们有一个形似鹅头的喉咙，但没有陆地动物在空气中发音的声带，只能利用天生的声呐系统发出高频音波。这是人类听不见的声音，只有采用特制的水听器，才能听到白鱀豚发出的数十种不同的声音。从水生所专家采集的信号看，珍珍和淇淇已开始主动联络，但在人世间长大的淇淇早已丧失了与野生白鱀豚自然交流的能力，它可能要重新开始向珍珍学习母语。不过，只要有了交流，就是一个好兆头，这表明它们正逐渐建立信任感和好感。没过多久，在一个电闪雷鸣、风雨交加的晚上，珍珍大概是因为胆小害怕，忽然游进了淇淇的池子里。但淇淇还是非常紧张，在一个角落里团团转，怎么也不愿意靠近珍珍。这样过了两三天后，它们才慢慢熟悉和接近了，从此便习惯于在一起共同生活了。

这一对白鱀豚在一起生活时，珍珍还是一只情窦未开的幼豚。直到两年后，眼看珍珍就要发育成熟了，两只白鱀豚的感情也越来越深，它们在这人世间已成为最亲的亲人。一个美好的愿望眼看就要实现，谁知珍珍却误食了铁锈，随后又引发肺炎等致命的并发症，最终也没有抢救过来，于1988年9月离世。一直到现在还有人在追问，珍珍到底是怎么误食铁锈的？说来这也是水生所的一个苦衷，由于养殖池西面的遮阳篷质量不好，每到大风天就会有铁屑、玻璃、木片和灰沙等杂物飘落池中。那时水生所的经费十分有限，一直没有其他水池转移白鱀豚，这遮阳篷也一直没有修缮，才导致珍珍误食了落入水中的铁锈。珍珍死后，人们在它的胃里找到了一斤多铁屑、玻璃和沙石。这比病死更让人痛心，也令人感到匪夷所思，珍珍在人工饲养下是不愁食物的，怎么会吃那些致命的东西呢？

珍珍离世后，孑然一身的淇淇一直都不明白珍珍怎么突然消失了，天天游来游去寻找它，甚至拒绝进食。那些参与捕获珍珍的人们，看着悲伤绝望的淇淇，更是情何以堪。这数年来的心血竟然是这样一个结局，一个个两眼空茫，欲哭无泪。

四

在珍珍离世两年后的1990年，专家再次发出警报，白鱀豚只剩下约两百头，在洞庭湖和鄱阳湖已经绝迹。那些关注白鱀豚命运的人，几乎都把目光聚焦在白鱀豚的人工繁殖上。有专家说，若要对白鱀豚进行人工繁育，一两头根本不够，至少需要捕获二十头。人类也在为此做准备。1992年，原农业部批准建立湖北石首天鹅洲和洪湖江段两个国家级白鱀豚自然保护区，另外设立湖北监利、湖南城陵矶、江西湖口、安徽安庆、江苏镇江五个保护站，涵盖了长江中下游干流水域。但这些以白鱀豚的名义建立的保护区和保护站，一直空空如也，没有一头白鱀豚。而在同年11月，在中国科学院、日本国际协力事业团、日本江之岛水族馆等各方面的支持下，水生所建起了一座集科研、科普、环保教育和鲸豚繁殖保护于一体的综合性鲸豚水族馆——白鱀豚馆，包括一个主养厅、一个繁殖厅、一套水处理系统和一栋实验楼。在主养厅和繁殖厅内设有一个肾形的主养池和圆形的副养池，还有一个小型医疗池和圆形繁殖池。迄今为止，这座白鱀豚馆也只养过一头名叫淇淇的白鱀豚。

一个野生动物长久地被单独养在一个与同类隔绝的水池里，它也早已习惯了这种人工饲养的环境。当人们把淇淇迁至肾形的主养池后，早已习惯了圆形繁殖池的淇淇一下变得烦躁不安，再次以绝食的方式来抵抗新的水池。这一次几乎没有妥协的抗拒，让人们不得不把它重新迁回圆形的繁殖池中。淇淇在这没有伴侣的繁殖池中，度过了生命中的最后十年。而在很长一段时间，淇淇几乎成了人类唯一还能见到的白鱀豚。这几年来，为了白鱀豚生命的传承，捕捞队一直在执着而渺茫地寻找，在长江多个水域反复搜寻，但白鱀豚一直杳无踪影。这表明白鱀豚的种群数量还在急剧下降。到了1993年，专家又一次发出警告，白鱀豚数量已不足百头，这意味着，一个濒危物种正以倒计时向这个世界做最后的诀别。

此时的淇淇正当壮年，雄姿勃发。每年春天和秋天，淇淇就会进入发情期，那青白色的身体都涨红了，它一边发出亢奋的尖叫声，一边绕着池子快游、打水，甚至用腹部撞击池壁和池底。这是一种繁衍生命的本能，却一直无法得到满足，连人类都感觉到了那种生命的憋屈。有人一见淇淇就说："赶快给它找个女朋友！"到了1995年底，捕捞队终于又捕捉到了一头雌性成年白鱀豚，这是为淇淇找到的第二个配偶。专家考虑到这种成年野生白鱀豚更难人工驯养，为了让它有一个逐渐适应的过程，一开始未将它直接放入白鱀豚馆，而是将其放养在天鹅洲白鱀豚国家级自然保护区。谁知半年后，天鹅洲遭遇1996年夏天的长江大洪水，这头还来不及命名的白鱀豚被洪水卷入保护区的隔离网，不幸触网而死。专家解剖时，发现其腹中空空，这表明它在触网前就已多天捕不到鱼，长时间处于饥饿状态。这可能才是其真正死因。那一直渴望着配偶的淇淇，到死都没有见到人类为它寻找的第二个伴侣。

淇淇在焦虑中又度过了孤独的三年。时至1999年底，又有一个机缘来临，一头两米来长的白鱀豚在上海崇明岛西部的浅水滩上搁浅了，这里位于长江入海口。最早发现这头白鱀豚的是在当地施工的民工。这些民工当时还不知道这就是中国最珍稀的"水中大熊猫"，他们既没有伤害它，但也没有救助它，除了过来看看稀奇，谁都对它置之不理。这头白鱀豚在浅水滩上被困了整整七天，每一天都在饥饿和绝望中拼命挣扎。当专家们闻讯赶到现场时，这头白鱀豚已气若游丝，刚刚被转运到上海抢救，就因心力衰竭不治而亡。经检测，这是一头健康的成年雌性白鱀豚，可以说是活活饿死的。这真是令人万分痛惜，若是那些民工能在第一时间向当地有关部门通报，立马采取救治措施，这头白鱀豚也不至于活活饿死。而那时淇淇也很健康，这两头白鱀豚若能交配成功、生儿育女，不说拯救这一物种，至少可以延续这一物种的生命基因。这三次机缘，三次错失，追究起来谁都不必担责，却注定了白鱀豚人工繁殖的最终失败。一切都像白鱀豚走向灭绝的命运，只能用宿命来解释。

人类跨入二十一世纪后，一个难以挽回的灾难性命运已经降临，白鱀豚仅剩下二三十头了，一个物种已到了灭绝的边缘。有专家甚至绝望地称其为"活着的灭绝动物"，连保护都已来不及了，只能抢救！然而又怎么抢救？野生白鱀豚几乎绝迹，而淇淇已逐渐步入高龄，从进食量到体质都在不断下降，看上去就像一个迟暮的老人了。给它投喂食物时，它几乎抓不到活鱼。这时候你就是能给它找到一个配偶，它也不可能延续这一种群的生命了。2002年7月14日早上八点半，饲养员像往日一样给淇淇投喂早餐时，发现淇淇沉睡在池底，一动也不动。凝神一看，它已安详地离开了这个从来不属于它的人世间。

白鱀豚的生命周期一般为二三十年，淇淇在野外生活了约两年，在人工饲养下度过了二十二年半。这是世界上第一头人工饲养成功的白鱀豚，也是世界上饲养时间最长的淡水鲸类动物之一，从人类的视角看，这本身就是了不起的成绩。而对于淇淇，这也是寿终正寝、自然死亡，只是没有死于属于它的自然中。更可惜的是，淇淇度过了孤独的一生，除了珍珍短暂的陪伴，它一辈子再也没有见过自己的同类，也没有留下任何后代，它留下的只是自己的标本。

在某种意义上说，淇淇也是一位从自然界来到人世间的亲善大使。多年来，淇淇作为白鱀豚这一"濒危水生动物"的代表，其形象被用作中国野生水生动物保护徽标。无数人关注着淇淇的命运，它甚至成了海内外环保人士关注中国珍稀濒危野生动物保护的焦点。由于人类无法近距离接触野生白鱀豚，淇淇一直是人类研究白鱀豚时唯一长期接触的对象，水生专家围绕淇淇，在白鱀豚的饲养学、行为学、血液学、生物声学、仿生学、生理学、繁殖生物学、疾病诊断与防治等方面进行了深入研究，获得了大量的第一手宝贵资料、经验积累和科研成果。这使得我国的淡水鲸类研究在世界上独树一帜，跃居世界领先水平。中国学界对淇淇所作的系列研究，也是世界上获知白鱀豚有关信息的主要来源，尤其是对淇淇的生物声学研究，推翻了早前认为淡水鲸类不能表达感情的观点。对于白鱀豚，还有很多未解之谜，随着白鱀豚在近几十年来迅速走向功能性灭绝，人类已难以进一步了解这种神奇而迷人的生命，这是永远的遗憾。

淇淇在人间活了二十多年，二十年一代人，这一代孩子就是从淇淇开始认识白鱀豚，活泼可爱的淇淇也是孩子们特别喜爱的小伙伴。尤其是武汉的孩子们，他们像看望朋友一样来看望淇淇，好奇地观察淇淇的一举一动。只是这一代孩子已没有我们那一代幸运，他们再也看不见那些在长江里自由遨游的白鱀豚。而他们的下一代，连饲养池里的白鱀豚都看不见了，只能看见白鱀豚的标本。1999年底，贵州有个十岁的孩子得知白鱀豚的危急处境和保护经费不足后，每月从零花钱中省下十元，以"爱淇"之名寄给武汉白鱀豚保护基金会。他在一封信中写道："如果再不抓紧抢救工作，我们的下一代说不定只能从书本上、从我们讲的故事中知道长江白鱀豚了。我决心为保护它们尽一点微薄之力。我想，只要全社会每个人都尽一点力，白鱀豚一定会像大熊猫一样有一个生存的空间。"这也是很多孩子的心声。他们是中国的未来和希望，他们希望白鱀豚依然能活在未来的世界里。然而，在淇淇离世后，很多小朋友只能抬着花篮来到白鱀豚馆，看望刚刚被制作成标本的淇淇。花篮的缎带上写着孩子们哀伤而又稚嫩的挽词："淇淇，我们永远的朋友！"

五

随着淇淇告别人间，从此，再也没有人见过这活生生的白色精灵。白鱀豚几乎在长江绝迹了，甚至被人们日渐遗忘了，就像从来没有出现过一样。

那浑浊涌动的大江里，还有一些人游来游去。对于我，这只是一种习惯而已，习惯成自然，却再也没有了孩提时的那种冲动与诱惑，浑浑噩噩的，在江水里我早已看不清自己。这是非常危险的。2004年夏天，一个风平浪静的黄昏，我被卷进了一股暗流，那是水下的旋涡。当我在那看不见的旋涡里挣扎了半个多小时后，我预感到这将是我度过的最后一个黄昏。当时，江中，岸边，空荡荡的，不见一个人影，只有我一个人在孤独无助地挣扎。那时我已年过不惑，并未感到濒死前的恐惧，只有一种难以名状的惆怅。我一直凝望着正在缓慢地坠入长江的太阳，那最后燃烧的光芒把一条流淌在天地间的长河浸染得一片血红。那一刻我清醒地感到这条大江代表了力量和威严。一个人或许只有死到临头才会如此清醒吧。而就在此时，一个白色精灵清晰地出现了，它对着太阳一仰一仰的，那是拜日。我下意识地朝着它游过去，感觉那缠绕我的暗流和漩涡一下松开了。我上岸时，已被江水冲到了谷花洲下游十几里远的一个村庄。当我触到江边坚硬的礁石时，一阵尖锐的刺痛提醒我，我已触到了生命最坚实的底部。当我再次回望长江时，那白色精灵已在我的视线中消失，但我听见了那"嘘哧嘘哧"的呼吸声，而回声愈加悠远。

这是我最后一次看见那白色精灵。而就在这年 8 月份，大约在我死里逃生半个月后，有人在长江南京段发现了一头白鱀豚。这也是人类最后一次在野外见到白鱀豚，但那只是一具搁浅的遗体。看着它，有人黯然神伤，有人默然无语，有人绝望地哀叹："地球上最后一头白鱀豚，已在长江中孤独地死去。"

绝望，一次又一次的绝望，还从来没有哪一个物种像白鱀豚这样令人绝望过。难道，一种在世界上繁衍生息了四千万年的物种，就这样在短短的数十年里灭绝了？为了"寻找最后的白鱀豚"，一支由中国和瑞士等六国科学家组成的国际联合科考队，怀着最后一线渺茫的希望，在 2006 年冬天对长江中下游干流进行了为期六周的拉网式搜寻。此时正值长江的枯水期，水生动物大多集中在较窄的河道，这也是最有利于搜寻白鱀豚的季节。这次考察采用了当时世界上最先进的仪器设备，这让科考的精确度与可信度大大提高。从行程上看，考察人员乘坐两艘考察船，从武汉出发，先逆水而上抵达长江中上游的分界线宜昌，然后掉头东行，顺水而下，直至上海长江出海口，然后又从上海溯流而上，抵达武汉，往返行程达三千多公里。这是有史以来一次高精度、大规模的科考，搜寻范围覆盖了历史上白鱀豚分布的所有江段，但从头到尾未发现一头白鱀豚。在考察结束后的那天，大伙儿感到一切都结束了。当考察人员从船上登岸时，每个人都低着头，神色凝重，一步一步走得特别沉重，像是去参加追悼会。瑞士科学家、白鱀豚基金会主席奥古斯特·普鲁格先生是这次科考的主要发起人之一，他睁着一双空茫的双眼，在呼啸的寒风中望着这条世界第三大长河悲叹："就算是还有一两只白鱀豚得以幸存，我们也不认为它们还有生存的可能。我们来得太晚了，这对于我来说是一个悲剧，我们失去了一种罕见的动物种类。"

2007年8月8日，对于中国人是一个特别吉祥的日子，对于关心白鱀豚命运的人却是一个绝望的日子，这一天，英国《皇家协会生物信笺》刊登了六国科学家的《2006长江豚类考察报告》，正式公布白鱀豚功能性灭绝。所谓"功能性灭绝"是一个生物学术语，指某个或某类生物在自然条件下，种群数量减少到无法维持繁衍的状态，即在宏观上已经灭绝，但尚未确认最后的个体已经死亡的状态。这也就是奥古斯特·普鲁格先生那句话的意思，就算是还有一两头白鱀豚得以幸存，也难以挽救这一物种灭绝的命运。这是因人类活动导致灭绝的第一种淡水鲸类，也是新中国成立以来第一个宣布功能性灭绝的物种。而白鱀豚是长江生态链的指示性物种之一，白鱀豚的命运就是长江的命运。白鱀豚、白鲟、鲥鱼等相近物种几乎同步走向灭绝，这意味着长江生态在一段时期里发生了突变。白鱀豚的灭绝是长江之痛、人类之痛，只有人类才会为这一物种的生命延续而殚精竭虑，这其实是我们对自己的救赎——人类是造成这一悲剧的凶手。当一个物种灭绝之后，它便从地球的生命序列中不可逆转地永远消失了，它所具有的独特基因库也不复存在，这是人类在生存与生态的博弈中酿成的一个无法弥补、难以挽回的悲剧。人类是万物之灵长，但绝不是万物之主宰，更不能为了自己的生存空间而将一条长江纳为己有。长江是中华民族的母亲河，也是这流域内所有自然生灵的母亲河。一条不能容纳和承载白鱀豚生存的长江，最终也必将不能容纳和承载人类的生存，否则，白鱀豚的命运迟早有一天也会降临到人类自己头上。

近年来，随着长江自然生态逐渐恢复生机，多年来没有见过的一江碧水又奔涌而来。水清了，又能看清波纹清晰的脉络，人们那浑浑噩噩的眼睛也变得清亮了，又有一些人声称看到了白鱀豚踪影。2018年4月中旬，一位环保志愿者用长焦镜头在安徽铜陵长江段拍到两张疑似白鱀豚的照片。中科院水生所的专家们仔细鉴别，对此做出了"高度疑似"的评价。

遗憾的是，这两张照片都没有拍摄到疑似白鱀豚的背鳍，这是判断这一物种的最关键部位。尽管这一发现并未得到确认，却也是一个令人惊喜的发现，《世界自然保护联盟濒危物种红色名录》（IUCN）在当年便调整更新发布，暂未确认白鱀豚功能性灭绝，并保持原定评级——极危。哪怕极危，那也比灭绝好啊！这也让人们在绝望中又看到了一线极其渺茫的希望，兴许，那"最后的白鱀豚"还真的活在这个世界上。而对于它们，这个世界就是长江，长江就是它们唯一的家。有人甚至猜测，白鱀豚作为一种高智商动物，在被人类逼到近乎灭绝的处境下，也许会按适者生存的自然法则改变自己的习性，行迹变得更加神秘，使人们更难发现它们的影踪。但愿，但愿如此吧。我希望那"高度疑似"的白鱀豚能早日露出它们独特而奇异的背鳍，而且不是偶尔冒出来的一两只，而是一个家族或一个种群，这个物种才真的有救了。

就在人们发现疑似白鱀豚的第二年早春，一头活生生的白鱀豚逼真地出现了，那是淇淇的3D复原标本在武汉揭幕展出。这个标本从构思到制作完成历时近两年，严格依照淇淇生前的风姿按一比一的比例复原，乍一看，你还以为淇淇真的复活了，但凝神一看，这是一头采用进口树脂材料制作的白鱀豚。生命是无可替代的，无论你制作得如何栩栩如生，它依然只是一个没有血肉、没有呼吸、没有灵性的标本。

我也是这大江里一个死里逃生的幸存者，这么多年来我一直都觉得是那传说中的长江女神救了我一命。每一次走近长江，我都会默默祈祷，这是为白鱀豚的命运祈祷，也是为自己祈祷，更是为长江的命运祈祷。祈祷我们的子子孙孙能够再次看到长江女神那优雅圣洁的姿态，祈祷那些活泼可爱的精灵一直作为我们的邻居而存在，而不是博物馆中的标本。

每一次回到故乡，在那月光如水的夜晚，河流压低了声音，一切都静悄悄的。"浮云终日行，游子久不至。三夜频梦君，情亲见君意。"那一种梦寐中的思念，或许只有在你远离故乡后重新归来，才更觉思念情切。恍惚间，我依稀听见了从江风中传来的哭泣声。我惊愕地睁开眼睛，蓦然回首，如惊鸿一瞥，一个优美的身体浮出了水面，那光洁的皮肤上波光闪烁，水灵灵的，简直像女神一样。此刻，我像是醒着，又像是在梦中。

（原载于《北京文学·精彩阅读》2023 年第 1 期。）

"淄博烧烤"传奇

厉彦林

《韩非子》记载："上古之世……民多疾病。有圣人作，钻燧取火，以化腥臊，而民说之。"

2023年春，"淄博烧烤"猛然出圈。"进淄赶烤"，迅速成为最时尚的"网红盛事"。这热气弥漫、香气扑鼻的人间烟火味，成为2020年以来百姓生活中最诱人可口、最热销火爆、最壮阔宏大的记忆，书写下了人类历史上一段热火朝天的"烧烤传奇"！

人们纷纷追问，淄博烧烤为什么火爆？能否持续火爆？火爆背后的原因是什么？绵延不断的后劲和动力在哪？

山东淄博这座数千年"炉火"不熄的陶琉之城、这座历史悠久的老工业城市因烟火气火遍全网，四面八方的游客纷至沓来，接踵而至，热度持续升温。淄博烧烤火爆"出圈"，火得出乎预料，火得浪头滔滔，火得家喻户晓。五湖四海的兄弟姐妹不远千里，甚至包括外国朋友也齐聚淄博，展现轻松自在、享受生活的状态，令人刮目相看，也百思不解。

2022年春节联欢晚会上舞蹈《只此青绿》爆火，是因为生命之绿架起了与观众心灵的桥梁，观众看懂了演员对《千里江山图》这幅长卷发自内心的热爱，唤醒了我们对于传统文化的那份炙热与赤诚。淄博烧烤之所以火遍全网，街上车水马龙，顾客蜂拥而至，是因为这一缕久违了的烟火气，焚烧掉心灵隔膜与捆绑身体的牢笼，让人们能奔赴一场释放天性、洗涤心灵、回归生命常态的人生盛宴。

耳闻不如一见，一见不如亲自体验。2023年5月16日，我选择初夏淄博温度蹿到最高的这天，再次赶往淄博，切身体验"好酒不怕巷子深，可口烧烤不怕远"，品尝淄博烧烤的至味纯香，探寻淄博烧烤传奇背后的秘密。

第一章　民以食为天

淄博地处山东省中部，是一座组群式的工业城市，西靠省会济南，东接潍坊，南倚泰沂山麓，北濒九曲黄河，交通发达，是沟通中原地区和山东半岛的咽喉要道，为山东省重要的交通枢纽城市。

俗话说："人是铁，饭是钢，一顿不吃饿得慌。""柴米油盐酱醋茶"，都是最基本的民生。"吃喝拉撒睡"这生命五要素中，"吃"排在最前列。烹饪饮食是人生存的第一要义。怪不得人类学家张光直先生形象地表述："到达一个文化核心的最佳途径之一就是通过它的肚子。"他在《番薯人的故事》里把烧饼、麻花、炸油饼、又酸又馊的豆汁儿、蒜味钻鼻香的煎灌肠等北京小吃记录得有声有色、令人神往……

正如《周易·噬嗑》的象辞所说："夫君以民为天，民以食为天，民之所以仰观乎君上者，为其能食我也。"中国以"美食大国"享誉世界，不仅美味佳肴遍布，中国菜品更是风行海外。中国人吃不但要满足胃，而且要满足嘴，还得有听觉、视觉、嗅觉和触觉的参与。北京烤鸭、兰州拉面、四川串串香、重庆火锅、武汉热干面、开封小笼包、西安肉夹馍、长沙小龙虾、广东肠粉、桂林米粉、山东煎饼……这些舌尖的美食无不堪称一绝，让人津津乐道，刻骨铭心，味蕾绽放。

淄博烧烤到底靠什么魅力，把全国各地的食客都"馋"去了？

一顿独运匠心、颇有地域特色的淄博烧烤，迅速成为美食的新宠和广大游客奔赴淄博这座城市的理由；"说走就走"的信息呼唤和交通便利，让奔赴一顿美食随时成为可能。2023年开春以来，淄博烧烤不断升温、爆火，一跃成为网络的"顶流"。"五一"假期淄博旅游订单同比暴涨2000%，吸引全国各地游客"赴淄赶烤"。

烤炉、小饼和蘸料，灵魂烧烤"三件套"，凭此"淄博烧烤"持续火爆出圈。大街小巷，方桌依次排开，三五好友围坐一圈，小炉子一摆，每人一个小马扎，在小火炉上亲自动手翻烤，羊肉、牛肉、带皮五花肉……老些、嫩些、焦些，全凭各自喜好。谁料就凭这一只小肉串作为燃点，带火了淄博这座老工业城市。

淄博烧烤,每个摊桌上都有一个铁皮小火炉,烤炉分两层,下面一层供食客自己烧烤用,上面一层放置已经烤好的肉串或者其他等待入口的烤串,避免肉串凉了影响口感。火炉底部正中是盛水接油的铁皮水槽,两侧是长方形、抽屉状的炭火盒。客人到了,店主把已烧旺的炭火入盒直接插入火炉内,就可展开烧烤操作。上桌的肉串都已烤到大半熟,火候交由食客自己掌控。"撸串要快,姿势要帅。"先拿起巴掌大的面饼,对折两次之后,蘸上辣椒粉、孜然粉、花生芝麻盐、蒜蓉辣酱等蘸料,然后再把小饼摊在手掌心,放上两串滋滋冒油、肥瘦相间的肉串,握住小饼将肉串攥紧,往后一拉签子,肉串就这样完整包裹在小饼里面了,接着放上水嫩的小香葱再卷起来。吃的永远是香气扑鼻而又热乎乎的肉串,如嫌小饼凉了,也可以放在肉串之后一并加热。这一舒一卷、一紧一松,这种差异化的体验,成就了食客的沉浸感、获得感和自主权,自己亲手烤和卷的肉饼,无论品相和口感那都是独一无二的。那种肉香、葱香加上麦饼的香甜,在舌尖舞蹈,在口腔弥漫,瞬间满足你对美食的欲望。柔软的麦饼和小葱、生菜及蘸料的参与,让原本油腻的肉串瞬间变得柔和且清爽,煞是可口。

按说各地都不缺小麦,这种面粉烙的小饼随处可见,当然也不缺羊肉、不缺小葱,为什么淄博的烧烤能火?这个火爆烧烤场面能模拟效仿吗?山东淄博烧烤的火苗如此蹿高,烧出了人们对人间烟火气的深情渴望,也映照出淄博市这座城市的管理良心、市民的温情与热心。

"淄博烧烤"已经不仅仅是一种餐饮美食的体验、情感沟通交流的热烈场景,更是传统文化、时尚文化、消费文化等现代城市文化交融交汇的鲜活形态和现场体验的朝阳业态。对年轻人来说,淄博烧烤是一种社交货币,同时也是淄博市与全国网民建立连接的情感载体和信任纽带。淄博烧烤海月龙宫体验地持续火爆,广场和烧烤桌都坐满了,游客们推杯换盏,热闹非凡,不时齐声合唱。献歌助兴的歌手热情高涨,政府限价唱三首歌不得超一百元。5月21日,淄博烧烤人气再度爆出圈,融恒公司等30来个团队同时在淄博烧烤海月龙宫体验地搞团建活动,再现万人同时烧烤的壮阔场面。

淄博烧烤最早开始的火焰,是被一群大学生点燃的,正是年轻人旺盛的青春活力和网络自媒体超强的传播力、辐射力、拉动力,让淄博立即成为最热门的旅游目标城市之一。3月份以来，淄博烧烤依托流量迅速"出圈"，全网话题播放量406.2亿次。"大学生组团到淄博吃烧烤""坐高铁去淄博撸串"等话题，更是登上了各大平台的热榜，搜索量竟然高达525.3万。据美团、大众点评等方面数据显示，"五一"假期淄博火车票搜索增幅位居全国第一，淄博旅游订单（含酒店、景点门票）同比增长超过20倍。淄博的城市形象和吸引力、影响力大大提升，为商业繁荣、人才聚集和产业振兴提供了良好环境。

淄博这座老工业城市，变成一座因烧烤火起来的网红城市、旅游城市，让人始料未及！

客观地讲，淄博并不是文旅市场上得天独厚的佼佼者；论自然风光，比不过山川秀丽的风景区或海浪荡漾的沙滩；论人文风情，赶不上许多的特色小城；具有地方特色的标志性烤串，也曾是各地都吃过数载的美食……那么，淄博凭什么"火"的？这个问题不仅引起各级政府和商家的思考，也引起了消费者和旁观者的思索，想"抄作业"的城市也在躬身反思和自省，千方百计对"吃""住""行""游"等环节逐一做好应对与服务。对普通消费者来说，讲太多的道理没用，再物美价廉也不行，最根本的是"谁拿我们当亲人、当自家人，心里踏实，就愿意去消费，愿意去参与""好地方谁不愿意去？"。

肉是烧烤的主角，串是烧烤的形状，口味是烧烤的品质与追求。自古就有许多人喜欢炕头小酒盅，钟情街头巷尾、市井里弄品酒的场景，发出知己难逢的人生感叹。淄博烧烤的食材、价位、口感以及就餐环境和坦诚的服务，更适合活力四射的大学生和年轻人这个消费群体。当然，"任何美食，无非是一碗人间烟火"。顾客与其说吃的是烤串，不如说是感受着童叟无欺的诚信、有情有义的暖心服务和彼此之间的信任坦诚。最难的，也是我们最渴盼、最珍惜的，是淄博市每位市民，无论职业、岗位和年龄都把自己当成这座城市的主人，把奔赴淄博的每一位游客当成久违且远道而来的亲人，这是中国版的"深夜食堂"！

游客不远千里赶往淄博吃烧烤，从更深层次上讲，吃的是中国人几千年绵延不断的烟火气、人情味，是脱下繁华与矜持、尽享政通人和的祥和气，是彼此体谅关照、心照不宣的平民消费，是高朋满座却无尊卑之分的理想乐园。在这种场景下，尽情拥抱返璞归真的自由、善良与真诚，在心灵深处收割属于自己的那束美妙光阴。

第二章　青春约定：双向呵护与成就

"春色满园关不住，一枝红杏出墙来。"

淄博烧烤的爆火始于与大学生的双向呵护与成就。

2022年5月1日山东大学（中心校区）确诊一名学生为无症状感染者。省疫情防控指挥部确定由济南、淄博、泰安、德州市会同山东大学做好隔离转运师生服务保障工作。

5月2日，山东大学2700名师生到淄博市隔离，市里确定集中安排在周村区、临淄区、高青县和沂源县。5月10日上午，2700名山大师生完成集中隔离任务，安全顺利转运回济南。

山东大学的师生到淄博隔离期间，淄博人极其用心。抵达的次日，5月3日，各隔离点给每位被隔离的师生送来了一封淄博市委、市政府写给山大学子们热情洋溢、充满感情的公开信。一句"凡我在处，便是山大；待你来时，这就是家"感动了无数山大师生。

2022年5月2日，周村区韩仇套隔离点接收了山东大学师生870人，5月10日，除4名"同时空"学生转运外，其他师生隔离期满安全返校。隔离期间，周村区像对待自己的亲人一样周到热情，专门给前来隔离的870名师生印制相关宣传图册，每人一份周村烧饼。为确保师生的饮食安全，选择周村宾馆、知味斋等4家当地知名餐饮单位轮流供餐，早餐每天都有七八种，午餐和晚餐都有10种以上，兼顾鱼肉蛋奶、蔬菜水果，确保营养美味。同时，针对每人用餐量的差异，每餐均有大小份供选择，及时有效避免粮食浪费情况的发生。我找到了齐悦国际酒店的午餐清单：5月5日，口水鸭翅、黑椒牛仔粒、五花肉炒芸豆、手切肠、风味烩有机菜花、盐水花生米、开胃酸辣汤、酸奶、苹果、自蒸馒头、长粒香米，共11个品种；5月6日，红烧鱼、小酥肉、西红柿炒鸡蛋、菜椒炒红肠、家常芹菜、自制小咸菜、紫菜山珍汤、酸奶、香梨、沃柑、自蒸馒头、长粒香米，共12个品种。此外，为增强师生的幸福感和仪式感，为11名隔离期间过生日的同学定制生日蛋糕和鲜花，播放生日歌，送上生日祝福；为3名老师送上鲜花和水果等礼品，赠予母亲节祝福。两家爱心企业为隔离师生赠送周村烧饼、向阳酥、馍馍酱等特产，以及周村古商城景区门票和年卡，让山大师生充分感受到了来自周村人民的关心和爱护。其实这都是贵宾待遇呀，怪不得学生感动得流泪，如此爱淄博。

临淄区等地帮助青年学生了解和品尝本地烧烤，有送餐员主动发出"疫情过后再来淄博吃烧烤"的真诚邀请。

从沂蒙革命老区划入淄博市的沂源县，像迎接前线归来的战士一样热情接待这批到沂源的青年学生。五四青年节创业公寓隔离点和沂源方舱隔离点分别为师生送上贺卡等节日祝福，为8位同学庆祝了生日，还为23个外国留学生专门安排心理辅导老师和英语老师。这些处于隔离状态的学生，与当地的服务人员建立了感情，互相约定。学生离开前，有的隔离点还为学生们准备了淄博烧烤和送行的水饺。

这次，我访问了周村区当时负责这项工作的负责人。她说："可怜天下父母心。谁家都有孩子，当时我的孩子也在大学校园里。当济南这批孩子来淄博时，我感觉就是自己的孩子回来了，我情不自禁地像对待自己的孩子一样去关心他们、疼爱他们。正巧市里有要求，我们各县区也有一个互相交流的平台。很快就达成了共识：我们一定尽心服务好，让学生们到了淄博如同见到了自己的家人，如同见到了自己的父母、自己的叔叔、姑姑和兄弟姐妹，有到了家的踏实感觉。如果以后来淄博就业创业更求之不得！"

正在苦读期的学子们，正常的学习、生活节奏被打乱，心情郁闷、压抑已久，没想到不在家人亲人身旁，却在异地他乡享受到家的温暖、高规格的礼遇。面对陌生人如此掏心掏肺的服务，有些受宠若惊，感激之情油然而生。

2023年"双春年"闰二月，"组团到淄博吃烧烤"话题，迅速登上抖音同城榜热搜第一。自3月初大学生组团去淄博吃烧烤开始，曾经的山东工业名城淄博，因充满烟火气的烧烤在网络上爆火。爱热闹的中国人很快被淄博烧烤这种价格亲民的地摊围坐式、开放聚集性餐饮所吸引。

3月5日左右，马上惊蛰时节，那个周末的天气突然特别暖和，人们被暖意融融的春风吹得心花怒放，纷纷脱下了冬装。淄博多家烧烤店出现排队人数激增的现象。淄博理工大学等当地几所大学的学生趁周末组团吃烧烤，接着山东大学等济南高校的学生约上亲朋好友相继租车浩浩荡荡到淄博撸串、吃烧烤，并通过朋友圈、抖音号等网络平台发布相关照片、视频。经自媒体短暂发酵后，这久违的让人感动得哽咽的烧烤滋味，迅速在网络上爆火，成为口口相传的重大消息。

淄博市十分敏锐，市里迅速召开商务、城管、文旅、交通、公安、宣传等部门参加的协调会，提出各单位各负其责，借势借力，敞开大门欢迎学生来淄博吃烧烤。第二天就正式开通了公交烧烤专线，学生可由火车站直达烧烤点。在享受美食的同时，乘坐高铁出行、在齐风古韵的淄博火车站南站和"中国最美书店"钟书阁前打卡留念，成为年轻人"烧烤之旅"的标配。

3月7日，气温直接冲到了27℃。淄博政府对网红事件的反应堪称神速。3月10日，淄博市组织召开新闻发布会，向社会发布了打造"淄博烧烤"美食品牌的相关情况，其中包括设立淄博烧烤名店"金炉奖"、成立烧烤协会、绘制淄博烧烤地图、新增21条定制专线。这些最引人注目的消息发布后，网上又掀起了一波热浪狂潮。

3月28日，央视新闻视频号推出5分钟探访短视频《淄博烧烤为什么火爆出圈》，29日上午央视新闻微信公众号进一步推出《烧烤带火一座城，为什么淄博行?》，29日晚，康辉在《主播说联播》里，直接推荐起淄博烧烤。他说："山东淄博成了热门打卡地，不少网友坐高铁来淄博吃烧烤，这背后，我们淄博其实下了很大功夫，做了实实在在的努力，接地气就会有人气！这是淄博厚积薄发的成果！所有淄博市民，一起加把劲，让淄博烧烤更红火！我看馋了，也想着啥时候去打卡体验！"

淄博烧烤大火，吸引了很多网红大V前来打卡。其中拥有千万粉丝的打假博主"@superB太也"应粉丝邀请来到了淄博八大局，在他探访的熟肉、水果、海鲜、糕点等10多家店铺中，不但无缺斤少两的现象，还添加赠送商品。他说就连卖红薯的大爷的秤也都是准的，这是让人很不可思议的事情。"很多网红城市不一定像网上说得那么好，但像淄博这样的城市是可以优先选择旅游的城市。"视频下面34.4万条评论里，有一条点赞数高达19.7万的评论说"明明是一件理所应当的事情，我却这么感动"；另一条点赞25.8万的评论说"我宣布，这一波山东赢麻啦"。我到淄博采访时，听街道的同志说，他正在请他探访过的10家店铺的业主聚餐答谢。

应当说，绝大部分中国网民近来都在社交媒体上刷到过淄博烧烤；人们哪怕要排上几个小时的队，也要亲口尝一尝淄博烧烤到底有什么与众不同。综合比较，淄博烧烤的特点：一是场面简朴热闹，参与性强；二是价格便宜，适合绝大多数消费群体的需求；三是待客实诚，吃得可口放心。山东人的豪爽、热情、善良、好客在淄博体现得淋漓尽致，有浓浓的烟火气和人情味。带皮的五花肉是淄博烧烤的代表，肥瘦相间的五花肉在木炭的高温下，被烤得滋滋冒油，耐嚼还细嫩。肥肉部分有点焦脆，但还保持着肥肉的油脂香，加上瘦肉的耐嚼、肥而不腻、口感层次丰富，甭提多么香脆可口了。

"万物皆可烤"。淄博的夜晚充满人间烟火气，人们渴望在现实的社会中彻底解压释放自己。淄博烧烤摊尤其是周村的"海月龙宫烧烤体验地"场地广阔，远离住宅区，周围没有居民，迅速变成了恣意嗨歌的火爆场所。在户外，迎着微微的暖风，头顶一轮皓月，在优美乐曲伴奏下，不论你来自天南地北，不论民族、年龄、性别、美丑、高矮、胖瘦，马扎一坐，烤串一把，举杯互祝，虽是人生第一次相遇，却一见如故，没有丝毫的陌生感。人文与烟火气息相融、传统与时尚相连、热爱生活与喜欢热闹相遇、互联网大数据手段与民众审美情趣相聚，淄博便闪动出迷人的魅力。这是集餐饮、演艺、娱乐、休闲、体育等于一体的夜经济业态，是组团互动式、沉浸体验式、娱乐释放式等各种业态相融合的消费场景，十分可贵。我有位朋友去了烧烤现场，立刻被现场的气氛深深感染和感动，自己扛进去的那箱啤酒，一小会儿就被分着喝完了。啤酒给了谁不知道，对方姓什么不知道，同桌的人也不知道他是干什么的。他很喜欢这种陌生人"围炉夜话"的方式，礼敬这美妙的团聚时刻！

3月31日，济南至淄博烧烤游周末往返专线列车开通。进入车厢，映入眼帘的是挂在车厢入口处的"烧烤专列欢迎你"的标语。环顾四周，车厢两头设置了"烧烤专列，属于淄博的美味"的提示板，每个窗帘上还配有淄博烧烤的故事，让旅客在车上就能了解淄博烧烤的历史与文化、前世与今生。淄博市文旅系统代言人到"文旅专列"上搞推介，就是要借着"淄博烧烤"的热度，告诉外地朋友：淄博值得你来！这里，不只有美味烧烤，更有美丽的风景、美好的韵致和善良的心灵。

4月上旬，淄博烧烤出圈之后，极大激发出淄博市民的集体荣誉感和城市自豪感。许多市民主动为游客指路、带路、送包子、水果和矿泉水，开车走在马路上主动为外地车让道，有的主动帮助游客联系食宿事宜，有的农场主把没有着落的游客导航到自家的院落来接待。天南地北的游客为了一顿烧烤，纷纷涌向淄博这座城市，使其保持了持续火爆的势头。淄博火车站 4 月 15 日合计到达、发送旅客 83635 人次，创下单日旅客到发量的历史新高。烧烤带动各行业呈现火热状态。不仅烧烤店增加、烧烤师傅变得重金难求，住宿、交通、旅游同时呈现向好势头。这期间，淄博市头脑冷静清醒，通过一系列措施"接住"这波火爆的流量。首先考虑的是安全，包括食品安全、交通安全、治安安全和网络安全等问题，譬如游客有没有来淄博绕了道的？出租车有没有拒载、不打表或者服务质量差的？有没有网约车服务不规范的？烧烤的食料是不是合格？有没有烧烤现场环境条件和卫生条件差的？有没有食品不卫生、损坏身体和心情的？有没有矛盾和纠纷不能及时调解处理的？市区（县）两级迅速反应、快速联动，逐步转向规范完善、提升品质、慢慢"撤火"。第一时间建立"淄博烧烤会商联席会议机制"，建立问题收集、问题办理、调度报告、会议会商 4 项机制，设立食品安全和消费价格、安全保障、交通运输、环境管理、文旅推广 5 个工作专班。不久"淄博烧烤会商联席会议机制"调整为"淄博市提振消费联席会议机制"，工作专班扩充至 11 个，通过集中办公、实体运行，及时处置各类问题，形成常态运行、定期会商、长短结合的工作体系，有效应对持续暴涨的流量冲击，让外地游客不知不觉地享受到优质、便利、暖心的服务。

超乎想象的巨大流量，曾让人们对淄博"五一"的表现捏一把汗。"五一"假期人流达到峰值，淄博经受住了考验，交出了一份秩序井然、让顾客满意的优秀答卷，宰客欺客、秩序混乱等负面舆情鲜有出现。

这得益于精心的策划准备。为了满足游客"舌尖上的需求"，擦亮"鲁菜发源地"品牌，淄博市做好烧烤与经典鲁菜、预制菜等深度连接，推介了地标性风味小吃。假期之后，人流确实有所减少，但依然火爆。其实消费市场波浪式高低起伏，是市场经济的常态。

从到淄博烧烤的人流构成看，3 月份以大学生团队为主，4 月份家庭等各种亲友团趋多，5 月份团建、旅行团开始增多。预计中高考结束和暑期还会再现人流高峰。

5 月 29 日，大众网联合山东宫阙无人机团队在淄博会展中心举办了由

500架无人机表演的大型无人机灯光秀，点亮淄博，献礼淄博。空中先后呈现出高铁、陶瓷、琉璃、丝绸、海岱楼、公园城市等精美图案，让游客欣赏了一场视觉盛宴。

6月11日，高考结束第一天，淄博的外地游客数量由高考期间的70万左右达到80万，比高考前明显增长。高考结束当天主要网红打卡点人数达到近期峰值，海月龙宫烧烤体验地近2万人、海岱楼钟书阁2.5万人、淄博陶瓷琉璃博物馆1.3万人。

与此同时，淄博八大局文化一条街"扇画"火爆出圈。众多国内知名书画家纷纷会聚于此，有各级美术协会的成员，有国际一级美术师，有国家邮票设计师，有国家级非遗传承人，自发摆摊为来自全国各地的游客现场题字作画，一幅画20—100元价格不等。游客们认为，来淄博旅游不仅能品尝美食、欣赏美景，还能获得超出预期的文化体验和艺术体验。知名歌手乌兰图雅、皓天演唱了歌曲《我在淄博等你吃烧烤》，在国内外均形成较大影响。

用时髦的话讲，供给侧和需求侧的双向互动和配合，才会碰撞出消费火花。现实生活中缺失的人间烟火气得到弥补，压抑的生活得到了释放，精神有了寄托，生活充满了爱，这样的生活状态谁都喜欢！淄博市政府主动作为、服务优质，人民诚实守信使顾客享受到热情真诚暖心的服务和和风细雨、丝丝如缕的文明风气滋养，感受到工业老城、文化古城的独特魅力。

蕾切尔·卡森在《寂静的春天》中说："每个人都与他们的生身之人乃至周边生命有着难以割断的肉体与空间联系。"天下万物，不论大小、明暗、远近，皆是一个整体。它们虽然纷纭熙攘、种类繁多、各自不同，但都不是单独的、割裂的。高质量发展的城市当须站在大市场的时代潮头，找准供给侧和需求侧的契合点与兴奋点，布好历史文脉、民风民俗、社情民意、公共治理能力相协调的大棋局。这样才能不怕别人挑毛病、鸡蛋里挑骨头，才有可能避免断崖式的砸锅、毁牌子。

近年来，人人手机在手，我们每天被大量的信息包围着，不知不觉时间就在指尖悄悄溜走，大脑也被碎片化的信息填满。吃淄博烧必须彼此坐下来，或肩挨肩，或面对面，放下烦躁和手机。两只手根据个人的喜爱和生熟度，不断翻动火炉上滋滋作响的肉串，或者为撸串忙活；眼睛望着眼睛交流，知心话说出了口，拆除了陌生感、隔阂感和戒备感，找到久违的仪式感、亲切感和满足感，甚至有在家的亲切感，什么不顺心、不如意都能伴随淡淡的炭烟消散。由以往看到某个产品的创意或某些有益的信息，立即分享和传播，变成分享融入了自己心血与汗水的可口美食，这种乐在其中的现场感、体验感和成就感无法比拟。把自己交给天地间，深呼吸，与朋友坦诚面对，找到原本的自己，收获彼此的尊重和信任，这是更高级的心灵满足与压力释放。

"青天有月来几时，我今停杯一问之。"月亮神秘可亲，温情可随，无论何时都光彩照人。

（原载于《中国作家·纪实版》2023 年第 8 期，有删节。）

向阳而居

——京城买房装修记

马克燕

都说京城繁华，然而与繁华并行的却是居于京城的不易，这不易包括拥挤的交通，更包括高额的房价。喜欢小城镇安逸舒适生活的人常常会调侃北京人："北京有啥好？出门太费劲，时间都花在路上。说起来收入不低，但是，住得还没有我们宽敞舒服。"确实，北京物价高、花销大，在衣食住行中，物价最高、花销最大的就是房子。因而，对于千千万万京城工薪族来说，拥有一处宽敞明亮、舒适安心的房子就成为矢志不渝、穷其一生的奋斗目标。

上部：购房篇

一 最后一次上车

当下的社会，房子是最能考验和衡量一个家庭的经济实力、财富积累、生活水准的，一定程度上代表着一个奋斗者向上攀登的成功尺度。在现代社会，作为固定资产的房子不仅具有居住功能，而且还具有投资融资功能。由于房子承载着一个人乃至一个家庭太多的梦想，因此，伴随着房价的上涨，人们对房子的追逐也是水涨船高。

和千千万万的京城居民一样，改善住房条件提高生活品质也是我不断追求的人生目标之一。

对于北京楼市的认识，我既没有先知先觉者的敏感，做到先下手为强，也没有投资投机者的精明，做到靠炒房发家致富。我的买房动力仅仅源于我不同人生阶段对生活改善的简单需求。

说起来，在京城我的居住条件始终是比上不足比下有余。毕竟作为20世纪60年代出生的人，我们大多享受过早期的国家福利分房待遇。房改政策出台之后，虽也心心念念想着改善住房条件，但由于工资上涨速度始终赶不上房价上涨速度，导致迟迟不敢出手，结果是一再错失良机。值得庆幸的是，在房价上涨尚未达到最高点之前，我紧跑慢跑还算是赶上了晚班车，于2009年在郊区买了一套房子，这样总算在知天命年龄到来之前在城里和郊区拥有了两套住房。只不过城里建筑面积107平方米的房子，说大不大，说小不小，尤其是女儿到了谈婚论嫁的年龄，房子的问题就又摆上了日程。

都说生女儿是"招商银行"，生儿子是"建设银行"，虽说是笑谈，但是，人们普遍心理上也认为生女儿至少可以减轻买房子的压力。其实，未必！

女儿恋爱了，男友是大学同班同学，不是北京人。按说哪里人本不重要，人好是关键。但是，一个极为现实的问题摆在了我们面前——房子咋办？对于北京人来说，家庭条件好的，一般都会早早给男孩做准备，即使没有房子，北京人的收入相对二三线城市也是高的。或者说，在北京找个中等家庭条件以上的人家应该是一不差房，二不差钱。然而，对于外地人来说，若不是经商办企业有着相当的实力，在北京购房则比登天还难！女儿的男友家和我们一样是工薪阶层，寄希望于对方出钱买房显然不现实！那么，对于孩子们来说，未来的房子问题怎么办？

房子的事情，女人总是比男人更上心，想得更多。

周末，女儿少不了带男友来家里，虽然只是吃个饭小坐一会儿，我都感觉到空间的紧张和局促。以后孩子再有了孩子，这个空间真不知道怎么容得下一家三代？当然，也不是容不下。但是，硬挤在一起，紧张的空间会让人窒息心累，极大降低生活的舒适度。女儿的男友每来一次，我的忧虑就会增加一分。虽说我还另外拥有一套大一些的房子，可是，毕竟在郊区，工作在城里的孩子们不可能去郊区生活；并且，我们也还在城里工作着。

遇到问题和难题，就要琢磨解决问题破解难题的方法，我不由自主又打起买房子的主意。当然，再去买一套房子既不现实也不可能，除了国家政策的限制之外，最大的问题就是资金。帝都的房价动辄上千万，哪是说买就可以买的。但是，办法是靠人想出来的，道路是靠人走出来的，只要目标明确，就没有办不成的事情。买房的想法一旦冒头，便如离弓之箭，再也收不回去。

首先上网了解一下房子的市场行情。我的房子也算是单位的准福利房了，2006年分配的，当时只花了10万左右，算是货币分房。房子虽然不算太大，但是地点不错，东临西三环路，西临昆玉河，闹中取静的地方。环顾周边，如果在半径3—5公里以内能找到位置靠外点、价格略低于本小区的房子，通过置换倒是可以实现扩大住房面积的目标。

但网上搜索的结果是，说得过去的房子价格不便宜，便宜的价格房子说不过去。一般来说，低于我们小区房价的房子不是老旧小区就是户型或者朝向不好，想以小换大捡个便宜还真没那么容易！

然而，天无绝人之路！就在我苦于找不到理想目标时，一条网上信息不期而至。

京城再添新标杆，××××楼盘即将入市。
位置：西南三环××地铁口800米。产权：70年。单价：79000元。面积：84m²、85m²、89m²、168m²、173m²。总价：650万—1500万。交房时间：2021年7月。

让我眼前一亮的是这个紧邻西南三环的楼盘价格每平方米竟然不到80000元，明显低于我现有的住房，价格亲民，简直太香！虽然楼盘位置属于丰台区，但是，和海淀区似乎也就是隔着一条京港澳高速，地理位置总体来说还是不错的。

女人的直觉告诉我，这绝对是一次值得出手的绝佳机会！

然而，怎样激发先生再次买房的热情呢？毕竟我们在京郊已经拥有一套房子了。郊区这套房子是我们在2009年市场相对低谷的时候入手的。作为在京城生活工作近30年、不老不新的北京居民来说，对于房地产市场的飞速发展我们是后知后觉的。最悲催的是我们这些虽有房子但面积不大同时又钱囊羞涩的人，总是迟迟下不了决心，结果一步赶不上，步步赶不上，越是攒钱，就越是买不起房。于是，只能看着飞奔的房价暗自神伤。在北京，似乎没有什么比早期买房更能获得财富的快速积累了，这真是个动动手就能捡到黄金、挪挪脚就能遇到风口的年代。可我们既没捡到俯首可拾的黄金，也没捕捉到近在眼前的风口，就这样错失一次又一次机会。但是，梦想依然可以有，谁能说站在10年、20年之后来看今天，不是一次好的购房时机呢？

二　双卫的梦想

说实在的，没有购买郊区房子之前，我对住房的最大梦想就是此生能够拥有一套双卫的房子。尽管工作以后通过单位福利分房几经搬家，条件逐步改善，但是，唯一没有改变的就是只有一个卫生间。孩子一天天长大，尤其是上学之后，紧张忙碌之中，早晨的洗漱如厕就成了令人头大的事情。双方父母从外地过来和我们一起生活时，更是各种撞车、各种着急、各种尴尬，非常锻炼人的生理和心理双重忍耐力，每每焦急等待时都会觉得要是能够从容如厕真是令人向往的人间美好。

2009年，先生单位组织党建活动，活动结束后，镇党委书记带领他们参观了镇上的一个楼盘。回家后，先生兴致勃勃地将楼盘宣传册拿给我看。我的眼前顿时一亮，实景图片里，一座欧式建筑群展示着迷人的身姿和西洋韵味，星星点点的灯光撩拨着人的欲望。瞬间，我有了一种冲动，也许这是实现我拥有双卫梦想的唯一机会。画册里的楼盘足以装进我对房子的各种美好遐想，足以让熄灭的购房火苗再度点燃。那一年，城里房子的均价基本已经达到4万多一平方米了，这是作为工薪阶层的我们根本不敢动买房念头的价格——事实上，这个价格依然是绝好的上车机会，只是当时的我们没有这种认知也没有富贵险中求的胆量。而郊区六七千的价格足以让人动心。之后几天买房的念头一直在心中鼓动且越来越强烈，可是，先生却开始打退堂鼓，什么地点太远了，老人来了过去住不方便，自住不现实，等等。什么情况？之前明明是他兴致勃勃向我推荐的，如今，真要付诸行动又掉头后撤，打起退堂鼓。我简直快被他气晕了。接连几天，我们都为要不要买这个房子在争论争吵，我告诉先生，这是我们此生可以有第二居所的最后一次机会，北京房价飞涨，再过几年，郊区的房子我们肯定也买不起了！这一辈子恐怕都住不上带双卫的房子了！说起来，早期在城区里也不是没有买房的机会，但是，想到银子有限，想到要贷款，想到经济上要资助老人，想到各种该想不该想的问题和困难，我就随着先生的意志一次次妥协，结果就沦落到了在城里永远也买不起房子的地步。此次，我不能再把决策权拱手让给先生，不能总是息事宁人一再退让，我一定要抓住在我看来是最后一次的上车机会，一定要买下这个房子！机不可失，时不再来！

先生列出了各种反对的理由，而他认为最站得住脚的理由就是：这么远的地方，以后老人来了不可能住在那儿！拿老人做挡箭牌这确实让我不好张口。先生是当今社会少有的孝子，他的最大愿望就是能把孩子的爷爷奶奶接到北京长期居住，和我们生活在一起。我要做的就是击穿他的理由，找到可以迎刃而解的办法，而这个办法就是请个保姆。我告诉先生，如果老人住这里是没有问题的，因为我们可以请个居家保姆。第一，和在城里买房相比，我们已经省了一大笔钱，虽然我们买不起城区的房子，但是请个保姆的经济能力还是有的。第二，有了保姆，不仅可以照顾老人，还可以让我们从繁忙的家务中解脱出来。第三，按照时间计算，目前，我们下班后，回家做饭收拾洗碗至少要花掉两个小时的时间，如果住在郊区，下班路上至多花一个多小时，有了保姆，回家就可以吃饭，这样算下来，时间上我们是节省的。总的来说，如果住到郊区完全可以转换思维方式和生活方式，就是以路途时间换居住空间，以家政服务换生活品质。尽管买下郊区的房子，未必就能真的住过来，但是，击溃先生反对买房的理由是当下最最重要的。

经过多日艰苦卓绝的"斗争"，先生终于被逼无奈下了买房的决心，生活也终于出现了一道曙光！

"斗争"成功的果实就是，我们在这个小区买下了紧靠核心景观的最理想楼盘和最理想户型，我们终于在郊区实现了双卫的梦想。此后，这里的房价也尾随城里的房价一路向上，让我们有了一种幸亏及时下手的庆幸。此后，先生逢人便对小区赞不绝口加上各种晒朋友圈，以至于后来每当我提出卖掉这处房子时立刻遭到先生的坚决反对！

三　机不可失

如今，也许又到了和先生斗智斗勇的历史阶段了。

第一步，就是要让先生去现场看售楼项目。

周末，我们照例开车去位于郊区的房子打扫浇花。每隔两周，我们都要往郊区跑一趟。那是我们花了心血倾尽所有买下并装修的房子，那里凝结着我们的汗水和快乐，尽管不常住，但我们依然会精心呵护。

这天，也是丰台新楼盘第一次接待客户的日子。

路上，我从孩子聊到房子，再从房子聊到孩子。我借此试探先生："如果周边有便宜点、合适的房子，咱们是不是可以考虑少加点钱，以小换大？"先生居然很爽快地说："可以呀。"哇，有戏！这真是个好兆头！先生爽快的态度真是让我如沐春风，心情大好。于是，我开始和他提及正在开发的这个新楼盘。我说这个新楼盘位置不错价格便宜，应该去瞧瞧。先生似乎没什么反应，看来，他还没有完全进入状态。心急吃不了热豆腐，我还不能过分催他，毕竟买房的事情完全不在他的生活日程表上，于他而言换房只是闲聊中的话题，有一搭无一搭；催急了，那句常挂嘴边的话就会蹦出来："我哪儿有时间?!"不在他的计划内的事情，他决不愿意浪费一分一秒。

中午收拾完房间，我还是不甘心，总不能错过看房的机会吧？不去看房，就无法推动换房计划。于是我又提起看房的话题，问先生要不要去看看这个楼盘，了解了解。先生居然回答："顺路就去，不顺路就不去！""顺路，太顺路了！"谢天谢地，天边终于露出一抹彩虹，有门儿！我立马开心地说："楼盘就在回家的路上，三环边。"

于是，我们开车直奔目的地。到了工地，只见售楼处的大门紧闭，外面倒是围着不少人。据说售楼处只对外开放半天，当天都是事先参与排卡验资的人才有资格进去。虽然看到了工地，但是，进不了售楼处什么信息都没了解到，内心不免失望和忐忑；开发商拒人千里之外的高冷姿态，让人心里很没底。但是，有一点可以断定，楼盘很热销。

虽然不知道项目销售的具体情况，但是，周边的环境却一目了然。这里距三环路仅有几百米的距离，交通方便。周边都是近些年建成且规划整齐的住宅小区，其中不乏高端楼盘。特别亮眼的是工地斜对面就是一个不小的公园，乃休闲散步、放松身心的绝佳场所。没想到这么好的地段居然还能留有这么一块住宅建设用地。周边环境加上现场气氛，也让先生颇为动心，毕竟价格便宜、位置不错，要是进行一下置换，确实可以大大改善居住条件。

回家的路上，我趁热打铁："你要是同意买的话，我可就要动手操作了！""可以。"先生没有反对，态度令人狂喜。

回到家中，先生云淡风轻，倒头就睡，又是雷打不动的午觉。

我则抓紧行动，说干就干！

当务之急是要卖掉这个住了十多年的房子，获得买新房的资格，拿到买新房的钱！

从哪儿入手？中介，找中介！

脑海中立马闪现出经常给小区业主发短信、未曾谋面的中介小哥。平时感觉这个小哥有点烦，搞不清他们都是从哪儿搞到的业主手机号，没想到现在正好用得上。很幸运，之前的短信还都保留着，短信显示小哥姓吴。于是，立马拨通电话。对方闻听想要买房卖房，便在电话里和我详细聊了起来。通过他我了解到，和半年前相比，目前我们小区的房价有所下滑，大概要比高点降了100万左右。行情虽然不好，也没办法，在什么山唱什么歌，到什么时候说什么话，市场大环境就这样。

对于我要置换的新楼盘小吴也很清楚，他告诉我，这个楼盘开发商没做任何宣传，是一家百年港企开发的。不过，小吴提醒我，这个新楼盘是限竞房，要想好再买。为什么？什么是限竞房？有什么问题吗？对于这个颇为陌生的概念我表示疑惑。小吴说，限竞房就是限房价竞地价，是北京为稳定房价出台的政策房，这也是该楼盘低于周边二手房房价的原因所在。至于慎选，是因为限竞房规定拿到房产证五年之内不能出售，所以会影响流动，不适合投资。就这些问题吗？我还是有点不放心，担心里面会有我不了解的"陷阱"。还有没有其他什么问题？我问小吴，比如房子质量、小区品质等。小吴以在我听来不是很坚定的语气说："应该没有什么问题了吧。"虽说小吴这番话让我增添了一些疑虑，让我兴奋的心情受到了一点打击，但是能感觉出来，小伙子人还是挺靠谱。于是，我约对方晚上来家详谈。

晚上7点多，我收到短信："我已经到单元门，您方便我就上去。"小吴以他颇为注重礼节注意分寸的得体方式开启了我们之间的合作。

小伙子很干练，带有一丝文气，一进屋他就拿出各种资料，很认真很诚恳很努力的感觉。长谈近一个小时，我们决定，就由小吴作为我们的销售代理。作为职业中介的小吴为我们支出的第一招就是要想好卖房的理由和说辞，他告诉我们："对外不能说是需要卖房用钱，一旦买家知道你急需用钱，一定会使劲压价。最好的方式就是说女儿在外留学，需要长期的资金支持。"真是行行有门道，事事有技巧，卖房也是需要招数的。

小吴估算，我家房子的成交价格应该在 1120 万—1180 万元的区间。

我提议挂出 1200 万的价格，小吴同意。

小吴说，他会多管齐下，多渠道寻找购房客户。

发令枪打响，自此，我们将根据小吴的指挥棒运转，全面配合他的指令！

至于港企开发的新房，小吴说，他们之间有合作，建议也走中介的渠道，这样会享受集团优惠价格，如果我个人前去看房，开发商就不会把我列为集团客户。虽然话未点破，我心里明白，走中介渠道，小吴是可以提升业绩的。与人方便自己方便，何况，如此操作，倒也是省心踏实。于是，我答应和小吴进行全方位全链条全天候的战略合作。

此后的时间，双方每天都在高频次的电话沟通中，看房的客户时常登门。这种感觉新奇而又刺激。毕竟，卖房是我的人生第一次。别说卖房，这辈子就是针头线脑也没卖过啊，这么大的买卖，最终会达成怎样的价格，一个巨大的悬念每天都会挑拨我的神经，让我坐卧不安，心时常悬在半空。每隔一两天，中介都会带来几拨看房的客户，看房者走马灯般一拨又一拨，只是期待的买家一直没有出现。时间在一天天流逝，紧张担心焦虑也在隐隐增长，我们无法预测结果，只能默默祈祷。

与此同时，我也在时刻关注新楼盘的销售动向。卖房计划已经启动，买房行动绝对不能掉链子，不能出现半点差池疏漏，二者要同步操作，无缝衔接。开弓没有回头箭，这是一次只能成功不能失败的换房行动！

四　势在必得

相比于卖房，买房同样让人心焦，因为，自从和先生去过一次工地后，新楼盘似乎一点动静都没有了，我无法确认开发商哪天开盘。担心一旦没跟上节奏，出现闪失，这边房子卖了，那边买不上好户型或者没买上房，最后白折腾，闹个两脚踏空，鸡飞蛋打。这期间我能做的就是经常搜集媒体的信息。

作为紧邻三环的新楼盘，稀缺的地理位置自然引起了不少媒体的兴趣和关注。媒体从来都是房地产市场不可或缺的重要角色，他们用极尽吸引眼球的词汇捕捉着地产的每一个热点，助推着市场的每一分热度，点评着楼盘的每一处优劣，字里行间中尽可能显示着他们信息的捕获能力以及对楼市的独到眼光和判断。

如果说，之前的买房决定都是凭着女人的直觉与冲动做出的，那么，当下我就要借助媒体的信息好好研究一下这个楼盘到底有哪些优劣，要做到心中有数。

优势自不必说，各种妙笔生花的软文就会把楼盘装扮得熠熠生辉。"绝版""孤品"似乎成了这个楼盘的金字招牌、耀眼华冠。毕竟从2010年开始北京三环就在逐步减少住宅地块的供应。2018年，为落实《北京城市总体规划（2016—2035）》，配合疏解非首都功能，北京市规划和国土资源管理委员会发布了《建设项目规划使用性质正面和负面清单》，其中在负面清单里有一条："限制四环路以内的各类用地调整为住宅商品房。"这意味着三环新建楼盘属于绝对的稀缺资源，仅此一条，买了就不亏！

价格也是媒体关注的重点，最高价不超过81700元/平方米，相比于周边的二手房确实呈现价格倒挂，一些媒体甚至还拿出周边豪宅进行比较。对此我很不以为然，二者根本不具备可比性。虽然开发商也打出豪宅、奢华、高端的旗号，但我觉得也仅是个噱头而已，毕竟62.6亿的拿地价格，掰指算一下开发商也不可能赔本赚吆喝，把限竞房盖成个豪宅。

而以挑毛病、找问题、吸引眼球为目的的媒体自然是抓住楼盘的缺点绝不放过。其中吐槽最多的就是楼盘的各种奇葩户型。除此之外，被媒体大肆嘲笑的就是楼盘的排列布局。通常情况下，为保证充足的日照，小区各楼之间的布局应该呈现北高南低的排列，而这个楼盘却违反常理形成了北低南高的排列布局，这就容易造成北边的矮楼被南边的高楼遮挡的情况，由此影响日照。

但是，结合楼盘设计图和户型图，在这些看似奇葩的设计中我却看到了港企的精打细算。其实，所谓的"致命伤"均是源于有限的土地开发空间。新楼盘共有 9 栋楼，占地面积仅 17 万平方米，为了最大限度地利用空间，获取最大收益，就要在设计出更多户型、卖出更好价钱的基础上做文章。至于为什么楼排列南高北低，就是因为新楼盘的周围都是成熟社区，距北侧的小区相距仅二十多米远，这样的距离不可能将最高的楼建在北边，因为会挡住相邻小区住户的阳光，对方也绝不会答应。这样的规划显然也是无奈之举，条件所限。由此看来，记者嘲弄港企的奇葩设计时，还是缺乏深度分析。其实媒体的任何批评报道都应该慎重，要知其然更要知其所以然。

时间一天天过去，年底一天天临近，新楼盘却毫无动静，我们得不到任何消息。小吴安慰我们不用着急，他们公司也在密切关注，只要一有消息，他会第一时间带我看房。然而，直觉告诉我，开发商似乎对中介的态度有些微妙，毕竟和中介合作是有成本的。市场的高关注度是否会影响到开发商的销售策略呢？

果不其然，27 日，小吴发来信息，大意是最近公司高层正在和开发商协商新的合作方式，感觉是在谈条件，进行拉锯战，结果不是很确定；如果我过于着急担心也可以自己直接去看房，不用考虑他这方面了。

那段时间无疑是折磨人的。一方面焦急等待接手房子的下家，另一方面要紧紧盯着新楼的开盘，不能错失良机。

隔天一早，小吴突然来电话告诉我可以一起去看房了，听闻消息，我也松了一口气。看来，中介和开发商还是达成了继续合作的条件，具体什么条件不得而知，总之，中介也不会让开发商随意甩下车。毕竟各家中介此前已经为开发商打开市场做了大量的努力和宣传，用人脸朝前不用人脸朝后，在市场上显然是行不通的。

立马行动！我和先生随着小吴来到售楼处。此时，售楼处人气很旺，销售们忙得不亦乐乎。

小吴和一位姓孙的男销售进行了沟通对接，接下来，小孙就向我们详细介绍了新楼盘的情况。他告诉我，楼盘销售很好，要买的话就要赶紧准备好 100 万的定金，之后一个月之内还要交 400 万首付款。

天啊，立马就要交出 100 万！已是年根，账户上的钱不是定期就是买了理财产品，手头的钱还真的不够 100 万。形势紧迫，我必须要在很短的时间之内筹措到这笔款项，否则，换房目标付诸东流。

12月30日，我和先生再次来到售楼处。钱已经准备好了，除了自己手头上的钱还包括和亲戚借到的。

见到小孙，我们首先关心的是还有哪些楼层可选。小孙说16层以上基本都销售出去了。此时，我们看到又有客户在签字。时间不等人，看来，当天要是不交定金，剩下的楼层会越来越差了。

100万不是个小数目，先生还是提出能不能少交一点，年后补齐。然而，根本没有商量的余地。

于是，我们又提出了一个问题，由于我们是买房卖房同步操作，万一房子没卖成，100万定金能否退回？

小孙非常肯定地回答我们："不能。"

虽然只是简单的两个字，虽然小孙的声音并不大，但这两个字却如铁锤一样重重砸向了我们，砸中了先生体内的风险警报系统。先生霍的一下站了起来，神情气愤地大声质问："为什么不能退？不退，那就不买了!"先生手一挥，转身就要离开。什么情况？形势急转直下，情况瞬息万变，一切都来得十分突然，猝不及防。这不仅令销售有点发蒙，我也被先生的怒气震慑了。刹那间，空气似乎凝固了。

"不行，必须得买!"仅是几秒钟的画面定格，我便条件反射般地做出了反击! 我意识到问题的严重性，此时只觉得血往上冲，先生的突然变卦意味着这次买房计划很可能要中途流产。不行，我绝不能让这次的购房行动化为泡影! 绝不能关键时刻前功尽弃!

"万一房子卖不掉怎么办？"

"你怎么就知道卖不掉？"

"你这样做太冒险，100万退不了怎么办？"

"为什么要退？房子肯定能卖掉!"

"你别想得太简单!"

"本来就没那么复杂!"

……

我俩你一言我一语，谁都不想退让。

平安是福、小心驶得万年船是先生的生活信条。我坚信这些信条，但是我同时还有女人的直觉，直觉告诉我，这是我们人生最后一次扩大住房

181

面积的绝好机会。有句话叫富贵险中求，人这一生总是要冒点风险的，舍不得孩子套不着狼。何况这次置换房子也没有多大的风险，也不需要付出超出我们经济能力的巨大代价，何至于就退缩了，何至于临阵脱逃呢？

销售小孙杵在地上，表情尴尬，不知如何是好。我知道，此时我和先生都有些失态，但是，决定事态走向的关键时刻我也顾不上里子面子了，一旦失去这次机会，我们真的很可能抱憾终生。于是，我说："钱的问题你不用管，我会想办法解决的。"事在人为，我不相信就没有办法。然而，先生也是态度坚决："后面房子要是没卖出去，100 万拿不回来，你就不考虑后果吗？""怎么可能卖不出去？大不了少卖点钱也要进行置换。"我俩你来我往，谁都说服不了谁。没办法，我只能使出最后的招数——搬救兵。我给先生的弟弟打电话，毕竟搞金融工作的弟弟在这方面会更开明更有判断力一些，先生多少也是会在意弟弟意见的。我的办法奏效了，电话中，弟弟还是建议买这个房子，钱的问题还是可以想些办法解决的。见我态度坚决，没有丝毫的退让，先生最后勉强同意交款，我的心总算放了下来。

只要迈出第一步，就意味着方向的不可逆，意味着我们朝着置换新房的目标真实地迈进了一步！

五　乘胜追击

开弓没有回头箭，接下来就要全力运作卖房；而房子到底能否卖到心理价位心里还真是没底。除了祈祷上天，似乎只能耐心等待了。

时间跨进了 2019 年。

新年第一天，小吴接连发来几条信息："早上好。今天您和家人就好好出游放松吧。我看情况，有客户想看房再单独约。最近表露出意向的客户我会稳稳盯住，后期再稳步吸引新客户。安心放松，压力我来给您扛住。"

说是放松，其实心态不可能完全松弛下来。大冷天的，没处可去，我只能在家大量搜索房地产市场信息。一条楼市热帖引起了我的兴趣。

年前不买房，年后泪两行

上午有个客户买房，看房顺利准备签合同。旁边的亲戚说，这么急买房干吗？现在房价这么高，等等肯定会降价。客户把合同一放，开玩笑地问："那你把你的房子卖给我吧，等到房价降了，你再买一套。"他的亲戚哑然了，尴尬地笑笑说："我的房哪能卖呢，我还等着涨价呢。"场面瞬间尴尬无比。记住：这个社会上随便说说的人一直很多，但是，没人会补偿你的损失！

作为过来人，我提醒你一下，12月不买房，明天，你可能会遭遇以下几种情况：明年楼市调控的力度可能更大；年后市场竞争激烈，涨幅1%—?；以后想买房，没那么容易；关于买房这件事，首付是你，月供是你，居住也是你……

到这里我们来看看那些年你错过的好房子！

……

这个热帖的作者显然是房产中介，这种表述、这种行文不能不说具有一定的煽动性和鼓动性，着实会让犹豫不决的购房者感到焦虑。此时的我倒是乐见市场热度能够如短文预言继续向上攀升。

接下来的日子，就是不断地和小吴保持密切沟通、接待看房客户。小吴每天和我通报各种信息，从看房客户情况分析到网上报价调整以及我们的态度和应对策略。

按照小吴的意见，我们需要进一步提升销售力度，把房屋的 VR 实景拍摄挂到网上，扩大宣传面，进行无边界传播。

仅仅如此还不行，还得加把劲、添把火。怎么加？怎么添？小吴告诉我，房子展示部分有个业主自荐板块，他让我写篇短文，着重介绍一下小区的亮点和优势，总之要调动一切可以调动的力量，挖掘一切可以挖掘的元素。说干就干，这天，吃完晚饭，我抓过电脑一通敲击，快速完成了小吴布置的作业。

但自荐短文还没来得及挂到网上，第二天一个新的消息先期抵达：有一个之前看房的客户表达了明确的购买意向，希望商谈具体价格。终于有了明确的买家，心情紧张而激动，准确地说更多的是紧张，毕竟时间不等人。后面1000多万的资金需要跟上，既关乎100万定金是否有去无回，更关乎这次换房计划能否实现。

当天晚上，在中介机构的办公室，一对 40 多岁的中年夫妻与我们见面。这对夫妻就住在离我们小区不远、紧邻河边的位置。他们有个两居室，由于是一层，不仅光线昏暗，屋内还潮湿，因此，一直在就近物色新的房源。

商谈在中介的办公地点进行。事先，小吴给我们进行了会谈前的交代，告诉我们要咬住价格，不能松口。

买方希望价格低点，卖方希望价格高点，不同的主体不同的立场不同的占位相逢相遇必然会是一场艰难的拉锯战，既要最大限度保护自身利益，又要实现交易成功，谈判技巧对双方来说都是不小的考验，没有什么教科书攻略，只能各自祈祷、见机行事。

幸运的是，见到这对中年夫妇的第一刻，就感觉到对方不是那种尖酸刻薄很难纠缠的人。想必对方也对我们做出了相同的评价，因为开局的气场理性平和，空气中竟然弥漫着几分善意。这是一个良好的兆头，让我紧张的心态多少松弛了一些。

见面闲聊几分钟后，双方进入到实质性话题：价格。首先双方各自提出了自己的期望值及其理由。本着相互理解和务实的态度，双方很快就将价格聚焦在 1140 万—1160 万区间。在这个阶段，双方各自都希望对方能做出一些让步。也许是两家都有着比较接近的心态，都对价格有了提前的预判，各自都没有设定寸土必争的绝对底线，经过几轮交涉，最终达成了 1150 万的折中成交价。虽然离 1180 万的理想价格有些距离，但也是在我和先生的可接受范围，所以这一晚对我们夫妻二人来说是值得开心庆贺的一晚。我们悬着的心终于落地了，我们终于向着既定的目标迈出了最关键、最实质的一步。

那一晚，做成了一单的小吴也很开心。

六 天有不测风云

那边卖房款到手，这边立马新房交款办手续，一切得以无缝衔接顺利进行。

接下来就是踏踏实实坐等新房的建成，交房日期是 2021 年 7 月 30 日，我们期待着这个日子快些到来。

掐指算来，从 2019 年初到 2021 年 7 月 30 日，距离交房还需要两年半的时间，无论是从人生的长度来看还是从买卖交易过程来看，这绝对是一场艰难而漫长的等待乃至煎熬。从交出一大笔钱到获得等价实物，可能没有什么交易比购买期房的时间更长了；而比等待更为折磨人的则是期房存在的种种风险，房屋质量、规划承诺、交房时间等等，一切似乎都有一种不确定性，钱给了开发商，风险则实实在在由购房者来面对。尽管这种由香港舶来的"卖楼花的"方法令人生厌且屡遭诟病，但是，这就是市场，这就是当下的中国现实，每个要购买新楼盘的老百姓必须承担的"负重"。期房会不会出问题，一半靠判断、一半靠运气。

在这并不短暂的时间里，我们面对的事情既有意料之中可自己掌控的，更有意料之外而无可奈何的。

可掌控的就是暂居何处。城里的房子卖了，面临的就是住到哪里，两个方案：或者在城里租房，或者搬到郊区。先生毫不犹豫地选择了后者，虽然当初说服先生买郊区房子费了很大的心力，但当我们真的买下了房子，尤其是进行了装修之后，先生对这套房子的爱真是无以言表、无以复加、无可抵挡。以前我们只是逢年过节、春暖花开时节去那里小住放松，舒展心情。那里有城里居民区无法享受到的绿化面积，有着城里小区无法超越的绿化品种，春天报春花、海棠花、桃花、樱花、玉兰花、丁香花、山楂花、紫藤花竞相开放，秋天海棠、山楂、毛桃、石榴挂满枝头，绿植拥抱着楼群，楼群点缀着绿植，相依相拥，加上小桥流水，蜿蜒小道，如毯草坪，美不胜收。先生每年都少不了在朋友圈里晒上一晒，引来朋友同事的一片赞美。能够每天享受郊区住宅的优美环境，他觉得路途的奔波可以忽略不计；况且城里租房，又是一笔不小的开支。

不可掌控的就是房子建设过程中能否一帆风顺，估计每个买了期房的消费者都会在激动喜悦之余不免生出几分担心、几分惴惴不安。等待的日子里会发生什么谁也无法判断，谁能保证两年多的时间都能岁月安好，风平浪静呢？

真是应了那句话，怕啥来啥。

2020 年农历除夕的前一天，正在忙碌迎接新春佳节的人们听到了一条令人震惊的消息：自 1 月 23 日上午 10 时起，武汉全市的城市公交、地铁、轮渡、长途客运暂停运营；机场、火车站离汉通道暂时关闭。人类历史上前所未有的防疫措施在拥有上千万人口的城市施行！

北京作为首都，针对建筑工地，相关管理部门出台了多项管理措施，我们的新房建设工地也偃旗息鼓，按下了暂停键。3月份，开发商的一纸延期告知函让合同原本规定的交房日期一下化为泡影。

两个月之后，北京对建筑工地的施工限制宣告结束，随之等来的消息是开发商决定将楼盘交房日期向后延迟4个月，也就是说，原定的2021年7月底交房推迟到2021年11月底交房，开发商借此机会给自己留出了更为宽松富裕的交房时间。

延期交房肯定是个坏消息，但毕竟还是个确定的消息。伴随疫情带来的冲击，房地产市场会不会出现意想不到的问题？

"房子是用来住的，不是用来炒的。"2016年底中央经济工作会议发出的信号清晰而明确，同时提出，要综合运用金融、土地、财税、投资、立法等手段，加快建立符合国情、适应市场规律的基础性制度和长效机制，抑制房地产泡沫。从2017年开始，房地产调控不断加强，限购与限售全面升级。这既给炒房者以警告，也给靠"高负债、高杠杆、高周转"开发经营模式为依托的房地产企业上了紧箍，让楼市逐步降温。

以往，人们担心的是小房企容易出现问题，如今知名的实力开发商也面临各种危机。

2020年5月8日，一则关于泰禾北京院子二期业主维权的消息在网上迅速传播。此后，以开发"中国第一豪宅"——中国院子而著称的泰禾集团不断传出负面消息，揭开了泰禾困境与乱象。然而，爆雷的不只泰禾，华夏幸福、蓝光发展、泛海控股、宝能集团近两年的业绩纷纷大幅下滑，陷入经营困境，房企似乎进入了比惨的年代。

而最让世人惊愕、猝不及防的是2021年7月恒大的爆雷，1.97万亿欠款，每天几百万的利息，天文数字般的欠债危机犹如一颗定时炸弹形成巨大的冲击波，被炸毁的不仅是大量购房者的希望，更有人们对房地产未来走向以及中国经济前景的信心。毕竟，房地产行业是中国经济的重要支柱。

带着疑问，我一方面上网搜索港企的经营状况，另一方面随时和销售保持着联系。来自两个渠道的信息显示，一切还算平安无事。但是，工地的施工进展还是让人对工程能否如期完工感到忧虑。

一场突如其来的疫情，给购房者、建房者都带来了不可名状的重压。

七　胎死腹中的建议

其实，除了关心楼盘的施工进展速度，从买房之日起，我一直耿耿于怀的就是房屋的交付方式——装修交付。这种看似符合世界潮流、直接实现拎包入住的合同约定，却让我颇为烦恼和郁闷，因为我知道，开发商的装修标准肯定达不到绝大多数业主的期望值。

长期以来，国内房屋交付形式主要有两种，一种是毛坯交付，一种是装修交付。装修交付大多为豪宅的精装修，效果看起来光鲜亮丽上档次，仿佛是有钱人的标签。对于普通商品住宅，大多是毛坯交付。尽管毛坯交付看起来寒碜，但是对于普通的中国老百姓来说，却是习以为常；实话实说，毛坯房也算是房地产市场的中国特色。

然而近年来，全国各地陆续推出全装修交付管理规定，我们购买的房子也被纳入装修交付的管理规定中，对此，我并不觉得是个好事。

首先，作为限竞房，开发商为了节约成本省去了样板间，所以，装修出来的房子什么样没有任何参照物。连样板间的成本都要省，你能指望什么水准的装修呢？

其次，预售合同里任何装修材料都没有明确的品牌认定，仅从语焉不详、表述含糊的品牌介绍中就不难确认，这种装修充其量也就是人们理解的简装，用老百姓的话说就是可以凑合着住。但凡希望未来的新家温馨舒适一些，这种装修标准注定要推倒重来。

就世界范围看，装修房是国际房地产界的主流交付方式，欧美日早已经完成了住宅工业化进程。不仅如此，他们还把装修和设计都包含在内，作为一个有机整体来建造，且在法律上对装修都有严格的管理规定。

而我国的传统建筑工艺标准相对落后，加之毛坯房建筑成本低以及人们对家庭装修的个性化需求等综合因素，导致市场主流交付方式一直以毛坯交付为主。2016 年以后，我国开始推广装配式建筑，向工艺现代化迈进了一步。与此同时，国家和地方政府也陆续推出相关政策，鼓励全装修市场发展。

其实，早在 2002 年，原住建部就曾发布《关于印发〈商品住宅装修一次到位实施细则〉的通知》，要求积极推行全装修住宅。2016年，国务院办公厅《关于大力发展装配式建筑的指导意见》提出推进建筑全装修。从全国范围看，北京可谓先行一步，北京住建委早在2015年就出台了《北京关于在本市保障性住房中实施全装修成品交房有关意见的通知》，《通知》规定："公共租赁住房、经济适用住房、限价商品住房、棚户区改造安置房及自住型商品住房全面实施全装修成品交房。"文件明确提出，全装修交房的目的是倡导绿色发展，鼓励资源节约，提升住宅建设水平，方便百姓入住。

确实。来自官方的统计数字，我国的商品房仅装修时对毛坯"敲敲打打"这一块，每年的损失就在300亿元以上，同时还会产生大量的建筑垃圾污染环境。

政府推广全装修交付的初衷无疑有着全局的站位和全盘的考量，有助于和国际建筑市场接轨，全面提高住宅建筑水平。然而，经是好经，念好却不容易，毕竟全装修房屋建设面临太多环节和问题，需要考虑中国国情，需要具体问题具体分析，需要有更加严格的法律约束。

限竞房本就是不太赚钱的生意，让开发商再掏出装修的钱且能达到购房者满意的标准，恐怕是难上加难。

中新经纬客户端援引中原地产研究中心的分析称："2017年至2020年，北京合计入市的限竞房地块共有103宗，这103宗土地拿地的成本价与房价差最低的只有6300元/平方米，最高的在3万以上/平方米，超过2万元/平方米的地块只有38宗，算上建安、营销、财务、税费等成本，多数项目都将亏损。"

2021年上半年，"中海首钢·长安云锦"项目遭到业主投诉，其原因就是按照政府部门的土地出让公告该楼盘本应进行全装修交付，然而，开发商利用信息不对称违规操作，无论是对外宣传还是购房合同都是标注的毛坯交付，业主在对房屋质量进行投诉过程中无意发现了土地出让公告的相关规定，从而引发纠纷。长安云锦项目无疑也是想通过暗度陈仓的手法来压低建设成本，结果搬起石头砸了自己的脚。

上述事件中不难看出全装修交付不可回避的潜在问题。

中国的事情确实复杂，自从实行住房商品化改革以来，毛坯交付与精装交付就成为住房高低档次的分水岭。对于毛坯交付的批评声不绝于耳，老百姓常常为了装修心力交瘁，掉肉脱皮。与此同时，精装交付同样也是讨伐声不断，毕竟是买的没有卖的精，看似高档，其实里面水分同样不少，开发商往往通过装修过程又可以多获得一部分利润，多扒一层皮。一个为业内心照不宣的做法就是大品牌低配置，牌子看似高端，但是往往用的都是非主流老产品。购房者花了大价钱购买的精装修房尚且猫腻不少，更何况属于普通住宅的商品房。

正是由于购买的是价格较低的限竞房，所以，从签订合同之日起，我对房屋的装修质量就没抱任何指望，唯一盼望的就是能和开发商进行沟通，看看是否可以根据购房者要求选择毛坯交付。然而，得到的回答很坚定：不行！因为开发商必须严格按照项目审批许可证执行，否则，无法通过住建委的验收。销售私下告诉我，认识开发商的一些关系户也有提出毛坯交付的，开始开发商想睁一只眼闭一只眼，私下默许，但是，最后还是没开这个口子，主要是害怕后期万一存在意想不到的纠纷，将为此承担责任。

但是，考虑到房子到手之后必然面临拆除重来的巨大麻烦、巨大浪费和巨大污染，我一直心有不甘。2021 年下半年，偶然的机会，我加入新楼盘的业主群。房子交付日渐临近，大家对房子的关注也充满期待，有人不知道通过什么途径发了一张小区房子装修的图片，显然是开发商提前装修了一户，作为施工的样板间。见到图片，群里立刻沸腾了，大家一致惊呼装修太过简单，太令人失望。有人提出能否建议开发商根据业主意愿改成毛坯交付和全装修交付两种形式，这一提法正好契合我的心思。关心这一问题的人不在少数，大家响应热烈，却找不到解决问题的办法，群里一片哀鸣。既然这么多的业主都有这种想法，何不联合起来和开发商沟通呢，毕竟人多力量大，且毛坯交付对于开发商与业主是一举两得之事，何不试试？

然而，谈到如何操作怎么推进的关键问题，群里便鸦雀无声，没了动静。总不能就这么干耗着吧，情急之下，我便主动写了一份给开发商的意见书，发到群里征求意见。

信是写给开发商的，但是事情却由不得开发商做主，要达到目的，政府这一关肯定绕不过去。开弓没有回头箭，如果此事真的能够得到解决，不仅大家能节省一笔开支，而且，对政府进一步完善房屋交付方式未必不是一件好事。于是，我电话联系到负责项目审批的区住建委，咨询可行性。区住建委的工作人员告诉我，部分购房者要想毛坯交付，首先要改变整个项目的交付方式，即实现住宅全部毛坯交付，做这样的改变，原则上不是不行，但是，要走一个漫长的提交审批流程，至少也要一两个月。从程序上来说，首先开发商要征求全体购房者的意见，同意改变交付标准人数达到规定的相当比例之后，管理部门才会受理开发商提交的交付形式变更报告。之后，区住建委再逐级上报，要经过市级主管机构专题研究讨论才能通过。最后开发商再重新统计保留装修的业主人数，再按照之前的约定标准给他们装修。且不说更改报告能否批准，仅这套流程就会非常复杂耗时。听了区住建委的解释，我意识到此事基本没有希望了，因为此时开发商就要进入内部装修阶段了，如果真的启动变更流程，意味着开发商就要停下内部装修工程，静等结果。这显然是不可能的，时间上根本来不及，毕竟谁都无法承担房子延期交付的后果和责任。

无奈，一项动议就此流产。

盼星星盼月亮，2021年12月1日，开发商紧赶慢赶终于交房了。

正如我所预料，开发商的装修交付标准确实是难尽如人意，原先抱着拎包入住想法的业主希望破灭，群里顿时充满了各种吐槽和愤怒，负面情绪在群里弥漫扩散，每天似乎都有火药桶要爆炸。不少业主纷纷向12345投诉，还有的业主发起了拒绝收房的倡议。

此时的我倒也心态平和，因为本来就对开发商的装修没抱任何希望，本来就打算自己重新装修，本来就做好了多花一笔拆除费用的心理准备，既然不能改变现实，那就只能顺应现实。平心而论，新建楼盘的外观颜值还是不错的，主体结构也是没有问题、质量过关的。既然如此，该收房收房，该装修装修，毕竟经过三年的等待，终于拿到了新房的钥匙，喜悦远远大于遗憾；毕竟作为三环核心地段的新楼盘不可多得，仅此一点，我依然坚信，买到就是赚到，毕竟资源稀缺。

不过，回到全装修这一话题，我发现，从交房之日起，按照政府设想本应拎包入住的小区立马变成了一个热闹的大工地，除了准备出租的业主，绝大多数业主都开始了或简单或复杂的装修。第一步就是先拆除开发商的装修，拆除的东西包括石塑地板、木门、橱柜、卫浴瓷盆、淋浴龙头、抽水马桶、抽油烟机、暖气片等等，加上水泥渣土，浪费和污染自不必说，各家因房子大小不同，垃圾清运费四五千到上万元不等，可谓是劳民伤财。如果一个出发点很好的政策却不能达到应有的效果，那么是不是政策自身就存在问题，是不是其可操作性还有待探讨，是不是还有太多内容需要细化和完善？希望有一天新房交付之后的楼盘不再是一个尘土飞扬的装修大工地，希望有一天开发商能够为购房者提供不同档次及风格的菜单式装修方案，希望有一天开发商装修使用的材料和品牌能够更加透明并在合同当中明确告知，真正让购房者明明白白消费，开开心心入住。

伴随着小区楼盘的交付，我注意到北京限竞房时代也进入了尾声。2022 年年初，北京市住建委发布了一则公告，将海淀区天恒学院里、东城区永定府（永佑嘉园）两个限竞房项目调整为"政府持有产权份额的商品住房项目"，购房者与政府按比例共同持有房屋的产权。天恒学院里和永定府（永佑嘉园）因地理位置优越，均在二环至三环之间，因而被认为是北京两个"压箱底"的明星限竞房楼盘。由于种种原因，这两个项目在拿地 4 年之后才入市，而此时的北京楼市已经非彼时的样子，周边房价进一步攀升，两处楼盘与周边楼盘价格倒挂更加悬殊，政府政策的调整无疑是为了限制炒房投机行为，稳定房价。

从古至今，房子始终是中国人的最爱，一座房子、一间屋子不仅仅是安身之所，更是安心之处，它承载着每个家庭的亲情故事和美好记忆，是有温度、有情感的空间载体，很多人穷其一生的奋斗目标似乎就是为了在万间广厦中拥有属于自己的那扇窗，在万家灯火中点亮属于自己的那束光。有数据显示，中国人平均换房时间 6—8 年，于我来说，此前的搬迁大概也是应了这样的节拍。如今，我在城里终于也拥有了一个双卫的居室，人生似乎已经达成理想圆满的居住目标，找到了属于自己的安身之所、安心之处。

（原载于《中国作家·纪实版》2023 年第 8 期，有删节。）

我用生命作证

长　江

引子

终有一日，朋友忍不住问："思博，你想好了吗，真要公开切胃手术？"

刘思博："想好了，非如此不可。糖尿病的人，如果不看到我当众把眼珠子抠出来，谁会相信这个病能瞎眼、会死人？现如今，满大街 500 斤的大胖子还不多见，但 200 多斤的，多了去了。很少有人知道'胖'和'糖尿病'是一对孪生兄弟，我就是已经站到了悬崖边——这地步，再回归健康可就难了……"

半年前，刘思博的左眼突然失明。一开始，眼前还只是一条条忽闪的道子，然后变成了瀑布，慢慢加速，极富诗意。没过几个小时，"眼前黑乎乎一片"，就再也进不来半点光亮了。

怎么？失明？为什么？不应该啊？

医院的大夫既痛心又愤怒。"痛心"的是这么好的一个大姑娘，乐观、阳光，还是人见人爱的"特型演员"，怎么好生生地就没了一只眼？"愤怒"的是糖尿病已经上身有几年，人家愣是不吃药、不打针，直到"并发症"全面出击——恶魔摘走了她的一只眼，这还只是死亡对生命的最初宣战。

2020 年 12 月，靠近岁尾的一个飘雪的日子，刘思博又去了北京同仁医院。医生在她的左眼失明时就曾经告诉她："这只坏眼已经没法治了，得装一个硅胶球，把空了的眼睛给撑起来。但如果你不立即行动，坏眼会萎缩，那时整张脸都会变形，只能装义眼，就是只能去装一只假眼了……"

完全没意识到问题的严重加上超级乐天，刘思博说"好，我明白了"，然后大仙儿似的又去忙她的演出——没办法，应了一个省台的春晚小品，戏比天大，咱哪能半途给人家撂挑子？没事，本姑娘去去就来，最多 20 天，小品录完了我就杀回北京。

然而 20 天下来，又晚了，硅胶球已经装不进去，刘思博的左眼塌方关闭，不得不去装一只假眼；不装，那里会出现一个深不见底的黑洞。

当然，左眼失明后，医生还有更坏的消息："刘思博，你的另一只眼，如果不采取措施，跟着也会。对，很快……"

"啥？再瞎吗？"

"是……你做好了双目失明的思想准备了吗？"

"双目失明？"

思博开始心惊肉跳，这四个字让她突然感到再无退路——狂躁的血压已不受控，低压从 90 猛升到 170，高压从 120 急蹿到 260（毫米汞柱），这可不行，别再来个"突发的心梗"。医生急了，赶紧急救！

左眼失明，思博的右眼其实有一段时间也不好使。此外还有肾，大量的蛋白尿已经出现，她全身水肿，胳膊大腿一按不见坑，仿佛已经石化。

有人给她出主意："要不就去切胃吧？听说切了胃就能减肥。"

是吗？她不信。

但不信也没有拒绝，死马当活马医吧。

上网搜，一连数日，刘思博在北京看好了一位叫孟化的医生，中日友好医院糖尿病减重健康管理中心的。这个人手里有一把刀，据说能"减重又降糖"——那太好了，就这样吧。

思博开始后悔自己前半生放任地吃，毫无节制。三岁半，别家的小孩儿一顿能吃 1 个包子，她就能吃 6 个。对于"胖"，她无知、不设防，加上爹妈离异，爷爷奶奶特别疼爱，思博从小就是"小胖子"。慢慢长大了，自然成为一枚肥女、胖妮子，水到渠成一般。

可切了胃，自己万一瘦下来，还能去演电影、电视剧，到哪儿都风风光光地被人捧上舞台做综艺、演小品？

"特型演员"刘思博，出彩的本钱就是"肥"。但风光和保命活着哪个更重要？她耳边不断传来导演的话："你就是胖得可爱！没了这个……"另一边又响起医生的愤怒："再不赶快减重降糖，你真是不怕死了？"

情况怎么会发展到这样不可调和的地步？

"东亚胖夫"? "大糖帝国"?
——中国糖尿病患者直线蹿升!

2021 年 11 月 20 日,"世界糖尿病日"当周的周六,央视老栏目《新闻调查》播出了我和编导王晓健合作的《别做"小糖人"》(播出时改为《胖乎?》)。我们做这期节目,目的就是想警示国人——别让孩子再胖了,胖会生病!

记得在北京协和医院采访营养科副主任陈伟教授时,我问了他一个 Yes or No 的问题:"如果中国肥胖人口持续推高,那再过 30 年,会不会影响到整体人口安全?"陈教授一通机关枪:"哪还用得着 30 年?20 年就很危险了。我们今天不控制体重,不遏制糖尿病,到时根本就不用谁再来遏制中国,我们的壮劳力很多都出了'糖尿病眼''糖尿病足'——农民举不动锄头,警察追不上小偷,谁去扛枪打仗,保家卫国?"

从 2019 年到 2022 年,我陆续接触和采访了近百位中国的"小胖墩儿""小糖人儿",这些孩子,胖者不一定都是糖尿病,但"胖孩子"的明天,大概率都会成为"老糖",这是一个不争的预期。

20 世纪 80 年代到 90 年代,中国刚刚结束物资匮乏,可以敞开肚皮来猛吃猛喝时,北京安贞医院心肺血管病研究所就展开了一个为期十年的跟踪调查。时任副所长的赵冬教授手里就有数据:十年间由于饮食结构的突然改变,受访者摄入高盐、高油、高糖的增加,他们血管中的低密度脂蛋白胆固醇已经快速提升,这几乎立竿见影地成了冠心病、脑卒中,尤其是"心肌梗死"的危险因素。——历史上,我们被人蔑称"东亚病夫",现如今,您听说过"东亚胖夫"吗?公元 618 年,大唐帝国建立,声播四海,但公元 2022 年,中国有多少糖尿病的病人?1.4 个亿!一种自嘲式的"大糖帝国"说法您又可曾知道?

刘思博就是在我做《别做"小糖人"》时由孟化主任介绍的,她那时健康状态已经很难逆转。悲情下她产生了一个想法,用自己的例子做反面教材，利用微信、微博、短视频，给肥胖人群照照镜子、敲敲警钟。

我特别询问："采访、播出，还包括以后可能的文字文章，你敢用真名？"

刘思博毫不犹豫："当然用真名，化名没有说服力。我也不需隐私保护，我都走到这一步了——跟死亡相比，都是小事。"

第一次采访，刘思博已经入院，大脸、大眼，大身、大体，坐在病床上犹如一座小山。她的腿我按下去根本不见坑儿，硬硬的，像是触及了一块石头。

思博的"胖"不仅坐实了她的糖尿病（至少2型）是"吃出来的"，而且从"狂吃"到"不能吃"，她眼下的情形让人看了真心疼：馒头、米饭根本就不敢碰，每天只能用黄瓜青菜来充饥；除此以外，还终日离不开胰岛素，吃下去的药比饭多——每天9种，总共有60来片。

21世纪20年代，中国"肥胖人口"已在全球夺冠：每5个人就有一个"超重"，每3个人就有一个"肥胖"。2020年12月23日国务院新闻办公布的《中国居民营养与慢性病状况报告（2020年）》有权威的说法："（到）2019年，我国因（各种）慢性病导致的死亡已占去了（全民）'总死亡率'的88.5%。'肥胖'是慢性病的重要原因。成年人超重、肥胖逾50%，6—17岁的青少年近20%，6岁以下的儿童也达到了10%……"

"大糖帝国"导致"东亚胖夫"，调侃正被现实击中。

20年前中国的肥胖"发病率"还只有2%—4%，但到了2009年，竟然猛增到26.4%。

2008年，全国范围内开展的减重代谢手术只有117例，但2019年，已飙升至11700例。——10年，增长了100倍。

"胖大人"的基础在"胖孩子"，这是一个"看不见"的隐性灾难。

更要命的是，今天人们身边的"胖子"已经越来越多，人们习以为常，谁也别说谁。

学术地讲，糖尿病主要分"1型"和"2型"；"1型"只占1%，是患者体内胰岛素"绝对的缺乏"，这有遗传因素；而"2型"，多为"生活行为病"，不是患者胰岛素的"绝对缺乏"，而是"胰岛素分泌不足，并伴有胰岛素抵抗"，这一类的病患跟吃、跟肥胖都有关，要占去95%。

2021年刚放暑假，我们《别做"小糖人"》摄制组就来到了北京儿童医院"蹲守"采访。每到寒暑假，家长带孩子前来就诊的就特别多。

内分泌与遗传代谢科主任巩纯秀通俗地讲："人体有很多器官、组织，任何一个都有寿命，胰岛素一生也是有定量的。而我们的胰腺本身有一种β细胞，是可以分泌出胰岛素的，这就好比消防员。但如果你拼命吃，营养过剩，发胖了，身体里的'糖'就多了，'消防员'也不可能有无穷的力量去'灭火'。胰岛素分泌不足，你就会得糖尿病。这就是为什么我们说2型糖尿病大多是行为习惯病，就是'吃'出来的。过去，2型多发于中年和老年，但现在儿童青少年的发病趋势也越来越明显……"

一天在医院走廊的一角，我看到一位母亲和她的胖儿子双双疲惫地席地而坐。他们来自内蒙古，儿子好儿（化名）只有8岁，因为胖，近来又喝水喝得特别凶，妈妈就害怕，拉他利用暑假来北京做系统的检查。

我跟好儿妈妈随便唠嗑："您儿子是什么时候开始发胖的？"

好儿妈妈："月子里就胖。一出生，7斤2两；出了满月，长了10斤；再往后就一天长一两、一天长一两；到了百天的时候，我儿子的体重就已经是24.8公斤，人人见了都忍不住上前摸摸，赞美地说——这'大胖小子'！"

但是现在，"大胖小子"的情况令人担忧了。胖，让好儿的体重才8岁就超过了100斤。但这样，他在班里还排不上老大，我问"老大啥样？"好儿站起来模仿："空中悠人，颤颤巍巍，走路都好像要飘起来一样……"

思博证词（1）

不知为什么，我妈生下我，费了那么大劲，差点把命都搭上，却不爱我。爱，为啥要跟我爸闹离婚？

当时中国最大的婴儿才12斤，我，11斤！因为是超大儿，剖腹产，我妈干脆就被抢救了。这事在我家县城人民医院都很震惊。至今，如果我回家，医院有人看到我还会想起："哦哦，就是她，就是她。"

大人们之间的情感，我说不清，不过爸妈的离婚，弄得我幼时生活里的爱变得很单一，只来自祖父母。我爷爷奶奶把我当成心尖，他们要把父母缺我的关怀、心疼都加倍地补偿给我，尤其是吃——"思博已经够可怜的了，这孩子能吃，就让她多吃几口吧。"每天爷爷带着我在早点铺坐着看我大快朵颐，一边看还一边抿着嘴儿笑。那时候他哪里知道什么是多吃无益，多吃了不仅会胖，还会生病。至于什么是胰岛素，什么是胰岛素抵抗，他更不知，也不想知道。

上了学，我也没有因为"胖"而感到过自卑。

一年级，别人四五十斤，我就七十多斤，个子又高，因此开学了，学校发校服，我胳膊腿一伸，根本穿不了，能把最大号的给撑爆。可即使是这样，同学们也不歧视，最多有人跑过来摸摸我的脸、捏捏我的肥胳膊。我嘎嘎笑，大家也都跟着笑。

我们家门前那条街上的小卖部，就像给我家开的。别的孩子一礼拜才去一次，我一天就得去两三次，糖、虾条、果冻、巧克力、麦力素、膨化食品……我兜里什么时候都能掏出一大堆。大一点了还特别爱吃方便面，越吃越馋，一包泡上，我先把面搁一边，先喝汤，就这样在我的印象里方便面也只能算是个零食。再往后我爸开了个饭馆，专卖羊蝎子，我是想吃多少就吃多少。有段时间我变本加厉，身高、体重、肩宽都噌噌噌地往上长。至于甜水饮料，那就更别提了。可乐，2升一瓶的，我一边看电视，一会儿的工夫就都给喝光了。

糖尿病，当然像医生说的，不是一上来就跟我索命的。我是胖到了高中，身体都还挺好。就是这个时候出了自助餐，这可坏了，我更加疯狂。最爱的就是日料自助、铁板烧，三文鱼我一顿能吃三斤，虾无数。后来一次大家一起去吃饭，所有人都吃饱了，服务员上前悄悄问："您呢？还用吗？如果不用了我们就下班了。"我又让她上点甜虾，说"溜缝儿"。结果80多只，嗑瓜子一样，转眼又进了肚。同饭局的人都说："像你这样的吃法，能把人家的自助餐给吃垮！"哈哈哈，大家一起笑得天旋地转、花枝乱颤。

胖子能吃，但胖子往往都不太自私，我就是这样。从小到大，我特招人爱，尤其等我长大了，身边总有一堆大胖子，大家都肥肥腻腻、大大咧咧，比着个地把自己打扮得漂漂亮亮，那海吃海喝的日子，就剩下快活。

转眼高三毕业了，同学们都往高考的独木桥上挤。我也参加了高考，但自知成绩不好，正犯愁，到北京去看一位朋友，算是散心。

这朋友是空姐，想兼职做演员。当时一个剧组正在招募，她去试镜，求我陪着，我就去了。就在北京的六里桥。但大半天，一屋子演员都没选上，导演却偏偏看中了我，让我进考场试试，给了一段台词。我普通话还行，念了一遍。就一遍，导演就一拍大腿："那就行啦，就是她了！"

因了这次机缘巧合，我后来考大学也选择了"学表演"，一所大学还真录取了我。记得喜从天降的那天我从北京回家，一进家门就抱住了爷爷奶奶，说："我要做演员啦，当明星啦！这是不是天赐良机？那咱今儿个是不是又可以庆祝一下，找个馆子去吃一顿？哈哈哈，我太开心了……"

二

肥童，成人糖尿病的后备军
——当一群"胖胖"向你涌来……

2021 年 7 月 31 日，北京儿童医院在大兴培训中心举办了"我健康 我快乐——减重夏令营"。这个夏令营面向全国，一连举办了好多年，深受家长喜爱。

开营的第一天，我们《别做"小糖人"》摄制组就来到了现场。

几十个孩子，男多女少，高高低低，大部分都腰粗肩厚、吨位惊人。

他们一开始都坐在一个能放 PPT 大屏幕的教室里听北京儿童医院临床营养科的闫洁主任做讲座，题目是"儿童青少年肥胖的危害与治疗对策"。闫主任讲到中国儿童的肥胖类型，她特别强调"单纯性肥胖"就是"吃出来"的。孩子们听到这，嘿嘿嘿地偷笑，你看我我看你，有的还一边听一边不住地往嘴里塞东西。而肥胖有可能引起很多疾病，这些病不仅有能看得见的黑棘皮症，就是我们的脖子上会出现一道道的黑条子。那是糖尿病的一种表现，还有慢性的、隐匿的，这些将来都会引发心脏和血管的大问题。

孩子们听到这，开始看脖子，有"黑道儿"的居多，集体同病相怜，脸上的表情哭笑不得，是一种久病成医以后的无奈和无所谓。

听完了讲座，接下来的项目就是"减脂运动"。

全体营员都必须按时间表迅速集中到活动中心的室外球场，在那里，清华大学社会管理研究中心副主任白靖老师正等着带孩子们锻炼——热身、跑步、蹲起、蛙跳、传球等等。60 分钟后，孩子们一个个大汗淋漓、满脸冒油。白老师一声结束的哨声响起，所有的"胖胖"就都如释重负，跟着松松垮垮、摇摇晃晃地向球场旁边的阴凉地涌来——大树下，正等着他们的除了家长，还有我们。摄像机已经架好，我手拿话筒也早就期待着能采访到几个孩子。

第一个小姑娘，看着身材并不胖，7 岁，是第一个最利落地跑到了妈妈身边的。我问她为什么也来夏令营："你这身体，看着也不算胖啊？"妈妈说："就是看到了有发胖的势头，我们才早下手，拿出 9 天，让孩子来夏令营锻炼锻炼。"

第二个男孩，洋洋，8 岁，向妈妈走来，累得还没靠近，就直想往妈妈的身上瘫。洋洋显然不喜欢有记者打扰，不看我。我就说："那先歇歇、先歇歇。你是有点胖哈。不知道班上有没有同学议论或平日里能听到一些你不爱听的话？"

洋洋缓了缓，点头，说："有。会。"

我追着问："真的？他们会说什么？"

洋洋接过妈妈递过来的矿泉水，一口气先喝下了大半瓶，然后一副小男子汉般的"满不在乎"："嗨，就是说猪啊啥的，我也不怕，早习惯了，根本就不会把他们当回事！"可站在一旁的洋洋妈却说"不是"："我儿子其实还是挺敏感的，有时回家会哭……"

现在，随着学校"小胖墩儿"们越来越多，校园里对肥胖孩子的歧视也在减少。但孩子们大多还是不愿意看到自己胖，一方面管不住嘴，另一方面又很在意自己的形象。

一个男孩叫祺祺，9 岁，挺着个小肚腩，跌跌抖抖地向场外的妈妈"走"来。他们家在山东青岛，这次来京是想利用夏令营减肥减重。

"你有目标吗？想减几斤？"我轻轻地问祺祺。

祺祺性格好，说："有，9 天，计划减掉 15 斤。"

"那可够高的。这个计划对大人来说都不容易。你能达得到吗？"

祺祺点点头，不卑不亢，用牙紧紧咬住自己的下唇，脸上一片汗水，反着光。

我摸着他的小肚肚，看孩子没反感，就继续问："看你这小肚腩，平日里吃得很多是吗？最爱吃的是什么？"

祺祺不设防："最爱吃甜食——慕斯！"

"啊，慕斯蛋糕啊？一块，假使有手心那么大，你一次能吃掉几块？"

祺祺笑了笑，看了一眼妈，又转向我，稍有不好意思地实话实说："那如果让我随便吃……我一次，能吃掉5块。"

可爱的甜食，可爱的胖子——彼此到底是敌是友？

另一个男孩儿，辉辉，爸爸之所以带他来，是因为爸爸就是2型糖尿病的成年患者。他看着儿子一天天发胖，高度怀疑自己的孩子会不会也已经有了高血糖的问题，尤其2020年宅家，体重一下子又涨了十来公斤。到医院一查，果然血糖已经很高，喝糖水两小时后的糖耐量测试，辉辉的结果是199，正常值只有44。医生说："你说你儿子是不是已经站在了糖尿病的边缘？"——爸爸可吓坏了。

辉辉的情况，正如医生说的，不是一开始就不好，他是上了二年级，学校要跑体育课的50米了，他不及格，这让一向成绩拔尖的他很难过。

采访到后来，我提议："要不这样吧，你歇会儿，咱去操场边，再跑一次。我就在一边给你掐表，希望你能证明自己。"

辉辉想了想，同意了。我示意摄像师做好准备。

这次再跑，辉辉已经使出了全部的力气，但依然跑得不轻松，当然也跑不快，他的动作既笨拙又有点"卡通"。我抱着他安慰，但没忍住，辉辉突然就大哭了起来，那眼泪，像拧开了的水龙头一样，哗哗如注，十分真实，也让人看了十分地心疼。

"我已经很努力了，但就是跑不快，跑不快……"

那之后不久，我得知辉辉真的确诊了糖尿病，想起孩子呜呜的大哭，那哭声仿佛都是"我不要！我冤死了！冤死了！"。

思博证词（2）

有了艺术，有了表演事业，我的人生一下子变得丰富、光彩。

尽管从一开始我就知道我得到演戏的机会是因为我胖，属于"特型演员"，但那我也高兴。后来哪怕左眼经常疼，都快瞎了，身体也时不时出现很多并发症——头晕、酸软，哪儿都不舒服，可电影、电视剧一开拍，导演的小板儿一打，我就立马精神，身上哪儿也不疼了。当然一停机，呱嗒一下，我整个人就又会瘫痪，歪在一边啥都不想动了……

后来有人不断地问我："你用'健康'去换'演员的辉煌'后不后悔？"

我病入膏肓才承认："多大的名气，值得一个人去——拿命来换？"

事实上一上大学，我还是新生，就没有按部就班。同学们都在教室里一天天地学习，我却很忙，片约不断，电影、电视剧、舞台剧、小品。

我是一块香饽饽，走到哪儿，都有一堆的朋友。

每次电影、电视剧杀青，就数我在饭桌上哭得最凶。舍不得和大家分手啊，什么导演、演员、服化道，投脾气的、有点小矛盾的，大家都爱来找我——我在驻地的房间总是车水马龙、人来人往，人们在一起说笑吃喝，零食饮料都管够，有时还涮火锅，长明火、接力锅。即使我不在，去拍戏去了，也有人在我的屋子里继续……就这样时间一长，人人都知道我刘思博不小气。我也不觉得"胖"有什么丢人，相反，"胖"使我成了开心果，"胖"也成了我的优势。

如果上网，大家能很容易找到我在 2019 年 5 月 31 日参与"黄金 100 秒"的表演，那是央视综艺频道于 2013 年 6 月 2 日就推出的一档大型综艺节目。节目的规则：表演者可以利用 100 秒的时间，尽情释放自己的表演才艺和激情，若能赢得现场观众超过一半的支持，能站满 100 秒，这样的选手就算成功，还可以获得一条纯金的项链。我一上台主持人先让我自我介绍——"大家好，我是喜剧演员小仙女刘思博。"明明一个"大胖子"，我却总爱以"小仙女"的名号出现，这样是为了效果。

主持人调侃道："啊，我们常说，见了帅哥你可千万别扑。但我们的刘思博就扑过一位帅哥，听说还是你同校的学长？是不是？有没有这事？"我赶紧接过话，老实承认："有，因为那是真事。"我上大学的时候真的喜欢过一位学长，又高又瘦，只是人家没看上我。我还不管不顾，爱了就表白，结果话一出口，吓得学长不知咋办，后来干脆离开学校。为啥呢？考个大学容易吗？但人家受不了，上课下课，宿舍食堂，什么时候被人看到，大伙都拿这段"艳遇"调侃，说："咱这小身子骨还撑得住？""要不要我帮你请个骨科大夫？"言外之意，就是跟我这么一个"大肥女"在一起，学长时时刻刻都得小心他的小身板，别被我压垮了，所以需要医生，还得是骨科的。无奈我最后就是不肯放手，人家又无路可逃，不退学还等什么？

哈哈哈！台下一片怪叫和口哨。

节目最后，一个男演员跑出来，扮相是"猪八戒"，说："思博，你别伤心、别担心。"说着就来背我，要把我"背回家"。可我，小 300 斤啊，哪里背得动？试了几次都没成。最后还是我一把把他薅起来，甩到背上，背着他下了台。这时再看观众——掌声、笑声、尖叫、手舞足蹈，台下已经变成了一片"欢乐的海洋"。

作为一个"特型演员"，真的，类似的演出、类似的故事，在我十多年的演艺生涯中，不胜枚举。我就是用自己的热情、聪明、才艺，甚至是"献丑"和"牺牲"来给生活添彩，让观众满意，让笑声爆棚。我心甘情愿，感到有价值。

不过我的奉献、我的风光，一切都是在"我胖但我健康"的花季。为什么说"花季"？因为花季太短了，过了季，别说我不会"胖有所为"，就是连生活都慢慢地不正常，越来越多的美食到后来我都不能吃、不敢吃，很多事我也不能做、做不了。血糖高了会出事，哪一天突然低了，我也会昏倒——糖尿病在我"风光时"已经潜伏，我孕育了一群小恶魔并一天天把它们养大。

直到有一天在排练厅里搬道具，6 楼，我自己摔了一跤。本能地想让身体往后躺，结果就坐到了自己的腿，嘎嘣一声，当下剧痛——我自己把自己的腿给坐折了。

这次骨折，我行动不便，腿上打了石膏，只能在宿舍里大小便。有一回因为尿不利落，把尿漏到了地板上，一走一黏脚。我当时还觉得奇怪："唉，我的尿怎么这么黏啊？"不知道那里面的"糖"已经很高很高。

回到家，奶奶也发现我尿黏，说："有糖？会不会是糖尿病？"跟着催我去医院看医生。

到了医院，那是我生平第一次测血糖，空腹，医生说："都 9.6 了！你的尿糖里还有两个＋号！"

什么概念？血糖、尿糖？

我当时只是偶尔听说过糖尿病，而且认为那是老年人才会得的一种病。

医生不管我的情绪，只认化验单："空腹血糖的正常值是3.9—6.1mmol/L，你看看你，都超标了多少？这种情况得住院，要全面检查。有家长来吗？"

我说"没有"，医生说："你现在这种情况很可能已经是糖尿病了，今后每顿饭，餐前，都要打胰岛素，得吃药！"

我问："吃什么药？打胰岛素起什么作用？"

医生不跟我解释，就开药，知道做更多的检查我也跑不了。那我就不理会，回家随便把药一扔，根本不吃！这事很快就过去了。腿也好了，我就又回到了学校，继续听导演召唤，排练、演戏、坐飞机，天南海北，白天黑夜，没事人儿一样。

直到 2019 年 5 月，我的眼一下子模糊了。那时，我还在为电影《废柴老爸》做宣传，全国各地搞路演。最忙的时候一天飞过两三个城市。下了机就到电影院："大家好，我是刘思博，在剧中饰演'拉丁小胖'的妈妈。我的'胖'是货真价实的，可没有用替身，不信你们亲眼看。哈哈！我希望大家都喜欢我们的电影，给我们评分。这真的是一部好作品，为了深表谢意，我先在这里给大家唱首歌吧……"

照惯例，台下总是一片掌声。

这天从赤峰又飞到深圳，再从深圳来到广州，晚上接待方还要安排酒席。我说我可不去了，再好的饭我也不吃了，我困，太困了，无论如何我都得回酒店先睡上一会儿。

就这样，我回到酒店，倒头便睡。

第二天一醒，我还以为天没亮呢，眼前怎么黑黑的。开始还琢磨是不是隐形眼镜没有摘，但马上意识到，不对啊，摘了啊。那还是眼睫毛掉进了眼睛里？也不能，我的眼睫毛，再怎么的，也没这么粗啊——

天啊！

天是亮了。可我的整个左眼，前方全是黑色的道道儿，就跟电视机屏幕坏了，忽然间就花了个满屏……

三

"糖尿病"是"富贵病"
—— 多少原因是自己造的？

多次采访刘思博，每一次跟她长谈都好几个小时。

一说起她的演艺生涯，她满足、骄傲，她太喜爱演戏了。

但越是这样，我心里就越有一层除了替她高兴以外的深深担忧。

有一次长谈之后，我想起了吃播，那种在手机短视频里眉飞色舞、大快朵颐的帅小伙或大美女，于是就"真吃、假吃、爱吃、会吃"的话题再次"请教"："思博，你老实跟我说，最能吃的时候，你到了什么地步？"

她说："说出来都没有人信———一次剧组杀青，我一晚上被几拨人请去吃饭，就在北京的簋街。麻辣小龙虾，天呐，胖子的杀手！那天整条街我进出了 6 家、吃了 6 顿，每一顿都不是装样子，是真吃。"

"6 顿？从什么时候开始？"

"从下午 4 点，到夜里 3 点。我就喜欢现在的中国，很多很多的地方都有'不夜城'，什么时候到美食街，哪个钟点都有饭吃。"

老天！

在北京儿童医院，我认识了一位老奶奶，她是带外孙小宝（化名）来看病并感谢医生的。

"您都不知道他怎么吃！天天狼吞虎咽，又不爱运动，家里的红烧肉、炖鱼什么的就不用说了，一次在学校吃饭，小宝一顿吃了 11 个鸡腿，这还不算其他的主副食。——那可把我吓坏了。这不，不到 12 岁，身高 1.65 米，体重已经达到了 91.6 公斤，是公斤啊！"老奶奶急得脸红。

小宝的 2 型糖尿病，幸运得到了医生及时的药物治疗和运动配方。

我很想见孩子，姥姥说"好"，让他借你们的采访坚持锻炼。随后，在中央电视台老台附近的小天鹅街心公园，我安排了一场特别的（用长镜头吊，不出人脸）的采访。

在公园的长椅上，我和小宝各坐一边。小宝说："一开始我胖，姥姥也没着急，更想不到我会得什么糖尿病。可是后来我呼吸都有点困难了，这才去医院，一查，做了呼吸道鼻腔镜，果然看到有一侧已经堵了五分之四。"

"什么？这是长了息肉了，因为胖？"

小宝说："是，应该是。"

"姥姥说你在学校午餐，有一回一顿吃了 11 个鸡腿，都把她吓坏了，是吗？确有其事？"我死盯这个细节。

小宝说："对。但不是 11 个，是 12 个。跟同学比赛，看谁吃得多、吃得快。"

哦，原来是 12 个。

"那 2020 年，你才 11 岁半，体重就已经达到了 91.6 公斤，血糖、尿酸的指标接近糖尿病了。这个'胖出来'的结果你自己知道吗？害怕吗？"

小宝不言声，低下头："知道。害怕。但减肥实在是太难了。"

我知道，孩子胖起来容易，但减肥减重，可不是一朝一夕。冰冻三尺，非一日之寒。而且很多家庭孩子的"胖"，是家庭的营养过剩——家长胖，孩子岂有不肥的道理？这让我想起每次去西餐或中餐厅吃自助。看到膀大腰圆的孩子端着满满的一盘子冷荤甜品，我就条件反射地为这样的孩子担心，但扭头一看家长——爹妈也都身宽体胖，心理立刻崩溃，挡不住："完了，这样的孩子注定会肥胖。"

2021 年 6 月 25 日之前，一个初三的女孩，倩倩（化名），同意接受我的采访。

倩倩告诉我："我们家就都好吃，老北京嘛，历来比较讲究饮食，属于吃货之家。"

倩倩 15 岁，"胖"是突然爆炸式的。要初中升高中了，这是关键时刻，在她和父母的心里，去医院体检和努力复习考试，哪个更重要？他们一致认为是后者。

中考后，倩倩不仅得了糖尿病，而且高血脂、高血糖、高血压、高尿酸——四高，一下子全涌来。三口之家，登时天塌。

说起来，倩倩的爸爸还是大学教师，有文化，不能说对医学没有了解；况且他自己的奶奶，就是尿毒症去世的。父亲这辈 6 个兄弟姐妹，中年已有 3 个都戴上了糖尿病的帽子。因此他知道糖尿病是有"遗传"和"后天致病"两大因素的。但女儿过去"小升初"，三年以后又是"初升高"，他和爱人都觉得"不让孩子吃好、吃嗨，营养不够，那没脑力，可不行"。

可什么叫"吃好、吃嗨"？

"倩倩爱吃牛排、炸鸡柳，我们家就一个星期至少三次，基本上隔一天一炸，隔一天一煎。即便后来倩倩已经检查出了糖尿病，我们家双开门的冰箱里还有很多很多的'存货'，到今天都没来得及送人或处理掉。"

听到这个细节，正好那天在他家，我就感到好奇，提出："能不能让我看看？"

"现在？"

"对，就是现在。"

我的想法很简单：求证，用事实说话。而且做电视，如果真能拍到倩倩家还有储藏的满满的一冰箱牛排和鸡腿，那一个"吃货之家"究竟是什么样子就一目了然，将来对节目也可以增强真实感和冲击力。

感谢倩倩爸爸的支持。

结果，摄像师就真的拍到了一组"长镜头"。

倩倩爸一袋一袋地往外拽半成品，我在一旁一袋袋开数：1，2，3，4，5，6，7，8，9，10……我的天呐！一口气数到了十袋，都是大袋，一公斤装，还没数完。而且就这，倩倩爸还说："您别急，我们家还有一个小冰箱，那里面也都是……"

天呐！见过能吃的，没见过像倩倩家这样能吃的！

"然后碳酸，我们还有很多的碳酸饮料，全家人都好这一口，倩倩尤其离不开。"

"糖尿病不是不能喝甜饮嘛！"我提醒，还以为倩倩家不知道。

可倩倩爸说："知道！现在是不喝了。但您看我们家过去，有多少？"说着他又拉开厨房的柜子，走廊、过道的柜子。啊，那里面满满当当塞得到处都是……

我想看看倩倩的卧室，那是她睡觉、学习、复习的小天地。屋里只见一张大号写字台，和小床各霸着房间的一半。

我改问倩倩："你不那样吃不行吗？非得天天鸡腿、牛排？"

倩倩说："不吃不行啊，您看我每天，就坐在这张写字台前玩命地复习。您知道我一坐，得多长时间？"

"多长？"我正要问呢。

"一天8到12个小时。"

"啊？这么长时间？不这样不行吗？"

倩倩说："不行。不然就考不上高中，还别说好一点的。"

"至于吗？"我很心疼。

倩倩原话："挺至于。"摄像师在一旁听了，都忍不住捂嘴笑。

采访变得有点沉重，超出了"肥胖"。

本来曾经有一个选题——"中考分流"，就是我要探讨"职业教育"

在中国的必要性。社会不一定都要鼓励人人上高中。那时我就听到一个数据说："即便是北上广深这样的大城市，初中能考上高中的也只有 50%，就一半。"竞争严峻，形势逼人，所以倩倩的"挺至于"为真。

2021 年 6 月 25 日，倩倩中考后，终于来到北京儿童医院进行检查。那时，她已经在家附近的医院先做了一些化验。我征得她和父母的同意，跟拍，拍完了医院，才去的她家。

接诊的是临床营养科的闫洁主任，主任让家长先带倩倩去验尿和血气。查这两样东西是医生首先得看倩倩是否已经有了酮症酸中毒；如果是那样，问题就严重了，倩倩就得住院，不能回家。我在一边看："啊？酮症酸中毒？那是什么病？跟糖尿病有关吗？"

闫主任说："怎么没关？很危险。"说着她引我看桌上的电脑，电脑上有倩倩已经录入的化验指标，"这姑娘，本来是来看肥胖的，但她的糖耐量，这是确诊糖尿病的金标准，平时 11.1 我们就可以诊断为糖尿病，她是 11.72。还有，她的尿酸，已经 700 多，正常值是 400 多；血脂，高密度脂蛋白都不正常；再喝完糖水后两小时的胰岛素，也高到了 900 多，正常值不超过 44……您说我急不急？这孩子现在就已经进入了糖尿病最严重的情况……"

啊？没想到。我都僵在了那里。

还好，25 日那天倩倩的检查结果还没有出现酮症酸中毒，但糖尿病的帽子是不能摘了。从此倩倩的生活，当然也包括他们全家的生活都将随之改变。孩子从不运动到每天必须坚持运动；家长从由着性子让女儿吃，到不得不收起那两个冰箱的鸡柳和牛排，改吃素、吃淡、营养均衡。

"病"字当头，什么都得让路。

倩倩的写字桌，那张从早到晚总是被书本铺满了的大桌子，取而代之的是抽血器、化验棉签、试纸、针管、胰岛素，此外还有各种各样的药瓶、水杯和保温瓶……

思博证词（3）

我的糖尿病，属于 2 型，问大夫会不会遗传，因为我妈和她的家人本身就有糖尿病。大夫说："有可能，但即使你有家族遗传史，肥胖也是加速器。"

我心里痛，不是确诊了有病，而是无爱。我说的"爱"是来自异性的爱。

从小到大，从来都没有人把我当女孩，所有男生见了我也都是兄弟，一起吃喝、一起唱歌、一起出游，甚至打架斗殴都来找我——"胖子"天生就没性别？

但我到底是女孩儿啊，豆蔻年华，鲜花盛开。

大学期间，我的情感生活一直都很干净，曾经爱慕学长，紧追不舍，最后吓得人家辍学。那是游戏，都是闹着玩，没动真感情。

第一次有人爱我那是大学刚毕业，一个男孩出现，跑到我河北的老家说要跟我好。我那时在剧组，"江湖地位"不低，首演电影就是跟陈可辛、古天乐合作，自然片酬也较高。但即便如此，因为从没有男性向我示爱，情侣之间一起逛街、吃饭、拉拉手的情景，让我羡慕不已。

这个男孩敢于在超市里跟我卿卿我我，我立刻投降了。

这就是我的初恋。这段感情中我很投入、很用心。那时我挣的钱，几乎都花在了他的身上。美食、名牌、最先进的手机、用品，我要把我的男朋友打扮得帅帅的，甚至在经济上我都支持过他的家庭……

可后来呢？男友被我宠、被我惯，本来就不思进取，确定了关系后干脆就躺平。这还不算，一段时间后，他还有外遇、出轨。这给我当头一棒。好难过，锥心地疼。但我没倒下，也没有后悔。毕竟这个人曾经爱过我，在我最需要的时候他出现了。只是感情归感情，理性归理性，他做什么我都能够原谅，唯独这出轨我忍受不了——我认为这是对感情的亵渎、背叛。

初恋的伤害延续了很长时间，这中间很多年，我都没有再谈恋爱。

无数个夜晚，我把房间里的灯都打开，但没用，心里还是极灰极暗。

但还好，"老天爷饿不死瞎家雀"，失恋打击了我的自信，却没有动摇我的善根和对世界的友好。

几年后，真爱来了。

我真心地爱上了一个人，而且那个人也真心地爱我。我们刻骨铭心，心无旁骛。他是一个警察，而且是一名牛高马大、孔武有力的优秀刑警。我们俩的职业相差十万八千里，但偶然相识，我的"总在照顾他人"深深吸引了他，让他觉得这是太难得的善良和朴实。

然而事情到了要修成正果的时候，打击又来了。

因为胖，他家里不同意。

我和他父母怎么做朋友都可以，一旦换了身份，成儿媳妇就"不行不行！这可不行！她那么胖，300斤的大胖女，光可爱没用，将来怎么给咱生孙子？我们家庙小，装不下您这尊大佛"……

委屈、尴尬，比山高，比海深。

可是越不行我却越不舍，怎么能舍呢？

跟我的初恋相比，这份感情，不是塑料花，是鲜嫩芬芳的真花。整整一夜，从掌灯到鸡鸣，他跟我通电话，手机都打烫了、打爆了；没有电了，充上，继续打。反反复复，他就是那几句话："刘思博，我爱你，是真的，真的真的，你很善良、很可爱……"

想想，这世上怎么会有一个人一整夜一整夜地给你打电话，没完没了地就说一句话？不是醉，不是迷糊，是按捺不住，真心纯心，海枯石烂。

面对他的家，我想改变。支持他的孝顺，我也得变！

但减肥哪有那么容易？

我做演员，他是刑警，如果这对鸳鸯很不相配，我就改行。立刻推掉了一切与剧组的签约，但没用。

我终于恨起了我的肥，恨不能撕下这一身的肉、扇自己的嘴。让你吃！让你吃！可是300斤，哪能撕得掉、揪得下？

后来我几乎尝试了所有的减肥手段，也踩过了几乎所有减肥的坑，但没一样管用。苦苦地不吃不喝，跑步跳舞踢毽子，只要一停就反弹，体重噌噌噌地还会比过去长得更快、更疯狂。

我哭，哭得昏天黑地。一辈子不怎么流泪，这一段却汇成了江河大海。

分手后，我耷拉着脑袋又回到北京，回到了我过去的生活。但从此我轻易不敢再爱……

四

原来你是"胖死的"？
——糖尿病的温柔与凶险

也是在北京中日友好医院减重糖尿病健康管理中心，我曾经遇到过一位 28 岁的北京小伙，就是胖，单纯地胖。到 2019 年体检，查出有糖尿病，打击突如其来，从此打针、吃药，一般情况下，一辈子都不能停。

这个人后来不同意用真名，我就叫他 XP。

其实对于糖尿病，他也不是没症状，只是自己不懂。比如睡眠呼吸暂停综合征，就是睡着睡着，人经常会不能平躺，喘不上气来；于是就"坐"着睡，完全不知这种状况其实已经很危险。有些"胖子"就是这样把自己能给"睡"过去了。这绝非危言耸听。

如果提及糖尿病的危害，并发症至少有十种：

会引起眼底病变，导致患者眼底出血、视物模糊，甚至失明；

会引发糖尿病肾病，让患者出现蛋白尿；

会血速减慢，从而引起脑血管阻塞；

会高糖，导致颈动脉硬化；

会血稠，带来心脏冠状动脉粥样硬化；

会糖尿病足，严重者因足部坏死需要截肢；

会出现植物神经受损，造成胃轻瘫；

会点爆周围神经病变，引起周围神经病；

女人过胖，会不来例假或例假失常，多囊卵巢综合征更会造成妇女难孕或不怀孕；老年人一旦出现血糖极高，还会伴有高渗高血糖的昏迷；而血糖波动大，当患者血糖过高，会引起酮症酸中毒，这就是医生常常担心的——这种病很多人根本就不了解，更别提警惕，但身体一旦出现了"酮症"又没及时送医，快速死亡是很危险之后的结局。

……

又一个由北京儿童医院组织的"糖尿病患儿健康管理康复夏令营"，

在北京延庆（第 24 届冬奥会北京的赛场之一）一个叫"奥伦达部落"的度假区举行。我们摄制组再次出发采访。

这次的营员有大有小，我采访了三位大哥哥、大姐姐。他们都曾经出现过酮症酸中毒，若未及时送院，已经不幸。因此说起当时的"酮症"，他们有很多感慨。

第一个姐姐叫子雨（化名），2021 年 23 岁，差点出事时是在 13 年前，2008 年 8 月 15 日。

"那年我才 10 岁。我们家是京郊农村的。发病时我去奶奶家玩，大山里，玩了一圈，回来就低烧，开始也不知道是怎么回事，拖了好久才去县医院。可到那儿一测血糖，太高了，都测不出来了。医生说我得了糖尿病，而且已经出现了酮症酸中毒，得赶快去大医院。这样我就到了北京儿童医院。记得当时我是被叔叔背着进的抢救室，妈妈很着急，救了两天，差点就没命……"

第二位姐姐叫文娅（化名），参加夏令营时，她已经通过了考试正准备去国外上大学。说起糖尿病，文娅也是发现得很晚，送到医院时已经昏迷。

"开始熬了好几个月，一直以为是感冒，非常口渴，天天不断喝水，有时大半夜的喝奶，一次能喝 5 袋。"

"5 袋？这怎么可能？"

"但就是这样，一袋接一袋地喝，一口气。"

按说三多一少（多尿、多饮、多食、体重下降）是糖尿病明显的症状。"你们不知道吗?"文娅的妈妈意识到女儿"可能出了点问题"，还带她去当地的医院做过全面的检查。只是十多年前，人们对"儿童糖尿病"的警惕比现在要低，所有检查中最应该做的"血糖"一项，医生按传统观念判断——"这么小的孩子血糖怎么会出问题?"，还专门给去掉了。因此，文娅的病情被耽误。

"一拖再拖，后来有一天我实在难受。学校运动会，同学的妈妈刚巧是医生，一测我的脉搏，说这孩子不对，心动过速，得赶快送医院。就这样，我爸妈才开着车把我送到了北京儿童医院。进了急诊室，医生一脸的严肃："你们怎么这时候才来? 这孩子不能走了，得马上进重症（监护室），就是 ICU！"

文娅和子雨当年能"活过来",纯属幸运。

文娅告诉我:"跟我同来的一个男孩,就是因为酮太重了,没有被救活,就在我的身边……"

北京儿童医院,一个以"王锐"护士长名字命名的"特别工作室",主要接收 2 型糖尿病的患儿。这些"小糖人儿"都出现过酮症酸中毒。

王锐带着我走进了病房,一片"小胖子"坐在床上,不是"冰墩墩",而是"肉墩墩"。他们都"很资深",互相议论的话题也都"很学术",每一个孩子都会很熟练地给自己扎指血、测血糖、吃药和拿起针来往自己的肚子或胳膊、大腿上打胰岛素。

王护士长告诉我:"我是 1989 年医学院一毕业就干上了这个专业,那时候见到的'胖孩子'还很少,一年也遇不上两三个;但现在,每周都会来一两个。家长普遍反映不懂糖尿病的危害,如果早知道,那就不会让孩子太胖,不会发展到'酮症酸中毒'。"

"这是刹车刹晚了?"

护士长点点头:"就是。把胃撑大了,你再让他少吃,很困难。孩子总是会饿,嗷嗷叫。"我们收住院的患儿时要做一种检查让他们禁食禁水。这些胖孩子不能正常地开饭,护士就把饭给他们留起来。但有的孩子可忍不住,趁着医生护士不在,一把把饭拿走,几分钟的时间就统统吃掉。

一个 8 岁的女孩一到开饭的点就追着送饭的车,车到哪儿她到哪儿。护士阿姨说:"宝贝儿,你别追了,今天你不能吃饭,真的。"小女孩回答:"知道,我知道。我不是要吃,我只是跟着饭车闻闻味儿……"

孩子慢慢胖起来不是他们的错,但因胖而病,是要让他们自己承担所有的困苦和治疗的艰难——你说这些患儿可不可怜?

思博证词 (4)

2021 年 3 月 5 日,大家都熟悉的吃播网红——"泡泡龙"突然去世。他那个吃法,是一种职业、一种自虐,目的是出名、挣钱。

泡泡龙只有 29 岁,但外形早已胖成了一位大叔,死前纵使粉丝 1300万又如何? 还不是说死就死,突然猝亡?

整整 10 年,我是怕去医院挨医生的骂的,干脆就一直不测血糖、不体检，标准的讳疾忌医。这跟当下很多年轻人无视生命、不见医生、胡吃海塞、蹦迪熬夜、玩手机不分黑白真差不多。我们都自欺欺人，都以为反正还年轻，再怎么也死不了；但死亡忽然站到你面前不远的地方，害怕都没用。

因此手术我是不能再犹豫了。

奶奶死后除了我，爷爷身边还有一个大孙子，就是我叔叔的儿子，我的堂弟，过了二十身体也开始发胖，潜在的也有血糖问题。我真担心他步我的后尘，但没法，眼下的家，如果谁还能帮我，就是他了。

术前堂弟一直在问："姐，你了解孟化吗？知道切胃手术究竟是怎么回事吗？有没有风险？后遗症是什么？一刀子下去可就没有退路了。"

我上网查，孟化是主任医师，也是首都医科大学、北京体育大学、北京协和医学院的研究生导师。他的人物介绍是这样的："长期从事胃肠道疾病的诊治，擅长腹腔镜下胃肠道疾病的手术，胃癌腹腔镜、食管反流以及甲状腺、乳腺疾病的治疗。"只是他自己说："过去很少跟病人交朋友，原因就是很多人，尤其是胃癌患者，会一个个地'消失'，因此我很难受。"2011年，孟化率先在国内开展了"腹腔镜下肥胖症及代谢病的手术"，也就是切胃。2018年，他的团队已经开展了500多例手术，如果平均每个人能够减重50公斤，那这500多人，一年就是25吨，而且没有一例严重的不良反应……

堂弟听到这儿，大致放了心。但手术"管不管用"呢？

我告诉他，目前世界各国医生所做的"切胃手术"主要有两种：一种叫"袖状胃"，另一种叫"胃旁路"。"袖状胃"很好理解，就是医生把胖胖们胃的"大弯垂"部分切掉，让他们的胃变成一根"香蕉"。"胃旁路"呢，则是专门针对像我这样的胰岛功能已经受损、血糖已经出现了严重异常的人。医生会把我的胃人为地做出一个"胃小囊"，让这个鸡蛋大小的"新胃"跟我远端的小肠连接。术后一方面会帮助胖者减少食物的摄入及吸收，另一方面更会刺激我们小肠里的内源性L细胞分泌出一种叫作GLP-1的"能降糖"的激素。这样我们自身的胰岛功能就会得到恢复和提升——你明白了吗？"大弯垂"能升糖，"新食道"会降糖，我的糖尿病也就有可能被治好……

从2011年到2021年，十年，孟主任自己独立完成的"糖尿病减重手术"已经近 6000 例。2017 年，他的团队对数百名患者进行了术后随访，其中"糖尿病的完全缓解率"为 91%，"高血压缓解率"为 100%，"高血脂缓解率"为 100%，女性"多囊卵巢综合征缓解率"为 100%，男女因肥胖出现的"重度睡眠呼吸暂停综合征"也实现了 100% 的改善……

这么多的百分之百，人还需要担心吗？再说就是担心，我还有路可走吗？

决心接受手术。咱不图能够减肥，术后，我还有一个跟生命抢时间的计划，就是反正我已经这样了，最后我要做一件事：开通抖音，把我的故事广而告之。我这个反面教材不能浪费，我要现身说法，提醒天下的胖子、糖友和准糖友警惕糖尿病……

五

患儿要把自己藏起来？
——偷偷蹲进厕所打胰岛素……

我在"奥伦达"夏令营遇到一位 12 岁的小姑娘，在征得她母亲的同意后，让摄像师拍了一段她自己采血、测试、打胰岛素的连续段落。小小年纪，已经不得不学会"自我管理"。

韩涵（小姑娘自己起的化名）正在备针，我轻轻地问："你从多大开始就给自己打针了？"

韩涵说："11 岁。"

"那时，害不害怕？"

"害怕。既怕针头扎进肉里，断了，又怕疼。但很快，我就不怕了。"孩子的冷静，超出了她这个年龄。

我进一步："那你周围有谁知道你得了这个病，每天都需要打针、吃药？"

韩涵："没人知道，除了我父母。"

"病又没有罪，得了糖尿病，也不是你的错，为什么不肯告诉别人？"我真不理解。

但韩涵依然坚持："同学一旦知道了我有病，就没人跟我玩，所以，不说。"

"那所有集体活动，'小糖人'很多都会在吃饭前自己给自己注射胰岛素，你去哪儿？"

韩涵说："我会去厕所，拿着胰岛素去厕所。"

"厕所里万一碰上人，不是也躲不过去？"

韩涵的声音稚嫩中含着老练："不会的，我会找那种有格子的，一间厕所只有一个人的。"

"哦，你的意思是进去之后就把门关上？"

"对，我一定会关上……"

"可通常人方便很快，我的意思是'你消毒、抽药液，然后再打针'，这件事会用时很长。"

韩涵打断我："没事，我很快，打惯了。就是走到哪儿都得背着这个胰岛素的小冰盒，有点特别，老师、同学们都会问，还得找个辙去解释。"

"找个辙去解释？"我很难想象一个12岁孩子背负的心理负担。

一个问题，其实我一直想问，就是说不出口，怕往孩子们的伤口上撒盐："一旦得了糖尿病，孩子们有没有'病耻感'？"

王锐护士长曾经跟我说："有，这个问题您不用去问孩子们了。糖尿病的患儿都有心理问题。第一，自己有病怕被歧视，自卑；第二，尤其1型糖尿病的孩子，他们一旦得上，很难好，有人还不得不一辈子都打胰岛素，这让孩子们很难受。"

文娅跟我说："自从我得了这个病，心里就一直有阴影。很生气，为啥是我？为啥老天爷偏偏让我得了这种病？"

大亮（化名）是我在"奥伦达"采访的一个大男孩，他的糖尿病发现得也比较晚，一旦发现就跌入了"严重型"的深潭，没法自拔。

他告诉我："其实我们得了这种病，吃药、打针，给家庭带来了经济负担，这只是一个方面；另一个就是公开还是隐瞒，要选择。"

李文解是一家公益基金会的负责人，他的日常工作就是替公司资助那些儿童糖尿病患者，帮助孩子们远离糖尿病。

李总说："现在，我们有时会搞一些讲座。说出来题目您都不信，就是专门针对刚刚就业的糖尿病青年，大家一起来商讨'怎么在职场上有效地隐瞒'。"

"隐瞒？非要这样吗？"

李文解说："目前，现行政策很多岗位对糖尿病还是体检通不过的，企业照此办理也无可厚非。因此'技巧'就非常有用。比如一个患糖尿病的小伙或者姑娘，他们不能喝酒，含糖的饮料也不能碰，那招待客户或在餐桌上洽谈，别人举杯，你怎么拒绝？糖尿病的病人不仅怕高血糖，还怕低血糖，有个女孩在给客户讲着讲着提案，突然头晕、很难受，她如何找借口？此外还有跟领导出差，过安检时，谁带了胰岛素，那安检是一定会检出，你又怎么解释？"

声誉、经济、求学、求职，糖尿病儿童随着年龄的增长，一天天明白自己的难处和生存的不易。而假使你是用人单位，换位思考，社会上还有健康人，人力资源的经理为啥要请一个有病的？老板知道了会不会皱眉头？

大亮就是把自己的问题一直隐瞒到了初中、高中、大学，直到2022年毕业，他还在瞒。他常常一场噩梦，醒来通身大汗。至于究竟能瞒多久，他说很迷惘，不知道……

思博证词（5）

2021年4月的一天，我来到中日友好医院8楼普外科的门诊，决定见孟化。

他耐心地听完了我的叙述。显然，从来没有像我这样的患者，手术不为自己，为的是直播，而且没有悲伤，浑身还充满了斗志。最后我问："您愿意配合我了吗？"我几乎是在祈求。

孟主任一半对我一半像是对他自己说："用生命作证？公开病情？公开手术？刘思博，你真的想好了吗？"

我说："想好了，这样我就觉得自己还有点用。"

尽管我的情况经认真评估，孟主任认为是他开展切胃手术以来遇到的最复杂、最困难的一例，但主任最后还是答应——"让我们共同面对，迎接挑战"！

真不知该怎么感谢孟化，他让我在绝处又看到了一线光明。

那一刻我真想哭，红了眼；但一咧嘴，还是笑了。

我的笑，确实帮助我收到很多很多的关爱，让我明白了哭不一定是人生最好的求助；而笑，特别是能忍住眼泪，苦中作乐，更能博得同情。

　　我很快就住进了医院北区的单人病房，每天都有运营商派出摄像师和剪辑师来给我录像、剪辑，然后把我的故事一条条放到抖音上。

　　快300斤重的一个大胖子，放下过去的"花枝招展"，穿上蓝白条的病号服。那病号服如果摊平，简直就是一张双层床单；但我穿上，不嫌大、不嫌丑，如同战袍。

　　我把我为什么肥，为什么得了糖尿病，如何瞎了一只眼，如何到最后病入膏肓，一天天、一段段都录成了短视频。很快，我的粉丝遍及全国各地甚至全世界各地的华人圈子。

　　我不怕被别人笑，甚至术前我必须清肠清胃，出现了很难受的饥饿感，我也真实地告诉给大家："我饿死了，快饿死了。我必须找点吃的。但是病房里没有面包、没有饼干，这些我都不能碰。我能吃的只有黄瓜、西红柿。"

　　后来有记者来采访，发现我的病房里怎么会有个锅。我告诉她："很长时间以来，我一日三餐，都是只能吃涮菜，香油蒜末、麻酱调料，统统都不能沾，我能蘸的就是酱油和醋。但即使是这样，我的饭一天也赶不上我吃的药，一天下来，我的药有9种，总共有60多片……"

　　十几年的演艺生涯，玩个抖音咱轻松愉快。但每天我都告诫自己：一定要用真心，真真实实地现身说法。如果哪一天有时间和精力，我还会把自己打扮成"小仙女""开心娃"；但没时间和精力了，就不化妆，素面朝天，扭着肥胖得没了形的体态，把一个真实的大胖子晒给世界。

　　但是，尽管我做好了切胃的一切准备，手术之前，孟主任还是特意来到我的病房，跟我实话实说："多年的糖尿病已经使你的血液黏稠度和凝血功能不再正常，如果手术出现大出血，那还是会……"

　　会什么？大出血？死？对于这样的"敌情通报"，我一点都不怕，因为我心底总有一个理由："我还有退路吗？"

　　不过进了手术室，当沉重的大门在我身后哗啦啦关上，麻醉前的那一刻，我的天啊，我的心突突的："真的会死在手术台上？"

　　孟主任的脸，庄重自信，他攥住我的手腕："思博，别担心！我们大家都爱你，会好好做，你也会重新获得健康。相信我，相信我们的团队……"

我信孟化，从第一次门诊，从他听完我的故事后满含热泪，我就信了。

麻醉劲儿上来以后，我就啥都不知道了。果不其然，手术出现了巨大风险，后来如何化险为夷我当时并不清楚。我是看了直播回放才后怕，北京电视台专门为我录制了一期《生命缘》，真实地记录了我的病况，以及孟主任的实况手术。

最后，手术成功了，我被推回病房。尽管接下来的站立、行走我又得付出巨大的疼痛，但这都是后话。成功和咬牙忍痛锻炼相比，那根本就不是事。

"我用生命作证"，就这样，取得了决胜的第一步。

六

减重控糖从娃娃抓起
——国家行动需要你我参与！

北京儿童医院内分泌遗传代谢科主任巩纯秀是刀子嘴豆腐心，她对患儿总是轻言轻语、谆谆教导："少吃多运动、吃动两平衡"。但是面对媒体，她竟敢放言："我们要把'儿童减重'提高到像禁毒一样——吸毒会成瘾，吃喝会成瘾；同样的道理，懒，也会让人成瘾！"

减肥与戒毒，二者如果相提并论，那吃的问题可就太大了。

2021 年 7 月，中国举办了首届"肥胖大会"。

孩子、大人一听，哈哈大笑——"肥胖"也至于开会？而且是全国性的大会？

对。

面对中国肥胖与糖尿病的压力，"减重"得愚公移山。

2016 年，那是中国进入"世界第一"的"肥胖元年"。2020 年，中国已有 6 亿人超重+肥胖。学者把"肥胖"提升到一场"公共健康危机"的高度，就是不控制体重，我们泱泱大国，有"自毁长城"之虞！

面对这场看不见硝烟的战火，有人还大咧咧的，觉得是杞人忧天："人家西方国家，丰乳肥臀的大胖子有的是，人家也没有着急。"

　　你怎么知道人家就"不急"？

　　二战以后，芬兰有很多孩子没有爸爸，这些年轻的父亲不是战死沙场，而是因为突然生活好起来了，大吃大喝出了心脑血管疾病。此后国家采取强硬措施，把健康融入政策之中。又用了30年，芬兰才使全国心脑血管的死亡率下降了80%，成为全球健康管理的典范。

　　赵文华，国家疾控中心研究员，中国首席营养学专家，多年来对中国儿童和青少年的肥胖、肥胖与糖尿病的关系、国家应如何防控，做了大量的研究和建议。

　　我请她告诉我："面对今天的'肥胖大敌'，我们应该如何应对？"

　　赵教授非常支持。她不仅给了我相关的国家政策，也给了我纠正和改善的信心。比如2020年12月23日，国务院新闻办发布了《儿童青少年肥胖防控实施方案》，这个方案是由国家卫健委、教育部等6部门联合印发，不仅分析了现状，而且也提出了治理目标。

　　而早在2016年8月26日，中共中央政治局就召开会议，习近平总书记亲自主持，会议审议并通过了《健康中国2030》规划纲要，里面强调："健康是促进人的全面发展的必然要求，是经济社会发展的基础条件，是民族昌盛和国家富强的重要标志，也是广大人民群众的共同追求。"

　　2017年7月，国家围绕"疾病预防"和"健康促进"两大核心，已陆续开展了15项重大的专项行动，其中一项就是"实施合理的膳食行动"。——国家在未雨绸缪！

　　中国历来的中小学教育没有"食育"，但从2016年开始，国家已经在北京顺义区的一所小学和一所中学紧锣密鼓地展开了试点。

　　顺义的试点形象、立体，可模仿、可复制，我和编导无论如何都要安排采访。

　　那"食育"如何搞？具体包括哪些内容？

　　裕龙小学的陈静副校长："主要包括墙报、饮食课。吃有吃的标准，必须按科学的菜谱来，比如荤素搭配、盐油糖、热卡的量……学生们接受了，回家就去指导父母，而且看着自己'被试点'后很快苗条了起来，也很自豪，都不想让自己再胖了……"

在牛栏山一中实验学校，赵金龙副校长介绍道："我们的试点是除了体育课，还增加了每天'阳光一小时'。同时天天都安排学生到学校的'开心农场'去干活，南瓜、土豆、彩椒、西红柿、大葱，亲手翻地、撒种、收获。孩子们通过'动'，重新塑身，一年后'肥胖下降率''体育达标率'都比试点前要提高了很多。"

赵校长还跟我说了一件事且反复叮嘱："您可别放进你们央视的节目——我们区日前搞活动，外校的学生都坐大巴车来了。一下车，很多孩子都胖胖的，行动笨拙、迟缓。可您再看我们学校的孩子，个个结实、健壮、体轻如燕。不一样，那可真是不一样啊！"

顺义的经验：控制体重，从娃娃抓起，完全可能！

赵校长信心满满地说："咱中国人做事，只要想做，还没有什么做不成的！"

尾声

2021年8月，刘思博术后3个月来医院复查。这一天，她化了妆，头上扎了拨浪鼓一样的两只小辫子，大框眼镜也架上了鼻梁。我知道——好消息来了。

果然，她坐在病床上，声音从虚到实、由弱渐强："我的妈呀，真不敢相信，我的糖尿病——好了！"

什么标准？怎么证明？

"空腹血糖4.11，糖化血红蛋白5.5，这两个指标的正常值分别是7和6.1—7.9。"

对，刘思博的血糖重归正常。

"三个月，我的体重也减了60斤。更重要的，从术后，我就没再吃过一片药、打过一针的胰岛素！"

糖尿病不是没有逆转的可能吗？刘思博出了奇迹？

自从开始运营抖音，《胖女孩日记》每天播出，时时更新——

2021年5月24日，刘思博不无感慨地对着屏幕说："我的'粉丝'已有4万多了。原来这么多的人有血糖问题。糖友们一定要吸取我的教训，不要等到眼瞎了、脚指头也不会动弹了，才去干预。这之后还有很多、很可怕的并发症……"

8月10日，刘思博发给我一条微信："长江老师，您能来看看我吗？半年的复查也出来了，您猜什么样？肯定想不到……"我说好，匆匆前去。刘思博已在医院大院一座红色的小亭子前等待。见我过来，她快速起身，一边招手，一边向我奔来："您看，我是谁？我是不是刘思博？是不是又瘦了？"

啊，这可真是。身体窄成了过去的一半，大脸也变小了、变长了！

出院后，刘思博的抖音又多了一个"控糖小厨房"，她把自己在北京租住的房间一角改成了厨房，每天教人怎么做饭："控糖早餐""不升糖的主食饺子""冬瓜丸子新做法""放心吃的皮蛋瘦肉粥"，甚至还有"低糖版的糖炒栗子"……

一年后，她的体重减去了90斤。有一天她万分高兴地跟粉丝们说："你们知道吗？我今天特别特别地高兴。为什么？我有锁骨啦！而且能跷二郎腿啦！这个动作，过去二十年，我可是根本就做不成！"

当然，即使血糖已经回归了正常，刘思博是不是就从此找回了健康？医生说不是。事实上她的身体还很弱，肾功能不好，一次因血糖过低又被送进了医院；还曾贫血，险些昏迷，都叫了120。但为了增强体质，2022年夏天，她开始锻炼，后来发现游泳可以提升肾功。这个好消息她可得告诉大家，于是就有了很多她身着泳装在水中的直播。而且为了持续让人懂得肥胖和糖有关，她不仅用抖音录像，还计划举办"糖人俱乐部"，带网民开展为期14天面对面的"糖友营"。她的事不断震惊媒体，尤其是新媒体，最精彩的一次专访，网上点击率直逼2000万！

2020年10月，北京顺义两所学校，在"食育""劳动"明显取得成效后，已在全区启动了《十万学生健康体重推广方案》……

第一次采访完小宝，他曾跟我有个"约定"，就是两个月后再来看他坚持减肥的成果。"12个鸡腿"已成往事，如今的他瘦了很多，发誓不做"糖友"，要远离糖尿病。

青岛的祺祺后来9天还真减掉了15斤。回家后他妈妈也发来了微信，让我看照片上"小胖墩儿"如何变成了"小帅哥"……

还有倩倩的情况更令人振奋，爸爸终于处理完了两个冰箱的鸡柳和牛排，"吃动两平衡"正帮助这个自诩"吃货"的家庭养成全新、更加健康的生活方式。

憾事只有一件：采访时我在北京儿童医院碰上的那位 8 岁男童好儿，数日后又来到医院做检查，可中途就突发高烧，陷入昏迷……后来，几家医院合力救治，孩子的性命是保住了；但医生说起他的病因，不认为完全是血糖，他被诊断为尿崩症。尿崩症是个什么症？病情怎么会突然发展得如此之快、如此之凶险？这让家长和所有知情人都感到震惊——和肥胖有关吗？是肥胖影响了肾功能吗？

谁能给出一个答案？

我的眉头，再次皱起。

（原载于《北京文学·精彩阅读》2023 年第 2 期。）

现金哪儿去了?

——人民币支付往事

张仲全

人民币从 1948 年诞生至今已走过了 75 个春秋,先后发行了 5 个版本。大半个世纪以来,人民币作为我国的法定和主权货币,其纸质和铸币载体始终伴随着人们的衣食住行,尽管它的印制技术、防伪水平、票面价值在不断变化,但人们那种持币交易的支付结算方式一直沿袭着古老的模式。随着互联网移动支付的发展,现金在人们生产生活中的作用日渐削弱……作为一个银行人,我有幸了解和见证了非现金结算的起源、发展,也经历了人民币现金逐渐淡出人们生活的整个历程。

国内首批信用卡

我是一名 60 后,2000 年从部队转业到了某大型国有商业银行省级分行工作,一干就是 20 多年。我刚入行时,行领导为了发挥我在部队从事新闻写作的特长,依然让我从事文秘宣传工作。那时,信用卡业务是新闻媒体和社会大众普遍关注的热点,也是银行业务的重点。我经常协调新闻记者到信用卡业务部门采访,多年来一直如此。纵观这几十年来的金融发展脉络,结合银行业务发展历程,信用卡是我们个人生活现金支付到非现金结算的起点。

为了了解国内信用卡的起源,在中国银行广东省分行刘红虹总经理的帮助下,经中国银行珠海分行的协助,我有幸找到了中国内地第一张信用卡的主要亲历者——周炳志,并采访了他。

周炳志,现已年逾古稀的中国银行珠海分行退休员工,在接受我的采访时，依旧掩饰不住内心的激动：他压根儿就没想到近 40 年前的一次私人旅行，竟会成为中国内地信用卡市场的探索之旅。

1980 年，并不发达的珠海因独特的地理优势搭上了沿海地区率先开放的特快列车，成为我国的首批经济特区。在中国银行珠海分行工作的青年员工周炳志亲自参与和见证了珠海发展的奇迹。

然而，更神奇的是，谁也没想到他的一次香港之行，会对中国金融业的发展进程产生巨大的推动作用。

周炳志的哥哥多年前就在香港工作，那年头，普通人要前往香港是十分困难的事情，多年不见的兄弟俩仅靠信件保持联系。改革开放为他们兄弟俩的见面带来了机会，特别是珠海成为开放城市后出境旅行变得相对容易了一些。

1984 年下半年，周炳志终于办妥出境手续，单位领导给了他 3 个月的假期。在香港的日子，哥哥领着他观赏都市风光、品尝当地美食。所到之处，消费结束之后，哥哥就将一张小小卡片递给服务人员。收银员在一个小盒子之类的机具上轻轻一划，然后取出一张便笺大小的纸来；哥哥每次都是大笔一挥，签名之后就潇洒走人。

周炳志对此十分好奇，一询问，才知那个卡片就是银行发行的信用卡。思维敏锐的周炳志凭借自己的银行工作经验，立刻感觉到那是一个好东西。于是他在哥哥的陪同下前往银行取得了相关宣传资料。周炳志回到珠海后，把获得的信用卡资料交给了行长，并大胆建议引进信用卡。

珠海不愧为特区，这里的人们不仅有敢为人先的开放思想，更有一种干事创业的精神和勇气。很快，在珠海地区发展信用卡的可行性报告得到了中国银行总行的批准。

其实，早在 1979 年，中国内地就已经有了国外信用卡的身影。那一年，为协助政府开好秋季"广交会"，着重解决外宾们携带大量现金不便的难题，中国银行广东省分行就与境外的信用卡发卡机构签署了代理协议。也就是来宾在中国内地消费后，中国银行会将款项付给商家，然后再出具凭据向境外发卡机构要钱。但是境外信用卡的受理地点仅限于外籍人士出入的高档场所和涉外酒店，银行员工难得一见，普通百姓更是闻所未闻。

信用卡不仅引入了提前预支的消费模式，更意味着一个信用社会的到来。然而，当时中国内地还处于计划经济时期，连布匹和米面粮油这些生活必需品都需要凭票供应，银行业务还停留在手工和珠算运用的"刀耕火种"时代，第一代居民身份证都还没有全面启用，更不要说信用体系的建设。银行发行信用卡首先要考虑风险控制，珠海是一个往来人员复杂、流动人口庞大的城市，为了保证资金安全，他们想出了以预存保证金的多少来决定授信额度的办法，出台了金卡预存 1000 元、银卡预存 300 元的规定。

当时中国内地还没有生产信用卡设备的厂家，他们在中国银行驻香港机构的帮助下，联系了一家设备制造商，将整个制卡流程都"搬"进了珠海。

为了节省业务成本，他们自行设计信用卡样卡，数易其稿，经研究后，最终决定使用左上方为春秋战国时的布币标志、上方印有小篆体"中国银行"字样的红色面板的设计方案。这种设计后来成为一种标准样板，并被众多银行模仿、借鉴。

他们首先在银行内部员工中发行了 200 张，虽然仅仅用于发放工资，但这些仅凭签名就能消费的塑料卡片，就是中国内地的第一批信用卡，为国人开启了不需要携带现金进行商务结算的先河。他们当时制作的信用卡，因信息科技不够发达的原因，卡片背面的磁条还未能实现数据写入，因此也只能在珠海本地使用。

当时在许多人眼里，买东西不用拿钱是不可思议的事情，有的商家面对仅签个名字就把商品拿走的做法坚决排斥。为了推广这个新生事物，工作人员可谓煞费苦心。经过不懈努力，他们首批与本市的 22 家商户签约，并及时对收银人员进行了培训。1985 年 6 月，中国银行珠海分行发行的中银卡首次面向公众开放，第一个月就发行了 454 张。

很快，信用卡不但让商家和持卡人感受到了实实在在的便捷，更是让人们感觉到珠海这座城市，正迈着改革开放的步伐与世界接轨。信用卡成了一种身份和地位的象征，前来办理的顾客经常还得排长队。

经过一段时间的试点，1986 年，中国银行总行发行了全国通用的信用卡，并且创立了自己的品牌——"长城卡"。这也是中国内地第一张面向全国发行的信用卡。在此后的一段时间，各大商业银行都先后推出了自己的信用卡。

当年曾在我行（中国银行重庆市分行）从事信用卡业务的梁大鹏总经理介绍道，那时，国内的信用卡只能被称为准贷记卡。原因是客户卡里有钱的时候就优先支付自己的存款，而卡里的存款银行是要支付利息的；当客户卡里没有钱的时候，银行可以给你一定的授信额度。不像现在信用卡主要用于消费和还款（急需时也可少量透支取现），如今的信用卡你多存入的钱是不计利息的。

笔者当年也目睹，那时的刷卡操作比较原始，收银员拿到信用卡后，要将卡片塞入一个压卡机具内，通过手工碾压的方式，借助复写纸的拓印功能，将银行卡上凸显的卡号印入交易单据的相应位置；收银员要在电话取得银行授权码后，让顾客签字确认。

这里所说的授权码就是银行告诉收银员的一组数据。那时由于信息科技还不发达，银行数据也没有实现大的集中统一，信用卡的交易只能靠人工来完成。于是就出现了不是联网，而靠人工授权的一个交易活动。

梁大鹏总经理对人工授权进行了通俗的解读：信用卡在诞生时，每一家银行发行的卡片都有一个识别码，也叫行号代码，就是银行卡上面的开始几位数字。商家拿到顾客手中的信用卡，通过行号来识别发卡银行，只要顾客消费超过一定的限额（在规定的小额度范围内是不需要授权的），他们就会拨打发卡银行的 24 小时值班授权电话，通报某某客户的消费内容、需要的金额。银行如果同意了，就会给商家一组 6 位数的号码，这组数据也叫授权码。收银员就会将获得的授权码写在单据上，日后就凭客户签字的单据和这组授权码找银行结算要钱。银行这边接到单据后，根据当时的记录依据进行核对，然后再付款给商家。

在单位从事采购工作的王先生成为我国第一代信用卡的持卡人，也是新生事物的受益者。王先生当年是一家水泥厂的采购员，时常前往外地购买一些生产必需品。有时因生产急需，他就只能携带现金。不管是在火车上，还是在长途汽车里，他要么是把公文包抱在怀里，要么压在屁股下。不管有多么疲惫，再遥远的路程，从不敢合一下眼或打一个小瞌睡。每次带款外出，他都让老婆从菜市场给他买点红辣椒，睡意来临时就掏出来嚼上几口。到达目的地后，他总是住熟悉的旅馆。王先生一般选择白天到达的车次，每次都将随身携带的当地水果送几个给服务员。服务员善解人意，总是把其他房间的客人安排满了后，才安排来客与他同住。这样，他就可以利用其他客人到来之前美美地睡上一觉，以解旅途之乏。常言道，老虎也有大意的时候。有一次，由于山洪暴发，长途汽车在路途中被困了七八个小时，两天一夜没睡觉的王先生在旅馆竟然睡过了头，醒来时随身携带的 5000 多元现金不翼而飞。那年月，5000 元可不是小数目。王先生回到单位后不但被停止了工作，并且还不停地接受保卫部门问话。好在两个月后，旅馆所在地的公安为他送回了被盗款，单位也恢复了他的工作。信用卡诞生后，王先生首先就申领了一张，从此再也不用带大额现金了，不管是在车上打盹还是在城里食宿，心情都放松了很多。

那时的信用卡虽然可以全国通用，但在异地要想获得省外授权可是要凭运气的。我也因工作需要，时常去外地出差，许多感触仍记忆犹新。当时在外地消费时，柜台人员拿到卡片后，要向当地的相关银行信用卡授权室电话报告，授权机构要通过银行内部的系统（也有通过电话和传真的）与发卡地银行的授权人员取得联系。这段时间，你就只能在一边乖乖地等着。为什么要等待呢？因为授权人员有限，商户和持卡人较多。仅我所在的重庆中行，一个授权室要面向全国 270 多家授权中心，全市 2000 多家特约商户，为近 10 万持卡人提供授权、咨询、投诉处理服务，并对这些交易进行实时监控。

当年尽管"一卡在手，走遍全球"的广告十分诱人，但信用卡的使用远不及现金的方便与快捷，一定程度上限制了商户和人们的用卡积极性。

数十年过去了，随着互联网平台授信功能的出现，信用卡的身价持续走低。以前办一张信用卡所要求的材料十分翔实，并且要有基本的门槛。如今，很多银行的信用卡同样可以在网上申请，有的银行干脆将信用卡业务外包给第三方公司。于是加油站里、地铁站内、街头巷尾不时都可见到办理信用卡的摊位，而且还会顺带送上一些优惠和礼品。今昔对比，信用卡跌落到如此地位是很多银行人没有想到的。

存折变成小卡片

时光进入 20 世纪末 21 世纪初期时，信息科技有了新的发展，金融业凭经济和人才优势，在改革和发展中不断展现出创新和引领作用，成为尝试新生事物最快的行业。这个时期，影响中国金融发展的一个新生事物——POS 机出现了。它的出现使信用卡的末端支付与银行中心机房直接相连，与银行核心数据同步，让刷卡消费达到了实时扣款。

POS 机是为信用卡量身定做的一款电子结算终端设备，主要用于商户与持卡人之间的刷卡交易；能读取客户的银行卡信息，并将交易信息传输给银行网络，并用该网络对其进行验证。

任何成果的取得都不是一蹴而就的，POS 机在国内的发展也有其艰辛的历程。我所在的重庆地区也是如此。

当时的 POS 机安装门槛比较高：一是要有固定营业场所；二是要有专门的电话线路（POS 机要通过电话线路与银行机房相连，才能实现实时扣款）。那年月还没有网络和移动宽带，安装一部电话要好几千元，加上数千元的 POS 机具费用，这让一般的小商小贩根本无法承受。

长期在中国银行从事信用卡工作的业务经理高鸿，每天就是指导各基层机构如何营销优质商户。小商小贩用不起，那么大商家就成了各家银行争抢的香饽饽。

POS 机刚出现的时候，各家银行都是各自为政，各大商业银行基本都是以省域为单位的数据集中统一模式，各用各的系统。当各家银行都去营销大型商家后，商家的结算案头就摆满了各家银行的 POS 机，持卡人要刷对应银行的 POS 机才能实现刷卡支付。一些商家看哪家银行关系到位、收的手续费低就刷哪家的卡。搞得银行、商家竞争分歧不断，也造成了顾客的用卡不便。

为优化用卡环境，突破发展瓶颈，重庆银行业走在了全国的前列。工、农、中、建、交五大行自发成立了联席会议制度，通过科技手段解决了 POS 共享难题。也就是每个商家的柜台只摆放一台 POS 机，所有银行卡可以在这台机子上进行刷卡消费；而后加入这个共享群体的其他银行，则以投入新的 POS 机具和拓展新的商户作为进入条件。这样一来算得上皆大欢喜。POS机使市民减少了携带现金的不便，让商家降低了现金保管、运输储存的烦琐与风险，银行的柜台压力也相应减轻，同时还增加了刷卡手续费的收益。

POS机的出现，标志着所有进入网络的银行卡都可以在上面进行刷卡支付。然而，信用卡的申请条件在当时是比较苛刻的，因为刷卡手续费是巨大的市场蛋糕。在这种情况下，借助信息科技的发展，借记卡应运而生。借记卡的申请和信用卡不同，不需要任何门槛，只要你卡里有钱就可消费。说直白一点，借记卡就是活期存折的升级版本。

借记卡刚刚出现的时候，是活期存折的配套产物，POS机能够通过其卡面磁条，读取账户信息，方便人们的携带和消费。当时，银行每开立一个活期存折，都要发放一张与此账户关联的借记卡。随着人们对借记卡功能的熟识和掌握，账户信息完全电子化，活期存折退出了历史舞台。

那段时间，银行的从业人员，特别是在柜台工作的同事，都积极鼓励顾客们多多使用借记卡。这样不仅能够充分利用活期存折的电子化功能，让更多的客户进入刷卡领域，还能够减轻柜台压力，实现更多的中间业务收入。

借记卡取代活期存折可以说是一次生产力的解放与提升，曾在重庆大学旁边一家支行工作过的王姣深有体会。以前，人们还在使用活期存折的时候，每到重庆大学开学的日子，他们可是累得够呛。成百上千的学生手中都拿着一本活期存折，在他们的营业柜台前排起长长的取款队伍，这些学生不仅要取学费还要取生活费。为了给同学们更好地服务，他们起早贪黑，吃饭都像在打仗。为了打好这一战，她和柜台窗口的同事们都穿上了纸尿裤，还尽量少喝水。为保证现钞供应，有时运钞车一天都得跑好几趟。记得有一次，补打存折的打印机坏了，面对长长的取款队伍和众人的埋怨指责声，她急得直掉眼泪。

然而，让人很困惑和无语的是，这些学生取出去交给学校的现钞，很快又会回到他们的保管箱里。因为重庆大学在他们支行开立了单位账户，学校为了省时省事，每到开学时都会让银行的同事前往代为收取学费，这些学生刚从柜台取出去的钱，马上就会到达同事们在学校设立的收款台上，不一会儿就变成学校的存款进入银行的保险柜。当时的交易结算就是这样原始，他们只是不断重复着这样的工作，清点出去，又清点进来。

借记卡和 POS 机的出现，才让现在看来有些滑稽的事情得以改变。从此，学生们不但不来银行柜台取学费了，连帮学校代收学费的现场也很少收到现金钞票，四面八方的学子直接掏出银行卡，在 POS 机上就完成了转账。王姣和同事们工作的轻松和收获的喜悦，就隐藏于银行卡在 POS 机上的轻轻一划之中。

可以说，POS 机和借记卡是一对孪生兄弟，这对兄弟的诞生改变了人们出门携带大额现金的习惯，现金携带的数量也开始逐渐减少。

然而，POS 机刷卡消费的前提条件是要有电话线路。这在相对发达的城市人口密集地方是容易实现的，但在一些边远地区和电话线路到不了的地方，就不能持卡消费。

没有做不到，只有想不到。中国第一代移动电话"大哥大"砖头手机刚一出现，富于创新的银行人就抓住机遇和市场，在游船上、长途列车上开通了中国历史上最早的"移动支付"。具体做法就是商户在交通运输工具上利用"大哥大"和银行授权中心取得联系，帮助顾客在移动交通工具上和边远景区实现刷卡消费。当年，这种刷卡方式在声势浩大的"告别三峡游"活动中大放异彩。这应该是中国最早实现和完成的"移动支付"，它其实是通过人工中转完成的。后来，随着信息科技的发展和移动 POS 机的出现，银行卡的消费扣款全部实现了计算机操作，信用卡人工授权便完成了它的历史使命。

……

数十年过去了，当年趾高气扬的 POS 机早已低下了高贵的头。如今，许多交易在移动支付条件下，不用 POS 机同样可以完成。如今在网上及地铁站内同样可以见到 POS 机的销售广告，只不过现今购买 POS 机，再也不会要求你有固定的经营场所和电话线路，仅需要提供一张身份证和一张银行卡即可。你拥有这么一台刷卡机后，不仅能将手中的所有信用卡实现套现融资，还有一个巨大功能，就是能将各个互联网平台上的虚拟授信额度，以扫描的方式转换为实实在在的现金，进入你的账户，且手续费低得出奇。这正好满足了那些拆东墙补西墙的资金短缺者的需要。一些人也因此干起了非法经营的套现生意，遭到查处的也不在少数。

ATM 机缓解排队难

金融产品的不断问世进一步影响和改变着人们的生活，也推动着社会的发展。

随着金融科技的发展，银行原有的传统手工记账模式得到改变，金融机构处理业务的能力得到显著提升，更多的业务等待金融人拓展与开发。这时，出现了一个改变国人多年来用现金支付劳动报酬的新生事物——工资代发。

工资代发能够得到迅速推广的原因，在于降低了单位现金运输和保管成本，减轻了财务人员的工作强度。从政府机关到事业单位，从学校到企业生产一线，人们都先后搭上了这趟时代发展的快车。

既然是新产品，具有普惠性，银行自然走在了前列。从此，我和众多的工薪族一样，不再按月领取现金了，而是开始留意到账的时间和金额，更关注卡里的余额。工资代发让我们在非现金支付的道路上大大地前进了一步，让人们省去了保管携带现金的不便，进一步减少了现金的流通和持有量。

工资代发前，银行服务的主要对象是对公客户和"有钱人"。在那个经济贫困物资匮乏的年代，人们到手的那点工资能够养活一家老小、不寅吃卯粮就很不错了。那时的人们，有的是将现金放在枕头下、棉被深处的角落里、抽屉的书本内或墙壁的夹层中，有的甚至将钱币埋入地窖里。很多普通工薪阶层是没有钱存银行的，有的一辈子都没到银行存过钱。

自工资代发业务推出后，单位的工资代发始终成为各家银行争揽的目标。因为取得了工资代发权，就赢得了存款的主动权，就有了发放更多贷款的资本，发放了更多贷款才能够获得更多存贷利差收入。

不得不说，银行为了争得一些机关企业单位的工资代发，竞争可谓异常激烈。那些年，请客送礼、陪吃陪喝是常有的事，有的单位也趁机提出捐赠、赞助等过分要求。在这种情况下，有的具体项目，一些管理严格的国家银行反而竞争不过一些小的股份制银行。

工资代发以后，银行排队的人突然多了。原因是人们的日常生活还是停留在现金结算时代，手中的钱用完了，自然要到银行柜台领取；并且为了安全起见，人们提取的现金数量总是有限的。这样一来，工薪阶层跑银行的次数多了，排队取款就成了人们生活的常态。

常年担任大堂经理的张晶发现了一个有趣的现象，在银行大厅的排队人群中，女性要远多于男性，且以中年女性为主，多年来没有发生过太多的变化。可能是基于男主外、女主内的传统习俗，或者是女性更能当家理财的原因，"大妈现象"成为银行大厅的一道独特风景。

随着人们生活品质的提升、商贸活动的频繁，银行柜台人员的存取现压力直线上升，并且很长时间得不到缓解；要是遇到有人插队或柜员操作缓慢的情况，人们总会发出不耐烦的声音。这时，大堂的同事也很恼火，只能一边劝阻不守规则的客户，一边赔着笑脸，不停地向大家解释。

银行排队现象曾经引起央媒及高层领导的特别关注。正当各家银行为应付排队取款的队伍而焦头烂额的时候，ATM 机如救命稻草似的出现了。各家银行都趋之若鹜，不断效仿。

刚开始时，最基础款的 ATM 机是没有存款功能的。主要满足人们日常取现的需要。生活在城里的人们只是感觉到了可以随时随地、不分白天黑夜的取款便捷，少了排队等候的烦恼和焦躁。可这个玩意儿一旦落户乡村可就帮了老百姓大忙。

农村老师王文中，他所任教的村小位置偏僻，由于当地没有营业网点，工资代发后，他自然得到县城的银行大厅提取。由于路程太远，又隔着一条河流，每次取点钱都得赶车换船，舟车劳顿。为了少跑路，每次工资发放后，他总是一分不剩地悉数取出。让他最窝火的是，有一次取款回家后才发现揣钱的衣兜让人划了一道长长的口子，当月的工资一分不剩地成为小偷的果实。无奈之下，王老师特地让裁缝师傅在他的裤裆内缝制了一个小口袋，每次取款时都会穿上那条洗得褪色的劳动裤。后来，随着山区农副产品的不断丰富，山区经济得到发展，村民们对现金的需求越来越多，ATM 机也在村小安营扎寨。从此，王老师和乡亲们取现也和城里人一样方便了。

随着时间的推移，ATM 机上面先后增加了代收费、转账汇款、跨行取现等功能，服务功能和人性化得到进一步提升。这时，各家银行纷纷在营业网点增设大堂经理，千方百计将现金存取款和代收费等简单业务，向自助柜员机上引导，为柜台腾出更多时间处理其他业务。同时，还不遗余力地抢占优质地段新建自助银行，不断满足人们对金融服务的需求，吸收更多的存款壮大自身实力。

ATM 机的出现，减少了跨行业务到柜台排队的等待、安全便捷，一定程度缓解和减轻了银行的柜台压力，减少了跨行现金的携带，进一步降低了现金流通量。

ATM 机的出现，也让作为在外游子的我，给父母汇款实现了"孝心零时差"。20 世纪 80 年代，本人当兵入伍后，远在西藏服役，那些年给家中寄点钱都是跑邮局通过信汇或电汇的方式进行。2000 年，我转业到地方，开始几年给父母寄钱仍然是以携带现金的方式，到办公楼附近的农村信用社排队办理。自从有了 ATM 机和自助银行后，特别是 ATM 机开通无卡（无折）存款功能后，给乡下父母尽孝，再也不去柜台排队了；在柜员机上存入现金或转账，不仅安全便捷，还能实时到账。

网银和网购

当岁月的时钟迈入二十一世纪的时候，信息科技成功跨越所谓"千年虫"的困局，翻开了新的篇章。这期间，我们的网上银行诞生了。

如果说 ATM 机缓解了客户排队取款难题的话，那么网上银行则让排队苦等对公缴费的人们看到了希望。

ATM 机诞生前，人们不但要排队取款，而且要排队缴费。自从我们在各个营业大厅安装了 ATM 机后，柜台取款的人少了，但排队等候缴纳水电气费的仍然很多。代收（付）费业务是银行大力拓展的一项中间业务，相比人工窗口半天才办几笔业务相比，银行都希望借助电子化手段来完成代收代付。但是一些上了年纪的中老年人，任凭工作人员磨破嘴皮也不愿意签订代扣协议。用一个老太婆的话说则是"你想扣就扣，我怎么知道你扣了多少？""我的存款有限，假若你扣款在先，我急需钱用怎么办？"

网上银行的出现，解决了所有银行账户与账户之间（包括跨行）的到达，公司账户要转入个人账户、个人账户要转账进入对公账户变得十分简单，充值交费等这类交易足不出户都能进行了。

如果说，在网上银行出现前，单位的工资还需要银行代发的话，那么，网上银行的出现后，财务人员在办公桌前就能自行操作了。越来越多的单位还在财务系统的支持下，开启了无现金财务的工作模式。尽管这个阶段时间跨度比较长，但网上银行的出现减少了财务人员的工作负荷，也降低了企业人力资源成本。随着财务系统和工资系统的开发，一些企业连财务室都不需要单独设立了。随之而来的是工商、税务、社会保险缴纳以及水电气费的支付都可以在网上银行里完成。

在税务机关工作的吴晓明处长告诉我，他们对有关发票和专用票据的管理一直都很严格，以前开公司，税务部门要到现场查看经营场地，企业必须要有单独的财务室，财务室须有"三铁"（铁窗、铁门、铁柜子）把关才允许经营。如今，大多发票的开具都能网上申请，企业完全可以不用现金也能正常经营，在办公场地租赁和人员配置上也省下不少开支。

网络的宽广无边无际，网络的精彩层出不穷。很快，人们不经意间发现，网上银行还能买股票、炒基金，不但能进行期货交易，还可进行贵金属买卖。

网上银行的出现让更多的人没有了现金搬运的烦恼，帮助他们消除了经常跑银行柜台排队的艰辛。特别是那些白领人群，衣兜里揣的现金越来越少，使用现金的频率也越来越低。

那些年，各大银行柜台和一线员工总是不遗余力地向客户推荐网上银行，希望把更多的银行业务从线下迁移到网上。然而，不方便的就是网上银行需要有网线和电脑配套才能完成。而电脑也是一个逐渐普及的过程，也有一个由笨重到轻便的历程。网上银行给部分人带来了便利，但终因携带的不方便和需要移动密码器的配套，在一定程度上显得不够便捷，特别是边远地区的网络不发达及电脑拥有程度不高的农村更是如此。正是基于这些原因，它的出现并没有让人们与现金交易有着过多的生疏与距离。老百姓日常生活中的交易结算都得要靠真金白银的现碰现，所以现金需求量也就一直很大。

互联网金融的发展不断催生着新的业态，网上购物应运而生。今天，网上的购物平台数不胜数，有些稍微大一点的零售超市都有自己的购物平台和 App。还有不少依附于各种社交媒体和大型网站的小程序、公众号也具有交易和支付结算途径。科技发展彻底变革了商品交易的形态与方式，促进了物流与配送的发展。随着时间的推移，当网络上的商家们赚得盆满钵满，一些大型百货商场门可罗雀、实体商家纷纷关门的时候，人们才真正感觉到网上购物线上经营的磅礴之势已锐不可当。

值得肯定的是，科技成果也造就了新的创业群体，成就了新的人群。一部分人走上了网上创业的路子，他们开网店、搞直播，尽情地展示自己的才华。连有的残疾人朋友也借助科技发展在网上创业开启了新的人生。

互联网金融的发展改变着众多人的生活和工作方式，也改变着这个世界。

人们很快发现，外卖和网购成为年轻人的重要生活内容，他们变得越来越难存钱，月光族年光族越来越多。

你没钱，没关系，自然有人借给你，并且还想方设法借给你。如今，在互联网支付条件下，获得借款的便捷程度让人惊愕。正是这种所谓的便利，让人们错误地感觉到钱真的只是一个数字而已。然而，经营和把控数字资产实际上是一门高深的学问。

借钱容易了、方便了，但也出现了新的问题。特别是各大购物平台和App相继推出具有授信额度的虚拟信用卡后，业内人士纷纷认为，网贷平台的授信门槛太低，这些平台不仅仅是社交和消费购物这么简单，更重要的是它们已经具备了金融的属性，在用新的方式培育人们的消费观念。

资本持有人总是挖空心思策划铺天盖地的软文营销，让人们信奉消费主义。见钱眼开的自媒体营销号也跟着推波助澜，还有那大数据杀熟的功能，让许多成年人都管不住自己的消费欲望，怎么能要求涉世不深的年轻人保持理智清醒？

如今的网络世界像念咒语的魔法师一样，时常让意志薄弱的年轻人不能自拔。借钱消费的理念正给传统观念带来冲击，透支着他们的金钱，也透支和改变着不少人的今天和未来。最终，消费主义让不少人刷爆了信用卡，走进了网贷甚至裸贷的陷阱，掏空了他们的钱包甚至是人生。不少的年轻人因网络借贷改变了自己的人生，这也影响着社会的发展进步。

上述种种情形让众多的年轻人从此债务缠身，并被贴上"失信人员"的标签。人一旦进入这个行列，不但被限制了高消费，连很多想做的事情也根本无法着手。

据某银行法律事务部门的人士介绍，该行去年一年所涉及的3000多起诉讼案件中，年轻人占比达到了六成多。很多年轻人成为失信人员后，从此一蹶不振，少了信仰和追求，还赌气地说"我们就是最后一代"。其引发的连锁反应，不仅仅影响社会创新活力，还会破坏社会的和谐稳定。难怪有关专家学者呼吁"个人破产法"尽快出台，让跌倒的年轻人经过一个时期的调整，能够东山再起，重新发奋，融入社会。

"二维码"让人走天下

移动网络发展起来后，特别是智能手机的出现，让各家商业银行很快将网上银行的功能迁移到了手机上。随着移动互联网从 3G 到 4G，以及向 5G 的不断发展，智能手机除了具备通讯功能之外，社交功能、娱乐功能日渐突出，在日常生活中扮演的角色也日趋重要。手机成为人们爱不释手的标配。我在银行工作这些年，同事们普遍反映，手机银行的普及推广比网上银行顺利得多，特别是商业贸易流通领域的从业人员，以及个体经营者交易结算的效率比以前高了好多倍。手机银行的出现，让网上银行真正成了"手上银行"，所有银行账户之间的现金流动大幅减少了。

虽然"一机在手，搞定所有"成为现实，但百姓日常生活中小额支出仍然离不开现金支付。原因是手机银行可以随身携带，但不是人人都在银行开有账户，至少未成年人是没有账户的；许多家庭为了资金安全，也不会让老年人在手机上开通银行业务，所以，这些人在日常生活中的交易结算只能依靠现金结算。还有，人们在进行小额交易时，还是感觉手机银行的验证和操作程序比较复杂，加之为了账户安全，也不愿意随便在外进行密码输入操作。所以手机银行还是未能解决普通市民非现金交易的"最后一米"。

不管是网上银行还是手机银行，它们的交易都是依附于银行账户实现的。不管你钱多钱少，进进出出都是在银行账户间实现转移，也就是说钱并没有跑出银行的保险柜。这也是银行人多年来一直存在的优越感。

事物总是变化的。当银行人正在拥抱互联网金融发展的巨额红利时，一场新的变革正在酝酿之中，互联网的移动支付功能得到了进一步拓展与延伸——收付款二维码破茧而出。收付款二维码的诞生好似石破天惊，如一道利器扫清了移动互联网支付的所有障碍，打通了老百姓衣食住行非现金结算的"最后一米"。

首先出现的是微信收付款二维码。它虽然是有别于银行的第三方支付平台推出的一种支付方式，但相比以往的任何交易方式，不用担心账户和密码的错误；当对方使用扫描收款功能时，你只需亮出付款码，不会有分毫差错。

收付款二维码的出现真正让我们走上了无现金交易的快车道。随后，相关的互联网金融平台机构都推出了扫码支付功能。没有多长时间，不仅各类商场、大小商贩，就连路边卖菜的大妈大爷，所有和现金交易结算有关的单位和个人，无不对收付款二维码如众星捧月般顶礼膜拜。

这时，人们再也不为老年人没有个人账户和手机银行而担心，因为一张银行卡目前可以绑定3个微信号；也不必担心小朋友外出购物被黑心商贩多收银两，因为互联网是有记忆的，一切都有据可查。

让人感到新奇的是，商家还可在视频中向顾客远程展示收款码及时收款。越来越多的经商人员从内心深处感激移动支付带来的变革，重庆市江津区几江镇个体经营户刘女士就是其中的典型代表。

20年前，刘女士是一个生产经营塑料制品的小老板。她的货物早就销往云南、贵州、四川等地，但承销商也只是一些本小利薄的小商小贩，货款迟迟收不回来。刘女士多次前往催收，经销商们却让她将店里的那些硬币作为货款带走。最后，她不得不把这些商贩的"包袱"接下来，千里迢迢往回搬。

为了给这些硬币找个"家"，她一边收货款一边找当地银行，结果处处碰壁。慢慢地，她装钱的担子越来越沉，心理压力也越来越大。为保人财安全，她连银行也不敢去问了。住旅店，她总是守着担子寸步不离，有时索性睡在钱筐子上。走了一家又一家，她担不动了，就雇上挑夫。为了财不外露，她不得不在箩筐上面放上一些蔬菜水果和当地土特产掩人耳目。日积月累，家中储藏了一大屋子的硬币。刘女士一家人关门闭户一两个月，虽然双手打满血泡，可清点结果总是不一样。有一次刚要清完，没料被自家养的一只小猪给拱了个乱七八糟。几经折腾，一家人只是清出了8万多元的大概数。数月来，一家人饭不香、寝不安。白天害怕亲邻造访，闭门谢客；夜晚，一有响动便忧心忡忡，生意也懒得做了。后来，经过无数次碰壁的刘女士还是硬着头皮，来到中国银行重庆江津支行一分理处。

"同志，你们这里收硬币吗？""收。""很多很多的硬币也收吗？"刘女士小心翼翼地试探着。"当然收！"分理处的同事热情地接待了她。由于清点硬币工作量太大，员工们只能利用工余时间清点。于是她们开上运钞车，叫上"棒棒"（力夫），一共跑了5趟才将这些硬币运到银行金库。交接时，称出重量为1225公斤。刘女士说："清点结果以银行为准，你们说是多少就是多少，只要你们收下这个包袱，我就千恩万谢了。"

为了将这些硬币尽快清点出来，分理处的工作人员专门划出一块工作区堆放硬币，每天上班时，就用运钞车从金库运来一两袋。清点完毕后就记好账，让运钞车重新送回金库。5位姑娘加班加点，常常忙碌到深夜，双手都磨出了血泡。经过一个月的认真清点，除了其中的假币、电子游戏币近200枚外，这批1.2吨重的硬币有206000多枚，共计89761.82元。刘女士有了这段经历后，再也不收硬币了，当然也影响了不少生意。如今的刘女士生意越做越大，在互联网移动支付条件下，她还开通了微信商城，用户可在她的网上商城下单，也都是通过移动支付给她回款。有时，她也直接将收款码在视频中远程展示，客户也能及时扫描回款，真的是省了好多心。

像刘女士这样受惠于金融科技发展的事例实在太多太多。不但国家机关的罚款和相关机构的费用缴纳可以用二维码收付，在较短的时间内，地铁站的进出口、公交车的上车处、小餐馆的收银台，就连开三轮车的农民大伯也都将那收款的二维码摆在了醒目位置。让人诧异的是就连寺院的捐款箱、街头乞丐化缘的破碗里，甚至有的婚礼收礼现场都有二维码的身影。

在这种形势下，我的在基层和在一线工作的同事们，加强了同网络平台的合作，有针对性地做好网上商家的营销，较短时间就硕果累累。

随着收付款二维码的普遍运用，不知不觉间，周围的许多人感觉现实生活中，现金越来越不重要，反而成了累赘。如今，不用现金也可周游"世界"、身无分文也可来去自由成为人们的普遍认知。

有点生活阅历的人肯定见识过电视里面的点钞大赛，观众们无不赞叹参赛选手清点钞票的精准和仅靠手感识别假钞的神奇。如今，不但电视台不办这类节目了，而且在银行内部也很难见到点钞比赛的场景。原因是使用现钞的人少了，点钞能人的技能就不再被看重，银行将多余的柜面人员调到了后台管理和市场营销部门。银行不看重人工点钞还有一个重要原因，现在的点钞机是具备记录人民币冠字号功能的，如果柜员支付给顾客的现钞没有经过验钞机，那么顾客一旦认为其中有假钞则面临有理说不清的责任。有些客户是不承认"离柜不认"那种店规的。所以，现在柜员虽然要用到手工点钞，但最后都要经过机器验证，才能让彼此放心。久而久之，手工点钞就成了多余的工序。

伴随而来的是假钞收缴也发生了变化，我行营业部客户经理游俊说，以前柜员遇到假钞是经常发生的事情，随着移动支付的深入普及，使用现钞的少了，遇到假钞的几率自然就少多了。人民银行货币发行部门的官员介绍，近年，制售假币的案件相比以前也呈下降态势。其实，人们都清楚，由于习惯了不使用现钞，假币自然少了市场和售假的机会。

无现金支付时代不仅是制造假币的少了，就连偷盗现钞的小偷也失业改行了。重庆市渝中区反扒大队的冷大队长介绍，如今的小偷确实少了许多，因为很难偷到现金了。他们一般是趁人不备盗窃手机，然后刷机成功后低价出售，如果刷机不成功就一文不值。

当然，不能忽视一个事实就是偷盗现金的少了，但干金融诈骗的却多了。现在电信诈骗可谓境内境外防不胜防，还有不少人轻信外面世界的精彩，结果被骗到东南亚从事电信诈骗，上当受骗的不少。近年来，各级政府加强了打击力度，从手机购号、银行开户等源头入手，将不少从事金融诈骗的人员抓捕归案。

我要用现金

移动支付能够解决大多数人日常工作和生活中的所有交易，如今的人们可以不带分文现金，照样正常工作和生活。

但事物的发展总是相对的，移动支付的发展也具有不均衡性。有的人群在接受移动支付的同时，也在继续使用现金交易；而有的特殊群体对现金交易的执着并没有丝毫的降低。

目前，银行现金存款主要由单位存款、个人储蓄存款构成。单位的现金存款则分为两种情况，一种是现金交易量不大的单位，由财务人员送到银行柜台存入；另一种是银行上门收款，比如医院、商场、酒店等现金收入较多的商户。近年来，随着移动支付的普及和非现金方式结算的流行，上门收款服务也变得少了许多。在银行不愿为少量现钞上门收款的情况下，商家们自然鼓励非现金支付了，这样还能省下不少时间和现金保管的麻烦。

如今，除开商贸领域，许多公司和单位客户已经很少到银行提取现金了，有的根本就不用现金。现在到银行排队办理现金业务的以个人居多，他们既要办理存款，有时也要提取现金。

这里面，老年人一直是现金使用的主力军。我行营业部大堂经理游俊介绍，这些老年人普遍年龄都在 70 岁上下，有的年纪更大，他们都是使用老年手机的独特群体，有的人从没使用过智能手机。每当退休金发放后，他们都会来到柜台排队取款，当然也有一部分老年人在家人陪伴下到自助取款机上操作。

杨奶奶到银行排队实属无奈，她以前也是不来银行取钱的，因为老伴是个爱学习的人，智能手机用得溜熟，一切交易都是老伴在帮忙操作。可一场意外老伴先她而去，这样一来，以前都没怎么用过智能手机的她，则加入排队取现的人流中。

像杨奶奶这类从没用过智能手机、不会操作移动支付的人不在少数。他们的社会保障金普遍不高，始终感觉要把每月那点钱拿到手里面才感到安全和放心。他们每次到来，要么将账户清零，要么将钱转入到另一个卡上，社保账户只保留一点零星小数。用他们的话说，每月都来银行一趟，才知退休金上没上账，被扣了没有。这些在年轻人看来根本没有必要的劳作则成了他们晚年生活的重要内容。除了跑菜市、跑医院，主要就是跑银行。如今，有的银行机构十分注重成本控制，有的网点在对取现窗口的设置上也是能少就少，此老人排队取现要等很长很长的时间。因此，许多老年人取现时特地带上了大容量的水壶和充饥的面包。

对现金的依赖，不是他们对初心的坚守，也不是对过去的保守，而是由于不可抗拒的因素，让他们跟不上时代发展的快车。中国已经迈入老年社会，下一步还将迈入超老年社会，这种状况在较长时间内都会存在。

到银行办理现金存款的还有一个重要群体就是农民工。如今的很多工程承包商，都是层层转包，而最终承接业务的施工单位总是临时招兵组建队伍。由于工程承包商的短期用工等原因，基本上没有给农民工办理代发薪业务，他们往往使用现金结算，工程完工就结账走人。每到过年过节，或者一个项目完工后，现金到手的农二哥们当然是把钱存入银行或打到家人卡上。

也有一些菜市场大妈及上了年纪的中老年客户，在个别银行存款礼品的诱惑下，为了省下几元钱的跨行转账手续费，往往采取提取现金的办法让存款搬家。

除了上述这些人以外，部分视力障碍及智障人群仍然离不开现金交易。不论是先天还是后天的因素，这类特殊人群在信息科技的快速发展中，有的还跟不上形势。二维码刚出现时，让许多盲人朋友犯了难。好在后来手机功能有了极大改进，增加了阅读功能；有的机构也开发了专为盲人使用的语音软件，有关服务机构还及时开展培训，如今的盲人朋友只要上过学，具有一定的文化，都能够借助语音的提示完成简单的移动支付。其主要操作方法是借助手机的语音功能，按程序操作，重点是在输入密码手指接触到某个数字时，语音会播报一下数字，盲人朋友确认，再重复按一下所接触的数字才算成功输入。这就要求他们在手机支付时要戴上耳机，或者调低声音，并且要在不被他人注意的条件下输入密码。所以，稍为大额一点的支付都让人不放心，外出一般还得要亲友陪同。如果要在网上购物还是难上加难，因为购物平台上的商品图片无法转换成声音，视频的体验对他们来说显得遥不可及、苍白无力。

地处边远地区的普通民众，因为偏僻的地理位置与移动支付无缘。原因是移动运营商不愿在人烟稀少的地方架设基站，有线网络因道路艰辛也延伸不到，这样就导致他们与移动支付等现代文明脱节。不但当地人用不了，外地商人和游客同样用不了。在这里生活的人们还保持着现金交易的习俗，到这些边远地区外出旅行的人最好带上足够的现金。

一些小商小贩除了在经营中要收取部分现金外，他们也要时常来银行专门兑换零钞，以便面对个别客户的百元大钞时好找补零钱。当然，他们经营所得的现金最终也是回到银行的，只不过远没有以往那么多、那么勤。

互联网移动支付的诞生与普及，推动了社会发展和人类文明进步。而社会发展变革过程中产生的裂变阵痛，一定会触及和影响到不同的群体，这种影响既有精神的，也有物质的。

往年，每年春节前夕，我行现金中心高级经理冯刚都要和同事们一道前往人民银行中心金库，调取足够的崭新钞票，以保证广大客户的节日需求。那些年，盼着过年的人们提前好些天早早地在银行柜台前排起了长队，他们用手中的旧钞换上连号的新钞，然后拿到鼻孔之前嗅一嗅，带着满脸的愉悦离开。一些人像瞅准时机似的，总是早早地把 ATM 机中的新钞取得干干净净，经常是银行的加钞工作还没结束，取款机前又排起了长队。那年月，能在新年之际送给别人崭新的票子——特别连号的新钞是一件很有面子的事情。小朋友们拿到那没有一点褶皱、能够割破手指、透着油墨芳香的新钞时，可谓手舞足蹈，高兴极了，他们总是珍惜万分，许久都舍不得花掉。

现在有的客户前往银行换取新钞完全是图个节日氛围。因为，许多人在过年时发给小朋友的压岁钱，早已变成了微信红包和电子货币。从体验上看，虽然这在价值上同现金人民币是等值的，但心理的愉悦感却打了折扣，虚拟的数字钱包远远不及现金的魅力。现在的小朋友在得知家长代为收到别人给的压岁红包时，道出的"谢谢"二字始终不及当年那种发自内心的喜悦。也难怪，现在的许多小朋友连手机和账户都没有一个，他们收到的数字礼品，某种程度上说就是一张空头支票，哪能有发自内心的感激？难怪有人说，用电子红包讨好小孩子，远不及一根冰棍和棒棒糖的诱惑力，甚至还出现了留守儿童误把家中的真钞当废纸点燃柴火的荒唐事。

不仅仅是小朋友们感觉到压岁钱变味了，互联网移动支付同样改变和影响着成年人的体验感。在行政机关任职的公务员李女士则感慨道，如今，不管是发工资还是奖金，早已没有了手握现钞的快乐感觉了，经常只是查一查手机，看一看数目，反正到账就行。

逢年过节，人们专程到银行换取新钞，除了图个节日氛围外，更是为了在迎来送往上显得有仪式感。还有一些衣锦还乡的游子，要给长辈们一点"表示"的时候，感觉还是将现钞塞进他们衣袋里来得最直接、最温情，也免去了让别人主动掏出手机的尴尬和难为情。

尽管有人如此执着地与现金不离不弃，但仍然没能左右非现金时代的款款而来，也没能阻挡现金支付江河日下的颓废之势。

银行作为经营货币的特殊企业，对现金流动的感知程度比一般人要敏感得多，现金流动减少，自然会影响到与之相关的管理方式的变革。近年来，各家银行开始减少网点的建设及自助银行的投放布局。不仅如此，不少银行的柜员机也开始减少了。作者家门前是运营繁忙的地铁6号线。当年这条地铁线路开建的时候，某银行就与业主方签订了全线路站台的自助银行投放入驻协议，地铁修好后，这家银行宁愿违约赔偿，也不愿投入自助机具。其实，时间也才过去三四年时间，但就是在这短短的几年里，我们的支付环境发生了天翻地覆的变化。

不管时代如何发展，不管支付结算方式如何变革，现金都以独特的方式陪伴着你，也陪伴着我。不管是实体的，还是虚拟的，货币的本质都不会改变，改变的只是存在的方式和我们适应的能力。

（原载于《北京文学·精彩阅读》2023年第10期，有删节。）

风流人物志

情到深处

——"两弹一星"元勋郭永怀的故事

唐明华

一

手稿被投入烤炉的一瞬间，聚餐的同事瞠目结舌。

呀！火苗蹿起来了，散乱的纸张在火光中扭曲、变形，痉挛出绝望的呻吟。妻子李佩身子一抖，倏地伸出胳膊，好像要抓住什么。老天爷，这可是丈夫最后的心血啊！郭永怀眯着眼，嘴角泛出淡淡笑意，婆娑的树影在脸颊上不时摇曳，映出或明或暗的层次。

几个月前，移民局的官员亲自登门。

望着递到面前的登记表，他也是淡淡一笑，很矜持。是的，拒绝完全可以用微笑包装得彬彬有礼。从那天起，他开始悄悄销毁积攒了十年的讲义和正在撰写的论文。因为，根据美国法律，未经发表的科研论文，即便是个人的研究成果，也不允许携带出境。

听说他要回国，同事大感不解。

"搞研究，美国有全世界最好的条件，你为什么非要回去呢？"对方怔怔地盯着他的脸，就像小学生盯着令人费解的生僻字。郭永怀目光澄澈，朗声答道："我来美国留学，就是为了将来报效祖国呀！"

就在校方极力挽留的时候，大洋彼岸，鸿雁传书。
已经先期回国的钱学森给郭永怀写了一封亲笔信——

永怀兄：

　　接到你的信，每次都说归期在即，听了令人开心。

　　我们现在为力学所忙，已经把你的大名向科学院管理处"挂了号"，自然是到力学研究所来。快来，快来！

　　计算机可以带来，如果要缴税，力学所可以代办。电冰箱也可带，北京夏天还是要冰箱，而现在冰块有不够的情形。

　　老兄回来，还是可以做气动力学工作，我们的需要绝不比你那面差，带书的时候可以估计在内。多带书！这里俄文书多、好，而又价廉，只不过我看不懂，苦极！

……

　　捧着信纸的手开始微微颤抖，他猛然把信纸摁在胸前，接着，又"啪"的一下拍到妻子手上："太好了，回国的时机成熟了！"说着，"呼"地扬起胳膊，那亢奋劲儿，俨若采春的蜜蜂听到了花开的清音。

　　终于，分别的时刻到了。

　　在康乃尔大学航空工程研究生院为他送行的野餐会上，郭永怀当着大伙的面把剩余的手稿悉数扔进烤炉。聚餐的同事慨然而又怅然，他们明白，郭永怀的选择已经是一个无法更改的常数了。

二

　　1956 年 9 月 30 日，郭永怀一家终于登上了回国的邮轮。

　　凭栏远眺，他若有所思。恍惚中，似有暗香幽幽浮动。他下意识地嗅嗅鼻子——是天津的大麻花，还是北京的煎饼果子？是西湖的龙井茶，还是老家的疙瘩汤？哦，祖国！游子的精神脐带，爱皈依的地方。

　　郭永怀的故乡是山东省荣成市西滩郭家村。

　　十岁那年，望子成龙的父亲把他送进私塾。儿子果然不负所望，寒窗数载，一朝题名。捧着南开大学的录取通知书，父亲的喉咙里迸出一个响亮的惊叹号——这可是郭家村有史以来第一个大学生啊！

三年后，郭永怀被推荐到北大物理系读光学专业，毕业后留校。

1937 年，七七事变，抗战全面爆发。学校南迁，郭永怀返乡任教。

突然有一天，涂着太阳旗的日机呼啸而至，顿时，烟尘漫卷，四处狼藉。年轻的物理老师仰天长叹："我们的飞机呢？"满目断壁残垣，他不禁心生懊悔：当初学习航空工程就好了！

"当——当——"校钟敲响了，钟是用炸弹皮做成的，声音悲怆、苍凉，振聋发聩。正是从那一刻起，一颗报国之心便枕戈待旦。很快，机会来了。

1938 年夏天，郭永怀以优异成绩考取了中英庚款留学生。谁知，登船后发现，护照上居然有日本签证。同学们当即提出抗议，英国代办恶狠狠地威胁道："谁不接受签证，就取消留学资格。"话音刚落，一向沉默寡言的郭永怀开口了："宁可不出国，我也绝不接受日本的签证。"他语调铿锵，斩钉截铁，说罢，拎起行囊，绝袖而去。

翌年 9 月，他终于漂洋过海，来到加拿大多伦多大学，研习应用数学。一年后，转赴美国，进入著名的国际空气动力学研究中心，和学长钱学森一道，成为世界气体力学大师冯·卡门的弟子。

当时，飞机的最高时速已达 960 公里。然而，一旦超过声速，便升力骤降，航陀失灵，甚至出现强烈震动。为了突破声障，科学家们冥思苦索，绞尽脑汁。可谁也没想到，郭永怀的博士论文偏偏瞄准了这个题目。毫无疑问，等待他的是一场生死未卜的残酷缠斗。

一页页失意的纸张连缀起一个个令人沮丧的昼夜，而倔强的斗士则一次次重整旗鼓。于是乎，后面的日子变成了新的驿马，他把它们骑得疲惫不堪，然后再换一匹。如此昼夜兼程，他离目标越来越近了。终于有一天，一道出其不意的光束划过脑海，他猛地看清了飞机冲破声障时的奇丽景色。灵感闪现的刹那间，年轻的科学家神采飞扬。

"跨声速流动的不连续解"理论模型的横空出世，为人类打开声障之锁提供了一把精准的钥匙。从那天起，他的声名远扬。

就在他们一家准备回国的时候，大名鼎鼎的胡适先生亲自登门了。刚落座，先生就开门见山，进行劝阻。郭永怀又是淡淡一笑："我们都定好船票了。"

……

呜——汽笛响了，郭永怀如梦初醒。

忽然，身边冒出女儿郭芹嫩嫩的声音："爸爸，咱们的新家到底什么样啊？

<h1 align="center">三</h1>

噢，那是一幢样式古朴的三层小楼。

灰砖，黑瓦，朱红色的木窗。楼牌上印着"中关村科源社区13"的字样。尽管这是国家特意兴建的条件最好的专家公寓，但在女儿眼里，比从前住的房子差远了。的确，那幢花园别墅好漂亮啊！三层楼加地下室，还有一个独立车库。二楼有一个宽敞的露天阳台，一楼的阶梯上，环绕着木质的白色门廊。可不知为什么，走进简陋的新居，父亲却眉开眼笑，似乎如愿以偿。那时候，郭芹年龄尚小，还无法理解，嵌着204门牌的新房在父亲的情感天平上具有怎样的重量！

从那时起，每天一大早，郭永怀总是提前走进力学所的办公楼，风雨无阻，如同一架精确报时的钟表。很快，同事们发现，新来的副所长走路时总是低着头，似乎仍在思考，而且步幅很大、节奏匀称，像是对预定的目标进行丈量。令人印象尤为深刻的是，工作时，他喜欢把窗拉得严严实实，让思维在沉潜中寻觅灵感的先兆。有时候，夜已经深了，窗帘后面依旧灯火青荧。是啊，新中国的科研事业刚刚起步，有多少事情需要谋划呀！

盛夏时节，北京暑热难耐。

有下属来请示汇报，轻轻一推门，愣住了。只见窗帘依旧遮得严严实实，郭副所长埋着头，右手有一下没一下地挥着蒲扇，脸上、脖子上汗水涔涔。下属心里一声叹息，唉，这么大的科学家，真是难为他了。其实，郭永怀回国的时候，带回一台电冰箱和一台电风扇。然而，为了方便大家，他把两样电器连同心爱的手摇计算机一并搬到所里去了。

宿舍楼的东侧有个大花坛，下班路过，他会偶尔驻足观赏。葳蕤的草木中，他最喜欢的是迎春花。那一串串黄澄澄的花瓣活泼泼地摇曳着，宛若思维燃起的火苗。如果有人凑过来，他会指着眼前的花花草草，逐一道出学名，以及分属哪一纲哪一科。实际上，他的爱好很宽泛，除了摄影和集邮，最痴迷的就是音乐。有人以为，生活中的浪漫与严谨的数学公式格格不入，其实错了。数学和音乐都是上帝的语言，当抽象和具象激情邂逅，灵感的火花想必会迸发得更多一些。然而，自打搬进新家，那些从美国带回来的黑胶唱片就被冷落了。

从历史的角度看，某个重要瞬间对民族命运的影响是决定性的。

1959 年，国庆大典。

在天安门城楼休息时，赫鲁晓夫突然发难。他对毛泽东说："关于这个生产原子弹，我们是不是把他们撤回去？"毛泽东的反应很平静："我们可以自己试试，这对我们也是个锻炼。"在东郊机场送走赫鲁晓夫，共和国主席已经做出了一个重要决定。

半年后，郭永怀按部就班的工作状态突然改变了。

一天早上，一辆绿色的伏尔加牌小轿车驶到楼下，车头上方，一只昂首奔跑的小鹿银光闪闪。妻子感到莫名其妙：力学所离宿舍并不远，丈夫都是步行上下班，现在，为什么改成坐汽车呢？

若干年后，时间之手才揭开谜底。

原来，为了加强原子弹的理论研究，时任二机部副部长的钱三强请钱学森推荐一位功底扎实的力学专家，钱学森郑重地推荐了郭永怀。随即，承担原子弹研究的二机部九所的花名册上，增加了一位新任副所长。就这样，以王淦昌、彭桓武和郭永怀组成的"三驾马车"为先导，从全国选调的 105 名科技人员在战旗下迅速汇拢，战斗悄然打响了。

在指导原子弹研究的同时，郭永怀还受聘于国防部第五研究院，参与导弹的技术攻关。此外，对于平行推进的人造卫星项目，他的作用同样不可或缺。这就意味着，他要横跨核弹、导弹和人造卫星三个领域，因此，他也成为中国"两弹一星"元勋中唯一在三大领域都做出突出贡献的科学家。

考虑到九所距中关村路程较远，有关部门专门配备了一辆轿车，接送郭永怀上下班。于是，每日晨昏，13号楼前都会出现一个耐人寻味的场面——中国的科学家乘坐苏联产的轿车，冲击苏联和美国的核垄断。瞧，历史真是一位调侃的高手，神情冷峻，却不乏幽默。

按照分工，郭永怀主管结构设计、强度计算和环境试验。

很快，他就发现，自己和同事们走进了一片陌生的原始森林。没有经验的罗盘，只能凭借形而上的思辨去判断方位。然而，无论朝哪个方向走，面前都像有堵无形的墙挡在那儿。结果，一组组计算数据挣扎着、扭曲着，不断仆倒在地，堆积成一片废墟。望着凌乱不堪的纸张，郭永怀恶狠狠地蹙起眉头，额角慢慢拱出两条紫色的蚯蚓。很显然，对于生性倔强的科学家来说，困惑的本身就是挑衅。

于是，精疲力竭的数字又摇摇晃晃站起来。

一切又从头开始……

随着时间的流逝，妻子发现，丈夫下班的时间越来越晚，有时甚至彻夜不归。她觉得十分蹊跷，心想：搞理论研究，至于这样吗?！此时，她哪里知道，丈夫近来频繁出没于城北的荒郊野外，原子弹最初的爆轰试验就是在那个"代号17"的隐匿工地上完成的；她更不知道，就在丈夫和科研团队潜心攻关的同时，千里之外的大草原上，悄然生长的建筑群落也在顽强拔节，渐渐地，那神秘的轮廓变得越来越清晰了。

四

和郭永怀第一次乘坐小轿车的情形一样，当第一堆篝火燃起时，那支风尘仆仆的队伍已然在世人的心中变成了秘密。事隔经年，人们才知道那个位于青海湖畔的核武器研制基地。环绕周边的广袤草原有个富于诗意的名字：金银滩。据说，脍炙人口的情歌《在那遥远的地方》就诞生于此。然而，现实绝非歌曲描绘的那样浪漫，拓荒者遇到的第一个困扰就是住宿问题。隆冬时节，寒气逼人，无处栖身的人们纷纷挤进牧民遗弃的牛棚、羊圈，实在没有着落的，只好临时挖些地窖子。睡觉的时候，必须全副武装——戴上帽子，裹上大衣，再盖上被子。谁知，一波未平一波又起，还没立住脚跟，许多人又出现了高原反应和水土不服……

很显然，这是一场没有硝烟的战争，也是一段激情燃烧的岁月。

施工现场的每寸冻土，都充盈着催生英雄主义的墒情，建设者用意志的砖瓦为一个迷人的梦工厂搭起坚实的框架。哦，这是一片矗立在古老民族心理上的崭新建筑，看上去，车间颇为简陋，外观亦不巍峨；但是，在有限的空间里，却丰富着表现未来时的宏大气魄。

突然有一天，郭永怀要出发去外地了。

妻子随口问道："去哪儿？多长时间？"

丈夫尴尬地咧咧嘴，喉咙里仿佛挽了一个结儿。闷了一会儿，终于憋出一句"别问了"。话音未落，忽然有些慌乱，视线躲闪着岔到旁边去了。

渐渐地，蒙在鼓里的妻子开始胡思乱想。

不知不觉中，她的心里出现了一处空缺。她实在想不出办法把它填满，因为，她压根就不知道它是如何产生的。不定什么时候，她会呆呆地愣神儿，目光虚虚地瞄着某个地方。于是，在无边的岑寂中，躲在心底的疑问又清晰地浮现了：他在什么地方？到底在忙些啥呢？

此刻，郭永怀正伫立在巴丹吉林沙漠空旷的靶场上，气温低至零下二十多度，朔风凛冽，分外狞厉。出发前，同志们都穿上了配发的空军地勤服——皮上衣、皮裤子。郭永怀个头偏高，没有合适的尺寸。大家劝他留在家里，等候汇报，可他无论如何也不答应。他说："只有到现场亲眼看看是什么情况，才能做到心中有数。"人们拗不过他，只好找来一件皮大衣和一双毛皮靴。当他伛偻着腰身迈开脚步时，那个寒意刺骨的清晨便有了一种残酷的诗意。

试验场区没有帐篷，也没有座椅。冻透了，站乏了，只能咬牙坚持。终于挨到开饭时间，郭永怀和大家一样，用开水把冻得硬邦邦的馒头泡软，就着咸菜，凑合一顿。

在研发过程中，对于原子弹引爆方式的选择，人们一度在较易实施的"枪式法"和起点较高的"内爆法"之间难以取舍。郭永怀采用"特征线法"进行理论计算，提出以先进的"内爆法"作为主攻方向；同时，为了稳妥起见，应当"争取高的，准备低的"。随后进行的爆轰物理试验无疑是掌握关键技术的重要一环。为了取得满意的爆炸模型，郭永怀带领科研人员反复试验，有时，甚至跑到帐篷里亲自搅拌炸药……

五

突然有一天，失联的丈夫回来了。

隔了几步远，男人就把一个风尘仆仆的笑容捧过来。妻子心疼地瞅着丈夫，看上去，他显得更瘦了，脸颊凹陷，两眼透着疲惫。让她感到奇怪的是，出门时带去的茶叶居然原封不动带了回来。

怎么回事？难道连喝水的工夫也没有吗？

丈夫尴尬地咧咧嘴，脸上现出一个暧昧的笑容，看上去，像是在说明什么，但又缺少了重要内容。咳，别看琢磨了一路，可直到现在，依然没有为合理的解释找到合适的词汇。是啊，他不能告诉她，那里海拔三千多米，开水不到九十度；他更不能告诉她，因为粮食短缺，许多人得了浮肿病，抬煤上楼时双腿颤抖，难以支撑；物理学家彭桓武两脚肿得鞋子都穿不上了……不消说，有关生活的任何细节都必须守口如瓶，因为，它们涉及国家的最高机密。

妻子无奈地吁了口气，轻轻地，像一声惆怅的叹息。

那几年，女儿郭芹问得最多的一句话就是"爸爸去哪儿了？"。每次，母亲都轻轻地摇摇头，失意的眸子里泛着苦涩。

有一次，郭永怀出差回来，第二天，碰巧女儿过生日。女儿等啊等，直到夜色沉沉，父亲才回到家里。女儿撒娇地搂住爸爸的脖子问："你不是答应送我生日礼物吗？"父亲一愣，如梦方醒：糟糕，看这记性！他讪讪地拍了一下脑门。就在那一瞬间，丰富的想象力令其急中生智，他指着窗外的夜空打趣说："我送一颗星星给你做礼物好吗？""好，好。"女儿咯咯地笑了。

随着研发的不断深入，郭永怀外出的次数越来越多。

每次离家，他对去向都讳莫如深，有时，甚至不辞而别。不明就里的困扰让妻子怏怏不乐，不仅饭量减少，睡眠也出了问题。结果，床铺变成了燎着柴火的铁锅，她像烙饼似的翻来覆去。说不清到底折腾了多长时间，眼皮才慢慢发涩，思维也变得时断时续，又挨了一会儿，意识的链条总算滑脱了。朦胧中，前面传来一个充满磁性的声音。这是在哪儿？噢，想起来了，这不是在康奈尔大学的学术报告厅里嘛。那天，她听说航空研究生院有位华裔学者要举办一场学术报告，出于好奇，便信步而至。随后发生的事情印证了这看似随意的决定究竟有多么重要。正是一面之缘，让两条独自延伸的人生轨道出现交集。

没过多久，两人目光交会时有了缠绵的味道。直到有一天，她猛地发现，那热辣辣的视线追光一般痴痴地打在自己脸上。她一个激灵，被烫醒了。

夜凉如水，昏暗中，一双眸子依旧亮亮的。

恋爱的感觉真好啊。

天格外蓝，水格外绿，云可邀，花可餐，眼前是景，心中是诗。嘀，恋爱中的女人真漂亮！你瞧，男人用深情的目光把文雅的江苏姑娘呵护成一株映山红，那么绚烂，那么靓丽。

1948 年春，两情相悦的恋人在纽约附近的绮色佳小镇市政厅举行了婚礼。

于是，家庭的画轴在期待中依次展开，夫妇俩用诗意的剪刀裁出一幅幅新鲜的剪纸，给温馨的安乐窝增添了一处处迷人的装饰。日子久了，她便有了这样的感慨：当年嫁给这个被称作丈夫的男人，是自己有生以来做的最重要也最正确的事情。庆幸之余，又暗自嗟叹，现实中的美满婚姻，只有机缘巧合才能够实现，而这种成全，只能来自上苍的眷顾。

可以设想，如果生活始终安安稳稳，那么，爱情专列就会依着惯性，平顺驶过一个个幸福的日子。

但是，生活没有假设。

换句话说，那辆神秘的小轿车猝然现身时，先前的平静生活就注定要发生意想不到的变化……

她深深地叹了口气，接着，眉心挤出一道扭曲的皱纹，那个叫作疑虑的东西又从心底渗出来，如同无法稀释的硫酸，把情感的神经灼痛了。

朦胧的月光透过枯枝筛进窗来，照着女人苍白的额头，照着弥散在黑暗里的苦涩气息。

有人说，情到深处是寂寞。

也有人说，情到深处是心疼。

还有人说，情到深处是为爱牺牲一切。

是啊，为家为国，即便儿女情长，亦如九曲黄河，百转千回，轰轰烈烈。

就在妻子心烦意乱的时候，那个渺远的身影正在戈壁滩上缓缓移动。阵风鼓荡，骆驼草晃动着质朴的黄花。他弯下腰，挨近草茎，仿佛在倾听花朵的呼吸。心想：宿舍楼前的迎春花应该也开了吧？

六

哦，迎春花开得好漂亮！

他摇下车窗，目光里伸出一只手，于是，一簇灿烂的金黄便在他的掌心轻轻摇曳。轿车驶过花坛，他扭转脸，余光恋恋不舍。

打开门锁，迎接他的是莫名的寂静。

他放下提包，拎起暖壶，水竟是凉的。他疑惑地咕哝了一句，转身走向厨房。忽然，脚下被什么绊住了。只见旁边的橱柜上，一张好端端的全家福被剪成两半。他的心脏忽悠一沉，仿佛一脚踩空了楼梯。定睛再看，剪开的照片上，妻子冷冷地望着他，好似隔了几千里地。他的心底迸出一缕轻叹：唉，她肯定是赌气回娘家了。怔了半晌，默默地踱到窗前，夕照下，迎春花开得那么美，美得令人伤感。顿时，一种无法言说的滋味涌上心头，是隐隐的愧疚吗？

悄悄地，夜色潮水般漫过来，薄薄的，悲凉月光一样泻了一地，让人无从收拾。书房里，青灯孤影，郭永怀默默地审视着一组组试验数据，他伏着身子，胸口塌陷，背上似乎压着什么重物。不知不觉中，玻璃窗上显出一抹淡淡的亮色，黑夜最沉重的部分悄然逝去，伴随着血色浪漫，一次崭新的黎明将为共和国分娩一次壮丽的日出。

唔，那的确是一个绝无仅有的清晨。

新疆，罗布泊腹地，新中国第一颗原子弹已经被吊装到一个高达 102 米的铁塔顶部。清晨 6 时 30 分，爆炸前的最后一项准备作业已完成。然后，是依循操作规程的缜密检查和焦灼的守候。郭永怀和同事们静静地伫立在荒漠上，一个小时过去了，两个小时过去了……人们翘首以待，真是望眼欲穿呐！终于，决定命运的时刻来临了——核爆进入倒计时。怦怦乱撞的心脏"扑腾"一下蹦到了嗓子眼儿，郭永怀感到浑身发紧，肩膀和后背的肌肉像绷直的钢丝。"10，9，8，7……"整个过程尽管只有短短的十秒钟，他却觉得没完没了，仿佛经历了一个漫长的世纪。

"轰隆隆——"一声悸动，石破天惊，伴着东方圣火，黄褐色的蘑菇云绽露雏形。刹那间，欢呼声如破堤的洪水汹涌激荡。郭永怀如释重负，他开心地笑了，孩子似的，笑得那么灿烂，那么忘情。如果眼前有面镜子，他一定会认为这是自己有生以来最圆满的笑容，真的，最圆满的。

那朵蘑菇云也似乎受到了情绪的感染，升啊升，就像一棵树长啊长，好大一棵树呀！

喜讯传开，举国欢腾。

女儿捧着喜报兴奋地对妈妈说："研究原子弹的科学家真了不起，我好想给他们献一束花呀！"说着，困惑地眨眨眼，"可是，鲜花应该献给谁呢？"妈妈摇摇头，少顷，又轻轻颔首。或许，她已经意识到什么。

几天后，王淦昌备好家宴，特邀郭永怀、彭桓武夫妇。这是"三驾马车"一起工作四年来的第一次家庭聚会。三个成功的男人把酒言欢，不一会儿，因为酒精的燃烧，憔悴的脸庞都显得神采奕奕。李佩惊讶地发现，平时极少沾酒的丈夫居然一反常态，主动举杯。

"来，再喝一口！"

又是砰然一声脆响。妻子浑身一震，一直堵在胸口的那坨东西顿时消失得无影无踪。

原子弹爆炸成功三个月后，郭永怀夫妇做出了一个惊人的举动，他们把多年来的储蓄作为捐款一股脑地交给了组织。

对此，力学所专门向上级呈交了一份报告——

院党组：

    我所郭永怀同志于元月十三日自动交给组织历年积蓄和公债券共肆万捌仟伍佰零贰元整，要求转交国家支援社会主义建设。经我所杨刚毅书记亲自与他谈话，请他考虑是否全交、家庭生活是否有困难等等。他表示生活完全没有问题，态度非常坚决。

    现将郭永怀、李佩同志原信转党组，请指示。

    附：（1）肆万陆仟伍佰元整存款单 1 张。
        （2）公债券 89 张折合人民币贰仟零贰元整。

中共力学研究所党委
1965 年 1 月 15 日

消息传开，一片轰动。

好家伙，48502 元！以当时的工资水平而论，这俨然就是一个天文数字。人们惊愕之余，肃然起敬：什么是高风亮节？那倾其所有的家国情怀诠释得再清楚不过了。

七

丈夫又要出发了。

吃早饭的时候，妻子的心里生出了不可名状的温柔。正吃着，筷子忽悠悬在半空，她怔怔地望着丈夫，像是被魅住了似的。男人埋着头，满鬓清霜残雪。唉，青丝变白发，这才几年的工夫呀！不知不觉地，干燥的眼窝里有潮气渗出来，悄悄地流淌在灰暗的空气中。她是个性格刚强的女人，就像山上的野草，看上去柔柔弱弱，骨子里却充满韧性。然而，金属再坚硬，也会疲劳、断裂；人再刚强，也难免有脆弱的时候。原因很简单，却匪夷所思。真荒诞呀！一觉醒来，她突然被扣上一顶大帽子。心脏"咚"地撞了一下胸口，脚下的地板訇然倾斜了。

长夜耿耿。

在沉沉的黑暗中，丈夫温暖的眼神无疑是最要紧的光亮。不，不仅是光亮，而且是命运之舟渡过苦难之河最坚实的纤绳。她实在无法想象，如果脱离了那泓目光，时间一长，生活会变成什么样子？

楼下，小轿车如同正点的班车，静静地驶过来。

妻子蹙着眉头把那个棕红色的公文包递过去。她多么希望自己就是丈夫夹在腋下的公文包啊，每天出门，都形影不离，他走到哪儿就把它带到哪儿。结婚这么多年，她还是头一次产生对丈夫如此强烈的依赖之情。丈夫似乎意识到什么，他想说句安慰的话，可是，说什么好呢？喉结困难地蠕动了几下，欲言又止。他默默地接过公文包，用一个看似平静的微笑同妻子告别，然后，转身下楼。

房门关闭的一瞬间，她觉得房间忽然变得空空荡荡，一种巨大的孤独感山洪般呼啸而来，把蒌陷的胸廓挤痛了。她疾步走到窗前，眼巴巴地朝下张望，只见丈夫打开车门，弯腰钻进轿车，轻盈的小鹿银光一闪，车窗掩映的花白额头便从她的视野中消失了。望着远去的轿车，她怕冷似的耸起肩膀，一缕阳光从背后斜过来，在地面上映出沉重的阴影。清冷的光晕涂在脖颈上，脸颊的边缘显出一片浅浅的暗灰。此时，她万万没有想到，这次分别，竟是永诀！

多么残酷的结局呀！

难道，是命定的劫数？

随后发生的悲剧让人不由想起那句老话：大喜伤心。

是啊，从特定的角度看，或许可以这样说，蘑菇云腾起的那一刻，最终的告别就已经开始了。

原子弹成功爆炸后，为了尽快实现武器化，郭永怀和战友们风尘未洗，又马不停蹄踏上征途。

事实上，早在 20 世纪 60 年代初，郭永怀就提出要研究电磁波与等离子体鞘及尾迹流动的相互作用。因为，这对于目标识别与通信是极其重要的。核爆前，他敏锐地注意到带灰尘粒子的高超声速流动，并在国际上率先提出"云粒子侵蚀"这一研究课题。实践证明，云粒子侵蚀是实现全天候攻击与突防和反导必须解决的一项关键技术。第 2 次核试验后，郭永怀特别关注运载飞机的安全性，他强调飞机投弹后，一定要有足够时间安全躲避冲击波和光辐射的威胁。为此，他提出伞、弹结合，增阻缓降的解决方案。当时，这一课题在国内尚属空白，而且，没有任何国外资料可供借鉴。于是，他亲自指导科研人员建立伞弹系统的空中运动方程，并通过航弹空投试验不断修正参数，最终，使降落伞增阻方式的可靠性得到充分验证。

经过数年的艰苦努力，野外试验的工作条件逐渐改善。

有时候，实在太累了，郭永怀就到现场的帐篷里小憩片刻。那天，一位同事意外地发现，他耸着肩胛，蜷缩在没有床垫的铁床上。同事吓了一跳，赶忙去保卫人员的帐篷里找来床垫为他铺好。郭永怀过意不去，一迭声地感叹道：哎呀，太麻烦你们了！

1967 年 6 月 17 日上午 7 点，装载氢弹的轰-6 飞机一跃而起。

8 点 20 分，中国第一颗氢弹成功空爆，其威力达到第一颗原子弹的150 余倍。

八

1968 年初冬，热核武器的研究进入关键时期。

一天傍晚，邮递员送来一封从呼伦贝尔大草原寄来的家书。他瞄了信封一眼，心尖一阵悸动，这是女儿写给父亲的第一封信啊！那一瞬间，他的神情突然有些恍惚，他看见那个一脸呆萌的小丫头挖挲着小手，跌跌撞撞跑过来，沁着奶味的笑声像啁啾的小鸟，拍打着翅膀飞向感情的天空。他粲然一笑。谁知，笑容刚刚漾开又悄然消失，显得浅尝辄止。原来，女儿用一枚小小的邮票寄来一个小小的央求。她说，呼伦贝尔天寒地冻，希望父亲给她买双过冬的布鞋，因为，脚丫已经冻伤了。他牙疼似的吸了口气，丢下信纸，怔怔地立在那儿。沉吟之际，他一头撞上情感的蛛网，一条条在昨天的斜阳下泛着光亮的丝线乱七八糟地扑到脸上、脖子上，黏糊糊、凉丝丝的。

唉，真没想到，即将逝去的戊申猴年竟然是个多事之秋。

面对人生第一次重要抉择，17岁的郭芹犯了嘀咕。就在这个节骨眼上，宿舍楼里的小伙伴脚前脚后光荣入伍。她恍然，人生其实还有另一种可能。她痴痴地盯着那一袭绿装，就像当年的哥伦布一样，从梦幻般的色彩中发现了充满诱惑的新大陆。她坚信，只要父亲说句话，自己就会顺利地走进军营，成为一名英姿飒爽的女兵。她觉得蛮有把握，因为，根据以往的经验，她但凡提出要求，父亲都会答应。没承想，父亲竟然一反常态。他静静地凝视着女儿，关切的目光透着严肃。实际上，他和所有的父亲一样，也有舐犊之私，但是，他的内心深处却有某种超越个人情感的高尚东西与之抗衡。

　　数周后，去内蒙古插队的女儿要走了，郭永怀亲自到车站送行。列车启动的那一刻，他冲着车窗挥了挥手，不知怎的，视线变得不清亮了，虚蒙蒙的，像起了雾。

　　如今，小丫头遇到了难处，只好向父亲求助。

　　心神不定地踱了几步，他又拾起信纸，目光牢牢地粘在稚气未脱的字迹上。看得出，他心中最柔软的地方被触动了。

　　为此，一向不喜欢逛商店的父亲走进了科研基地的小卖部。

　　售货员递过厚实的狗皮棉鞋随口问道："多大尺码？"

　　郭永怀一头雾水：尺码？什么意思？很显然，这位鼎鼎大名的科学家对世俗世界从未做过认真研究。

　　售货员啼笑皆非："连尺码都没搞清楚，咋就跑来买鞋呢？"

　　为了弄清尺码的概念，他利用中午休息时间去了同事刘敏家。一朝面，就向年轻夫妇说明来意，请教如何给女儿郭芹买一双合适的棉鞋。刘敏的妻子朱志梅告诉他，男鞋和女鞋是不一样的。"噢……"他若有所悟，问道，"你穿多大的鞋？""37到38。"说着，朱志梅又跟上一句，"郭芹的脚多大？"郭永怀张口结舌，少顷，讪讪一笑，表情有些尴尬。善解人意的朱志梅当即提出建议："你问问郭芹，让她把尺码搞清楚，不然的话，一旦不合脚，就麻烦了。"

　　在随后的回信中，他对女儿说："布鞋暂没有，你是否画个脚样来，待有了货，一定买……初劳动时要注意，过猛和粗心是一样的，都是不对的。"瞧，只有在温情脉脉的时候，他才不再扮演科学家的角色。然而，从后来的变故看，这一刻实在充满悲情。因为，纵使天才的大脑也无法预知，给女儿购买棉鞋从一开始就注定是一个无法完成的任务。

九

1968年12月4日，热核武器的研制取得重大突破。为了不耽误研发进度，郭永怀决定当晚乘飞机赶回北京，参加次日一早的会议。出于安全的考虑，同事们劝他改乘火车，郭永怀淡然一笑："我搞了一辈子航空，不怕坐飞机。"说着，把桌上的资料小心翼翼地放进公文包。此时，那一组组重要数据也似乎意识到使命重大，神情显得愈发肃穆，深沉着仿佛充满哲理。

夜幕降临时，郭永怀和警卫员牟方东赶到兰州机场。推开车门，冷冷的星光撞了一身。远处，那架常坐的小型飞机魅影隐现，如同一个不祥的谶语。果然，几个小时后，意外发生了。

凌晨时分，飞机抵达首都机场上空。

舷窗外，大雾弥漫，视野模糊。飞机降落时偏离跑道，飞行员紧急拉升。不料，高耸的铁丝网挂住尾翼，飞机猛然失去平衡，仄歪着身子朝旁边的玉米地一头扎了下去。生死一瞬间，命运之手擎起无言的感佩，颤巍巍地把一位英雄高高举向历史的天空。

惊悉噩耗，学长钱学森泪如泉涌。后来，他在一篇文章中这样悲叹："就那么十秒钟吧，一个有生命、有智慧的人，一位全世界知名的优秀应用力学家就离开了人世。生和死，就那么十秒钟！"

清理现场的时候，大伙惊讶地发现，两具烧焦了的遗体紧紧搂抱在一起。通过那只残破的手表，同事们辨认出遇难者就是郭永怀和警卫员牟方东。人们尝试着把两人分开，每次用力，都会听到令人心悸的断裂声。当两节木炭般的尸骨终于分开时，人们的脑袋"嗡"的一炸，啊呀，那只熟悉的公文包就紧紧贴在郭永怀的胸口！瞬间屏息，惊心动魄的场景赫然浮现——生死关头，科学家的第一反应就是保护科研资料，因此，两具血肉之躯在炽烈的火焰中凝固成生命乐章最后的音符。一位同事小心翼翼地拿起公文包，打开一看，里面的资料完好无损。旁边的同事扑通跪倒，痛哭失声。

英雄牺牲22天后，中国第一枚热核导弹发射成功，呼啸的火龙划出一道亮丽的弧线，如长剑出鞘，似忠魂起舞。

十

若干年后，那不朽的魂魄化作荣成市区广场上一爿巍峨的建筑。在郭永怀事迹陈列馆里，一队戴着红领巾的小学生静静地走进用遗留家具复原的卧室。床头的白墙上，挂着一幅紫檀色的相框，戴着金丝眼镜的科学家双目含笑，若有所思。寂静中，讲解员的声音饱含深情："郭永怀牺牲后，力学所的同事经常去看望他的妻子。后来，人们惊讶地发现，那只孤零零的枕头不知什么缘故从床头挪到了床尾。随之，探望者恍然大悟，原来，这样调整后，只要躺到床上，妻子就会在第一时间看见丈夫。就这样，她整整守望了48个春秋。2017年1月12日，99岁的李佩先生在北京中日友好医院病逝。临终前，她留下最后的遗言，这句话仅仅只有八个字：想与老郭埋在一起……"

忽然，人群中响起轻轻的啜泣声，讲解员循声望去，只见一个小女孩埋着脸，肩膀微微颤抖。

旁边，一个小男孩使劲抿住嘴唇，痴痴地盯着相框。哦，郭永怀慈祥地望着他，脸上凝固着永恒的笑容。

男孩的眼里掠过一道光波，神情渐渐变得神圣了。

（原载于《鄂尔多斯》2023年第4期。）

爱心妈妈

徐　剑

比日神山下的小米玛和仙女阿妈

小米玛已经十岁了，因患有唐氏综合征，一直长不大。那是上苍之手在编织生命时，搭错了一根线，让基因遗传出了问题。十岁的孩子，长得太袖珍了，看过去，与五岁孩子差不多，容颜畸形，且智力发育迟缓。小米玛抵抗力差，经常生病，在西藏特殊教育学校读书，不时被退回来，返回林芝儿童福利院养病。那边的老师说，治好了，再回来读书吧。

那天，小米玛下车，见到自己还在襁褓中时就带他的爱心妈妈拉姆白宗，扑上前来，喊道："阿妈拉！"

拉姆白宗一惊："米玛，你还认得我呀？"

"嗯！"小米玛的肢体不协调，仿佛他的认知，都凝固在了四五岁。

"我的孩子。"拉姆白宗将小米玛揽入怀中，问道，"你在特校那边还好吗？"

"好！"小米玛颤颤悠悠地说，"就是有人问我，老家在哪里。"

"你咋回答的？"

"林芝儿童福利院。"

"对啊，你的家就在林芝儿童福利院。"拉姆白宗答道。

"可是有的小朋友说，儿童福利院里的都是孤儿。"

"胡说，你不是孤儿，你有一大群阿妈拉，有拉姆阿妈、次拉阿妈，还有院里好多好多阿妈拉。"拉姆白宗将小米玛揽在怀里，将脸贴到他的小脸上。

"同学们还问我老家在哪个村。"

"比日神山啊。"拉姆白宗说，"你生在比日神山，是一百只老鹰、神鸟衔来的。"

"我是神鸟衔来的。"小米玛步履踉跄，去与别的小朋友一起玩。

望着小米玛的身影渐行渐远，与孩子们一起撒欢儿，拉姆白宗的眼睛被一泓泪水盈满了，这孩子真是神鹰衔来的哟。

那一年，应该是二〇一二年吧，拉姆白宗刚满二十二岁，可她已经在林芝福利院工作两年了。彼时，西藏双集中供养服务还未完全铺开。老人与孩子们并未分开，福利院里有老人，亦有孩子。白宗的职业，那时不叫爱心妈妈，而是护理员，老人们尤其喜欢她，见面便喊拉姆。拉姆，在西藏可是仙女的称谓，孩子们也叫她拉姆阿姨，而不像现在喊白宗阿妈拉。

初夏的一个上午，院长尼玛卓玛给她打电话，说："拉姆白宗，你来院长办公室一趟。"

卓玛院长三月份刚给她解决了公益性岗位，这意味着她可以在林芝福利院长期待下去了，不再是一个临时工。因此她对卓玛院长感激不尽。

林芝福利院原来的老址，没有现在儿童福利院规模大，现在是广东援建的，占地一大片，二〇一五年双集中时搬过来的。彼时，白宗步履匆匆，从居家室走过来。楼下花坛里，张大人花（波斯菊），还有国色天香的秋牡丹，早早绽放了。她还是喜欢张大人花，婆娑曼妙，向天疯一般地长，不择土壤，花籽撒在哪里，就在哪里生根发芽开花结果，长得像人那么高，就像自己的青春一般。

拉姆白宗老家在工布江达县巴河镇，距尼洋河不远。那是一个幽静的小村落，她从那里走出来读书，小学、初中都在工布江达县里读。中考时，她考上了林芝一中，等于一脚踏进了大学的门槛。可是拉姆白宗的身体不好，因为母亲生她时，分娩前还在青稞地干活，背了一大篓青稞回家，动了胎气。她早产了，像小猫一样嘤嘤哭泣。母亲怕养不活，请寺庙里的喇嘛来起名，赐名为拉姆白宗，意思是仙女一生幸福。

可是，体弱多病伴随着拉姆白宗的花季年华。读中学时，她一直被病魔折磨。到了高一时进入林芝一中。党和国家对西藏的教育政策有倾斜，跨进这所中学，基本上就等于一脚跨进了大学的门槛。可是她青春期反复发烧，学习成绩一直下滑。她恨自己不争气，可是又难挽颓势。高考时，看着同学们步履从容地走向考场，她蒙被大哭了一场，然后拭尽泪痕，怅然走向姑姑的家。

看到侄女毕业即失业，姑姑说："拉姆，我唯一可以帮你的，就是让你去藏医院做保洁。如果你表现好，还可以在那里跟师傅学着做藏药，一步步走进我们这个民族的腹心地带，不必回家去种青稞了。"

拉姆白宗点头答道："好，谢谢姑姑。"

第二天，她便去了林芝藏医院。拉姆说，失之东隅，收之桑榆，林芝不种桑，但遍地千年桃花。雪山下，雅江、尼洋河两岸，三四月间古树新枝，花盛如雪。她觉得自己很幸运，去了藏医院，桃花纷纷，砸到了自己头顶上——她不仅遇到一份爱情，而且找到了一份好工作。

彼时，拉姆白宗到藏医院上班，每天都要经过福利院，见里边有许多孩子和老人在活动。她进去两趟，还给尼玛卓玛院长留下了自己的联系电话。有一天，恰好一个阿姨家里有事，辞职了。卓玛院长给她打电话，问拉姆："愿不愿来我们福利院工作，为那些老人和孤儿们做一点善事，这也是我们这个民族千年的传统。而且你高中毕业，也算个文化人，我们护理员的结构与素质有待更新与提升。"好像没有一点犹豫，拉姆白宗就决定去林芝福利院了。

下班回来，她特意去了姑姑家，说："我要换工作了。"姑姑不解："藏医院不是挺好的吗？可以学一门技术。"

"我找到了奉献终生的事情。"

"什么工作，拉姆？"姑姑问。

"在林芝福利院当护理员，为孤寡老人与孤儿们服务。"

"拉姆，好事情啊。姑姑支持你，善良博爱，这是我们这个民族引以为傲的事情。"

姑姑的话，令拉姆有点意外。其实在藏医院，虽然只是保洁，可因为她是高中毕业，院长觉得大材小用了，让她跟着老藏医去配药。一切都刚刚开始，就像比日神山的春雪融化一样，一滴滴冰水刚融入雅鲁藏布，仙女拉姆又选择离开了。

拉姆白宗说，她当时是林芝福利院仅有的一名高中毕业生，院长对她挺好，身边是一群孩子，还有躺在床上不能下地的老人。今生今世注定要与他们相处，她一点也不后悔。护理员这个职业，就是忙完孩子，再忙老人，尤其是看护瘫痪在床的老人。拉姆比照顾自己的爷爷奶奶还尽心，于是在孤寡老人之间传开了："这个工布巴河镇的拉姆是天上派下来的神女，拯救我们这群孤老的。"

最令拉姆白宗难忘的一幕是，二〇一五年双集中分开了，拉姆留在儿童福利院，老人们按户口所在地回到县社会福利院。分别时看见拉姆白宗不与自己一起走，有的老人就跑过来抱着她一个劲儿地哭，上车时，还喊着："拉姆，拉姆……"

那一幕回想起来总让拉姆白宗泪奔，自己何德何能，只是尽了一个西藏女儿的善心慈怀，竟会得到这么高的礼遇。

而今天，尼玛卓玛院长召自己去办公室，一定是有重要的事情交代。

敲门而入，只听卓玛院长还在讲电话，她指了指椅子，让拉姆白宗坐下稍等，然后吩咐院里的司机，将车子开过来，在办公楼门前等待。

见卓玛院长撂下电话，拉姆白宗说："院长，您找我有事？"

"随我去市民政局。"卓玛院长说，"刚才我接到局里的电话，一个在比日神山上打扫卫生的阿姨，在垃圾箱里拾到一个婴儿，已经送到公安局去了，在办登记手续，通知民政局接孩子。局里要我们按规定接回来抚养。拉姆，你跟我去接婴儿。"

拉姆点了点头，说："院长，比日神山的婴儿，不会是一百只神鹰衔来的吧？"

"哈哈！拉姆，你对色迦更钦寺拜鹰节的故事陷得太深了。不是老鹰叼来的，而是不负责的父母遗弃的。"卓玛院长说，"民政局打电话说，这孩子可能带有先天性的疾病。"

拉姆白宗一惊。

跟着尼玛卓玛院长去民政局的路上，拉姆透过车窗，往林芝东南方向的比日神山眺望。此乃西藏最古老的苯教神山，山上有一座寺庙，色迦更钦寺，相传已经有一千三百多年的历史，比昌都的孜珠寺还要古老。

在八一镇读高中时，每年藏历四月三十日，是比日神山拜鹰节，拉姆和同学们都会跑到神山来春游。比日神山就在八一镇，离城只有六公里，坐公交车就可抵达。登高处，西北望，可以鸟瞰林芝市全景。经幡群相映，雅江碧蓝如练，山间旗云缠绕，美得摄人心魄。

关于一百只神鹰的故事，是说许多代后，古老的色迦更钦寺衰败了，一个叫多增日巴珠的僧人路过，痛心不已，决定弘法，重光苯教辉煌。寺庙香火越来越旺时，多增日巴珠预感到自己大限将至。弥留之际，将寺内众僧唤到病榻前交代道："我坐化后，寺里就不要再寻找转世灵童了，一年后，我将变成一百只鹰回来，看望众僧、守护寺庙，年年如斯。"

众僧将信将疑。然而翌年藏历四月三十日那天，一百只老鹰果然从比日神山东方飞来，在色迦更钦寺顶上盘旋三圈，翅膀遮天蔽日，风起云涌，众僧皆惊。三圈过尽，朝着西南方向米林、加查宗飞去。年复一年，岁岁如此。从此，藏历四月三十日，成了拜鹰节。老鹰是天堂的使者，将一个个往生的灵魂衔入天阙。人们感念多增日巴珠，每逢这一天，居住在周围的村民们，不分男女老少，都穿上工布地区的盛装，从四面八方踏歌而来，跳起欢快的"切巴（工布）"舞，迎接百鹰盘旋，祈祷五谷丰登、人畜兴旺。

拉姆白宗深信这个婴儿就是神鸟衔天使而来的。

然而，见到婴儿时，拉姆还是吓了一跳。一件破旧的藏袍包裹着，黝黑的羊毛卷里露出一个殷红小头，脸上、脖子上，还有小手臂上，还带着脐血。眼睛斜视着，不哭也不叫，奄奄一息。

"是男婴还是女婴？"拉姆问道。

"男孩。"

"取名字了吗？"

民政局为了便于登记，说今天是星期二，就取名米玛，既有周二之意，也有火星的含义。

"好！小米玛，我的孩子，你就是从天上掉下来的一颗小火星。"拉姆白宗接过婴儿，抱着他，登上卓玛院长的车子，往林芝福利院驶去。

"拉姆，米玛这个婴儿，你与次拉一起带。如果经过检查是个正常的孩子，过三四个月，会被没有孩子的富裕家庭领养的。"

"嗯！"拉姆白宗点了点头。

拉姆说，当天上午将小米玛带回来时，就给他洗了个澡，将血污洗净。她的第一感觉，这个孩子有些异样，与她见过的其他婴儿不同，不同在哪里，她也说不清楚。

回到福利院时，卓玛院长就交代拉姆白宗，你要仔细观察，次拉与你同住一屋，晚上你们轮着看吧。

"谢谢院长，"拉姆白宗说，"我一个人行。"

"别逞能。"卓玛院长摇头道，"拉姆，这孩子与众不同，一个人带不了，两个人轮着来吧，一个上半夜，一个下半夜。"

一切似乎都被卓玛院长言中。开始拉姆白宗与次拉轮流值班看护米玛，一周到林芝市人民医院检查一次。但米玛的抵抗力实在太差了，经常住院。拉姆和次拉一起陪床，而楼上楼下的孩子们只能交给打扫卫生的阿姨代看。一边是住院的小米玛，一边是放了羊的一群孩子，雅江与尼洋河两牵挂，令拉姆忧心如焚，只好两边跑。后来，米玛满月了，过了百日，到了一岁生日时，不会说话，发育滞缓，神情呆滞。医生提醒道："这孩子有先天障碍，弄不好是基因搭错了线。"

"是吗？"拉姆白宗愕然，"那会是什么病？"

"说不好，得带孩子到四川大学华西医院检查。看孩子的发育状况，像唐氏综合征。"

"唐氏综合征是什么毛病？"

"就是父亲的精子与母亲的卵子相遇时，第21号染色体出了毛病，出现三体、易位和嵌合。"

"您说得太专业，我听不懂。"拉姆摇头道。

"好吧！具体说，有些症状已在小米玛身上体现了，如眼距宽、鼻根低平、眼裂小、眼外侧上斜，有内眦赘皮，外耳小、舌胖、常伸出口外、流涎多。将来身材矮小，头围小于正常，头前、后径短，枕部平呈扁头。"医生介绍道。

拉姆说："长大了，会怎么样呢？"

"米玛现在不是经常生病吗？"

"对！"拉姆点头道。

"那是因为他患有先天性心脏病，免疫功能低下，容易引发各种感染，极大可能患上白血病。纵使活到成人，三十岁后，就会出现老年性痴呆症状。"

拉姆白宗惊恐万状，想不到这个叫火星的孩子，会如此命运多舛。

小米玛的高烧退下来了。出院回到福利院，拉姆白宗将医生的怀疑告诉卓玛院长，然后长叹了一声。

"到了我们福利院，就要让他健康幸福地活着，"卓玛院长沉默了片刻，说，"带到四川大学华西医院检查确诊吧。"

"我带孩子去成都？"

"对！"卓玛院长点头道，"从米林机场飞过去，个把小时的航程。"

"我去过最远的地方，就是林芝八一镇。"拉姆白宗笑道，"从未出过远门啊。院长，您找错人了。"

"你能行，拉姆。"尼玛卓玛肯定道，"你是院里唯一的高中生啊。"

"好！我去成都，卓玛院长。"

四川大学华西医院的检查诊断结果，与林芝人民医院大夫的怀疑如出一辙，米玛患的是唐氏综合征，在娘胎里基因编码出了错，无药可治。维持吧，对症治疗，他会长得很缓慢，但也会早殇。

拉姆白宗几乎是抹着眼泪回到林芝的，为自己，为米玛，为这个一百只鹰衔来的天使。

她发誓，今生要好好待他，就像待自己亲生的孩子一样。

为了米玛，拉姆白宗拖了好多年才结婚。二〇一五年西藏实行双集中供养，新建的儿童福利院占地大、环境又好，拉姆带着米玛过来了，在居家室，和几个孩子一起居家过日子。

小米玛一天天长大，该上学了。由于他的智力发育滞后，只能进特殊学校就读。

米玛走了，拉姆白宗结婚了。丈夫叫多多，是她的小学同学，曾在工布江达县藏医院待过，后来在乡卫生所当护士，如今自己开了一家诊所。拉姆白宗结婚后，生了一个儿子，现在才七个月，但产假一满，她便将孩子交给妈妈和姐姐，回到了林芝儿童福利院。

米玛跟了拉姆白宗一段时间，病养好了，又要回特殊学校了。离别时，他朝拉姆笑了，说："阿妈拉，回到学校，同学再问我老家是哪个村的，我说啥？"

"比日神山啊！"

"对对！"拉姆白宗的一句话，激活了米玛停顿的记忆，他呆滞的神情遽然一亮。然后说，"我是百鹰叼来的孩子。"

"米玛真聪明！"

雅江之爱山高水长

拉姆白宗的故事讲完了，暮色将晚，夕阳落在比日神山上，一抹残云挂在天边，如大红鹰之翼，振羽而飞。四周的群山开始起雾了，清晨飘散的旗云又重绕山间，浮在神山上迎风飘荡。走出林芝儿童福利院时，我的脑际掠过宋人李之仪的《卜算子·我住长江头》，并笨拙地改成了："君住雅江头，我住雅江尾。同为阿妈拉，共饮一江水。"

住雅江尾的自然是拉姆白宗，而住雅江上游的则是尼玛布尺。一个是天上的神女，一个是太阳下江边的女儿。两个人皆三十四岁，而且结婚也都在两年前，都有一个刚会走路的男孩，由妈妈和姐姐带着。然而，她们并不相识，前者在林芝儿童福利院当爱心妈妈，后者在日喀则儿童福利院当爱心妈妈。两人都带过一个个小婴儿。雅江上下，一江春水向海去。妈妈的青春容颜在一天天流逝，却重复着一个古老的故事。

这些爱心妈妈被一条西藏的母亲河裹挟，洪波涌起，巨浪般地涌来，将我淹没。

那天，尼玛布尺与三位爱心妈妈坐在我面前，她离我最近，轮到她自我介绍时，声音很小，压得低低的，还有几分羞涩。一点也不像坐在第一位的达珍，甫一张口，便像雪山上的百灵一样叫声清脆。说起她带过的七个婴儿，尼玛布尺的泪水哗地下来了，像雅江的湍流，遇高山峡谷，飞瀑而下，令所有人都怔住了。

"别哭！别哭！"我安慰道，"尼玛布尺，您还没有讲自己的故事呢，怎么未讲先哭呢？"

她一听，止住了哽咽，抑制住自己的情绪，用双手拭去泪水，重又镇静下来。开始溯雅鲁藏布而上，走向这条大江爱的源头，露出太阳女儿炽热的母爱和博大的情怀。

尼玛布尺平静下来，说起那个叫白玛旺堆的孩子。户口登记时，警察为了好记，给他取了一个汉族名字，杨白玛。

"杨白玛从哪里送来的？"我追问了一句。

尼玛布尺摇头，坐在她旁边的三位爱心妈妈也一脸茫然。

"杨白玛是唇腭裂。"

换好婴儿的衣服，尼玛布尺抱着他去人民医院体检。

检查进行了一个下午，傍晚时分，结果全出来了，杨白玛还算幸运，除了唇腭裂，身体并无别的残疾。但是唇腭裂的经历会伴随着他的婴儿期、童年、少年直至花季年华。

"怎么会这样，不能一次缝好吗？"

大夫摇头，说："要分几次缝合，先外边，再里边。第一次在三四岁之间，第二次在十四五岁间。"

医生的话给了尼玛布尺最大的希望，她知道杨白玛最终会成为一个帅小伙。只是那时她已经是一个中年妈妈了。

抱着杨白玛回福利院，尼玛布尺脚下生风。那是雪山吹过来的东风，让她看到阿里高原冰川融化的江水。一路太阳照耀，冰河苏醒了，传来春天的暖意。

从那天晚上起，她就搂着杨白玛睡觉，用母亲宽广温暖的胸怀，将这个婴儿浸润在爱的雅鲁藏布里。

尼玛布尺说，她总也忘不了第一次带着杨白玛坐着火车去上海治疗唇腭裂的事情。那是二〇一四年五月，杨白玛已经三岁了。上海市对口援建日喀则市，其组团式的援医、援教，在西藏影响很大。但是有些手术，在日喀则市不具备条件，必须到上海去做。有一个光明医疗项目，就是资助日喀则市鳏寡老人治疗白内障或髋关节整形，还有残疾儿童的矫正治疗，手术费用全部由上海市政府负责，杨白玛唇腭裂的治疗也被安排在列。组团式求医是由萨迦县负责的，尼玛次成院长交代尼玛布尺带杨白玛坐着火车去上海，到上海儿童医院做第一次手术。

五月的日喀则，灰头雁的翅膀挥别了一个雪花漫天狂舞的冬季，春天来了，天气渐渐暖和起来。天边澄蓝，众神山列列，雪峰初露，像一位位穿了白袍的雪山女神。

尼玛布尺说，那天背着杨白玛登上日喀则开往上海的列车，杨白玛黏她的劲头，不是亲生，胜似亲生，令她一路上特别开心。小家伙玩的玩具、喝的牛奶、看的小人书，她准备充分。杨白玛也是头一回坐火车，好奇极了，他对尼玛布尺说："阿妈拉，怎么房子移动起来了，雪山也动摇了？"尼玛布尺笑得前仰后合，说："我们这是骑铁龙而行。"只见火车与雅鲁藏布平行而行，云散大江静。孩子第一次见大江，是春夏之交，冰雪渐融，江水很蓝，像一面面魔镜；远处雪山倒影，还有飞掠江上的野鸟，映得两岸雪山像画一般。三岁的孩子看着车窗外的大江和雪山，一幅又一幅地在眼前晃动，随后是田野、青稞地，还有牦牛，时而清晰如前，时而漫漶成画，他兴奋无比，咿呀呀地乱叫，吐字还不清楚。孩子在卧铺车厢里跑来跑去，跑累了，顺势来到尼玛妈妈面前，躺在她的怀里，脸贴在她的胸前，安静地入睡。

尼玛布尺也是第一次离开西藏，坐着火车去上海。虽然长江、雅江，隔着遥远的唐古拉、念青唐古拉山系，入海时已经东西数千里，一入太平洋，一入印度洋，但是母爱激流胜于长江、雅江。沿江而下，入拉萨城转道，穿越羊八井峡谷，向无垠羌塘草原驶去，尼玛布尺一点也不激动。山川依旧，冰河依旧，还有那一座雪山，伫立在老家平台上就可眺望，墨汁一样溅在草地上的牦牛群；每天夕阳西下，在春牧场、夏牧场，牧牛归来。她早已经习惯了早牧晚归，所以一路上的风景对她来说都不陌生。

两天两夜，列车跑得快，风一般地掠过可可西里，藏羚羊像白雪一样落在地上，比她绕神山圣湖时在仲巴县见过的还多。

列车进了上海城，春色宜人，非干涸的西藏可比，她第一次有醉氧的感觉。迷迷瞪瞪上了上海接日喀则市来人的车辆，下车之始就是无尽的温暖。

上海日喀则一家亲，藏族同胞到上海就医，不用排队，不用挂号，一切都安排好了，床位空着等人，一点也不用操心。杨白玛住院后第三天，就正式进行了唇腭裂整形手术。孩子全麻过后，渐渐睡着了，被推进了手术室。当玻璃门上的绿灯亮起来时，尼玛布尺就坐在手术室走廊的椅子上等待，一分钟、两分钟，一个小时、两个小时……那天上午，太阳时钟好像停摆了，她觉得时光之河被冰封了，流得真慢。开始一两个小时，她还不慌，可到了后来，心仿佛悬到了喜马拉雅之上，频频看时间，人好像坠落到冰河里边去了，冰水的叮咚、时间的声音，都在她的周遭响起。而偌大的开埠之城，却空落落地静，让她觉得自己很孤独。

杨白玛成了她的命。

从早晨八点到下午一点，整整五个小时，杨白玛终于被推出来了，头被纱布缠成了一个小雪人，只有两只眼睛露着。尼玛布尺扑过来，轻声呼唤："杨白玛杨白玛，我的孩子……"

杨白玛睡了好几个小时，麻药的药劲儿才消失。他可以轻声呼唤尼玛妈妈了。可是他的唇、他的脸，还有他的头，肿得像一个氢气球，吃饭喝水都很困难，只能从鼻子里插管，鼻饲进食。

以后十五天，尼玛布尺就没有落过床。白天站在孩子床前，精心照顾，晚上，倚在病房外的椅子上，一个小时一进病房，看看杨白玛睡得好不好、口不口渴、要不要拉屎撒尿、被子蹬开了没有。护士站的小姐姐很心疼这位藏族母亲，说："您回去睡觉吧，孩子消肿后，会一天天好起来。"尼玛布尺摇头，说："不行啊，阿佳拉，离开杨白玛半步，我的心会慌。"

"哈哈，您真好！是位好妈妈。阿佳拉是什么意思？"

"姐姐！"

"阿拉好姐姐呀！"

"阿拉是什么意思？"

"我们呀！"

"隔了十万八千里啦。"尼玛布尺感叹了一句，她想家了，想雪山下的那个远村，扎什伦布寺底下的那座城郭，更想雅鲁藏布江畔的亲人。

一周后，杨白玛拆线了，再过一周，嘴唇上的疤痕皮掉了，一个精神的小男孩站在尼玛布尺面前。她将男孩揽在怀中，眼泪潸然而下："杨白玛，我的孩子哟。"

出院时，上海市民政局派干部送机，上海儿童医院的医生护士这才知道，这一对母子，原来是西藏日喀则儿童福利院的，惊叹道："西藏的阿姨对孩子，比亲妈还亲啊。"

杨白玛现在九岁了，长到十四五岁，还要去做一次手术，将唇里边缝合。言毕，尼玛布尺一脸的幸福。

一路走过来，尼玛布尺要感谢两个女孩，让她成了一位成熟的妻子和妈妈。

"为何？"我有些不解。

尼玛布尺说，收养第六个女婴丹增德色时，她已年近三十，心性磨得越来越像一个妈妈，可是她一直未婚。那天，老院长快退休了，将她叫到办公室，只见襁褓中有一个婴儿，浑身是血，仍在嘤嘤哭泣。她一看，抱起来就摇了起来，宝贝不哭，然后抬头问院长，哪里捡来的。

"警务站送来的。"

"您取名了吗?"

"取了,就叫丹增德色吧。"

"好啊,意思是去除污秽,弘扬美德。"尼玛布尺说,"我抱她去洗澡吧。"

"这是你收养的第几个婴儿?"

"第六个。"

"哦!今年三十了吧?"

"嗯!"

来福利院十一年了。一个十九岁的姑娘,转眼间三十而立了。尼玛次成长叹了一声:"有男朋友了吗?"

尼玛布尺摇头。

"是我耽误了你啊。"

尼玛布尺微笑着答道:"是老院长成全了我,布尺感激不尽。与孩子们在一起,我很快乐。随缘吧!"

老院长点了点头。

抱着丹增德色而归,那孩子一直在哭,怎么哄也哄不停,一定是饿了。尼玛布尺给她泡婴儿奶粉,她像小羊羔一样吸过奶后,不哭了。再抱到浴室洗澡,然后送到医院体检,幸好,无先天之疾。她长舒一口气。

丹增德色在尼玛尺布的怀抱中一天天长大,到了两岁半时,她被分到别的家庭,交给另外的爱心妈妈了,尼玛布尺哭得伤心欲绝。

正好轮到休假了。姐姐在拉萨,这些年,心累了、情绪怅然了,她都喜欢到圣城拉萨散散心,在八廓街上转转经,坐在玛吉阿米藏餐馆里,听听八廓街的夜雨,看看布达拉上的祥云,在甜茶馆里发发呆,打望一下街上走过的行人丽影,想着自己的青春已逝。

春已殇,夏花一片繁茂。就在这一次休假中,尼玛布尺遇见了自己的爱人,藏医院的大夫塔杰,他们相识、相爱于拉萨河边,花凋尽头,终于找到了自己的归宿。

相爱半载,两个人结了婚。彼时,尼玛布尺已经三十二岁了。不久,她怀孕了。这时一个女婴又像天使一样下凡了,她叫次旺罗姆,是警务站送过来的。带她的过程中,尼玛布尺生下一个男孩。一男一女,都成了她的最爱。可是她在儿童福利院里工作，只能将儿子交给妈妈和姐姐帮着带。有时候，姐姐送儿子过来时，她就领着次旺罗姆与儿子睡一张床，一个放左边，一个放右边，不分彼此。一双儿女睡在身边，听着他们睡熟的鼻息声，那一刻，尼玛布尺觉得自己是天下最幸福的母亲。

（原载于《人民文学》2023 年第 4 期，有删节。）

他们用脚丈量祖国大地

高 鸿

你心中的中国是什么样子？是五千年悠久历史的文明，还是九百六十万平方公里的辽阔？是四季轮回、春红冬白的浪漫诗意，还是江天一色、汹涌澎湃的大气磅礴？

如果从空中俯瞰，辽阔的大地上雪山巍峨、湖泊静美、水碧山青、沃壤千里。三百万平方公里的海域浩瀚无垠，5.52万公里的边境线勾勒出中国版图的基本轮廓：起伏的山岭、广阔的平原、低缓的丘陵；群山环抱之中，是肥沃丰腴的盆地；云雾缭绕之间，是雄浑壮美的高原。两条巨龙如银河倒泻，从四千米高原奔腾而下，披荆斩棘，浩浩荡荡。大河滔滔，哺育了一代又一代中华儿女，孕育出灿烂的华夏文明！

卫星视角看祖国，星辰指引方向，绿水青山铺展成大地的模样。二〇二一年十一月，航天英雄王亚平从空间站拍摄了许多张绝美的地球照片，一时间获得无数网友点赞。与以前流传在网上的照片不同，此次是从中国空间站上，在中国人自己建造的太空平台上拍摄的地球照片，因此其蕴含的意味显然不同。能够从距离地球四百公里的太空拍摄到长江美景、黄河英姿，映衬出的是中国综合国力的强盛。从遥远的太空看雪山，山顶白雪皑皑，地形走势不一，高低落差感强烈。通过这些照片领略祖国的壮美山河，令人血脉偾张、心潮澎湃。

如果从地图上看中国，只见山川锦绣、河流纵横，它们构成了华夏大地的血脉与骨骼。如果换个角度，用测绘人的视角看中国，祖国大地便成了一个个点，千千万万的点编织成一张网——水平控制网、高程控制网、GPS网、天文大地网、重力基本网……每一张网都由无数个基准点组成，每个点都有一组详细的数据，标示着它的精确信息和地理位置。如果将这些网连起来，便成为中国的基本模样。这些基准点是测绘人长年累月用脚步丈量出来的，他们从高原到盆地，从湿地到丘陵、平原，从珠峰之巅到东海之滨，从炎热的南海到酷寒的北疆，戈壁大漠、草原湖泊，甚至崇山峻岭和藏北无人区。无论多么艰险，都需要测量队员徒步完成。别小看这些点，卫星升空、"嫦娥"探月、"神舟"飞天、磁悬浮、天津港、港珠澳大桥、杭州湾大桥，新建的工厂和新修的铁路、公路、厂矿、机场，甚至我们的日常出行，都离不开它们。数字区域、数字城市、数字中国、数字地球……每个点都凝聚着测绘人的辛勤与智慧，一点一线的变化背后，都是奋进中国的缩影，也是新中国成立七十多年来的宏阔变迁，更是我们的希望和未来。

国测一大队成立于一九五四年，是我国成立最早的专业测绘队伍。建队六十九年来，累计建造测量觇标、标石十万多座，提供各种测量数据五千多万组。他们两下南极，七测珠峰，三十九次进驻内蒙古戈壁荒原，五十二次踏入新疆沙漠腹地，五十二次深入西藏无人区，足迹遍布全国除台湾以外的所有省、直辖市和自治区，徒步行程超过六千万公里，相当于绕地球一千五百多圈。他们先后承担和参与完成了全国大地测量控制网布测，出色地完成了珠穆朗玛峰高程测量、南极重力测量、中国地壳运动观测网络建设、西部无人区测图、海岛（礁）测绘、汶川地震灾后重建测绘工作，为三峡工程、青藏铁路、西气东输、南水北调等多个重大工程提供了强有力的测绘支撑，为国家经济建设和社会发展提供了精准的测绘服务保障，创造了一个又一个测绘奇迹。六十九年来，国测一大队测量队员历经冰雪严寒、高温酷暑、沙漠干渴、雪崩雷击、洪水野兽、山高路险等种种困难，面临坠崖、车祸、断水、冻饿、疾病等种种风险，先后有四十六人为国家献出了宝贵的生命。几代测绘人前仆后继，测定了全国除台湾之外所有国土面积的大地控制点。他们在荒原旷野和雪山峻岭之上默默竖起觇标的时候，也同时树立起了自己的精神标杆和人生标杆。他们背着沉重的测绘工具，战天斗地，执着坚守，用汗水乃至生命丈量祖国的浩阔土地，用信念和毅力绘制中国的壮美蓝图，书写了一部动人心魄的英雄史。

他们是这个和平时代的英雄——平凡英雄、真心英雄。

冰与火

气温越来越低，凉飕飕的风吹在脸上非常舒服，大家都十分兴奋。来不及欣赏眼前的美景，一阵乌云翻滚，电闪雷鸣，大雨倾盆而下，几个人瞬间便被淋成了落汤鸡。宋泽盛慌忙拿出帆布把仪器包裹起来。这些仪器都是从国外进口的，价格昂贵，宋泽盛把它们看得比自己的生命还重要。他说人淋湿没事，设备进水后就不能测量了。

雨继续在下，几个测绘队员挤在一起，用自己的身体将设备保护起来。山里的天气就是这样，前半晌还阳光朗照，突然说变脸就变脸。几个人还没缓过神来，只听一阵噼里啪啦的声音，核桃大的冰雹从天而降，砸在山石上溅起一团白雾，地上很快便覆盖了一层，白皑皑的，像雪。一日之内经历冰与火的天气，已经司空见惯。

这里是新疆阿勒泰，地处欧亚大陆腹地，位于准噶尔盆地的东北侧，戈壁荒漠占百分之四十六，是全球距海岸最远的戈壁。七月，上午的戈壁滩像个大烤箱，热得人汗流浃背，无处可逃。进入阿勒泰山区之后，随着海拔越来越高，气温突变，冷得人浑身发抖。

那是一九五九年的七月，国测一大队在执行国家一等三角锁联测任务时，组长宋泽盛带领刘明、常虎、曹林来到阿尔泰山，准备开展尖山点的大地控制测量。阿尔泰山与天山、昆仑山像三条巨龙，构成新疆的基本地形地貌。尖山位于阿尔泰山脉中部，海拔近四千米，危峰兀立，像一把巨斧劈过，感觉就要坍塌下来，咄咄逼人。山巅上，密匝匝的针叶林像扣在绝壁上的一顶巨大黑毡帽，令人望而生畏。别说攀登，看一眼都让人胆战。然而就是在这样的悬崖峭壁之上，国测一大队的勇士们设了一个一等大地点。对于测绘队员来说，测量点就是阵地，必须拿下，没有选择的余地。

乌云携着雨幕缓缓移动，夕阳西下，整个阿尔泰山脉笼罩在一股神秘的气氛中。地上的冰雹有两厘米厚，寒气凛凛。一股山风吹过，常虎和刘明牙关发抖，缩成一团。宋泽盛说："太阳落山后山上会更冷，我们不如就在这里安寨扎营吧。大家分头捡一些柴火，生一堆火，把衣服烘一烘，要不然晚上会被冻死在这里的。"

大家说干就干，迅速扎起帐篷，把仪器放了进去。曹林将淋了雨的帆布挂在一簇灌木上。突然，一阵狂风大作，帆布瞬间被旋了起来，向山下飞去。大家一阵惊呼，徒唤奈何。

　　几个人分头行动，在山上捡树枝。突然，宋泽盛发现一块巨大的山石上，一只黑熊蹲在那里，正虎视眈眈地看着他们。这块山石距离他们只有十多米，黑熊站了起来，发出一阵咆哮。宋泽盛他们在山下曾见过一个村民，一条胳膊没有了，说是年轻时在山上被黑熊咬断了，侥幸逃过一劫。常虎说："遇到黑熊不能跑，你跑它就追，我们跑不赢的。"曹林说："那怎么办？站着等死吗？"宋泽盛说："我带着手电，动物怕光。"说完拿出手电筒。黑熊被强光一照，呼地站了起来，张牙舞爪，似乎要扑下来。几个人惊出一身冷汗。只听黑熊一阵嘶吼，缓缓地从另一边下去了。宋泽盛说："我们赶快把火生起来吧，熊怕火。"几个人回到帐篷附近，手忙脚乱地点起一堆篝火，把湿衣服脱下来在火上烤了烤，胡乱吃了点东西就钻进帐篷里了。因为怕熊再来，火不能熄灭，队员们轮流休息。半夜时分，外面传来一阵狼嚎，大家一下子都坐了起来，好不容易挨到天亮……

　　太阳出来了，新的一天开始了。大家抖擞精神，准备征战尖山。

　　"怎么上去啊？"曹林望着眼前刀削斧劈般的山峰，无奈地摇摇头。

　　"这石头有十几层楼高，又光又滑，人的脚往哪里踩？手往哪儿抓？要上去，我看只能坐直升机。"曹林撇撇嘴，继续说。

　　"没有路也要上。古人走蜀道，不是也难于上青天嘛！他们都能走，我们测绘队员也一定行。"宋泽盛边观察地形边说。其实他心里也没底，眼前的尖山实在是太陡峭了，别说背着仪器，人空手都很难攀爬上去。但上面有测量点，即使天堑也要爬上去。

　　由于测绘仪器比较笨重，用马驮根本上不去，只能由人来背。几个大木箱子，每个都有二十多公斤，上山下山变得异常困难。

　　经过一番认真观察，宋泽盛发现尖山西、南两边都是悬崖峭壁，东边是十多米高的狼牙怪石，根本无法攀登。只有北边是一块斜卧在石冠下方、长十余米的龟盖形巨石，不知能否找到突破口。这时，常虎也发现了这块巨石，激动地说："你们看，我们两个人顺着这块龟盖石爬上去，能一直爬到峰顶下，再一个人踩着另一个人的肩膀头，一手抠住那条石缝，一手抓住山崖上的树藤，顺势就能爬上去。到峰顶后，从上面吊下一根绳子，下面的人就能抓住绳子上去了。"

宋泽盛听后摇了摇头："人可以按你说的办法爬上去，这么大的仪器怎么办？用绳子吊仪器准会碰到石头，万一损坏怎么办？不行。"

大家都沉默了，看着眼前利刃般的尖山，寻思着解决问题的办法。后来，他们还是采取了比较稳妥的办法，由力气较大的常虎背着仪器，前面有曹林开路，后面有宋泽盛和刘明保护。经过一番艰难的攀登，总算上了石冠，常虎也把仪器背到了山顶。

尖峰上的石冠只有一张方桌那么大，不知道上面一米多高的标石礅是怎么建起来的。几个人喘息片刻，在腰间系上绳子，把另一头捆在标石礅上。

队员们连续奋战了两个昼夜，他们一边观测、记录，一边计算成果、整理资料。任务完成后，疲惫不堪的测绘队员在尖山顶上背靠石礅昏然入睡，完全忘了近在咫尺黑不见底的深渊。黎明前，宋泽盛被一阵冰雹打醒了，他把大衣脱下顶在头上，重新检查手簿。

宋泽盛一九五二年参军，复转后来到测绘战线，长期在野外作业，如今已是经验丰富、技术熟练的大地测绘员了。东方既白，观测了一夜天文的他揉了揉干涩的眼睛，唤醒队友。太阳出来了，霞光耀目，阿尔泰山一片辉煌。远处奇峰林海，云合雾集，赏心悦目。观测任务已顺利完成，大家的心情都很愉悦，开始收拾东西，准备下山。

上山容易下山难。身体健壮的常虎依旧背着仪器，宋泽盛把绳子拴在常虎腰里，另一头捆在石礅上，并抓在手里。常虎徐徐往下走，黎明前的冰雹打得石头湿漉漉的，上面绿苔又软又滑，沉重的仪器箱压得常虎面红耳赤、直喘粗气。宋泽盛见常虎非常吃力，有些惊慌地喊道："你不要害怕！千万沉住气！"随即把绳子交给刘明，敏捷地迂回到常虎的下边。突然，常虎背上沉重的经纬仪撞上了峭壁，立刻重心不稳，连人带仪器向悬崖边滑去！下面的宋泽盛一个箭步冲上去，用双手抓住队友往回拉。队友和仪器保住了，宋泽盛却因身体失去平衡，跌落深达几十米的悬崖……

在绝壁之下，乱石之侧，队友们找到了宋泽盛。他的神情安详，只是那留着短发的后脑勺上有一个因撞击而破裂的伤口，鲜血染红了四周的草地……

队友们清理组长的遗物时，发现了宋泽盛在山顶上写的一首诗：

测绘战士斗志昂，

　　豪情满怀天下闯。

　　铁鞋踏破重重山，

　　千难万险无阻挡。

　　宋泽盛牺牲时年仅二十九岁。一九五九年，国测一大队党委决定将宋泽盛使用的那台经纬仪命名为"宋泽盛"号，现珍藏在国家基础地理信息中心一楼展厅。

血与沙

　　一团火在戈壁沙漠熊熊燃烧，像一条喷着烈焰的毒龙，所过之处，一切都被舐舐得干干净净！被风蹂躏过的山岩裸露着，经历千万年岁月的剥蚀，露出骇人的疤痕，一个个状若魔鬼怪兽，面目狰狞，发出嘶嘶的怒吼。沙石一望无际，将大地变成一片褐红色。到处是流沙，充满褶皱的沙丘为荒凉赋予了新的意蕴。正午的阳光直射地面，地表温度最高可达七八十度，升腾着一股滚滚热浪。天空的云彩似乎也被燃烧殆尽，它们迅速逃离，离开这片死亡之地。

　　那是一九六〇年四月底的新疆南湖戈壁，国测一大队承担了国家坐标控制网布测任务。三十一岁的共产党员、技术员吴昭璞，带领一个水准测量小组来到看着无边无垠的戈壁沙漠腹地。吴昭璞毕业于华南工学院（现华南理工大学），是进入大地测量队的第一批大学生。

　　"中华人民共和国成立后，百业待兴，亟需测绘方面的人才，吴昭璞大学毕业前夕就决定支援祖国西部事业，于是便来到了古城西安。他是湖南人，喜欢抽烟，待人真诚，非常随和。刚来的时候，吴昭璞被安排住在了西安电影制片厂附近二〇二工地的一排小平房里，与我住的地方隔了两间房子。参加工作后，吴昭璞主要从事水准测量工作。他工作认真负责，积极主动，爱岗敬业，受到大家的一致好评。"多年以后，测绘老队员郁期青回忆起吴昭璞时，动情地说。

　　南湖戈壁滩位于鄯善县七克台镇南部，面积约三千四百多平方千米。

这里最高温度五十摄氏度，最低零下二十三摄氏度，年降雨量十二毫米，植被约占万分之一，被称为生命禁区。戈壁滩昼夜温差很大，四月底已非常炎热，午后气温超过四十摄氏度，沙石烫脚，小组携带的一箱蜡烛已融化成液体；夜里只能摸黑，看满天星河运转或皓月临空朗照，成了一种乐趣。劳累了一天的测量队员钻进帐篷，不一会儿便进入梦乡。有时夜里狂风大作，几个人拼命扯着帐篷坐到天明。太阳出来了，戈壁滩温度迅速上升，空气十分干燥。紫外线愈来愈强烈，风裹着沙砾汹涌而至，遮天蔽日，弄得人睁不开眼睛。测绘队员只能抱着仪器，把头埋在双臂间。即使这样，他们依然每天坚持完成任务，从未懈怠。

一天早晨，在到达某测量点后，吴昭璞准备给同伴们的水囊灌水。他走到水桶跟前时，发现让人揪心的事发生了：盛满清水的水桶不知什么时候开始渗漏，珍贵的水悄无声息地渗入了戈壁沙地中。在沙漠戈壁，没有水就意味着死亡，每个人心里都非常清楚。离这里最近的水源地在两百公里外，大家一时都沉默了。过了一会儿，吴昭璞果断地对大家说："没有水了，大家必须尽快撤离。你们两人一组，确定好路线赶紧往外撤，我留下来看守仪器和资料，你们找到水再赶回来。"队员们不愿接受这样的安排："要走大家一起走，不能把你一个人留下！"吴昭璞看着队友们，坚定地说："大家一起走不行，一来这里的工作还没有结束，二来这么多的仪器、资料也带不出去。你们轻装走出戈壁，我等你们回来，咱们再一起把任务完成。"

茫茫戈壁，炎炎烈日，留守在这里意味着什么，每个人心里都十分清楚。大家一时都不说话。吴昭璞有些着急，他把仅有的水囊递给一位年轻队员，斩钉截铁地说："我是党员，也是组长。我现在命令你们立即撤离，不要再耽搁时间了！"队友们依依不舍地离开了，只留下吴昭璞一个人伫立在那里，像一尊雕像……

三天后，队员们带着水返回工作地点，远远便开始喊吴昭璞的名字。戈壁滩除了蒸蒸热浪，杳无声息。队员们感到不妙，他们快步来到帐篷旁，眼前的一幕令所有人都惊呆了：吴昭璞静静地趴在戈壁上，头朝着队员们离开的方向，半个身子已经被黄沙淹没……

"他的嘴里、鼻孔里全是黄沙，双手深深地插在沙坑里，指甲里全是血污。看得出来，在极度干渴的时刻，吴昭璞曾拼命地刨过沙石，希望在里面找到一丝水……"多年后，老队员郁期青回想起这一幕，眼里噙着热泪。

时间仿佛在一瞬间凝固了。绘图的墨水被喝干了，队员的牙膏被吃光了！一个华南工学院的高才生，一个朝气蓬勃、怀揣梦想支援祖国西部测绘事业的热血青年，一个年轻的生命，就这样被无情的戈壁吞噬了！

吴昭璞的身后，是他们辛苦多日得来的各种测绘资料，整整齐齐地被压在仪器下面。他沾满汗渍的衣服，严严实实地盖在测绘仪器上。他的手表还在嘀嗒嘀嗒地走着。在生命的最后一刻，吴昭璞仍没忘记保护好这些他看得比生命更重要的东西。

"那一年的新疆热得出奇，戈壁滩白天地表温度可达七十多度，蜥蜴走在沙地上都是三条腿着地，要空一条腿轮流休息、散热。人待着不停地流汗，脸摸起来像砂纸，都是盐粒。为了省水，洗澡、刷牙、洗脸……队员们只能在梦里想想。待上一段时间，衣服上全是白花花的盐和沙子，头发结成一块黑炭，捋一下能捋出半掌沙子。天气酷热干燥，炫目的阳光像火蛇嘶嘶地吐着舌头，把一切水分都吸了进去。刚出锅的馒头一会儿就能干透，咽下去像往食道里塞锯末，嘴唇牙龈同时出血。咬过的馒头往白纸上一按，就是一枚鲜红的印章……"吴昭璞牺牲三十多年后，新一代测绘队员再次挺进南湖戈壁，体验当年先烈的艰难困境，张朝晖感同身受，喟然而叹。

队友们怀着悲痛的心情整理吴昭璞的遗物时，发现了一团火红的毛线。吴昭璞生活简朴，除了抽一些廉价的烟，很少给自己买东西。这团红色的毛线是他为远在湖南农村老家的妻子和还没出生的孩子买的礼物。

几周前，要进戈壁了，在鄯善县城遇到集市，吴昭璞想给远在老家的妻子和孩子买点东西。在一家供销社的柜台里，吴昭璞看到一团红毛线，非常喜欢，问多少钱。售货员见他蓬头垢面，一身破烂衣裳，像个逃荒的，没好气地说："别问了，你买不起！"

吴昭璞是个拗性子的人，他不动声色，只是说了句："你有多少毛线？我全买了。"

吴昭璞带着红毛线进了戈壁，再也没有出来。后来，这三斤毛线被队友寄回了他的老家湖南。

吴昭璞牺牲十六年后，他的儿子吴永安又成为国测一大队的一员。吴昭璞当年的队友看到吴永安身上穿的那件鲜红色的毛衣，都忍不住掉下了眼泪。

第一次去野外执行任务，吴永安就申请去父亲牺牲的新疆南湖。然而在众多无名坟头中，他无法找到父亲的坟墓，只好买了两个大塑料桶装满水，洒在那一片戈壁滩上。吴永安边洒边流泪，说："父亲，我没有见过你，听说当年你是渴死的。今天儿子来看你，给你送水来了……"

二〇一九年七月十四日，吴永安专程从湖南老家赶到西安，祭奠自己去世五十九年的父亲吴昭璞。吴永安来到渭河边，拿出用父亲当年买的毛线织就的红毛衣。多年来，吴昭璞的坟茔一直没有找到，吴永安只能在父亲工作和生活过的渭水边祭奠他。他带了一束白色的菊花，轻轻地放在红色的毛衣之上，然后又拿出三支烟点燃，插在地上。吴永安说："爸爸生前最喜欢抽烟了，以烟代香，这是一样的。父亲，你多抽支烟吧。"伫立片刻，吴永安又拿出一瓶酒，绕着毛衣在地上洒了一圈，哽咽着说："爸爸，我以酒代水，希望你多喝点水，不会再渴了。"夕阳西下，一道金光洒在河面上，也洒在吴永安的脸上。他对着西方，对着太阳落下的方向跪下来，作了个揖，然后又磕了三下头，整个人笼罩在一片金色的光晕里，与霞光融为一体。吴永安说："父亲是在和平年代为了祖国的测绘事业光荣牺牲的，他是平民，也是英雄，一个平凡的英雄。"

灵与肉

一九五九年秋，新疆草原之城巴里坤，一支二十多人组成的队伍拉着三十多匹骆驼，浩浩荡荡地奔向靠近中蒙边界的三塘湖、淖毛湖，执行一等三角观测任务。整个测区是荒无人烟的戈壁滩，有些地方甚至是寸草不生的不毛之地，水源奇缺，即使发现少许水源，也距测量点位甚远，大多在几十公里以外，因而野外作业要靠汽车运水。

在一个测量点，运水汽车因故障在巴里坤抛锚，两个小组面临断水的险境。当时，测绘队员钟亮其负责一个前方司光站，除了司光（测量人员操纵特制的测量设备所发出的光，作为测量照准的目标），他还担负寻找水源的任务。钟亮其所在的司光站共三人、四匹骆驼，其中包括一名管理骆驼的临时雇工。到达该点后，他先是自己拉着骆驼去找水，找了一天，才在中蒙边界处找到一些苦水。水又苦又涩，很难饮用，钟亮其只得让另一位测绘队员小胡和雇工拉上骆驼继续寻找水源，自己留在点上司光。谁知外出找水的同志一连两天杳无踪影，点上的净水早已用尽。烈日暴晒的戈壁滩上，感觉沙砾都在冒烟，整个大地像一只大烤箱，令人窒息。在这样的戈壁滩，断水便意味着死亡。两天来，钟亮其几乎没喝几口水，干得像石头一样的馒头，啃几下牙龈便出血，难以下咽。他浑身无力，感觉像生了一场大病。无奈，他用驮回来的苦水做了一盆面疙瘩，结果刚吃一口，全吐了。对测绘队员来说，一两天不吃饭是常事，但戈壁滩上一两天不喝水，谁也受不了。钟亮其的嘴唇已裂开几道口子。他突然想起身上有一包人丹，于是倒出一些放在嘴里嚼，嗓子凉丝丝的，好像舒服了一些。然而短暂的几秒钟后，干渴再次袭来，感觉比刚才更难受了。夜幕降临了，无边的戈壁被一张看不见的黑布包裹起来，万籁俱寂。钟亮其忽然想到，也许测站的同志找到了水，应该问一问。他找出电码本，通过回光信号把电码发出去。测站很快发回了信号，译出的电文是："甜水用完，只有苦水。"这样的回答虽在意料之中，但毕竟幻想破灭。他感到非常丧气，一屁股坐在一块石头上，看满天星斗闪闪烁烁。突然想起西安，家里的水龙头一拧开就是水，哗啦啦的。水！他咽了一下，发现并没有口水。嗓子干得冒烟，针扎般难受。如果明天还找不到水，会死在这里吧？

死！他打了个寒战。自己还年轻，才二十岁出头，正是为祖国贡献力量的时候，司光的任务也还没有完成，要是这样稀里糊涂地渴死在这里，那真是太窝囊了。

戈壁滩昼夜温差很大，夜里冷飕飕的。钟亮其钻进帐篷里，强迫自己入睡，却怎么也睡不着。脑子里胡思乱想，一会儿是自来水，一会儿是臊子面。好久没吃到家乡的臊子面了，想起来就会流口水。然而钟亮其发现，自己现在连口水也没有了。

时间在漫长的煎熬中一点点地挪动。又过了一天一夜，钟亮其还是没有等到水。为了防止自己脱水，他舀了一瓢苦水猛地灌下去，然后又喷出来。反反复复。最后感觉把胆汁都吐出来了，人软成一团，眼冒金星，耳朵嗡嗡直响，趴在地上怎么也起不来了。

怎么办？如果今天水还不来，自己很难支撑到明天。这时，钟亮其感到嘴里有一股咸咸的味道，用手一抹，发现是血。嗓子火辣辣的，肚子里像是有一股火苗正在燃烧。听说有些沙丘下面是湿的，有时能渗出水。钟亮其脱掉衣服，浑身只穿个裤头，拼命地在沙地上刨，不一会儿手指便出血了。他刨出一个大坑，里面虽然没有水，但感觉凉丝丝的。钟亮其把自己埋在沙子里，突然想起小胡他们外出找水三天未回，会不会发生什么意外呢？一抬头，看见帐篷外边的铁水桶，里面还有半桶苦水。苦水虽然很恶心，一喝就吐，但为了活下去，钟亮其强迫自己爬到桶边，闭着眼一连喝下两口。一股刺鼻的怪味涌了上来，他憋不住，哇哇地又吐了起来。钟亮其发疯般想号叫两声，嗓子里却像堵着一团棉花，发不出声来。他难受极了，双手拼命地挠抓头皮，头发扯了一地。

"我不行了，完不成任务了。"钟亮其很伤心，真想痛哭一场。这时，他发现测站的方向有一团白光正朝着自己忽闪，似乎焦急万分。"测站在向我要光，拼了命也要上标去，只要人在就有光。"钟亮其告诫自己。他试图站起来，但身子软得像泥，腿内的骨头好像没有了，浑身瑟瑟发抖。他扶着帐篷杆想努力站起来，一抬手，把电池箱上的茶缸弄翻了。

看到茶缸，钟亮其突然心动，一个奇异的念头闪现出来。他下意识地摸了摸自己下面。尿，我不是有尿吗？听老同志讲，有人在危难之际喝了自己的尿，结果保住了性命。他跃跃欲试，像发现了一个重大秘密。抓起茶缸，迫不及待地尿了一点，仰起脖子一口气喝了下去。奇怪，并没有吐出来，相反，他感觉自己瞬间有了精神。钟亮其摇摇晃晃地站了起来，慢慢走到测量木标前，稍事喘息，咬紧牙关大吼了一声，奇迹般登到了四米高的木标上。他打开回照器，安好反光镜，迎着阳光，倏忽一道白光飞向了远方的测站……

钟亮其醒来的时候，发现小胡正一边抱着自己摇晃，一边往他的嘴里灌水。水湿了一脖子，他怀疑自己是在做梦，猛地坐了起来，把小胡吓了一跳。

原来小胡和雇工老王出去找水，三天来不分昼夜跋涉寻觅，历尽艰辛，终于在中蒙边界附近的一处无名地找到了一个泉眼，驮回了满满的六桶水。见到水，钟亮其像着了魔似的，一口气喝了一盆子。他还想喝，被小胡拦住了。

天渐渐又黑了下来，钟亮其习惯地向测站那边注视，发现一团回光又在向他闪烁。他忽然想起，在这茫茫的戈壁滩上，缺水的除了自己，还有小组的其他同志。他们现在是否已经吃饭？都有水喝吗？想到这里，钟亮其刚平静的心又猛地缩了起来。他想让老王或小胡给测站那边送两桶水过去。刚要开口，看见他俩疲惫不堪的样子，把话咽回肚里。

钟亮其不吱声地将水倒满了加仑桶，用绳子捆扎好，试了几试，一用劲背上肩膀。小胡吃惊地问："你这是干什么？"

"给测站送水去，他们也断水了。"钟亮其说明情况，嘱咐小胡注意司光和测站的信号。小胡说："你这三天来没吃没喝，险些出事，现在刚吃了点东西，怎能经得起长途跋涉？何况身上还背着几十斤水。在这茫茫的黑夜里，迷路或是碰上狼群怎么办？"

钟亮其说："戈壁滩很平坦，我不会迷路。但为了安全，我走后你们就给测站发电码：'今夜送水去，请开灯引路。'我看着灯光往前走，就不会走错路。至于狼群，也好对付，为防万一，我带上冲锋枪。狗日的来一个撂倒一个，来一群让它死一堆！"小胡见钟亮其态度坚决，提出要陪他去。钟亮其摆摆手，大声说道："你还要司光呢！都去了，谁司光啊？"说罢抓起冲锋枪，很快便消失在茫茫的戈壁滩中……

一九六三年，春节刚过，国测一大队的谢苇观测组奉命到甘南藏族自治州的迭部、舟曲一带实施大地测量，钟亮其是组里的骨干力量。甘南测区是当年红军长征时经过的地方，地形十分险峻。那里南面是神秘莫测的若尔盖草原，是我国三大湿地之一，非常危险，远处便是皑皑的大雪山；北面是闻名远近的天险腊子口。整个测区重峦叠嶂、峡谷密布，白龙江咆哮着从陡峭的绝壁间穿过，涛声震天，惊心动魄。这里不仅地形险恶，人口更为复杂，藏、汉、回等好几个民族混杂居住，特别是腊子口周围，地势险恶，山陡谷深，人烟稀少，常有零星的匪徒出没。匪徒中有些是国民党的残渣余孽，还有一些是从其他地区逃来的犯罪分子和亡命之徒。这里看似交通闭塞，偏于一隅，但一年四季都有一些身份不明的外地人到山中打猎采药，或是在深山老林砍树伐木，就地加工成木碗、木勺、擀面杖、龙头拐杖等物品，运到外地出售。因为这里是岷县、迭部、舟曲三县的交界处，容易造成三不管状况，致使一些坏人乘机钻空子。

复杂险峻的地理环境给测量工作带来很大困难。据舟曲县政府介绍，腊子口是一条长约三四十公里的峡谷，是由舟曲、迭部进出岷县必经的咽喉之路。也许是因为天高皇帝远，这里常常发现被害人的尸骨，因为当时县武装力量不足，真正把凶犯缉拿归案的极少。一些匪徒隐藏在密林深处，向过路人放冷枪，很难防范。国测一大队的测绘队员就是在这样的险恶环境中，完成了一项项任务。

七月十二日，测量组来到舟曲县洛大乡，委派年仅二十五岁的共产党员钟亮其秘密地执行一项特殊任务：去舟曲县城取回区队寄给小组的工资和粮票。从洛大到舟曲有一条简易公路，单程六十公里。说是公路，实则是一条山间栈道，平时很少有汽车通行。钟亮其取回粮票和工资后，十九日返回到洛大乡，和乡政府炊事员住在一个屋里。因当时测站工作尚未结束，五股梁（拉子里乡）司光站粮食快吃完了，钟亮其在乡政府给组长留下一封信，决定二十日孤身前往拉子里。炊事员十分关心钟亮其，认真仔细地告诉他路径。早饭后，钟亮其按炊事员的指示，沿着河谷小道往前走，边走边察看河谷两边的地形。但见两边危峰高耸，下面的山坡上长满了树木和杂草，阴森森的有些瘆人。山里不断传来动物的嚎叫声，平添一种悲凉。不知怎的，走着走着，钟亮其感到眼皮直跳，隐隐约约有种不祥之感。他下意识地紧了紧腰带和鞋带，摸了摸怀揣的一千多元现金和三百多公斤的粮票，抱紧手提包内的公函。这些东西在当时是十分重要的，关乎十多个人的吃饭问题，更重要的是里面的公函。突然，他头皮一阵发麻，身后凉飕飕的，感觉像是有人跟踪他。钟亮其下意识摸了摸别在腰间的手枪，猛地转过身去，发现什么也没有，虚惊一场。

　　"胆小鬼，还走南闯北呢。"他自嘲地笑了笑，胆子大了起来，不由得哼起了歌曲。

　　"咦，你会唱我们当地的民歌？"不知什么时候，身边突然冒出来一个人，看起来老实巴交，一脸憨笑。

　　"不会唱，瞎哼呢。"钟亮其见对方是个中年农民，也没在意，冲着他笑了笑。

　　路上有个伴，可以边走边谈，既不会走错路，也可以免除孤寂感，他感到很高兴。中年农民与钟亮其拉家常，介绍本地的风土人情，憨态可掬，十分热情，言谈举止中对测绘队流露出一股崇敬之情。令钟亮其感到十分亲切和意外的是，这位中年农民祖籍竟是湖南，和自己是同乡。身在异乡遇同乡，钟亮其如遇亲人，非常兴奋，原来的一些不安感，早已抛到了脑后。他们走到一座小桥边，中年农民忽然问道："乡党，这里山高路险，人又稀少，你一个人出门走路，心里难道就不害怕吗？"钟亮其笑道："怕啥？在我们测绘队，一年四季走南闯北，一个人走山路是家常便饭。再说了，要是万一碰上情况，腰里还别着个家伙哩！"说着，他拍了拍腰间的手枪。

"啊，是啥样子的手枪？能不能让乡党看看呀？"中年农民恳切地说，"我们山里人没见过世面，见识一下，能行不？"

"唔，枪是武器，怎么能随便看？"钟亮其婉言拒绝。

"都是乡党嘛，看一眼有啥呢？"中年农民继续恳求，"枪是铁做的，看又看不坏。乡党呀，不会这点面子也不给吧？"钟亮其心地单纯善良，见对方憨厚朴实，没有恶意，犹豫片刻，把手枪从腰间拔了出来。为了安全，他退下枪膛中的子弹，然后将珍贵的防身武器交给了新结识的"乡党"。

咕——山林深处忽然传出几声凄厉的鸟鸣，回荡在深山峡谷中的声音格外刺耳，有些阴森可怖。钟亮其感到很蹊跷，警惕地翘首观望，寻找叫声发自何处。然而，正当他想回首观望的霎时间，说时迟，那时快，只觉脑后生风，一团黑影闪电般飞向他的头部。钟亮其正欲躲开，只觉得头顶叭的一声被重物击中，头皮麻木，眼冒金花。他一个趔趄，险些跌倒，陡然明白这个老实巴交的"中年农民乡党"原来是伪装的匪徒！此时，匪徒原形毕露，面目狰狞，正挥动着钟亮其的手枪，连连向他猛砸。钟亮其因头部受伤，体力不济，虽尽力拼搏，仅打了个平手。正酣战间，从山林中又蹿出一个匪徒，满脸杀气，亮出明晃晃的匕首。钟亮其见情况不妙，虚晃一拳，撒腿就跑。谁料刚跑出一百米，正前方突然又钻出一个匪徒，手持尖刀，恶狠狠地拦住了他的去路。钟亮其明白，生死关头，只有拼搏才是唯一生路。他大吼一声冲了过去，与三个匪徒纠缠在一起。无奈三个匪徒均手持凶器，钟亮其赤手空拳，几个回合后便处于下风，被匪徒连捅数刀，倒在了血泊中。匪徒们将现金、粮票、公函和衣物抢劫一空，手枪及子弹也成了匪徒的囊中之物。显然这是一起精心策划的谋杀，钟亮其不知不觉掉进了他们的陷阱。几个匪徒逼钟亮其说出测绘队的详细情况，有多少人、多少枪，那些值钱的测量仪器现在都在何处。钟亮其怒目圆睁，一言不发。匪徒捅瞎了他一只眼睛，钟亮其浑身是血，咬紧牙关，只字未吐。匪徒们见他已奄奄一息，失去了价值，于是反捆其双手，将他推入奔腾汹涌的白龙江中……

数日后，钟亮其的尸体被人发现，报告给了乡政府。与此同时，测绘队发现钟亮其失踪后，组织人员四处寻找。半年后，三个凶手均被缉拿归案，处以极刑，钟亮其被抢劫的枪支、公函等全部被追回。

钟亮其是烈士后代，家中独子，牺牲时还不到三十岁。

除了宋泽盛、吴昭璞、钟亮其，还有王方行、黄杏贤、姚云、刘义兴等四十多位测绘队员牺牲在工作岗位上。他们每个人的事迹都很传奇，都有一段催人泪下的故事。在国测一大队展室，陈列着为祖国测绘事业壮烈献身英雄的照片，每一位新入职的测绘队员都会先到那里，学习英雄事迹，缅怀革命先烈。壮烈牺牲的四十六位测绘队员中，有不少是刚从解放军测绘学院或武汉测绘学院毕业的大学生，他们牺牲的时候大多二三十岁，年富力强，风华正茂；有些是一九五五年、一九五六年参军的军人，刚从抗美援朝战场上归来，一腔热血报效祖国。他们中有的是共青团员，有的是共产党员，有的新婚宴尔，有的还没有成家……"无情未必真豪杰"，测绘人员也是血肉身，也有儿女情。由于野外测绘工作的特点，测绘队员长期夫妻两地分居，家庭无暇顾及。他们舍小家为大家，默默奉献，无怨无悔。有的父亲牺牲了，儿子顶上去，薪火相传，前仆后继。他们用奋斗定格青春，以生命诠释使命，为共和国的建设与发展做出了不可磨灭的贡献。

中华民族是一个具有伟大奉献精神的民族。绵绵五千年，为中华民族发展和繁荣做出巨大贡献的人物层出不穷、史不绝书；中国共产党人更是把奉献精神发扬光大，推向新的高度。在革命、建设和改革的不同时期，无数奉献者以他们的奋斗实践，铸就了反映时代特色、闪烁耀眼光芒的延安精神、大庆精神、"两弹一星"精神等精神谱系。国测一大队"热爱祖国、忠诚事业、艰苦奋斗、无私奉献"的测绘精神，正是我们这个时代奉献精神的集中体现。他们的精神，就像插在珠峰峰顶的红色测量觇标，是自然资源战线工作者的精神高度，也是新中国建设者的精神高度。六十九年来，这支身上始终流淌着军人血液的英雄测绘队伍走遍神州，几代人踔厉奋发，笃行不怠，谱写了一曲感天动地、气壮山河的英雄史诗！

六十九年是时间的刻度，更是奋斗的标尺。

六十九年来，党和国家对国测一大队的突出贡献高度肯定。多位党和国家领导人亲切接见过测绘队员，对他们的工作表示关心和支持。

一九九〇年四月，《经济日报》记者毛铁无意中在列车上遇到国测一大队队员，闲聊中才知道竟然有这样感人的一个集体，决定去一大队看看。毛铁原计划花半天时间，结果整整采访了四天，他被国测一大队的英雄事迹深深地感动了，写下万字超长篇通讯《大地之魂》。中央电视台记者徐永清撰稿的《测绘英雄》在《新闻联播》连播三天，一时轰动全国，影响巨大，使得一直默默无闻的测绘工作者为国人所关注。大伙纷纷称赞他们是时代的英雄。

一九九一年四月十七日，国务院印发了《国务院关于表彰国家测绘局第一大地测量队的决定》。党和国家领导人先后为国家测绘局第一大地测量队题词。江泽民同志的题词是："爱祖国，爱事业，艰苦奋斗，无私奉献。"李鹏同志的题词是："学习国家测绘局第一大地测量队艰苦奋斗、无私奉献的爱国主义精神。"李先念同志的题词是："经天纬地，开路先锋。"

一九九一年四月二十六日下午，国务院命名表彰国家测绘局第一大地测量队大会在中南海礼堂隆重举行。四月二十七日，《人民日报》头版头条发出国务院命名表彰国测一大队决定的重大新闻、会议消息及李鹏总理接见国测一大队队员的照片，并配发了评论和先进事迹介绍。

二〇一五年七月一日，中共中央总书记、国家主席、中央军委主席习近平给国测一大队六位老队员、老党员回信，充分肯定国测一大队爱国报国、勇攀高峰的感人事迹和崇高精神，对全国测绘工作者和广大共产党员提出殷切希望。

二〇一九年，国测一大队被授予"最美奋斗者"称号。

二〇二〇年，国测一大队当选"感动中国 2020 年度人物"。颁奖词是：

> 六十多年了，吃苦一直是传家宝，奉献还是家常饭。人们都在向着幸福奔跑，你们偏向艰苦挑战。为国家苦行，为科学先行。穿山跨海，经天纬地。你们的身影，是插在大地上的猎猎风旗。

多年来，国测一大队先后六十余次受到国家级、省部级表彰，有八十余人次获得国家、省部级荣誉称号，成为奋进路上的时代楷模。

（原载于《人民文学》2023 年第 2 期，有删节。）

2023 年中国报告文学作品存目

李朝全　整理

作品名称	作者	发表或出版单位	发表或出版时间
经天纬地	李春雷	人民文学	2023 年 1 期
兰生幽谷亦芬芳	颜桂海	人民文学	2023 年 1 期
他们用脚丈量祖国大地	高　鸿	人民文学	2023 年 2 期
天堑变通途	欧阳黔森	人民文学	2023 年 3 期
泰山巡线记	盛　夏	人民文学	2023 年 4 期
爱心妈妈	徐　剑	人民文学	2023 年 4 期
守望山川	徐　刚	人民文学	2023 年 5 期
大金山之本	李青松	人民文学	2023 年 5 期
全科医生红医魂	肖　勤	人民文学	2023 年 6 期
蓝色火焰	陈启文	人民文学	2023 年 6 期
江南江北水拍天	郭保林	人民文学	2023 年 6 期
归来	柏祥伟	人民文学	2023 年 7 期
一飞，再飞	黄传会	人民文学	2023 年 7 期
回家	李　舫	人民文学	2023 年 9 期
中国绿——塞罕坝造林记	王剑冰	人民文学	2023 年 9 期
谁在月夜哭泣	陈启文	北京文学·精彩阅读	2023 年 1 期
我用生命作证	长　江	北京文学·精彩阅读	2023 年 2 期
疾病之耻	李燕燕	北京文学·精彩阅读	2023 年 3 期
中国“稻路”	周建新	北京文学·精彩阅读	2023 年 4 期
大地上的学问	韩毓海	北京文学·精彩阅读	2023 年 7 期
“辟路者”瞿秋白	康　岩	北京文学·精彩阅读	2023 年 7 期

和你在一起	周桐淦	江苏凤凰文艺出版社	2023 年 1 月
根深扎沃土——这里是衡中	杨新城	人民日报出版社	2023 年 1 月
小康江南： 浙江省建设共同富裕示范区纪实	孙 侃	浙江工商大学出版社	2023 年 1 月
永远在路上：一个农民的一生	张培忠	花城出版社	2023 年 1 月
钱塘一家人	朱晓军、傅炜如	浙江文艺出版社	2023 年 1 月
振兴路上	章剑华、孟昱	江苏人民出版社	2023 年 1 月
平民书记：杨善洲	唐似亮	云南人民出版社	2023 年 1 月
锻造国防"千里眼"：毛二可传	姚文莉等	中国科学技术出版社	2023 年 1 月
湘西赤子——沈从文传	李文浩	长春出版社	2023 年 1 月
我们为信仰而来：寒春、阳早的故事	李树喜、肖春华	四川教育出版社	2023 年 2 月
沙漠之光	毛玉山	安徽文艺出版社	2023 年 2 月
生命的烛光——记北大校长张龙翔	陆士虎	浙江工商大学出版社	2023 年 2 月
中国铁路电气化奠基人：曹建猷传	谢瑜等	中国科学技术出版社	2023 年 2 月
彩瓷帆影	纪红建	湖南文艺出版社	2023 年 2 月
中国一日·美好小康： 中国作家在行动	中国作家协会 创作联络部编	花山文艺出版社	2023 年 2 月
乡村里的中国	陈果	四川人民出版社	2023 年 2 月
寻找百忧解： 一个精神科医生的观察手记	陈百忧	博集天卷·台海出版社	2023 年 2 月
无尘车间	塞壬	译林出版社	2023 年 3 月
杭州传	王旭烽	新星出版社	2023 年 3 月
筑梦人：我的祖父祖母	李瑶音	浙江大学出版社	2023 年 3 月
经历：金冲及自述	金冲及	生活·读书·新知三联书店	2023 年 3 月
杭州传	张国云	九州出版社	2023 年 3 月
我的中国芯：龙芯中科的前世今生	郭振建	中国言实出版社	2023 年 3 月
一位"总总师"的航天人生： 任新民传	韩连庆、田大山、 章琰	中国科学技术出版社	2023 年 3 月
行走的脊梁	徐锦庚	济南出版社	2023 年 3 月
原州新声	包焕新	敦煌文艺出版社	2023 年 3 月
生命即将远行	徐观潮	中国文史出版社	2023 年 3 月
河道总督	杨义堂	黄河水利出版社 山东人民出版社	2023 年 4 月
自我突围	施一公	中信出版社	2023 年 4 月

奔跑的中国草	钟兆云	人民文学出版社、福建教育出版社	2023 年 4 月
我在北京送快递	胡安焉	湖南文艺出版社	2023 年 4 月
阳光记得你——西太湖畔革命老区的"双扶"纪实	田家村	浙江文艺出版社	2023 年 4 月
鹅公坪	聂雄前	人民文学出版社	2023 年 4 月
西安道北人口述史	和谷	三秦出版社	2023 年 4 月
长江九歌	段华	湘潭大学出版社	2023 年 4 月
家国天下——边纵在云南	段平	云南人民出版社	2023 年 4 月
汶川家国爱	中共汶川县宣传部编	四川人民出版社	2023 年 4 月
地火——攻克"磨刀石"油藏纪实	王琰、徐佳	河北科学技术出版社	2023 年 5 月
黄海传	赵德发	山东文艺出版社	2023 年 5 月
我不输给命运	杨志勇	陕西旅游出版社	2023 年 5 月
光明影院的故事	艾之光	人民文学出版社	2023 年 5 月
人与海	许晨、王晓瑜	海洋出版社	2023 年 5 月
2020 武汉保卫战	李朝全	中国青年出版社	2023 年 6 月
将军和他的树	鲁顺民	大象出版社	2023 年 6 月
硝烟中的号角——百战英雄王占山	钟法权	长江少年儿童出版社	2023 年 6 月
食味人间成百年	李燕燕	重庆出版社	2023 年 6 月
好一辆漂亮的火星车	黄传会	浙江人民出版社	2023 年 6 月
拳拳初心	羊角岩	长江文艺出版社	2023 年 6 月
大道无垠——在"浙"里打开共富画卷	何玲玲、王俊禄、方问禹	新华出版社、浙江摄影出版社	2023 年 6 月
雄安记	叶梅、赵晏彪、贺颖	浙江教育出版社	2023 年 6 月
我心飞扬——"华虹 520 精神"纪事	何建明	上海文艺出版社	2023 年 6 月
雪线上的边关	卢一萍	长江少年儿童出版社	2023 年 6 月
向未来报告：江苏现代化建设新征程全速启航	章剑华、金伟忻、张茂龙等	江苏人民出版社	2023 年 6 月
杜鹃红：乡村振兴中一百个红军后代的故事	尹红芳	北京联合出版公司	2023 年 6 月
民企样本——广东民营经济高质量发展实录	曾平标	广东人民出版社	2023 年 7 月

踏荆前行 ——陈延年、陈乔年的故事	李朝全	三环出版社	2023 年 7 月
大国制造	纪红建	湖南人民出版社	2023 年 7 月
石榴花开	何建明	辽宁人民出版社	2023 年 7 月
重现的翅膀：中国朱鹮保护纪实	莫伸、韩红艳、 齐安瑾	西安出版社	2023 年 7 月
最后一战	陈璞平	青岛出版社	2023 年 7 月
从大山到大海	何也、申平	五洲传播出版社	2023 年 7 月
喀喇昆仑上的丰碑： 中巴公路修筑纪实	徐亚平	中共中央党校出版社	2023 年 7 月
仰望星空：共和国功勋孙家栋	黄传会	浙江人民出版社	2023 年 8 月
素锦的香港往事	百 合	中华书局	2023 年 8 月
西藏妈妈	徐 剑	广东人民出版社	2023 年 9 月
光芒中的光芒	蒋 巍	浙江教育出版社	2023 年 9 月
无国界病人	师永刚	人民文学出版社	2023 年 9 月
守护	袁瑰秋、赵洁、巫国明	花城出版社	2023 年 9 月
中国有个滕头村	萧雨林	宁波出版社	2023 年 9 月
追忆逝水年华	许渊冲	译林出版社	2023 年 9 月
龟兹之恋	帕提古丽	宁波出版社	2023 年 9 月
大江本纪	郭保林	安徽文艺出版社	2023 年 10 月
太阳是一颗种子 ——寻找遗失的可可托海	丰 收	人民文学出版社、 新疆人民出版社	2023 年 10 月
翻山记	陈 果	四川文艺出版社	2022 年 10 月
左宗棠	阮 梅	湖南少年儿童出版社	2022 年 10 月
青春中国	曾 散	山东人民出版社	2022 年 12 月
"三"生有幸	丁 捷	江苏凤凰文艺出版社	2022 年 12 月
天下大同	王筱喻	作家出版社	2022 年 12 月
一百年，许多人，许多事： 杨苡口述自传	杨苡口述， 余斌撰写	译林出版社	2022 年 12 月